Exibunt angeli, et separabunt malos de medio iustorum,
et mittent eos in caminum ignis:
ibi erit fletus, et stridor dentium.

Die Engel werden ausgehen, und die Bösen
von den Gerechten scheiden, und werden sie in den
Feuerofen werfen, da wird Heulen und Zähneklappern sein.

Evangelium nach Matthäus, Kapitel 13, Vers 49/50

SP

Die Sünden der Äbtissin

Kriminalroman

von Peter Thaddäus Lang

SP

Die deutsche Bibliothek – CIP Einheitsaufnahme

Peter Thaddäus Lang: Die Sünden der Äbtissin.

Ein mittelalterlicher Kriminalroman.

ISBN: 978-3-9812106-1-3

Mozartstraße 17
72458 Albstadt
Tel. 07431 500233
Fax: 07431 500234

Produktion:
Roger Orlik M. A.

Druck:Buchproduktion Ebertin
D-88690 Uhldingen-Mühlhofen

Dieses Buch ist entstanden mit freundlicher Unterstützung durch das Hotel Linde in Albstadt-Ebingen. Dafür ganz herzlichen Dank.

HOTEL LINDE

Prolog

Seit ich in meinem ersten Semester im Sommer 1965 an einem Proseminar über die Städtepolitik des Kaisers Karl V. teilnahm, haben mich Spätmittelalter und Reformationszeit nie wieder losgelassen. Nicht nur, dass ich wiederholt akademische Lehrveranstaltungen über diese Zeit besuchte, nein, diese Zeit sollte auch Spezialgebiet im Examen sein und dann anschließen Thema meiner Doktorarbeit. Aber damit noch lange noch nicht Schluss: Anschließend leitete ich acht Jahre lang ein reformationsgeschichtliches Forschungsprojekt an der Universität Tübingen. Wenn ich darüber nachdenke, so habe ich in all diesen Jahren gewiss dermaßen viel historisches Archivmaterial gewälzt, dass man sicherlich mehrere Lastwagen damit füllen könnte.

Es war vor allem die Urwüchsigkeit der damaligen Menschen, die mich faszinierte: ihre Ungezügeltheit, das spontane Hervorbrechen ihrer Leidenschaften, ihre ungebremste Freude an diesseitigen Genüssen, und zwar nicht nur an pompösen Festen, an feierlichen Umzügen, an üppigen Schmäusen und wilden Trinkgelagen, sondern auch an dem, was die Mutter Kirche schon immer als größte teuflische Versuchung hingestellt hatte: an der Fleischeslust höchstselbst, oder modern ausgedrückt: an der Sexualität. Wobei es mich wiederholt überraschte, mit welcher nüchternen Direktheit Männlein und Weiblein zur Sache kamen, ja, die Weiblein scheinen mir oftmals die Sache eher vorangetrieben zu haben als die Männlein.

Da ich meinen Blick beim Studium all dieser Unterlagen fast immer auf kirchengeschichtliche Fragestellungen beschränken musste, konnte ich solche und noch viele andere Einzelheiten aus dem Alltag der Menschen höchst selten unmittelbar in meinen zahlreichen Veröffentlichungen verwerten, und irgendwann kam die Idee, sie vielleicht doch noch in einem historischen Roman unterzubringen.

Wenn ein Landpfarrer im Mittelpunkt der Geschichte steht, so kommt das nicht von Ungefähr, denn das Leben der süddeutschen Landgeistlichkeit stand zuallermeist im Zentrum meiner wissenschaftlichen Bemühungen.

Peter Thaddäus Lang

1

Plitschplatsch. Plitsch-plitsch-platsch.

Mechthild von Westerstetten räkelte sich lustvoll im lauwarmen Wasser ihres hölzernen Badezubers und blickte zufrieden auf ihren makellosen Körper. Alles daran war so, wie es sein sollte: Schon allein die reine, gleichmäßige Farbe der Haut, weiß wie Alabaster, aber doch nicht zu sehr: Dieser ganz leichte Hauch von Rosa war es, der ihrem Körper das fleischlich Lebendige verlieh, das eben, was auf die Männer so anziehend wirkte. Die ebenmäßig gerundeten Schultern, die wohlgestalteten Arme, weder zu dick noch zu dünn, mit genau der richtigen Menge von Fleisch unterfüttert. Und dann ihre Brüste. Auf die war sie ganz besonders stolz, ihr bestes Vorzeigestück: groß, voll und rund und für eine Frau von fünfunddreißig Jahren noch erstaunlich fest. Inmitten der weiten Warzenhöfe standen selbstbewusst und prächtig die Nippel, dick und steif wie das vorderste Glied eines kleinen Fingers. Diese Nippel, ja, sie hatten schon so manches männliche Gemüt in irrsinnigen Rausch versetzt. Sie schloss die Augen und wiegte die Masse ihres Leibs wohlig im lauen Wasser leicht hin und her, so dass ihre Brüste sich sacht von einer Seite zur anderen bewegten – das war herrlich schön, das mochte sie. Und die Männer, die mochten das allesamt auch.

Sie öffnete ihre Augen wieder und fuhr fort, ihren Leib zu begutachten. Zugegeben, ihr Bauch war in den letzten Jahren etwas aus dem Leim gegangen. Aber er hielt sich innerhalb der Grenzen dessen, was die Augen der Männer dazu verführte, ihre begehrlichen Blicke zuerst auf ihre Brustwarzen zu richten, um dann aber alsbald weiter in die Tiefe zu wandern und an ihrem Nabel hängen zu bleiben, welcher der ausladenden Rundung ihres Unterleibs Mitte und Maß verlieh. Allzu lange verweilten Männeraugen jedoch nicht an dieser Stelle, die mit größter Regelmäßigkeit nur zu vorübergehendem Aufenthalt einlud, denn weiter unten wartete der leicht gewölbte, dicht behaarte Hügel der Lust, der Wallfahrtsort aller Begierde, der Eingang und Ausgang des Lebens, die Schatztruhe, in der alle Wonnen dieser Welt verborgen liegen. Langsam streichelnd führte sie ihre Finger über das wollige Gekräusel ihrer Schamhaare und dachte an die zahllosen Männerhände, die dort auf Schatzsuche gegangen waren.

Über ihre breiten Hüften und die vollen, fleischigen Oberschenkel streiften ihre Blicke nur kurz: Sie wirkten mit, das Bild ihrer vollkommenen Weiblichkeit zu vervollständigen, sie bildeten eine angemessene Umrahmung ihres Zentrums, so, wie ein Gemälde auch erst richtig wirkt, wenn es sich in einem passenden Rahmen befindet.

Ja, in diesem ihrem wunderbar schönen Körper, so stellte Mechthild von Westerstetten mit inbrünstig empfundener Zufriedenheit fest, da musste auch das Leben insgesamt wunderbar schön sein. Innerhalb der göttlichen Ordnung dieser Welt hatte sie es gut getroffen als Mutter Oberin des Konvents der Franziskanerinnen zu Margrethausen. Aber das war keineswegs ein Zufall, hatte sie doch von langer Hand sich alles so eingerichtet, dass sie kaum unter jenen Beschränkungen zu leiden hatte, denen ihre Geschlechtsgenossinnen ansonsten unterworfen waren. Alle die Vorkehrungen waren ihr gelungen, die sie getroffen hatte, um dieses Ziel zu erreichen.

Als Kloster hatte sie sich bewusst für Margrethausen entschieden, einen der kleineren Frauenkonvente, abseits der großen Straßen gelegen und deshalb so unbedeutend, dass kein Bischof oder Ordensgeneral sich die Mühe machen würde, hier einmal nach dem Rechten sehen zu wollen. Sie selbst hatte auch entschieden, dass sich ihr Haus nicht der strengen Obödienz anschloss, sondern dem anderen Zweig des Ordens, der es mit der Einhaltung der Regeln nicht so genau nimmt. Es hatte einige Anstrengung gekostet, ihren Willen gegen die Mehrheit ihrer Ordensschwestern durchzusetzen. Aber sie hatte schließlich doch erreicht, was sie wollte. Sie war es auch, die ihrem Ordenshaus einen Zufluchtsort in der Stadt verschaffte, die Nonnenstube im Ebinger Spital. Damit war gewährleistet, dass die Schwestern der heiligen Klara zu Margrethausen sich in Kriegszeiten hinter Stadtmauern in Sicherheit bringen konnten. Dies hatte sie gegen den massiven Widerstand des Konrad von Tierberg durchgesetzt, der als Vogt und Beschützer des Klosters eine solche Schutzmaßnahme für überflüssig hielt und behauptete, er könne in seinem Sitz im benachbarten Lautlingen Schutz genug gewähren. Sie aber wies das als unhaltbar zurück, denn wie jedermann unschwer feststellen konnte, waren die Mauern um sein Anwesen nur leidlich hoch und kaum so dick, dass sie auch nur einer einzigen Kanonenkugel hätten standhalten können. Außerdem konnte sie auf mehrere Beispiele anderer Frauenkonvente verweisen, die sich ebenfalls eine feste Bleibe in der nächst gelegenen Stadt gesichert hatten. Sie ließ auch verbreiten, dass Konrad von Tierberg in Wirklichkeit befürchte, die Nonnen zu Margrethausen könnten sich aus seiner Botmäßigkeit heraus begeben, um sich enger an den Herzog von Württemberg zu binden, dem die Landstadt Ebingen untertan war.

Sie lächelte bei diesem Gedanken, denn in dieser Nonnenstube befand sie sich jetzt gerade. Sie konnte dieses geräumige Gemach gut gebrauchen. Es diente ihr als Liebesnest. Im Spital herrschte ein derart emsiges Kommen und Gehen, dass es kaum auffiel, wenn sich Männer von mehr oder minder hohem Ansehen hier einfanden. Außerdem hatte sie den Spitalmeister bestochen, dass er im Falle eines Falles beide Augen zudrückte. Doch gerade diese Vorkehrung sollte ihr alsbald zum Verhängnis werden.

Ja, Mechthild von Westerstetten konnte fast vollkommen frei schalten und walten, und der Gedanke daran bereitete ihr ungemein großes Vergnügen, als sie über den Rand ihres Waschzubers hinaus schaute. Sie hatte ihre Zofe Genovefa bereits am Nachmittag ins Kloster zurückgeschickt, denn sie wollte allein sein. Das heiße Badewasser hatte ihr die Spitalmagd in den Zuber geschüttet. Eigentlich war Genovefa keine Zofe, denn so etwas gab es in einem Kloster nicht. Sie war aber die jüngste Insassin des Klosters, außerdem geschickt und anstellig und ihr in jeder Beziehung ergeben.

Obwohl es Herbst war, brannte kein Feuer in dem ausladend massigen Kachelofen: Angesichts dieser Jahreszeit war es noch ausgesprochen warm und milde, und die Wärme des Badewassers reichte aus, den Raum angenehm zu temperieren.

Man schrieb das Jahr 1517 und es war nicht mehr lange hin zum Tag des heiligen Gallus im Oktober.

Der einzige Mensch, der sich außer ihr noch im Raum befand, war Nikodemus. Nikodemus, der Krüppel, ein zwergenhaft kurz gewachsenes Männchen mit riesigem Buckel, krummen Beinen, zahnlosem Mund und kaum vorhandenem Haarwuchs. Was den Umgang mit ihm beträchtlich erschwerte, das war der Umstand, dass er nicht sprechen konnte. Trotz seines wenig attraktiven Äußeren war er aber ein ganz ganz lieber Kerl. Er hielt sich ausgesprochen gerne in der Nähe der Äbtissin auf. Dann saß er einfach nur da und schaute ihr zu. So auch an diesem Abend.

Mechthild von Westerstetten wurde in ihren Betrachtungen zu ihrem nicht gerade unglücklichen Leben durch lautes Knacken und Krachen an der Zimmertür unterbrochen. Die Tür flog auf, herein stürmte eine männliche Gestalt mit rotem Wams, roter Beinkleidung und schwarzem Umhang. Gut sichtbar hielt er ein Stilett in der Hand. Er bremste seinen eiligen Schritt, als er die unbekleidete Frau vor sich in dem Zuber sah. Geistesgegenwärtig hatte die Äbtissin die Situation augenblicklich erfasst. Sie erhob sich, sprang aus der Wanne, ging auf ihn zu und versetzte ihm einen derart kräftigen Faustschlag ins Gesicht, dass er rückwärts zu Boden fiel. Sie schaute sich um, suchte nach einem Gegenstand, den sie als Waffe benutzen konnte, und griff nach einem Schemel, den sie dem Eindringling mit aller Kraft auf den Kopf schlug. Der Schemel war freilich wenig stabil gezimmert gewesen, er zerbrach in viele kleine Stücke und richtete am Kopf des rot Gewandeten wenig Schaden an.

Während die Äbtissin nach einer weiteren Waffe Umschau hielt, rappelte sich der Eindringling auf, suchte nach seinem Stilett, das ihm entfallen war, fand es nach wenigen Augenblicken und richtete sich auf, um zur Tat zu schreiten. Er holte aus, um die Nackte zu erstechen. Doch die nunmehr in höchster Todesangst schrill kreischende Äbtissin konnte die zum tödlichen Stoß erhobene Hand mit ihrem Ellbogen abwehren. Mit einem Fausthieb suchte er sie sich vom Leib zu halten, sie aber klammerte sich sofort an den Arm, der nun erneut zustoßen wollte. Seiner Körperkraft war sie nicht gewachsen. Er riss sich los. Sie hielt nun mehrere Stücke seines Wamses in ihren Händen. Es hing ihm in Fetzen vom Leib; sämtliche Knöpfe waren abgeplatzt.

Mehrere Stiche trafen Hals und Brust. Blut quoll stoßweise aus einigen Wunden. Und auch aus ihrem Mund. Aus ihren Schreien wurde ein röchelndes Gurgeln. Sie fiel rücklings in den Zuber. Das Badewasser färbte sich rot. Der Mörder riss der Sterbenden die Fetzen seines Wamses aus den zusammen gekrallten Fingern und suchte auf dem Boden nach den abgeplatzten Knöpfen. Vier fand er. Es waren aber sechs.

Niemand im Spital hatte auf die Schreie geachtet. Schreie war man dort gewohnt. Auch des Nachts: Arme Irrsinnige, die an ihren Betten angebunden waren. Der Mörder hatte dies einkalkuliert. Was der Mörder nicht einkalkuliert hatte, dass war Nikodemus, der Krüppel. Der hatte alles aus nächster Nähe beobachtet. Freilich konnte er niemand davon erzählen. Er war ja stumm.

2

Schon lange nicht mehr hatte Doktor Cyriakus Bangenbach so ungestört seinen Studien nachgehen können wie hier, auf der Rauen Alb, in der Nähe des völlig abgeschiedenen Weilers Onstmettingen, in einer Höhle mitten im Wald. Die Einwohner des Weilers nannten sie die Linkenboldshöhle und waren felsenfest davon überzeugt, sie werde von einem bösen Dämon bewohnt, dem Linkenbold. Zweimal in der Woche kam eine junge, als Bauernknecht verkleidete Nonne aus dem nicht allzu fern gelegenen Kloster Margrethausen und brachte ihm alles, was ein bedürfnisloser Mensch wie er zum Leben braucht.

Er genoss diese Wochen in der Abgeschiedenheit, hatte er doch mehrere Jahre des Gehetztseins hinter sich, des Nerven aufreibenden Verfolgtseins – die Häscher der Inquisition waren hinter ihm her, seit er an der Universität Heidelberg einen Traktat über die gängigen Irrtümer der Kirche geschrieben hatte. Nichts besonders Ruchloses, wie er gedacht hatte: Nur über den Zölibat, über den Laienkelch und über die Autorität des Papstes. Dass die Mutter Kirche derart heftig reagieren würde, das hätte er sich nie träumen lassen. Wenn nicht der treueste seiner Schüler eines Nachts heftig an seine Haustür gepocht hätte, wäre es um ihn geschehen gewesen. So hatte er gerade noch Zeit, hastig einige wichtige Bücher und Manuskripte wie auch sein gesamtes Bargeld einzupacken, um dann fluchtartig die Stadt zu verlassen – vorübergehend, wie er zunächst dachte; für immer, wie sich nach einigen Monaten herausstellen sollte.

Die Häscher der Inquisition hätten ihn bestimmt schon lange geschnappt. Aber es gab allenthalben genug Leute, die mit den Lehren der Mutter Kirche nicht so richtig einverstanden waren, und schon gar nicht mit ihrem weltlichen Gepränge, und solche Leute gaben ihm immer wieder Unterschlupf und halfen ihm weiter. Auf diese Weise war er nun in den Bannkreis der Äbtissin des Klosters Margrethausen geraten, Mechthild von Westerstetten. Er hatte schon viel von dieser klugen und gebildeten Frau gehört, von ihrer großen Bibliothek und von den Schriften, die sie verfasst hatte. Die meisten von ihnen hatte er sogar schon selbst gelesen. Belesen war sie, von seltener Schärfe des Verstands, und die lateinische Sprache wusste sie mit ausgesuchter Eleganz zu gebrauchen. Ein wahres Wunder an Gelehrsamkeit also, weshalb er von Heidelberg aus brieflichen Kontakt mit ihr aufgenommen hatte. Die Briefe gingen hin und her, und mit der Zeit lernte er sie näher kennen – rein brieflich, wie sich versteht. Um in einer rein männlichen Wissenschaftswelt bestehen zu können, musste sie ihre Schriften allerdings unter einem Pseudonym veröffentlichen – sie pflegte hierbei die Namen berühmter Gelehrter zu gebrauchen wie den des Desiderius Erasmus Roterodami oder jenen des Conradus Celtis, auch wenn letzterer schon vor einigen Jahren verstorben war. Ihr stilistisches Geschick war so groß, dass es ihr ohne große Mühe gelang, die sprachlichen Eigenheiten dieser Gelehrten zu gebrauchen, ihre Lieblingswörter und ihre Lieblingsredewendungen in einer Art zu verwenden, dass keiner den Unterschied zu deren echten Schriften bemerkte, ja, die Gelehrten selbst ließen es sich gefallen, dass man die gefälschten Veröffentlichungen für Originale hielt, konnten sie sich doch auf diese Weise unentdeckt mit fremden Federn schmücken.

Allzu sehr hätte er sich gewünscht, sie einmal auch persönlich kennen zu lernen, allein bisher hatte sich keine Gelegenheit finden lassen. Sie hatte ihn kurz vor seiner abrupten Abreise von Heidelberg wissen lassen, dass sie fürchte, die Aufmerksamkeit der Inquisition erregt zu haben. Deshalb hielt er es für zu gefährlich, sich dem Kloster auch nur zu nähern. Im Wilden Mann in Ebingen hatte er sich nach dem Kloster und seiner Äbtissin erkundigt und dabei erfahren, dass die Nonnen in dem Spital des Städtchens eine Stube ihr Eigen nannten. So war es denn einfach, mit Mechthild Verbindung aufzunehmen. Die Äbtissin sorgte nun dafür, dass er in der Linkenboldshöhle Unterschlupf fand, sie sorgte auch dafür, dass ihm eine junge Nonne aus dem Kloster Essen brachte. Aber diese Nonne sorgte nicht nur für die Nahrung des Leibes; sie brachte ihm auch Bücher und Manuskripte, die ihm die Möglichkeit gaben, wissenschaftlich auf dem Laufenden zu bleiben. Und nicht nur das: Papier, Feder und Tinte wie auch ein kleines Schreibpult ermöglichten es ihm, seine Gedanken schriftlich festzuhalten.

Die gelehrte Mechthild hatte ihn schon vor geraumer Zeit wissen lassen, dass sie mit ihren Schriften ein hoch gestecktes Ziel verfolge, nämlich nichts Geringeres, als die gute, alte Mutter Kirche zu einer Reform zu zwingen. Sie hatte damit begonnen, die Schriften eines jungen und viel versprechenden Gelehrten an der erst vor wenigen Jahren gegründeten Universität in Wittenberg nachzuahmen: Ein gewisser Doktor Martinus Luther. Sie hatte ihm bereits einige recht kecke Gedankengänge unterschoben, einige recht kirchenkritische, die nicht mehr allzu weit von handfester Ketzerei entfernt waren. Und bisher hatte er noch nicht den leisesten Hauch von Protest erkennen lassen.

Gegenwärtig war sie dabei, eine lange Liste von Thesen in Luthers Schreibweise abzufassen. Diese Thesen liefen allesamt darauf hinaus, die Autorität der Mutter Kirche zu untergraben. Siebzig hatte sie schon zusammen, aber es sollten noch einige mehr werden. Mechthild hatte ihm, dem Doktor Cyriakus Bangenbach, schon mehrfach ihre neuesten Entwürfe in die Höhle schicken lassen mit der Bitte, diese auf ihre gedankliche Folgerichtigkeit zu überprüfen. Was er stets mit Wonne tat, denn er genoss es, ihre sprachlich geschliffenen und intellektuell so anspruchsvollen Texte zu lesen. Lesen – das war wohl nicht das richtige Wort. Verschlingen, das passte viel besser.

Wenn er gewusst hätte, dass die Äbtissin folgenden Tags ermordet werden würde – das blanke Entsetzen hätte ihn gepackt. Dergestalt hatte es Gott in seiner unergründlichen Weisheit wieder einmal so gefügt, dass die Unwissenheit dort einen glücklichen Zustand entstehen ließ, wo bei größerem Wissen größtes Tränenleid angesagt gewesen wäre.

Folglich war dies eine ausgesprochen schöne Zeit für unseren Doktor Bangenbach, doch er wusste, dass sie nicht von langer

Dauer sein konnte. Spätestens mit dem Einbruch des Winters würde er sich eine wärmere Bleibe suchen müssen. Aber das war noch einige Zeit hin.

Für heute Abend war ihm der Besuch eines anderen Verfolgten angekündigt, eines Anführers der aufständischen Bauern mit Namen Joß Fritz, von dem er schon viel gehört hatte. Die Äbtissin hatte es so eingefädelt. Dieser Joß Fritz hatte wohl überall seine Finger im Spiel, wo die Bauern sich gegen ihre Herrschaft erhoben; deshalb war er für vogelfrei erklärt worden und eine erklecklich hohe Summe stand auf seinen Kopf. Er gebrauchte allerlei Verstellungen und Verkleidungen, weshalb er bisher noch immer seinen Verfolgern hatte entkommen können. Als Zeichen für sein Herannahen war ein viermaliges Klopfen vereinbart worden, Klopfen mit einem Knüppel auf einen Baumstamm. Nach einer Pause von einem langsam gesprochenen Vaterunser würde dann eine weitere Folge von vier Klopftönen zu hören sein.

So saß Doktor Cyriakus Bangenbach vor der Linkenboldshöhle auf einem Baumstumpf, schaute nach den schräg stehenden Sonnenstrahlen, die vereinzelt durch das dichte Laub der Waldbäume bis zum Boden durchdringen konnten, und wartete darauf, dass vier Klopftöne erklangen. Mehrmals schon war ihm so gewesen, als habe er solche Töne gehört, hatte denn auch flugs begonnen, das Vaterunser zu beten, aber immer wieder musste er feststellen, dass er sich geirrt hatte. So nahm er es denn nicht so richtig ernst, als wieder einmal vier Klopftöne an sein Ohr drangen. Wieder einmal betete er bedächtig das Vaterunser, ohne dass er erwartet hätte, dass diese vier Töne erneut zu hören sein würden. Aber kaum hatte er das „sondern erlöse uns von dem Übel" gesprochen, da vernahm er diese vier dumpfen Töne von Neuem.

Doktor Cyriakus Bangenbach hatte sich aufgerichtet und lauschte aufmerksam. Sein Gehör war indes nicht das allerbeste, weshalb es ihm schwer fiel, die Richtung der Geräusche präzise festzustellen. Doch nun glaubte er, von Ferne ein Rascheln und Knacken zu hören, ein Rascheln und Knacken, das immer näher zu ihm herankam. Schließlich konnte er zwischen den Bäumen einen Schatten wahrnehmen, einen Schatten, der sich beim Herannahen als männliches Wesen in grauer Kleidung entpuppte, auf dem Haupt einen ebenfalls grauen, spitzen Filzhut mit schmaler Krempe.

So stand er denn vor ihm: Braungebrannt, sehnig, grauhaarig, mit buschigen Augenbrauen und wasserhellen Augen. Vorsichtig abtastend beäugten sie sich: Keiner von beiden war sich restlos sicher, ob er hier vielleicht nicht doch in einen Hinterhalt geraten war. Es war vereinbart, dass sie zur Begrüßung die letzte Bitte des Vaterunsers gebrauchen sollten, allerdings mit einer leichten Veränderung. „Und führe uns niemals in eine große Versuchung", begann Doktor Bangenbach nach längerem Zögern. „Sondern erlöse uns für immer von diesem dreimal vermaledeiten Übel", erwiderte der Braungebrannte schnell. Nun hätte eigentlich das Eis geschmolzen sein können. War aber nicht: Noch immer lag dieses Misstrauen in der Luft, dick und schwer. Beide lauschten. Beide schauten sich sorgfältig um. Lagen da nicht irgendwelche bewaffneten Männer in einem Versteck? Hatten sie da nicht doch vielleicht ein verräterisches Atmen oder Knacken gehört?

Der Doktor von der Universität Heidelberg war der erste, der das Schweigen brach. „Ich glaube, wir können uns vertrauen. Setzt Euch zu mir, guter Mann. Ihr seid Joß Fritz, der Bauernführer, wie ich gehört habe?" Der Angesprochene hatte sein Misstrauen noch nicht ganz abgelegt. Mit einem leisen Knurren trat er näher. Doktor Bangenbach schlug ein Tuch auseinander, das vor ihm lag. „Ihr müsst hungrig sein. Hier, ich habe Euch etwas zu essen vorbereitet. Greift zu!" Es kamen ein halber Laib Brot, ein Stück geräuchter Schinken und ein irdener Krug zum Vorschein. Die Augen des grau Gekleideten schauten gierig auf die Speisen. Noch einmal spähte er sorgfältig in die Runde, bevor er sich langsam setzte, sich ein Stück Brot abbrach und es sich in den Mund stopfte. Der Hunger überwältigte ihn; er vergaß sein Misstrauen und griff nun mit beiden Händen gierig zu. Doktor Cyriakus Bangenbach betrachtete ihn mit einer Mischung aus Belustigung und Ekel: Derart schlechte Tischsitten erinnerten ihn an die Tierwelt. Bei Menschen hatte er Solches noch selten gesehen.

Laut rülpsend beendete der Graue seine Mahlzeit und wischte sich mit dem Handrücken den Mund ab. Er schaute dem Doktor lange in die Augen, sagte aber nichts. Sein Blick schien so etwas Ähnliches wie Dankbarkeit auszudrücken. „Ihr kommt von Tübingen, habe ich gehört", eröffnete Bangenbach das Gespräch. „Ein weiter Weg von dort bis hier. Kann man das überhaupt an einem Tag schaffen?“ Nun war das Eis fast gänzlich gebrochen. „Ich musste die Wege meiden“, begann Joß Fritz, „war meistens im Wald. Dauerte zwei Tage, das alles.“

Ein weiterer Rülpser unterbrach seine Rede. „In Tübingen wollte ich Rache für die Schlappe vom Remstal. Der Arme Konrad, Ihr wisst schon, 1514 haben da die Bauern gegen ihren Herzog rebelliert. Der hat sie wüst niedergeschlagen. Die Bürger von Tübingen waren da ganz fleißig mit dabei, den Bauern eins drauf zu geben. Hab also in Tübingen im Gasthof zum Bären einen getrunken. Waren eine Menge Weingärtner dort. Hab große Reden geschwungen gegen die Ungerechtigkeit der Herrschaft. Und dass man dem Herzog endlich einmal einen kräftigen Denkzettel verpassen sollte. Haben mir auch weidlich zugestimmt, die wackeren Leute. Bis dann einer hereinkam, der nicht wie ein Bauer aussah. Da bin ich nach hinten zur Stube hinaus. „Packt ihn, den Kerl!“ hörte ich es schreien. Den Ersten hab ich niedergeschlagen. Der Zweite ließ sich deshalb ein wenig zu viel Zeit. Das war mein Glück. Bin wieder einmal davongekommen.“

Seine wasserhellen Augen inspizierten den Doktor. Jede Einzelheit an dessen Körper und Gewandung schien er zu registrieren. „Und Ihr? Ein Bauer seid Ihr wohl nicht. Vielleicht ein Schreiber? Ein Sesselfurzer?“ Doktor Bangenbach war solch grobe Redensart nicht gewohnt, vermied es aber trotzdem, seinem Missfallen Ausdruck zu verleihen. „Ihr habt Recht“, antwortete er, „ich gehöre zur schreibenden Zunft. Bin Professor der Theologie an der Universität Heidelberg. Oder besser: Bin es gewesen. Haben mich rausgeschmissen, die Kerle. Hatte wohl die Kirche ein bisschen zu sehr kritisiert. Und seitdem sind sie hinter mir her.“

Joß Fritz hatte das mit sichtlichem Wohlgefallen gehört. „Dann können wir uns ja zusammentun, wir zwei.“

3

Joß Fritz wurde unruhig. Irgendetwas stimmte nicht. Die langen Jahre, die er nun schon auf der Flucht war, hatten ihn gelehrt, Gefahren sehr frühzeitig zu wittern. Und zwar lange bevor sie tatsächlich auftraten. Es fiel ihm schwer, auf dem Baumstumpf vor der Linkenboldshöhle sitzen zu bleiben – am liebsten wäre er aufgestanden und davongelaufen. Ihm gegenüber saß auf einem bemoosten Steinblock Doktor Bangenbach, und zwischen ihnen glimmte der Rest eines Feuers, von dem nicht mehr übrig war als ein in sich zusammen gefallenes Häufchen Glut. Der Doktor bemerkte die beginnende Unruhe seines Gastes. „Bleib unbesorgt, mein lieber Joß! Heute Abend droht uns keine Gefahr mehr. Im Gegenteil: Heute Abend wird uns ein Engel besuchen. Ein Engel in Nonnengestalt; Schwester Genovefa aus dem Kloster Margrethausen – ich hab dir ja schon von ihr erzählt. Ist auch langsam an der Zeit, denn unsere Vorräte gehen allmählich zur Neige. Und außerdem hoffe ich, nun endlich dieses theologische Papier zu erhalten. Du weißt ja, was ich meine.“

Damit aber war die Unruhe des Bauernführers Joß Fritz noch keinesfalls aus der Welt geschafft. „Du magst ja in Büchern viel besser Bescheid wissen als ich“, entgegnete er, „aber ich möchte doch behaupten, dass ich mich in der wirklichen Welt ein wenig besser auskenne. Sonst hätten sie mich ja schon längst geschnappt. Wenn jetzt nicht bald das vereinbarte Zeichen zu hören ist, dann nehme ich mein Bündel und verschwinde hier.“ Doktor Bangenbach erhob beschwörend die Hände. „Warte noch – warte noch, bis die Sonne ein wenig tiefer steht. Dann müsste sie eigentlich kommen. Und dann, wie ausgemacht: Vier Schläge auf einen Buchenstamm. Sie müssten von dort drüben kommen.“

Joß Fritz ließ sich nicht einlullen. Er stand auf, lauschte lange Zeit und spähte umher. Dann ging er zur Höhle und griff nach seinem Bündel. „Ich kann mir nicht helfen, Doktor, aber irgend etwas stimmt hier nicht.“ Nun fing auch Cyriacus Bangenbach an, sich mit Unruhe zu quälen. Doch dies zeigte sich nur an einem unsicheren Blick und an einer zittrigen Handbewegung. „Meinst du wirklich, Joß?“

„Andererseits, Joß“, fing er nach kurzem Nachdenken an zu reden, „wenn wir jetzt verschwinden und Genovefa kommt hierher mit den Papieren, das wäre doch jammerschade. Dann hätte ich all die Wochen hier umsonst zugebracht. Die Papiere, die sind mir ungeheuer wichtig. Für diesen Text aus dem Kloster Margrethausen, da riskiere ich schon etwas. Ich habe dir doch davon erzählt.“

Joß Fritz stand plötzlich auf, lauschte mit offenem Mund, riss die Augen weit auf und drehte den Kopf langsam hin und her. Der Doktor wunderte sich ob solchen Verhaltens. „Joß, was ist mit dir? Hast du Schmerzen?“ Zum Zeichen, dass er schweigen solle, legte der Bauernführer den Zeigefinger an die Lippen. Nun wurde dem Doktor Bangenbach klar, dass Joß Fritz einem Geräusch nachlauschte, einem Geräusch, das er selbst nicht hören konnte, weil es so weit entfernt und leise war. Solches fand der Doktor höchst beunruhigend. Er spürte, wie ihm ein leichtes Zittern durch den Körper fuhr. Angst war das. Pure Angst.

Es dauerte fast so lange, wie man zwei Vaterunser betet, bis Joß das Schweigen brach. „Ich konnte es nicht gleich richtig einordnen. Aber jetzt glaube ich, das waren die vier Schläge. Noch ziemlich weit weg. Aber jetzt: Da singt jemand. Eine Frau.“ Doktor Bangenbach atmete erleichtert auf. „Dann ist ja alles gut. Genovefa kommt. Wir hatten vereinbart, dass sie nach den vier Schlägen zu singen beginnt. Damit ich sie an ihrer Stimme erkennen kann.“ Joß Fritz runzelte die Stirn. „Hätte nicht gedacht, dass du so einfältig bist, mein lieber Doktor. Es könnte doch sein, dass deine Nonne von den Häschern zum Singen gezwungen wird. Ein scharfes Messerchen an der Kehle, und schon tut sie alles, was man von ihr verlangt. So einfach ist das.“ Cyriakus Bangenbach lächelte nachsichtig. „Daran hatte ich durchaus gedacht. Wenn alles sicher ist, dann singt sie zweimal hintereinander das 'Salve Regina', dann einmal das 'Veni Creator Spiritus'. Und wenn die Häscher dabei sind, dann singt sie das anders herum, also zweimal 'Veni Creator Spiritus' und einmal 'Salve Regina'. So hatten wir das vereinbart. Schade nur, dass ich bisher noch nichts hören kann.“

„Sssst!“ Joß Fritz legte wieder den Finger an die Lippen und lauschte. Dasselbe tat nun auch Doktor Bangenbach. So saßen sich beide Männer schweigend gegenüber, in höchster Konzentration:

Der eine suchte herauszufinden, ob die Folge der fernen Gesänge einem bestimmten Schema entsprach; der andere versuchte, überhaupt etwas von diesen Gesängen zu hören. „Jetzt hör ich's auch," meinte schließlich der Doktor nach einer langen Weile. „Stimmt", sagte der Bauernanführer kurz darauf, „die Reihenfolge stimmt." Nach kurzem Überlegen stand er auf, ging in die Linkenboldshöhle hinein und holte sein Bündel. „Trotzdem", suchte er sein Verhalten zu erklären, „man kann nie wissen. Falls da doch noch Häscher kommen sollten, dann bin ich schon halb verschwunden. Tut mir Leid, mein lieber Doktor. Gehab dich wohl." Das dichte Laub des Unterholzes verschluckte ihn mitsamt seinem Bündel.

Der Doktor saß nun allein vor der Höhle. Dieses Alleinsein war er nun nicht mehr gewohnt. Ja, es störte ihn, so plötzlich und ohne jede Vorbereitung allein da zu sitzen. Ganz besonders aber störte es ihn, dass Joß Fritz von Häschern gesprochen hatte. Ein mulmiges Gefühl kroch ihm ins Gedärme, ein Gefühl, das sich bis zu einer mittelschweren Übelkeit steigerte, und bald wurde ihm klar, dass ihm dieses Gefühl nur allzu gut bekannt war: Man nannte es Angst. Was sollte er jetzt tun? Davonrennen? Sich verstecken wie Joß Fritz? Und was war, wenn es keine Häscher waren, sondern doch die junge Nonne?

Vielleicht hilft beten, dachte er. In seiner Zeit als Dozent an der Universität hatte er diese volkstümlichen Gebete für lächerlich und kindisch gehalten. Aber nun war es anders. Nun wusste er eben keinen anderen Weg mehr. „Vater unser" fing er an. „Gegrüßet seist Du Maria" fuhr er fort. Beim letzten Satz des Gebets hielt er inne: „jetzt und in der Stunde meines Todes." Meines Todes? War es tatsächlich schon so weit? Vielleicht sollte er es mit einem anderen Gebet versuchen? Er kramte in seinem Gedächtnis. Da kamen einige Psalmen zum Vorschein, und wie von selbst geriet er ins Lateinische: „Deus, in adiutorium meum intende; Domine, ad adiuvandum me festina. Confundantur, et revereantur, qui quaerunt animam meam. Avertantur retrorsum – – – ". Er stockte. Die Konzentration war ihm abhanden gekommen. Eine große, graue Leere breitete sich in seinem Hirn aus. Steif saß er auf seinem Baumstumpf und starrte still und geistesabwesend vor sich hin.

„He, holla, mein lieber Doktor, was ist mit Euch?“ Ganz unvermittelt teilte sich das Buschwerk an einer Stelle, wo der Gelehrte es nie vermutet hätte, und heraus trat ein junger Bursch mit dem frischen Gesicht der Nonne, einen schweren Henkelkorb im Arm. Cyriakus Bangenbach fuhr hoch, so als wäre er von einem bösen Traum erwacht. Seine eben noch leeren Augen strahlten sie freundlich an. „Oh, Genovefa! Wie schön, dass du da bist!“

Genovefa strahlte zurück. „Seid gegrüßt, Herr Doktor! Eure Freude schmeichelt mir! Ihr werdet Euch aber noch mehr freuen, wenn ich Euch sage, dass ich hier in diesem Korb nicht nur Brot und Schinken habe, sondern auch das endgültige Manuskript. So wie es jetzt ist, kann es auf die große Reise gehen. Hat jedenfalls die Mutter Oberin gesagt.“ Die Augen des Doktors leuchteten begehrlich. „Lass sehen! Auf, komm, gib schon her!“ Die junge Nonne musste angesichts dieses unkontrollierten Verlangens lachen. „Erst müsst Ihr mir sagen, wo Euer Gast steckt. Ihr habt mir doch erzählt, dass Ihr jemanden erwartet. Ist er vielleicht schon wieder weggegangen?“ „Ach der“, antwortete Bangenbach, halb geistesabwesend, denn seine Gedanken waren bei dem Manuskript, „der. Der wird gleich wieder kommen. Er hatte Angst, du würdest in Begleitung von Häschern kommen.“

Der Doktor hatte noch nicht ganz ausgeredet, da teilte sich das Gebüsch wieder, aber diesmal an einer völlig anderen Stelle. Heraus trat Joß Fritz. „Ist von mir die Rede?“ wollte er wissen, und neugierig beäugte er die Nonne. „Du bist Genovefa – hab ich Recht? Der Doktor hat mir viel von dir erzählt.“ Genovefa betrachtete den stattlichen, braun gebrannten Mann mit großem Wohlgefallen. An dem war schon einiges mehr dran als an diesem dünnen, bleichen Doktor! Dieser wollte nun aber nicht mehr länger auf sein Manuskript warten. „Genovefa, bitte! Das Manuskript!“ Ohne ihre Augen von Joß Fritz abzuwenden, kramte die junge Nonne in ihrem Henkelkorb und zog das Gewünschte heraus, ein rechteckiges, ziemlich flaches und ausnehmend sorgfältig verschnürtes Bündel. „Hier!“ sagte sie, zu Bangenbach gewandt, und fast im selben Atemzug sprach sie mit Joß Fritz. „Dieser Doktor! Ein seltsamer Mensch, findet Ihr nicht auch? Immer will er lesen! Wo es doch noch so viele andere schöne Dinge im Leben gibt!“ Das war ganz offensichtlich schon fast ein Angebot zum Schäkern. Der grau Gewandete lächelte, fasste sie am Arm und zog sie zu sich. „Da hast du aber mehr als Recht, meine Liebe!“ Genovefa lächelte zurück, schmiegte sich eng an den Grauen und schlang ihren Arm um seinen Hals. „Wie wär's mit uns zwei beiden, Herr Graurock? Jetzt, wo unser Doktor eine ganze Weile mit diesem Papier beschäftigt sein wird?“ Joß Fritz strahlte vor Glückseligkeit, hatte er doch schon viele Wochen lang auf die Wonnen verzichten müssen, die Männern zuteil werden, wenn sie auf willige Frauenzimmer treffen. „Gehen wir in die Höhle“, schlug er vor und fasste die junge Nonne an der Hüfte.

Als Doktor Bangenbach zu Ende gelesen hatte, saßen Genovefa und Joß vor ihm, traulich an- einander gekuschelt und selig lächelnd. Genovefas Wams war nicht richtig zugeknöpft und der graue Hut von Joß saß schief auf seinem Kopf. „Na, Doktor, fertig mit dem Lesen?“ Der Doktor schien überhaupt nicht zu bemerken, was da soeben in seiner unmittelbaren Nähe vor sich gegangen war. Er streichelte über die Papierblätter und strahlte dabei höchst zufrieden. „Nun ist sie vollkommen, diese Ausarbeitung. Es ist alles mehr geworden, als ich zu Anfang dachte. Aber nun ist alles drin in diesen 75 Thesen, alles, was der Mutter Kirche schaden könnte. So können sie ohne weitere Veränderung gedruckt werden.“

„Dann gilt unsere Abmachung“, sagte Joß Fritz, „ich bringe dieses Papier nach Sachsen.“ „Und das schon bald“, fügte Genovefa hinzu, „ihr beide könnt hier nicht länger bleiben. Es wird unsicher in dieser Gegend. Man sieht in den letzten Tagen immer wieder einzelne, fremde Männer in Margrethausen, die so tun, als wollten sie im Dorf betteln. Es sind aber keine Bettler. Dazu sind sie viel zu gut angezogen. Und seltsamerweise lungern sie stets an Stellen herum, von denen man die Klosterpforte beobachten kann. Es wird allmählich immer gefährlicher, das Kloster zu verlassen. Ich selbst war unter der Plane eines Eselkarrens, als ich heute früh das Kloster verließ. Bis kurz vor dem nächsten Dorf bin ich darunter geblieben.“

„Ich hab es gerochen, dass es hier gefährlich wird, mein lieber Doktor“, meinte er, „das war also doch keine grundlose Ängstlichkeit! Dann bleiben wir nicht länger – ich räume hier schon mal alles auf, bevor wir gehen. Wir wollen doch keine Spuren hinterlassen. Alles soll so aussehen, als wäre hier schon eine ganze Weile niemand gewesen. Und du, mein lieber Doktor, du kannst derweil noch einen Blick auf diese Thesen werfen." Der Mann im grauen Gewand erhob sich, schichtete Steine auf die Feuerstelle und streute dürres Laub darüber, ging dann in die Höhle, um auch dort noch Einiges wegzuräumen und zu verstecken. Als er wieder herauskam, hielt er das Bündel des Doktors in der Hand.

„Du musst dich jetzt von deinen Thesen trennen, Doktor", sagte Joß Fritz, „sie sind bei mir doch auch ganz gut aufgehoben, glaub mir! Und du, mein allerliebstes Genovefchen, du schaust zu, dass du so schnell wie möglich wieder in deinen Eselskarren kommst. Also los, Doktor! Bis ins Killertal gehen wir noch gemeinsam! Gottes Segen, Genovefchen!" „Halt!" Genovefa breitete die Arme aus, als wolle sie ein vorbeifahrendes Pferdefuhrwerk zum Anhalten bringen. „Da ist noch was! Etwas ganz Wichtiges; fast hätte ich es vergessen. Ihr beide könnt nicht den gewöhnlichen Weg gehen. Meine Mutter Oberin hat da etwas für euch eingefädelt. Ihr geht in dieser Richtung durch den Wald, bis er aufhört. Dort kommt ihr auf einen Pfad, der euch nach Onstmettingen führt. Der dritte Hof rechts vom Weg. Geht nicht zu nah ran. Der Bauer hat ein riesengroßes Hundsvieh; es wird furchtbar laut bellen. Wartet dann, bis der Bauer kommt. Er weiß dann Bescheid. Er wird euch auf einem unbekannten Weg ins Neckartal bringen. So seid ihr sicher vor Verfolgern. Gott zum Gruß, Bauer Keinath, müsst ihr sagen, was hast du doch für einen lieben kleinen Hund. Ich wette, er heißt Goliath. Goliath, das ist das Erkennungswort. Und jetzt komm noch einmal kurz, mein liebster Graubär!" Die junge Nonne schmiegte sich an Joß Fritz, der sie fest an sich drückte. „Du bist ein liebes Mädchen", sagte er und küsste sie herzhaft auf den Mund, „Gott schütze dich!"

„Das Manuskript, Joß, kann ich es noch bis zum Killertal behalten? Und wird es dann wirklich nach Wittenberg gebracht werden?" „Ja natürlich, Doktor, bei meiner Seel! In spätestens einer Woche wird das Ding auf dem Schreibpult von Doktor Martinus in Wittenberg liegen, da kannst du Gift drauf nehmen! Und jetzt kommt die Dämmerung; wir müssen gehen!"

4

Von weitem schon hörten sie das wütende Gebell. Es klang dermaßen gefährlich, dass sie automatisch ihre Schritte verlangsamten. Als sie die schemenhaften Umrisse einer männlichen Gestalt bemerkten, die aus der Richtung des Hofes auf sie zu kam, da suchten sie sich zunächst in den Schatten eines Gebüschs zu drücken. Aber sie waren bereits bemerkt worden. Ein stämmiger, älterer Mann mit einem riesenhaften Ungeheuer von Hund neben sich, das gefährlich knurrte. „He da, ihr beiden! Wer seid ihr?" Der Mann trug die übliche, bäuerliche Kleidung, dazu aber einen breitkrempigen Hut und einen mächtigen schwarzen Bart, der die untere Hälfte seines Gesichts vollkommen verdeckte.

Als Doktor Bangenbach sah, wie der massige Vierbeiner die Zähne bleckte, da erinnerte er sich daran, dass er schon als kleiner Junge vor Hunden Angst gehabt hatte. Ihm wurde flau im Magen und er trat einen Schritt zurück, so dass er hinter dem Bauernanführer zu stehen kam. Der jedoch ließ sich von dem Anblick des riesigen Ungetüms nicht einschüchtern. „Gott zum Gruß, Bauer Keinath!" fing er verabredungsgemäß an, und als er mit dem Wort „Goliath" geendet hatte, da ging der Bauer mit raschen Schritten auf sie zu. Sobald er unmittelbar vor ihnen stand, streckte er ihnen mit herzlicher Geste die Hand entgegen. Joß Fritz ergriff sie mit der Rechten und klopfte ihm mit der Linken ebenso herzlich auf die Schulter. Kaum war dies geschehen, ließ der Hund das Knurren sein, begann mit dem Schwanz zu wedeln und freundlich zu fiepen. Nun trat auch Doktor Bangenbach näher heran und gab seinerseits dem Bauern die Hand.

„Wir wollen keine Zeit verlieren", sagte der Bauer, der offensichtlich kein Freund unnötiger Worte war. „Ich gehe mit dem Hund voraus und ihr beide haltet euch dicht hinter mir." Doktor Bangenbach hatte große Mühe zu folgen, denn der Bauer legte ein ungewohnt forsches Tempo vor. Bald schon ging ihm der Atem schwer. Der Bauer bemerkte dies augenblicklich und wandte sich zu ihm um. „Tut mir Leid, wenn ich Euch so hetzen muss, edler Herr. Aber wir müssen uns wirklich beeilen."

Zunächst führte der Weg über bebautes Land, bis sie an den Rand eines Waldes kamen. Dort hielt der Bauer an. „Jetzt kommt der Jägerpfad“, erklärte er mit ernstem Gesicht. „Das ist der schwierigste Teil. Die meisten Leute in meinem Dorf kennen ihn. Aber nur wenige haben ihn je benutzt. Er ist ziemlich gefährlich. Vor allem bei Nacht. Aber jetzt ist er genau richtig. Weil wir vielleicht verfolgt werden. Kein Mensch wird denken, dass wir hier gegangen sind. Und wenn unsere Verfolger uns den Weg abschneiden wollen, dann warten sie umsonst.“ Als Folge eines breiten Grinsens zog sich der schwarze Bart nun ebenfalls in die Breite. Dies währte freilich nur einen kurzen Augenblick. „Ich gehe voraus“, fuhr er mit ernster Miene fort, „und ihr bleibt ganz dicht hinter mir. Ihr achtet genau auf meine Schritte und macht alles genau wie ich. Wenn ihr nicht aufpasst, dann geht’s abwärts mit euch. Abwärts in die Tiefe. Wenn ihr beim Abrutschen nicht zufällig an einem Baumstamm hängen bleibt, dann war das euer letztes Stündlein.“ Seine beiden Begleiter schauten ihn an mit einer Mischung aus Erstaunen und Angst.

Doktor Bangenbach spürte, wie er eine Gänsehaut am Rücken bekam. „Gibt es nicht doch vielleicht einen anderen Weg?“ fragte er, und wie er redete, spürte er, wie seine Stimme zitterte. „Das Leben ist immer lebensgefährlich“, meinte Bauer Keinath. Was für ein dummer Spruch, dachte Doktor Bangenbach und fühlte, wie ihm schwarzer Ärger in die Gedärme kroch. „Es ist nur eine halbe Stunde Wegs“, ergänzte Keinath begütigend, „und ein wenig Mondschein haben wir außerdem. Denkt auch dran, ihr Herren, dass ihr um so sicherer seid, wenn ihr dieses Stück erst hinter euch habt. Hab mir das alles genau ausgedacht. Und falls doch einer von euch ausrutschen sollte, da ist immer noch mein Leo. Mein Hund.“ Das Riesenungetüm hatte seinen Namen gehört und kroch fiepend auf seinen Herrn zu, um sich von ihm am Hals kraulen zu lassen. Wieder zog sich der schwarze Bart in die Breite. „Hab ihn so getauft nach dem Papst, meinen guten alten Leo. Macht richtig Spaß, wenn ich sage – Leo lass das, oder Leo bleib da weg.“ Der Bart nahm nun wieder seine ursprüngliche Form an. „Hab mit Leo viel geübt. Falls ihr nicht zu weit gerutscht seid, wird er hinunter kriechen und euch am Kragen packen. Und dann wieder hochziehen. Ist ja schon ein bisschen kräftig, mein Leo. Gell, das bist du doch, mein Leo, nicht wahr, mein lieber Hund?“

Bauer Keinath hatte nicht übertrieben. Sie gingen nämlich nicht den breiteren Weg geradeaus am Waldrand entlang. Vielmehr bogen sie scharf rechts ab, wo ein ausgesprochen schmaler und kaum sichtbarer Trampelpfad stracks in den Wald hineinführte. Nach wenigen Dutzend Schritten änderte sich die Beschaffenheit des Geländes abrupt: Hatten sie sich bisher auf mehr oder weniger ebenem Terrain befunden, so wand sich ihr Pfad nunmehr an einem beängstigend steilen Abhang entlang. Erschwerend kam noch hinzu, dass der Pfad für ihre Augen kaum zu sehen war, weil der Waldboden mit einer dicken Schicht trockenen Laubs vom vergangenen Herbst bedeckt war. Sie bemerkten auch bald, worin die eigentliche Gefahr bestand: Unter dem Laub verbarg sich immer wieder loses Gestein, und wenn es das Unglück wollte, konnte man durchaus darauf treten, was eine fatale Folge haben konnte – das Gleichgewicht zu verlieren und dann holterdipolter in der Tiefe zu verschwinden.

An einem Punkt blieb Bauer Keinath stehen. Er drehte sich zu seinen beiden Begleitern zurück und deutete mit ausgestrecktem Arm quer über den Abhang in die Ferne. „Dort drüben, könnt ihr das sehen? Dort drüben steht die Burg Hohenzollern. Sieht doch ganz hübsch aus, wenn der Mond so drauf scheint, gell?“ Während Bangenbach vergeblich seine Augen anstrengte, um in der Ferne die Umrisse einer Burg zu entdecken, reagierte Joß Fritz mit Ärger: „Was interessiert uns deine Burg, Bauer! Und überhaupt, wenn ich das schon höre: Hohenzollern! Seht zu, dass wir möglichst schnell hier von diesem Abhang wegkommen!“ Keinath antwortete nicht. Mit einem plötzlichen Ruck seines Körpers stapfte er wieder los. Es war zu dunkel, um sein Gesicht zu erkennen. Aber die ruckartige Bewegung ließ ahnen, dass die Bemerkung von Joß Fritz ihn gekränkt hatte.

Sie waren mehrere Hundert Schritt weiter durch das raschelnde Laub gestapft, als Bauer Keinath abermals stehen blieb. „Was ist jetzt schon wieder?“ wollte Joß Fritz losbaffen. Doch er ließ es bleiben, als er sah, dass hier ein mannshoher Felsbrocken den Weg blockierte. „Und jetzt?“ sagte er statt dessen kleinlaut. Keinath kratzte sich am Bart. „Das geht. Glaubt mir, ich weiß das.“ Es verstrichen einige Augenblicke. Er überlegte sich, wie er es am besten erklären konnte. Nach einigem „Hum, hum, hum“ fing er mit seiner Erklärung an. „In dem Felsbrocken sind Ritzen. Und aus diesen Ritzen wachsen Baumwurzeln heraus. Dort müsst ihr euch festhalten. Nehmt aber nur die dicksten, hört ihr? Die dünnen brechen nämlich ab.“ Er schaute seine beiden Gefährten an und wartete. Aber sie standen beide stocksteif da. Keiner wollte der Erste sein. Bauer Keinath wartete immer noch. „Wo ist dein Hund geblieben?“, fragte der Doktor nach einiger Zeit, „ich sehe ihn gar nicht mehr.“ Der Bauer musste lachen. „Der? Der ist schon lange drüben auf der anderen Seite und wartet auf uns!“

Keinaths Lachen führte jedoch nicht zu einer Entspannung. Noch immer standen der Doktor und der Bauernführer stocksteif da. Bauer Keinath schaute sie an, kratzte sich an seinem schwarzen Rauschebart und nestelte schließlich in seinen Taschen. Er holte ein kleines Bündel heraus, das er seinen Gefährten entgegen hielt. „Hier, ein Seil“, meinte er, „ein ziemlich dickes Seil. Wir Bauern brauchen so etwas für alte Kühe, wenn wir sie zum Schlachten führen. Hier, ein Ende binde ich hier an diesen Stamm. Und das andere Ende hier um den Leib. Wenn ich drüben bin, holt ihr das lose Ende zu euch zurück. Wer von euch nach mir kommt, ist mir eigentlich egal.“ Sprach's und hangelte sich los.

Er war noch nicht hinter dem Felsvorsprung verschwunden, da ertönte ein leises Knistern, begleitet von einem halblauten Fluch. Im Wipfel des Baums, an den das Seil angebunden war, rauschten die Blätter. Keinath war in der Tiefe verschwunden. Doktor Bangenbach fühlte den kalten Angstschweiß auf seinem Rücken. Aus der Tiefe vernahmen sie ein heftiges Schnauben, ein Rascheln und Poltern. Kleinere Steine hatten sich weiter unten aus dem Abhang gelöst und holperten talwärts. Das Schnauben kam näher, und nach wenigen Augenblicken konnte man den Kopf des Bauern am unteren Rand des Felsvorsprungs erkennen. Joß Fritz half ihm auf den Pfad. „Ihr seht ja, es kann nichts passieren“, meinte Keinath mit gespielter Fröhlichkeit, „jetzt kommt der zweite Versuch.“

Nicht anders als beim ersten Mal hangelte sich der Onstmettinger Bauer am Fuße des Vorsprungs von einer Wurzel zu anderen, diesmal jede sehr sorgfältig auf ihre Stärke prüfend, bevor er sich ihr anvertraute. Es dauerte nicht lange, bis er hinter dem Vorsprung verschwunden war. Ein freundliches Blaffen zeigte an, dass er auf der anderen Seite wohlbehalten angekommen war. Das Seil erschlaffte; man konnte das andere Ende herüberziehen.

Joß Fritz und Cyriak Bangenbach schauten sich an. Bangenbach schüttelte den Kopf. „Also gut“, sagte Joß Fritz und band sich das Seil um die Körpermitte. Auch er hangelte sich von Wurzel zu Wurzel, mit dem Unterschied nur, dass es nun wesentlich länger dauerte. Doktor Bangenbach fühlte sich verlassen. Kalte Todesangst kroch ihm von den Beinen in den Leib – ganz allein nächtlings in einem dunklen Wald, auf einem äußerst schmalen Pfad, am Rande eines gefährlichen Abgrunds. Die Angst lähmte ihm die Glieder. Er konnte sich nicht bewegen. „He, Cyriak! Was ist los? Warum kommst du nicht?“ hörte er von Ferne seinen Genossen Joß Fritz rufen. „Du musst das Seil vom Baum lösen. Und dann bindest du es dir um den Leib. Ganz fest. Das andere Ende ist ja bei uns. Auf, los geht’s! Es kann ja nichts passieren!“ Bangenbach stand noch immer da wie versteinert. „Auf, Doktörle, auf! Die Geschichte könnt Ihr dann mal Euren Enkeln erzählen!“ Eine tiefe, aufmunternde Stimme. Das war der Bauer von Onstmettingen, begleitet von freundlichem Hundegebell.

Das Bellen des Hundes löste letztendlich die Spannung. Doktor Bangenbach vermochte sich wieder zu bewegen. Er löste das Seil vom Baum und schnürte es sich um den dürren Leib. Das Fummeln nach dicken Wurzelstrünken bei fast völliger Dunkelheit verursachte ihm ein flaues Gefühl im Gedärme, das sich in einem weithin hallenden Furz Erleichterung verschaffte. Bei anderer Gelegenheit hätte ein derart tönender Furz schallendes Gelächter bei den Anwesenden verursacht. Aber nicht unter diesen Umständen.

Doktor Bangenbach schaute nach links. Er hatte sich bereits um die Spitze des Vorsprungs herumgehangelt und konnte sehen, wie ihm seine Gefährten gespannt zuschauten. „Alle Achtung, mein liebes Doktörle! Für einen Tintenkleckser ist das ganz großartig! Nur noch zwei Klafter, Doktörle, dann haben wir's geschafft!“ Bei der letzten Wurzel angekommen, griffen vier helfende Arme nach ihm. Er schwankte, als er wieder festen Boden unter den Füßen spürte. „Danke, ihr zwei, danke! Aber jetzt muss ich erst mal – äh – meine Verdauung – äh.“ Er hatte seine Hose noch nicht ganz herunter gelassen, da sprotzte es dann auch schon los.

5

„Wenn Ihr in die Schweiz wollt, mein lieber Doktor, dann nehmt Ihr am besten diesen Weg da nach Süden. Er führt Euch zunächst nach Rottweil, dann nach Basel.“ Doktor Bangenbach griff sich ins Wams, wo er das gut verschnürte Bündel verwahrt hatte. „Hier, mein Freund, hier hast du die Schrift, die unserer alten, hinfälligen Mutter Kirche zum Jungbrunnen werden könnte. Pass gut auf, dass sie wohl behalten in Wittenberg ankommt!“ Doktor Bangenbach blieb noch eine Weile stehen, bevor er seinen beiden Weggefährten den Rücken kehrte und sich auf den gewiesenen Weg machte.

„Und Ihr, mein lieber Joß,“ fuhr der Onstmettinger Bauer fort und wandte sich an den Bauernführer, „Ihr geht nach Norden. Hier, schaut, ich hab eine Pilgermuschel für Euch. Hat mir die Äbtissin vor ein paar Tagen gegeben. Für alle Fälle, hat sie gesagt. Ihr geht jetzt als Pilger ins Fränkische. Nach Walldürn. Von dort geht es nach Niklashausen. Dort wartet ein Bundschuh-Mann auf Euch. Der hat ein Pferd – “ „Nicht so schnell, Bauer Keinath“, unterbrach ihn Joß Fritz, „wie heißt dieser Bundschuh-Mann?“ Keinath presste die Lippen zusammen. „Weiß ich nicht. Wird Euch schon was einfallen, wie Ihr ihn herausfinden könnt. Also: Dieser Mann in Niklashausen hat ein Pferd für Euch. Dann geht es schneller. Auf dem Weg von Walldürn nach Niklashausen könnt Ihr ja erzählen, dass Ihr eine Schwester habt, die in Niklashausen verheiratet ist. Ich muss jetzt wieder auf die Alb. Hab schon Heimweh nach Onstmettingen. Gehabt Euch wohl! Gott schütze Euch!“

Es war in der Nähe von Dusslingen gewesen, wo sie sich getrennt hatten, nicht weit von Tübingen. Seitdem war Joß Fritz als Pilger unterwegs. Eigentlich hielt er Wallfahrten für reine Zeitverschwendung, gab es doch seiner Meinung nach wichtigere Dinge im Leben: Felder zu bestellen beispielsweise, oder Vieh zu züchten. Oder auch Feste zu feiern. Aber er hatte sich bald an seine neue Rolle gewöhnt, zumal die Leute ihm mit einer äußerst angenehmen Mischung aus Mitleid und Hochachtung begegneten. Immer wieder war er gefragt worden, was ihn auf die Pilgerschaft gebracht habe. Zunächst hatte er sich mit einer konkreten Antwort zurückgehalten und lediglich verlauten lassen, er habe ein Gelübde getan. Nach mehreren Tagen jedoch war er mutiger und mitteilsamer geworden:

Er hatte dann von einer schweren Krankheit erzählt, von der er auf wundersame Weise genesen sei, nachdem er der Gottesmutter eine Wallfahrt nach Walldürn versprochen hatte.

In Walldürn selbst war eine seltsame Anwandlung über ihn gekommen: Inmitten all dieser Pilger war er nun schließlich selbst ebenfalls zu einem richtigen Pilger geworden: Wie die zahllosen anderen hatte er sich in der Wallfahrtskirche niedergekniet, um seine Gebete zu verrichten. Er hatte sich nicht erinnern können, wann er zum letzten Mal gebetet hatte – als kleiner Junge vielleicht. Aber nun war die fromme Inbrunst der Wallfahrer geradezu mit Händen zu greifen gewesen, und dem hatte er sich nicht entziehen können: Wie er dakniete, war es plötzlich über ihn gekommen: Ein heftiger Schauer hatte ihn überfallen und ihn am ganzen Körper geschüttelt. Heilige Muttergottes, war es durch ihn gefahren, heilige Muttergottes, hilf mir, dass ich meine Mission unbeschadet durchführen kann! Hilf mir, dass es mir gelingt, die Thesen der Äbtissin nach Wittenberg zu bringen!

Von Walldürn war es gerade mal ein Tagesmarsch gewesen, bis er in Niklashausen angekommen war. Und nun saß er da, in der finsteren Dorfkneipe zwischen mehreren halb betrunkenen Bauersknechten und hielt mit der Rechten einen Bierkrug. Seine Linke lag zitternd auf dem Tisch, den Daumen nach innen auf die Handfläche gedrückt, so dass nur die übrigen vier Finger zu sehen waren. Er ließ es heftig zittern, so als sei er von einer Krankheit befallen, die ihm den Daumen verbog und ihn gleichzeitig zum Zittern brachte. Jetzt wartete er darauf, dass irgend Jemand dies bemerkte. Und dass sich dieses merkwürdige Leiden im Dorf rasch herumsprach. Der Bundschuh-Mann würde dann schon erkennen, was gemeint war, denn die Zahl Vier: Das war das Zeichen des Bundschuhs.

Es brauchte nicht viel, um seine linke Hand zum Zittern zu bringen. Sie zitterte fast von alleine, denn ihm war in höchstem Maße unwohl. Ja, er musste sich eingestehen, dass es wesentlich mehr war als ein gewöhnliches Unwohlsein: Es war die blanke Angst. Was, wenn nicht nur der Bundschuh-Mann das Zeichen richtig deuten würde? Wenn irgendwelche Häscher auftauchten, um ihn vor den Würzburger Bischof zu schleppen? Nun gut: Er hatte für diesen Fall vorgesorgt. Ein klein Wenig zumindest. Er hatte seinen

Platz in der Kneipe nämlich so ausgewählt, dass er nicht nur den Eingang im Blick hatte, sondern eine weitere Tür, die wohl zum Viehstall führte. Außerdem war da noch eine Treppe zur Wohnung des Wirts, der im oberen Stock hauste. Und unmittelbar hinter seiner Sitzbank befand sich ein Fenster, nur leicht angelehnt und groß genug, um es als Fluchtweg zu benützen.

Die angetrunkenen Bauernknechte hatten sich bisher über eine besonders dralle Magd unterhalten, die es ihnen angetan hatte. Bis dann einer seiner Tischnachbarn sich zu ihm hindrehte und auf seine zitternde Hand deutete. „Was hast du da?“ wollte er wissen. Über diese Neugier freute sich Joß Fritz ungemein, durfte sich die Freude jedoch nicht anmerken lassen. So seufzte er denn vor sich hin und befleißigte sich dabei eines Gesichtsausdrucks, den er für gequält hielt. Sein Seufzer brachte das Gespräch am Tisch zum Schweigen. Die Bauernknechte hatten sich allesamt zu ihm hergedreht. Nun kommt's drauf an, dachte er. Nun muss ich so gut schauspielern wie die Komödianten, die in den großen Städten ihr Geld verdienen. Er wartete noch einen Augenblick, um die Spannung zu vergrößern. „Eine alte Krankheit“, sagte er schließlich, nachdem er zuvor noch einmal geseufzt hatte, „war deshalb in Walldürn zur Wallfahrt. Hat aber nichts geholfen, wie ihr seht. Ist aber nicht schlimmer geworden. Das ist ja auch schon was.“

Und wie er so laut und herzhaft geseufzt hatte, waren noch einige andere Gäste aufgestanden und hergekommen, um sich die zitternde Hand anzusehen. „Meine Großmutter hatte auch so was“, erzählte einer der Gäste, „aber die ist schon lange tot.“ Das passt sehr gut, dachte Joß Fritz, ließ die Hand noch etwas schneller zittern und zog eine ängstliche Grimasse. „Ist das wahr?“ ließ er sich mit furchtsamer Stimme hören, „meinst du, ich muss dann auch bald sterben?“ „Lasst mir den Pilger in Ruh!“ brüllte da der Wirt hinter seinem Schanktisch hervor, „setzt euch wieder an eure Plätze!“ Die neugierigen Gäste trollten sich. Einige verließen den Gastraum. Die andern schauten aber nach wie vor neugierig zu ihm herüber. Die Bauernknechte kamen wieder auf die dralle Magd zu sprechen. Joß Fritz saß da und schaute auf seinen Bierkrug.

Ein kleines Mädchen betrat den Schankraum und schaute ihn von weitem mit großen, braunen Kulleraugen an. Sie hatte schwarzes, ziemlich verfilztes Haar. Ihr schmächtiger Körper steckte in einem viel zu kurzen, stark verschmutzten Hemdchen. „Was willst du, Kleine?“ fragte er nach einer Weile. Sie steckte den Zeigefinger in den Mund und schwieg. „Komm her, mein Kleines, und sag mir, was du willst!“ Sie fasste mit der anderen Hand den Saum ihres Hemdchens, rührte sich aber nicht vom Fleck. „Geh schon“, rief der Wirt, der die Szene beobachtet hatte, „der tut dir nichts.“ Nun bewegte sich die Kleine, blieb dann aber einen Schritt weit von ihm entfernt stehen. „Also, was willst du“, wiederholte Joß Fritz seine Frage. Dabei schaute er sie möglichst freundlich an. „Ich möcht dich etwas fragen.“ „Und was willst du mich fragen?“ Das freundliche Lächeln zeigte Erfolg. „Hast du – hast du wirklich nur vier Finger an der einen Hand?“ Das läuft ja allerbestens, freute sich Joß, ließ aber gleichzeitig wieder seinen mittlerweile wohl bekannten Seufzer ertönen. „Bei allen vierzehn Nothelfern, ja! Gott sei's geklagt!“ Bei diesem letzten Ausruf hob er seine Linke in die Höhe und hielt sie mit der Rechten fest, damit sie nicht gar so kräftig zittere. Das kleine Mädchen hatte gesehen, was es wollte. Ohne ein weiteres Wort war sie wieder verschwunden.

Als das Mädchen die Kneipe verlassen hatte, nahm Joß Fritz einen großen Schluck aus seinem Humpen. Kaum hatte er das klobige Trinkgefäß wieder abgestellt, da wurde das Fenster hinter seinem Rücken von außen aufgedrückt und ein altes Weib steckte seinen Kopf herein. Er spürte ihren stinkigen Atem in seinem Nacken, was ihm einen kalten Schauer über den Rücken jagte. Er verspürte ein kaum bezwingbares Verlangen, ihr seinen Bierkrug in das runzlige Gesicht zu schlagen. „Was willst du, Alte? Komm doch rein, wenn du mir etwas sagen willst!“ „Hast du wirklich nur vier Finger, hä?“ Ihr Atem roch nun richtig stark nach fauligem Fleisch. Joß Fritz musste gegen einen Würgreiz ankämpfen. Sie sieht ja ganz manierlich aus, dachte er, und in jungen Jahren war sie vielleicht die Dorfschönheit hier. Wenn sie nur nicht so furchtbar stinken würde. Schweigend hob er seine Linke. Mit der Rechten fasste er ihre Stirn und schob ihren Kopf wieder zum Fenster hinaus.

Er hatte kaum Zeit, einen weiteren Schluck aus seinem Humpen zu tun, da betrat ein Junge den Schankraum, kaum größer als das kleine Mädchen, das ihn nach seinen vier Fingern gefragt hatte, aber genau so schmächtig. Er mochte so ungefähr sechs oder sieben Jahre alt sein. „Willst du auch meine Hand sehen?“ rief ihm Joß Fritz zu, „hier ist sie!“ Der Junge kam näher. Während er mit forschenden Augen die Hand genau inspizierte, sagte er halblaut: „Mein Großvater will dich sprechen. Komm mit!"

Joß Fritz holte tief Luft. Das konnte der erwartete Mann mit dem Pferd sein. Aber natürlich auch eine Falle: Er stellte sich vor, wie draußen vor dem Eingang rechts und links die Häscher auf ihn warteten, um ihn beim Verlassen der Kneipe zu packen. „Wie heißt dein Großvater?" „Mein Großvater ist der Pfeiferjakob." Pfeiferjakob? Das hörte sich gut an. Vielleicht ein Sohn des berühmten Pfeifers von Niklashausen, jenes Mannes, der vor mehr als vierzig Jahren hier in der Gegend für großes Aufsehen sorgte, bis ihn der Bischof von Würzburg als Ketzer verbrannt hatte. „Du machst jetzt einen kleinen Spaziergang durch das Dorf. Gehst in die Kirche. Betest drei Vaterunser. Kann nie schaden, sowas. Dann kommst du wieder. Aber du wartest dann hinter dem Haus hier. Beim Misthaufen", sagte Joß Fritz schließlich, ebenfalls flüsternd, „ich komme dann schon."

Als der Junge den Raum verlassen hatte, widmete sich Joß Fritz erst mal ausgiebig dem Inhalt seines Humpens, lauschte zwischendurch dem mittlerweile recht erregten Schwadronieren der Bauernknechte, das noch immer um die Vorzüge dieser drallen Magd kreiste. Nach einiger Zeit legte er einen halben Kreuzer unter den zwischenzeitlich leer getrunkenen Humpen, stand auf und ging auf die Stalltür zu. „Halt, Fremder!" rief der Wirt. „Was willst du dort?" „Scheißen!" antwortete Joß Fritz so knapp wie ungerührt. „Was denn sonst?" Der Wirt grummelte noch etwas, ließ ihn aber gewähren. Als er die Tür geöffnet hatte, sah er, dass er richtig vermutet hatte: Er befand sich nun im Stall, wo sich zwei Muttersauen tummelten mitsamt einer größeren Anzahl von Ferkeln. Die nach außen führende Stalltür war nur angelehnt. Er warf einen prüfenden Blick durch den Türspalt: Kein Mensch war zu erblicken. Bis auf den Jungen, der wie vereinbart beim Misthaufen stand und freudig herumzuhopsen begann, als er ihn erblickte. „Da bin ich. Bring mich nun zu deinem Großvater." Ohne ein Wort zu verlieren, ging der Junge folgsam voran. Am Rand des Dorfs blieb er vor einer niedrigen Hütte stehen. „Hier", sagte er. „Hier wohnt er."

Joß Fritz zauderte. Auch das konnte eine Falle sein. „Sag deinem Großvater, er soll herauskommen." Der Junge verschwand in der

Hütte. Während er wartete, schaute er sich um. Hühner scharrten auf den Misthäufen. Schweine suhlten sich im Dreck. Irgendwo meckerte eine Ziege. Nirgendwo ein Mensch: Es war Vesperzeit. Die Leute von Niklashausen waren alle in ihren Häusern.

Ein glatzköpfiger, spindeldürrer Greis trat aus der Hütte, das Gesicht voll mit eisgrauen Bartstoppeln. Misstrauisch blickten ihn seine graublauen Augen an. „Bist du der Mann mit den vier Fingern?“ wollte er wissen. Der Bauernanführer nickte. „Was willst du von mir, Fremder?“ Jetzt muss ich aufs Ganze gehen, dachte Joß Fritz, jetzt bleibt mir nichts, als alles auf eine Karte zu setzen. „Ich habe gehört, du hast ein Pferd zu verkaufen.“ Die Betonung legte er bewusst auf das Wort „Pferd“ in der Hoffnung, dass seine Botschaft damit ankam. Der Alte verzog keine Miene. Es war nicht zu erkennen, ob sich sein Misstrauen durch die Antwort verringert hatte. „Wer hat das gesagt?“ wollte der Alte wissen. „Ein Bauer“, antwortete Joß Fritz. „Ein Bauer“, echote der Alte, „und wo war das? Ich meine, das mit dem Bauer?“ „Weit weg von hier“, erwiderte Joß Fritz. Er zögerte, sich festzulegen. „Weißt du's nicht genauer?“ hakte der Alte nach. Joß Fritz schluckte. Nun musste er Farbe bekennen. „Schorndorf“, sagte er und spürte, wie ihm der Hals trocken wurde. Er hatte den Namen dieser württembergischen Amtsstadt gewählt, weil sie in dem erst jüngsthin niedergeschlagenen Bauernaufstand des „Armen Konrad“ im Remstal eine Rolle gespielt hatte. War sein Gegenüber ein Spitzel, so hatte er sich damit verraten. „So so, in Schorndorf“, sagte der Alte langsam. Nach einer Weile fügte er hinzu: „Das könnte sein.“

Wortlos verschwand der Alte wieder in seiner Hütte. Wenn jetzt mehrere schwer bewaffnete Männer herauskommen, dachte Joß Fritz, dann ist mein Leben zu Ende. Und die Schrift wird nie nach Wittenberg kommen. Der Bauernanführer spürte, wie ihm das Hemd an Brust und Rücken festklebte. Kein Wunder, dachte er, das ist Angstschweiß. Er schaute sich um: Wenige Schritte von ihm entfernt stand eine dickstämmige Linde. Dorthin huschte er und verbarg sich hinter dem Stamm. Falls sie ihn erschießen wollten.

Der Alte kam wieder aus seiner Hütte. Er trug ein dickes Bündel auf dem Rücken und hob erstaunt die Augenbrauen, als er den Fremden hinter der Linde sah. „Komm mit“, sagte er, „das Pferd ist auf der Koppel.“ „Und dein Enkel?“ „Der bleibt zu Hause. Den brauchen wir jetzt nicht mehr. Jetzt komm schon!“ An niedrigem Gebüsch vorbei führte der Weg aus dem Dorf hinaus. Immer wieder spähte Joß Fritz zurück, um sicher zu gehen, dass niemand ihnen folgte. Der Alte tat desgleichen. Sie kamen durch leicht welliges Gelände. Ab und zu flogen einige Krähen hoch.

Unvermittelt begann der Alte zu reden. „Das hast du gut gemacht. Hinten aus dem Stall raus. Da hat dich keiner gesehen.“ Mehr sagte er nicht. Joß Fritz war erleichtert. Er sah sich in seiner Vorsichtsmaßnahme bestätigt. Wortlos gingen die beiden neben einander her, bis der Alte abermals zu reden begann. „Der Pfeifer, das war mein großer Bruder. Ich habe gesehen, wie er in Würzburg auf dem Marktplatz verbrannt wurde. Da hab ich mir geschworen, es ihnen heimzuzahlen. So gut ich eben kann. Mit einem Pferd. Ich kann es gut mit Pferden, musst du wissen, Fremder. Und hab viele Jahre gewartet. Bis heute.“

Joß Fritz war beeindruckt, doch ließ er sich nichts anmerken. So schritten sie denn weiter schweigend neben einander her. „Wer ich bin, das sage ich dir besser nicht“, fing Joß Fritz nun ebenfalls unvermittelt an. „Ich sag dir auch nicht, wo ich hin will. So kannst du nichts verraten. Auch wenn sie dich zu Tode foltern.“ Der Alte schaute ihn von der Seite bewundernd an. „Du bist vorsichtig, Fremder. Das ist gut.“ Und nach einer Weile fügte er hinzu, mit einem hörbar zufriedenen Tonfall in der Stimme: „Das ist sehr gut.“ Weiter ging es über abgeerntete Felder, bis sie nach mehreren hundert Schritt in der Ferne ihr Ziel sehen konnten: Ein stattlicher Fuchs, der freudig wieherte und mit den Hufen scharrte, als er seinen Herrn kommen sah. „Das ist Lorenz. Ein sehr kluges und ausdauerndes Tier. Lorenz wie der Fürstbischof. Oder macht es dir etwas aus, auf einem Bischof zu reiten?“

„Wir haben lange Zeit geübt, Lorenz und ich. Er duldet keinen fremden Reiter auf seinem Rücken. Mit einer Ausnahme: Wenn der Fremde vorher mit mir zusammen ein paar Stunden lang auf ihm geritten ist. Das geht langsam, aber es sind ja nur noch ein oder zwei Stunden, bis es dunkel wird. Dann machen wir es uns bequem und schlafen im Freien. Deshalb habe ich die Sachen hier mitgebracht“ – er deutete dabei auf das dicke Bündel. „Morgen früh reitest du dann allein weiter. Also, hopp, steig auf!“

Sie saßen noch nicht lange auf dem Rücken des breit gebauten Pferdes, da bemerkten sie in der Richtung des Dorfes eine dicke Rauchwolke. „Hab es mir doch gedacht", meinte der Alte. „Sie haben das Wirtshaus angezündet, diese Hunde, da bin ich mir sicher. Sie sind eben immer noch auf der Lauer. Seit sie meinen Bruder umgebracht haben, diese Mordbuben." „Aber sie haben nicht gemerkt, dass du nicht mehr dort bist", fügte er nach einer Weile des Schweigens kichernd hinzu.

Der Rauch war noch am nächsten Morgen zu sehen.

6

Wie schön es doch war, ein Pfaffe zu sein! An diesem sonnigen Frühherbstvormittag saß Pfarrer Ambrosius Hergenroth gemütlich auf der Bank vor seinem Pfarrhaus, schlürfte an einem Krüglein kühlen Mosts und schaute seinen Nachbarn beim Stallmisten zu. Eigentlich hätten sich die Blätter schon verfärben müssen. Auch wäre es längst für die Zugvögel an der Zeit gewesen, nach Süden aufzubrechen. Aber der Sommer wollte einfach noch nicht gehen. Pfarrer Hergenroth genoss den immer noch kräftigen Sonnenschein. Zufrieden lauschte er den melodischen Liedern der Amseln und dem emsigen Gesumme der Hummeln. Wie richtig doch die Entscheidung damals gewesen war, damals vor siebzehn Jahren, die Universität Tübingen zu verlassen, um seine Tage fernerhin als ganz gewöhnlicher Dorfpfarrer zu verbringen. Hier in Tailfingen, in diesem abgelegenen Dorf auf der Schwäbischen Alb und fast zwei Tagesmärsche von der Alma Mater Tubingensis entfernt, konnte er ein beschauliches Leben führen, allseits geachtet von den Leuten im Dorf.

Genüsslich nippte er an seinem Krüglein und ließ sich das fein säuerliche Nass mit Wohlbehagen durch die Kehle rinnen. Nachbar Conzelmann zu seiner Linken war mit dem Stallmisten fertig. Er wischte sich den Schweiß mit dem Handrücken von der Stirn und schaute neidisch zu seinem Pfarrer hinüber, was dieser nicht wahrnahm oder jedenfalls nicht wahrnehmen wollte. Nach einigen weiteren Schlückchen dachte der Geistliche mit wehmütiger

Schadenfreude an die früheren Kollegen, diese aufgeblasenen Pinkel, die versuchten, ihre Bedeutungslosigkeit hinter hochtrabenden griechischen oder lateinischen Namen zu verstecken. Wie er gehört hatte, war da erst neulich einer Professor geworden, der sich Melanchthon nannte, obwohl er eigentlich Schwarzerd hieß und nicht mehr war als der Sohn eines Schultheißen in einem Städtchen, das nicht größer war als das benachbarte Ebingen. Oder dieser pompöse Spalatin, der sich nach seinem Geburtsort nannte, nach Spalt, einem winzigen Flecken in Franken.

Ein hämisches Lächeln huschte über sein Gesicht, wenn er sich ins Gedächtnis zurückrief, wie seine früheren Kollegen sich im Schweiße ihres Angesichts abmühten, Jahr für Jahr ein neues Buch zu schreiben. Bücher, mit denen sie bei ihresgleichen Aufsehen erregen und als große Gelehrte gelten wollten. Bücher, die in Wahrheit kein Mensch zur Kenntnis nahm, die in der Bibliothek der Universität ungelesen auf den Regalen verstaubten. Denn die Themen ihrer angeblich ach so wissenschaftlichen Untersuchungen waren stets weit an den Haaren herbeigezogen und alles andere als lebensnah: Wie viele Engel auf einer Nadelspitze Platz fanden, zum Beispiel. Aber das ging ja noch an. Oder jenes vermeintlich Epoche machende Werk mit dem Titel „Quod edit mus", was zu deutsch heißt „was frisst die Maus". Pfarrer Hergenroth musste lächeln bei der Vorstellung des kleinen Nagers, der herbeihuscht, wenn der Leib des Herrn in Form der geweihten Hostie bei der Heiligen Messe dem Priester aus den Fingern gleitet und zu Boden fällt. Dem gelehrten Theologen stellte sich nun die überaus wichtige Frage: War das, was die Maus frisst, der Leib des Herrn? Ober eben nur ganz gewöhnliches Brot? Weit schlimmer noch jenes Machwerk mit dem hochtrabenden Titel „De blasphemia in officio", also „Von der Gotteslästerung im Amt". Die Erinnerung daran ließ Pfarrer Hergenroths Lächeln zu einem breiten Grinsen werden. Denn es war dem gelehrten Autor um nichts anderes gegangen als um einen höchst normalen Furz. Allerdings um eine eher laute und stinkende Spielart desselben, dem Arsche eines Priesters entwichen beim Zelebrieren der Heiligen Messe. Dem Tübinger Theologen stellte sich hierbei die wissenschaftliche Frage, ob das genannte Phänomen in diesem Kontext als Gotteslästerung anzusehen sei oder nicht. Da war jedoch noch ein anderes, weniger lustiges Ereignis in Tübingen gewesen. Er sah es wie eine schwarze Wolke, die am Horizont auftauchte und drohte, sein gegenwärtiges Wohlbefinden zu stören. Des Nachts suchten ihn diese schrecklichen Erinnerungen immer wieder heim, so dass er schweißgebadet aufwachte. Wenn sie es aber wagten, sich während des Tags an ihn heranzuschleichen, so gelang es ihm zumeist, sie – wie auch jetzt – rasch in die hinterste Ecke seines Denkkastens zu schieben.

Quod edit mus. De blasphemia in officio. Schön, dass ich hier solch nutzloser Erörterungen enthoben bin, dachte Pfarrer Hergenroth und nippte genüsslich an seinem Krüglein. Der Most war reichlich sauer, aber dies empfand er angesichts der noch immer sommerlichen Temperaturen als durchaus angenehm. Hier in der Pfarrei St. Peter führte er ein beschauliches Leben. Als Seelenhirte einer Gemeinde von rund 200 Schäflein fühlte er sich alles andere als überfordert. Dreimal die Woche eine Morgenmesse, dazu die Sonntagsmesse mit einer Predigt, die er stets ohne jede Vorbereitung aus dem Stegreif hielt. Dazu noch pro Jahr ein halbes Dutzend Segnungen und Prozessionen. Für all diese Plackerei war sein Einkommen zwar eher bescheiden. Aber er hatte schon vor vielen Jahren für Ausgleich gesorgt: Dem Herrn Dekan in Ebingen war er bei den jährlichen Kapitelsversammlungen stets zur Hand gegangen, was bald dazu geführt hatte, dass er zum Vizedekan ernannt worden war. Und dies brachte ihm nicht nur weitere Einnahmen aus der Kasse des Landkapitels, sondern es verschaffte ihm zusätzliche Autorität bei den Bauern seines Pfarrsprengels.

Und außerdem und hauptsächlich: Da war lange Zeit Apollonia gewesen, seine Haushälterin, die wichtigste Person in seinem Leben. Und das noch immer, obwohl sie schon vor vier Jahren gestorben war, gestorben am Kindbettfieber. Kurz nach seiner Ankunft in Tailfingen hatte er sie als Köchin zu sich genommen. Ja, das war fast schon Liebe auf den ersten Blick gewesen: Auf der Kirchweih hatte er sich umgetan, damals, kurz nachdem er in Tailfingen als Pfarrer aufgezogen war, an Peter und Paul. Die Bauern von Tailfingen hatten da mächtig auf die Pauke gehauen und getanzt, Dudelsack und Fiedel brachten die Beine zum Zucken und Jucken, und da wollte er nicht nur zuschauen. Ein Blick in die Runde, sein Auge fiel auf diese dralle, saubere Frauensperson, flugs hatte er sie um die Hüfte gefasst und schon drehten sie sich im Kreis. Ja, er konnte sich noch ganz genau an die Melodie erinnern: Es war ein Hopser, den sie „die flotte Kathrein" nannten.

Und bei der „flotten Kathrein“, da war es dann passiert. „Willst du zu mir ins Pfarrhaus kommen“, hatte er sie gefragt, „und bei mir wohnen, als Köchin?“ Sie hatte weder ja noch nein gesagt. Aber sich ganz fest an ihn gedrückt. Das war viel, viel mehr als das herzhafteste Ja!

Seitdem lebten sie ehegleich zusammen. Das widersprach zwar den strengen Regeln des Kirchenrechts, die er aus seiner Tübinger Zeit noch allzu gut kannte, aber an die hielt sich landauf, landab ohnehin keiner der Amtsbrüder. Im ganzen Ebinger Landkapitel lebte kein Einziger unbeweibt; zwei Söhne des Konfraters in Lautlingen studierten gar Theologie an der Alma Mater Friburgensis, und von dem Herrn Dekan in Ebingen erzählte man sich, er habe es früher nicht nur mit seiner Köchin getrieben, sondern außerdem gleichzeitig noch mit einer weiteren Magd. Aber das war schon eine ganze Weile her; heute hatte er das Gliederreißen und ging am Krückstock.

Ja, eine bessere Gefährtin als Apollonia hätte er sich nicht wünschen können. Im Gegensatz zu den meist überkandidelten Tübinger Professorentöchtern war sie einfach gestrickt und gerade heraus gewesen, so wie die meisten seiner Pfarrkinder in Tailfingen. Mit beiden Beinen war sie fest auf dem Erdboden gestanden und hatte es immer geschafft, für die vielfältigen Fährnisse des Alltagslebens brauchbare Lösungen und Wege zu finden. Gerade dieses hatte er ganz besonders an ihr geschätzt, denn er hatte sich seit seinen Kindertagen kaum in der Lage gefühlt, mit den Fährnissen und Fußangeln des schnöden Alltags zurechtzukommen. Anstatt sich um dieses und jenes zu kümmern, was ihm das Leben erleichtert hätte, war es ihm schon immer viel lieber gewesen, einfach in die Luft zu blinzeln und vor sich hin zu träumen. Er musste dem Allerhöchsten dafür dankbar sein, dass Maria, die Zweitälteste, trotz ihres jugendlichen Alters von vierzehn Jahren ordentlich zupacken konnte und ohne jede fremde Hilfe den Haushalt und die Landwirtschaft mit eiserner Hand im Griff hatte. Fast so gut wie ihre Mutter, dachte Pfarrer Hergenroth wehmütig. Oder vielleicht noch ein wenig besser? Solches hätte er freilich nie zugeben können. Denn Apollonia war in seiner Erinnerung unübertrefflich. Und daran sollte sich nie etwas ändern. Das hatte sich Ambrosius Hergenroth fest vorgenommen: Apollonia sollte immer die Beste bleiben.

Der Bauer Jeremias Bitzer, Apollonias Vater, hätte sich zwar durchaus einen wesentlich besseren Gefährten für seine Tochter vorstellen können: einen Handwerker zum Beispiel. Oder einen Kaufmann. Oder auch nur einen anderen Bauern. Aber er hatte sich rasch mit ihm abgefunden, denn er, der Pfaff, genoss im Gegensatz zu vielen seiner Amtsbrüder großes Ansehen bei den Dörflern, und das nicht ohne Grund: In seine Predigten flocht er immer wieder lateinische Floskeln ein, oder auch Zitate aus den Kirchenvätern und den alten Philosophen, und nichts flößte den Tailfingern mehr Ehrfurcht ein als Sätze wie „schon bei Aristoteles steht geschrieben" oder „bei sancti Augustini de civitate Dei ist nachzulesen, dass …". Jaja, die Bauern fraßen ihm aus der Hand. Nur wenn es an das Einsammeln der Zehntabgaben ging, da konnten sie mürrisch werden. Mitunter sogar richtig grob und bedrohlich.

Zunächst hatte er ja nur Apollonias körperliche Vorzüge wahrgenommen: Ihre großen Brüste, ihre feisten Schenkel, ihre breiten Hüften. Natürlich hatte er ihr bald schon zu verstehen gegeben, dass er ihre Reize unwiderstehlich fand; jeder andere Mann hätte dies genauso getan. Und als sie das erste Mal zusammen in der Kiste lagen, da hatte sie ihm treuherzig zugesichert, dass sie ihm eine treue Konkubine sein wolle und seinen Kindern eine gute Mutter. Von diesem Versprechen war er seinerzeit sehr beeindruckt gewesen, ja, es waren ihm sogar die Tränen gekommen, was er sich aber nicht hatte anmerken lassen. Fest hatte er sich in jener Nacht vorgenommen, Apollonia bis ans Ende seiner Tage bei sich zu behalten, und diesen Vorsatz hatte er all die Jahre noch nie bereut. Ein unendlich wärmendes Glücksgefühl durchzog seinen Körper, wenn er an die zahllosen mit Apollonia durchgeliebten Nächte dachte.

Laus Tibi Domine, et gratias ago propter Magnanimitatem Tuam, dachte er dankbar und räkelte sich wonnevoll auf seiner Bank, Lob Dir, o Herr, und Dank für Deine Großmut, dafür, dass Du es so gut mit mir meinst! Und ich bitte Dich darum, omnipotens Deus, mich mit einer anderen Gefährtin zu versehen, mit einer Gefährtin, die meiner guten alten Apollonia möglichst ähnlich ist!

Wie von selbst schweiften seine Gedanken von seiner verstorbenen Apollonia zu seinem Lieblings-Tagtraum, zum heiligen Franziskus. Dieser Heilige verkörperte für ihn wie kein anderer die Nachfolge Christi – wie er doch so absolut konsequent die Welt verließ, wie er seinem reichen Vater seine luxuriösen Kleider vor die Füße warf, um nur noch zu leben wie der Herr. Diese Szene hatte er sich schon hundertmal vorgestellt, immer wieder in anderen Variationen, und er konnte nicht genug davon haben. Wie sich der heilige Franziskus in aller Bescheidenheit mit dem Gewand der einfachen Hirten kleidete, einer grauen Kutte. Schmal und bärtig sein Gesicht, so stellte er sich ihn vor, braun gebrannt und mit großen, dunklen und sehr gütigen Augen. Wie er den Vögeln predigte. Auch dies eine seiner Lieblingsvorstellungen. Schon so manche Predigt an die Vögel hatte er sich selbst zurechtgelegt. Aufs Papier war freilich noch keine gekommen. Ja, wie dieser großartige Heilige in aller Demut barhäuptig, bescheiden und barfuß einherschritt, so sinnierte Ambrosius Hergenroth nun vor sich hin, um Kranke und Krüppel zu versorgen, und er begann schon etwas sehnsüchtig zu werden, sehnsüchtig nach dieser schlichten, reinen Heiligkeit – – –

7

Aber justament in diesem Augenblick schien der Allmächtige in seiner unergründlichen Weisheit beschlossen zu haben, dass das bequeme Leben des Tailfinger Klerikers mindestens vorübergehend ein Ende haben müsse. So kam es denn, dass ein Nachbarsbub an ihn herantrat, als er so dasaß, in die Sonne blinzelte und sich seines Lebens freute. „Gelobt sei Jesus Christus, Hochwürden“. Hergenroth fühlte sich zwar in seiner vormittägigen Ruhe gestört. Er wusste aber, dass er als Seelenhirte jederzeit für seine Schäflein da zu sein hatte. Theoretisch jedenfalls. Deshalb unterdrückte er aufkommenden Unmut und grüßte freundlich zurück: „In Ewigkeit Amen, mein Sohn.“ Und nach kurzem Nachdenken fuhr er mit leicht gerunzelter Stirn fort: „Was willst du?“ Der Junge hatte den aufkommenden Unmut des Herrn Pfarrers erspürt und war einen Schritt zurückgetreten. „Der Herr Dekan von Ebingen schickt mich. Ihr sollt zu ihm kommen, hat er gesagt. Unbedingt, augenblicklich, hat er gesagt. Es gibt wichtige Dinge zu bereden, hat er gesagt.“ Hergenroth war misstrauisch. „Wie kommt es, dass du heute schon in Ebingen warst?“ „Salz holen beim Kaufmann“, antwortete der Junge bereitwillig, „meine Mutter hat heut früh bemerkt, dass das Salz ausgegangen war. Da hat sie bei der Nachbarin gefragt. Aber die hatte auch keines mehr. Und die Nachbarin zur anderen Seite hin, die hatte auch keins. Da haben die drei zusammengelegt und mir zwei Kreuzer gegeben. Mit den zwei Kreuzern bin ich nach Ebingen zum Kaufmann. Aber schon am Stadttor hat der Torwächter zu mir gesagt, ich soll ganz schnell zum Herrn Dekan. Das Salz hab ich dann fast vergessen.“

Hergenroth seufzte und stand auf. „Ich dank dir, Bub. Du kannst gehen.“ Der Junge hatte eigentlich ein kleines Trinkgeld erwartet. Er suchte seine Enttäuschung zu verbergen und trollte sich. Augenblicklich soll ich kommen, dachte Hergenroth, als ob das so einfach wäre! Er seufzte abermals. Dieser Dekan, der hat gut reden! Dieser reiche Sack denkt wohl nicht daran, dass unsereins nicht nur einen Schwarm Kinder am Halse hat, sondern außerdem noch Haus und Hof und die ganze Landwirtschaft versorgen muss, ohne die so ein kleiner Landpfarrer wie ich überhaupt nicht leben kann. Da kann man sich nicht so einfach mir nichts dir nichts aus dem Staub machen, da muss man erst dafür sorgen, dass alles während der Abwesenheit seinen gewohnten Gang geht.

Er konnte ihn nicht besonders gut leiden, den Dekan. Er hielt ihn für selbstsüchtig und eitel: Ein Mensch, der sich gerne bewundern ließ, wie etwa beim Hochamt zur Eröffnung der Kapitelsversammlungen. Aber wenn es um die Drecksarbeit ging, dann waren die Dienste des Vizedekans gefragt.

„Maria!“ schrie er ins Haus hinein und meinte damit seine älteste Tochter, „Maria! Ich muss nach Ebingen! Und zwar sofort!“ Die Antwort ließ nicht lange auf sich warten. „Aber Paps, das geht jetzt nicht! Gerade jetzt nicht, wo ich doch gerade gekocht habe! Linsen mit Bauchspeck, deine Leibspeise! Du musst hier bleiben, mindestens zum Mittagessen!“

Hergenroth war's zufrieden; mit etwas Anderem hatte er nicht gerechnet. Und die Linsen mit Bauchspeck, die wollte er sich natürlich auf gar keinen Fall entgehen lassen. „Und wo ist unser Ältester,“ fuhr er fort, „der Chrysostomus?“ „Der Chrysostomus, der?“ hallte es von der Küche her. „Auf der Ketternhalde, Ziegen hüten! Warum?“ „Der muss heut die Abendmesse halten, wenn ich weg bin! Das wird er doch wohl können! Alt genug ist er ja schon!“ „Und wer hütet dann unsere Ziegen?“, ließ sich Maria aus der Küche hören, „das ist doch kein Zustand! Wir brauchen einen Jungen, der uns die Ziegen hütet, hast du gehört, Paps!“ Aber der Tailfinger Pfarrer hörte nicht richtig zu. Mit seinen Gedanken war er wieder einmal abgeschweift. Er dachte daran, wie er seiner Apollonia damals diesen Namen vorgeschlagen hatte, Chrysostomus. Es war ziemlich schwer gewesen, sich gegen Apollonia damit durchzusetzen. Aber in seinen Studientagen hatte es ihm der heilige Chrysostomus angetan – dieser Kirchenvater mit dem sozialen Weltgewissen. Er war richtig stolz darauf, einen Sohn mit diesem Namen zu haben. „Und wer soll ihn von der Ketternhalde holen?“ schrie es aus den Tiefen der Küche. Hergenroth liebte diese Art der Fernverständigung keineswegs. Sie erschien ihm ausgesprochen vulgär. Er selbst hätte es bevorzugt, wenn seine Tochter ihr Küchenreich verlassen hätte, um sich mit ihm in normaler Lautstärke zu unterhalten. Maria wiederum liebte gerade dieses laute Geschrei. Genau so, wie es zuvor ihre Mutter getan hatte. „Bärbel kann es tun!“ brüllte er zurück. Bärbel war in der Geschwisterreihe die nächste. Apollonia hatte diesen Namen gewählt. Stand ihr auch zu, nachdem sie bei dem Ältesten hatte nachgeben müssen. „Bärbel?“ hallte es aus dem Haus, „die ist beim Nachbarn Conzelmann, Kinder hüten!“ „Conzelmann? Der soll doch selber auf seine Kinder aufpassen,“ raunzte Hergenroth zurück und begann allmählich sich zu ärgern. „Geht nicht!“ tönte es aus dem Hausinnern, „ich schicke den Peter, wenn der mit dem Stallmisten fertig ist!“ Peter, sein zweitältester Sohn. Das war wieder seine eigene Namenswahl gewesen. Nach dem Patron der Tailfinger Pfarrkirche, dem Apostelfürsten Petrus. Seine Amtsbrüder im Landkapitel hatten das gut gefunden. Und der Dekan in Ebingen, der hatte das ganz besonders gut gefunden. Was ihm aber eigentlich gleichgültig war.

Damit waren aber noch nicht alle Probleme aus der Welt geschafft. „Und wer hütet dann die Ziegen?“ raunzte er erneut. „Das tut der Peter. Der soll bei den Ziegen bleiben, wenn der Chrosi kommt.“ Chrosi. Das war Apollonias Art gewesen, sich mit diesem ungewöhnlichen Namen abzufinden. Und Maria und die anderen Kinder nannten ihn auch so. „Aber das ist kein Dauerzustand. Wir brauchen einen Hütejungen, unbedingt, hörst du?“

Hergenroth ließ sich wieder auf seiner Bank niedersinken. Ein paar Schlückchen Most wollte er noch genießen, bevor es an die Linsen mit Bauchspeck ging. Spätestens dann aber musste er seine pfarrhäusliche Idylle verlassen.

8

Ihm war da ein Gedanke gekommen. Oder genauer: Eigentlich war es eher ein Gefühl des Verlangens. Deshalb wich er am südlichen Ende des Dorfs rechts vom Weg ab, gleich hinter der Unteren Mühle, und lenkte seine Schritte auf den Braunhardsberg zu. Zum Felsenmeer wollte er, die Alte besuchen. Schon allzu lange hatte er sie nicht mehr gesehen.

Nur wenige Leute aus der Gegend wagten sich zum Felsenmeer. Dort sei es nicht geheuer, hieß es. Dort hausten kleine, blutgierige Gnome, hieß es, die nur darauf warteten, bis sich ein Menschenkind getraute, dorthin zu gehen. Und sie warteten darauf, so sagte man, bis einer auf den glitschigen Steinen ausrutschte und hinfiel. Dann würden die Gnome über ihn herfallen, sein Blut saugen und ihn auffressen, sein Fleisch abnagen bis auf die Knochen.

Pfarrer Hergenroth gehörte zu den Wenigen, die es besser wussten. Diese Wenigen wussten aber auch nichts Genaues. Eine weise Frau sei da. Früher habe sie einmal in einem Kloster gelebt. In einen Mann sei sie dann verliebt gewesen, und habe das Kloster wegen ihm verlassen. Nach einer heißen, aber kurzen Zeit inbrünstiger Liebe habe dieser Mann sie betrogen. Daraufhin habe sie sich ein abgeschiedenes Plätzchen gesucht und dort fernab der bösen Menschheit gelebt. Diese Geschichte hatte Pfarrer Hergenroth jedenfalls schon gehört. Genaues aber wusste niemand.

Hergenroths Bekanntschaft mit der Alten hatte sich ganz zufällig ergeben. Als seine Apollonia verstorben war, da hatte er mit seinem Schicksal gehadert. Weite Spaziergänge hatte er in der Umgebung Tailfingens gemacht. Und war dabei auch immer wieder auf den Braunhardsberg geraten. Ganz oben auf der Kuppe war er einmal gestanden, dort, wo ein schmaler Spalt zwischen den dunklen Tannen den Blick freigab über das weite Land – dort war er gestanden und hatte sich wieder einmal gefragt, warum Gott ihm das Liebste weggenommen hatte, das Allerliebste auf der Welt, das er je besessen hatte. Manchmal fühlte er sogar das Bedürfnis, sich vor lauter Leid in die Tiefe zu stürzen.

Und als er wieder einmal auf der Kuppe des Braunhardsbergs so dastand und und in einer Mischung aus Wehmut und Verzweiflung in die Tiefe schaute, da hörte er hinter sich die Stimme einer alten Frau. „Das lässt du besser bleiben, Ambrosius! Gott hat dich nicht geschaffen, dass du auf diese Weise endest! Und denk auch an deine Kinder – was sollen denn die ohne dich machen!“ Er hatte sich umgedreht, und hinter ihm stand eine alte Frau mit grauem Kopftuch, eingehüllt in einen graubraunen Umhang aus grobem Wollstoff. In jungen Jahren war sie gewiss eine Schönheit gewesen: Doch inzwischen war sie, wie das so oft beim weiblichen Geschlecht zu sein pflegt, mächtig in die Breite gegangen. Sie hatte schöne, große, ausdrucksvolle braune Augen; auch waren Mund und Nase wohl gestaltet; allein das Gesicht insgesamt hatte eine runde Form, die an einen Vollmond erinnerte.

Sie hatte ihn lange und aufmerksam gemustert. „Komm mit!“ sagte sie schließlich, drehte sich um und schritt voran. Die Art, wie sie geredet hatte, und auch die Art, wie sie ihn betrachtet hatte: Das war nicht ohne Wirkung auf ihn geblieben. Eine seltsame und sehr starke Wirkung ging von ihr aus, der er sich nicht zu entziehen vermochte. Und so schritt er hinter ihr her. Trotz ihrer Leibesfülle bewegte sie sich katzengleich durch das Unterholz auf die andere Seite des Braunhardsbergs zu, dorthin, wo sich das Felsenmeer befand. Bis dorthin war es allerdings noch ein gutes Stück Wegs: nicht besonders lang, dafür aber um so gefährlicher. Nachdem sie die dicht bewaldete Bergkuppe überquert hatten, ging es steil abwärts über glattes, glitschiges Geröll. Während die Frau mit geradezu schlafwandlerischer Sicherheit lautlos von Stein zu Stein glitt, hatte Hergenroth gewaltige Schwierigkeiten, einen festen Tritt zu finden, und mehr als einmal drohte er auszurutschen. Was dann schließlich auch einmal geschah: Er war auf eine tellergroße Steinplatte getreten, die sich alsbald vom Untergrund löste und polternd talwärts sauste, was dazu führte, dass sein Hinterteil schmerzhaft mit dem Geröll in Berührung kam. Die Alte hatte das

Geräusch der rutschenden Platte rechtzeitig gehört und sich rasch zur Seite gedrückt. Sie schaute nur kurz zurück. „Ambrosius“, wies sie ihn tadelnd zurecht, „pass auf, wo du hintrittst!“

Pfarrer Hergenroth war heilfroh, als sie den steilsten Teil des Wegs hinter sich hatten: Nun kamen sie zu dem eigentlichen Felsenmeer, einer umfänglichen Ansammlung teils mannshoher Steinblöcke, die allesamt mit dunkelgrünem Moos bewachsen waren. Er hatte große Mühe, die gelenkige Alte im Auge zu behalten, die zielstrebig zwischen den riesigen Blöcken dahinhuschte.

Deren Schritte verlangsamten sich schließlich und sie blieb vor einem besonders breiten Felsenungeheuer stehen. Beim Nähertreten bemerkte er, dass es sich nicht um einen einzigen riesengroßen, sondern um zwei Felsklötze von mittlerem Umfang handelte, zwischen denen sich eine schmale Holztür befand, die genau wie die Felsen mit dunkelgrünem Moos bewachsen war. „Komm rein. Hier wohne ich.“ Der Pfarrer zögerte. Sollte er ihr wirklich in dieses dunkle Loch folgen? „Nun komm schon. Ich tu dir ja nichts.“ In ihm rangen seine Furchtsamkeit mit seiner Neugier, bis nach wenigen Augenblicken die Neugier obsiegte. Was sollte ihm hier schon passieren, sagte er sich, und stieg in das dunkle Loch hinein.

Es dauerte eine Weile, bis sich seine Augen an das Dämmerlicht gewöhnt hatten. Die Alte hatte mittlerweile ihren Umhang abgelegt, aus einer Ecke einen Krug und zwei Becher hervorgeholt und auf einer niedrigen Pritsche Platz genommen, die über und über mit Pelzwerk bedeckt war. Unter ihrem Überwurf trug sie ein einfaches, hemdartiges Gewand aus dünnem, festen Stoff, das fast bis zum Boden reichte. Mit äußerstem Wohlgefallen bemerkte der Priester, dass die Alte einen ziemlich dicken, wohl geformten Hintern hatte und dass ihre vollen Brüste nur mäßig dem Gesetz der Schwerkraft folgten. „Setz dich zu mir“, sagte sie mit freundlicher Stimme, „und trink einen Schluck. Das wird dir gut tun.“ Hergenroth zögerte abermals. Ob sie ihn vielleicht vergiften wollte? Sie schien seine Gedanken zu erraten: „Ich will dich nicht vergiften. Hier schau, ich trinke ja selbst auch davon. Es schmeckt gut, glaub mir. Also, komm schon.“ Sprach's und goss beide Becher voll.

Er setzte sich neben sie auf die Pritsche. Angenehm spürte er die Wärme ihres Körpers. Sachte rückte er etwas näher an sie heran, und er glaubte zu bemerken, dass sie ihrerseits ebenfalls etwas näher zu ihm heranrückte, so dass sich ihre Körper Seite an Seite berührten. Ein ausnehmend wohliges Gefühl stieg ihm von der Brust in die Lenden und breitete sich dort warm und wonnevoll aus. Ein Rest Misstrauen war allerdings noch vorhanden: Er ergriff den Becher, wartete aber, bis sie einen weiteren Schluck genommen hatte. Erst dann trank er auch.

Der Geschmack war mit nichts zu vergleichen, das er kannte. Fruchtig vielleicht, dachte er. Oder auch waldbeerenmäßig. Auf jeden Fall äußerst angenehm zu trinken. Er wartete nicht lange und nahm einen zweiten Schluck. Die Alte lächelte ihn an. „Ist doch gut, gell?“ „Ja, sehr“, antwortete er. „Was ist es eigentlich? Sind es Waldbeeren?“ Sie kicherte leise vor sich hin. „So ähnlich. Genauer sage ich es nicht. Es ist mein Geheimnis.“ Während sie redete, suchte seine Hand ihren Rücken und begann ihn zu streicheln. Und wie er ihren Rücken sanft berührte, geschah etwas, das er zuvor noch nie erlebt hatte: Mit jeder Berührung durchzuckte ihn ein seliges Glücksgefühl, das sich fast bis zur Unerträglichkeit steigerte, als sie nun auch ihrerseits seinen Rücken streichelte. Vor seinen Augen begann es zu flimmern. Goldene Blitze zuckten von den Wänden. Gelbrosa Funken sprühten von der Decke. Grellbunt leuchtende Wagenräder rollten durch den Raum. Als die Alte sich ihr Hemd vom Leib zog und er ihre Haut zu spüren bekam, da zuckte, sprühte und leuchtete es um so mehr in allen erdenklichen, regenbogenbunten Farben. Wie von Ferne hörte er die Aufforderung, er möge sich doch auch seiner Kleider entledigen, und er versank in einem Meer von wild zuckenden Blitzen, unaufhörlich sprühenden Funken und hektisch rollenden, hell leuchtenden Wagenrädern, als sich kurz darauf ihre nackten Körper fest aufeinander pressten.

„Wieder zurück in der Wirklichkeit, was, mein Ambrösle?“ Als er wieder zu sich kam, steckte er fest zwischen den feisten Schenkeln der Alten. „Das war doch schön, gell?“ Sachte suchte er sich aus der eingeklemmten Lage zu lösen. Ihm fehlten die Worte. „Wie heißt du eigentlich?“ brachte er schließlich heraus. „Das tut nichts zur Sache“, antwortete sie, während er seine Kleider zusammenklaubte, „wenn die Leute von mir sprechen, dann reden sie immer nur von 'der Alten'. Das muss ausreichen. Und wenn du wieder zu mir kommen willst: Bitte nicht zu oft. Einmal im Monat einen Mann zwischen den Beinen, das reicht. Oder besser noch: Einmal im Vierteljahr. Und nicht im Winter, hörst du? Im Winter halte ich nämlich so eine Art Winterschlaf. Da will ich nicht gestört werden. Und wenn du kommst, bring mir bitte etwas Habhaftes zum essen mit. Rauchfleisch oder Griebenwurst oder sowas. Aber nicht zu viel. Sonst fragen sich die Leute im Dorf, wo der Pfarrer mit dem vielen Essen hin will, hast du verstanden?“ Inzwischen hatte sich Hergenroth wieder angezogen. Die Alte lag aber noch immer nackt auf ihrer Pritsche. Er mochte diesen Anblick. Er mochte ihn sogar sehr. „Nun geh schon, Ambrösle. Los, geh schon. Du kannst ja wiederkommen! Aber frühestens in einem Monat, du!“

Das tat er denn auch. Er konnte es kaum erwarten, bis die vorgegebenen vier Wochen vorüber waren. Ein mäßig dickes Stück Rauchfleisch brachte er mit. Seine Besuche bei der Alten wurden zu einem gerne gepflogenen Brauch. Bei seinen Besuchen fragte ihn die Alte aus über alles, was sich so im Dorf ereignete, und auch in den anderen Dörfern der Umgebung. Dafür erzählte sie ihm so Manches, was in der großen weiten Welt geschah. Sie wusste zum Beispiel, dass ein Genuese namens Colombo nach Westindien gesegelt war, dass ein Ablasshändler namens Tetzel im Reich die Runde machte, und dass man mal wieder diesen Bauernführer namens Joß Fritz irgendwo gesehen hatte, ohne ihn allerdings zu erwischen. Manchmal auch irrlichterten ihre Gedanken in die Zukunft. Sehr vage allerdings. Da war die Rede davon, dass der Herzog Schwierigkeiten bekommen werde. Und auch mit der Kirche würde es bald Probleme geben. Hergenroth nahm diese orakelartigen Sprüche allerdings nicht ernst. Hatte der Herzog nicht ohnehin schon Probleme? Und war es mit der heiligen Mutter Kirche nicht ebenso?

Auf seinem Weg nach Ebingen war Pfarrer Hergenroth mittlerweile beim Bullentäle angelangt und ließ seinen Gedanken freien Lauf, während er den schmalen Pfad zum Felsenmeer entlang schlenderte. Natürlich dachte er nur an das Eine. An das, was die Besuche bei der Alten so faszinierend machte: An die hellgelben Blitze. An die goldenen Funken. Und an die vielfarbigen

Wagenräder. Und natürlich an die feisten Schenkel der Alten. Eher selten kamen ihm ihre schönen Augen in Erinnerung.

Das Felsenmeer mit seinen zahllosen mannshohen und moosüberwachsenen Steinblöcken erschien ihm heute indes wie ein Labyrinth. Alle diese Steinformationen ähnelten sich dermaßen, dass er die Behausung der Alten nicht finden konnte. Ihm würde nichts übrig bleiben, als nach vergeblicher Suche weiter zu gehen, weiter nach Ebingen, wo der Dekan sicher schon auf ihn wartete. Also nichts mit Blitzen und Funken und Wagenrädern. Und auch nichts mit feisten Schenkeln und prallen Brüsten. Es war zum Verzweifeln.

Da stand sie plötzlich vor ihm. „Dachte mir schon, dass du mich nicht findest. Warst ja auch schon recht lange nicht mehr bei mir. Also, mein lieber Ambros, komm mit!“

Es war anders als sonst, als er neben ihr auf der Pritsche saß. Kein Trunk und keine Blitze. Nur ein warmes, kuscheliges Gefühl, sobald er ihr den Rücken streichelte. „Es ist gut, dass du zu mir gekommen bist, bevor du deinen Dekan besuchst. Da wird ein ganz dicker Brocken auf dich zukommen. Sei also auf der Hut, hörst du? Sei auf der Hut! Achte darauf, ob dich jemand beobachtet. Ob dir jemand nachspioniert. Vermeide einsame Orte. Am besten –“ an diesem Punkt ihrer Rede stand die Alte auf, schritt auf eines der Borde zu und griff nach einem Gegenstand, den sie zurück brachte und vor Hergenroth auf den Tisch legte. Es war ein Stilett. Eines von diesen Dingern, die der Tailfinger Pfarrer aus schwülstigen Ritterromanen kannte – dort trugen Meuchelmörder derlei Gerätschaften in den Schäften ihrer Stulpenstiefel versteckt. Dass er tatsächlich einmal mit einem solchen Instrument konfrontiert werden würde, um es gegebenenfalls realiter zu seinem Schutze zu gebrauchen – das hätte sich der Seelenhirte aus dem Talgang beileibe nie träumen lassen. Hergenroth spürte, wie sein Hals trocken geworden war. Er schluckte und nahm das Ding in die Hand, um es näher zu betrachten. Vorsichtig zog er es aus der schmucklosen Scheide, an deren oberem und unterem Ende je ein schmales Lederband befestigt war: Einfach gearbeitet, aus mattem Stahl, kaum länger als die Spanne einer Hand. „Am besten“, nahm die Alte ihren angefangenen Satz wieder auf, „du trägst es immer bei dir. Immer, hörst du. Und zwar griffbereit. Vielleicht am linken

Unterarm. Unter dem Ärmel. Du kannst es dann jederzeit leicht greifen. Ein leichtes Ritzen der Haut genügt. Der Geritzte wird sofort umfallen. Aber keine Angst – er ist nicht tot. Spätestens nach einer Stunde wird er wieder aufstehen. Und nun her mit deinem Arm!“ Mit mechanischen Bewegungen befestigte sie das Stilett an der bezeichneten Stelle. „Und wenn du nicht mehr weiter weißt, dann komm zu mir. Vielleicht kann ich dir helfen. Und jetzt geh!“

Hergenroth war enttäuscht. Wenn schon keine Blitze und Funken, dachte er, dann doch wenigstens ein bisschen Liebe. Wenigstens das. Und jetzt nicht einmal das. Trotzig blieb er am Ausgang stehen. Die Alte konnte leicht erraten, wie dem Pfarrer zumute war. „Ist es so schlimm, Ambros? Wirklich so schlimm? Dann komm. Sei doch nicht so eingeschnappt. Los, zieh dich aus.“

9

Eigentlich liebte er diesen Weg mit seinen Weiden, der Schmiecha entlang, in Richtung Ebingen. Wie er so vor sich hintrottete, da kam er ins Grübeln. Jetzt grübelte er jedoch in einer gänzlich anderen Richtung als noch am Vormittag. Auch sein Lieblings-Tagtraum, der heilige Franziskus, kam jetzt ausnahmsweise einmal nicht zum Zuge. Was nur konnte der Grund für dieses unvermittelte Ansuchen des Dekans sein, fragte er sich, was der Grund für diese plötzliche Hast? Und was hatte die Alte im Sinn gehabt, wenn sie von einem großen Brocken sprach? Und von irgendwelchen Gefahren? War das vielleicht etwas übertrieben, wo das Leben doch immer lebensgefährlich war?

War vielleicht der Heilige Vater gestorben, Papst Leo X., rätselte er, oder hatte sich da einer in Rom zum Gegenpapst ausrufen lassen, wie schon mehrfach geschehen? Das würde großes Chaos anrichten in der Christenheit, weil dann die Bischöfe, die Fürsten, ja sogar die Könige gegeneinander haderten, sich befehdeten und sich gegenseitig in Bann und Acht schlugen. Nicht auszudenken, so was!

Oder war ein ketzerischer Wanderprediger unterwegs, so einer wie weiland der Johann Hus, den sie vor über hundert Jahren beim

Konzil zu Konstanz auf dem Scheiterhaufen verbrannt hatten, den armen Kerl? Dabei waren seine Lehren nicht mal so ohne gewesen. Vor allem war was dran an seiner Kritik an der heiligen Mutter Kirche. Der Heilige Vater zum Beispiel, der Statthalter Christi auf Erden. Diese üppigen Feste im Vatikan. Ganze Ochsen würden da bei Tische aufgetragen werden, hatte er gehört. Manchmal stieg eine nackte Jungfrau aus dem Ochsen heraus, wenn der Koch ihn an der Tafel aufschnitt, hatte er gehört. Und dann diese vielen Mätressen – die reinste Vielweiberei, das. Von der Nachfolge Christi war da wahrhaftig nicht viel zu sehen. Nicht viel anders bei den Nachfolgern der Apostel, den Bischöfen. Lebten sie doch wie die Fürsten auf ihren Burgen und Schlössern, gingen auf die Jagd, soffen sich die Hucke voll und zogen sogar mitunter in den Krieg. Hatte er jedenfalls gehört. Hatte das noch irgendetwas mit dem Leben der Apostel zu tun? Nein, wahrhaftig nicht! Was dem weiland Johann Hus an Haupt und Gliedern der heiligen Mutter Kirche da missfallen hatte, dem konnte man durchaus zustimmen. Aber seine Theologie, da war er sich nicht so sicher: Das allerheiligste Sakrament des Altars, das sollte ungültig sein? Nur ein Mahl der Erinnerung? Ihn schauderte. Die Priesterweihe nicht biblisch begründet und nichts anderes als eine Erfindung der Kirche? Ihn fröstelte. Froh war er da, wieder einmal, froh über seine Entscheidung, die Universität verlassen zu haben und damit den Streitereien mit all ihren aufgeblähten Spiegelfechtereien und kleinlichen Haarspaltereien entronnen zu sein.

Aber wie war er noch einmal auf die Streitsucht der Theologen gekommen, die rabies theologorum? Nach einigem Grübeln fiel es ihm wieder ein: Weshalb der Herr Decanus ihn noch heute sehen wollte, darüber hatte er nachgedacht. Und war darauf gekommen, dass vielleicht ein Wanderprediger im Landkapitel unterwegs sein könnte. Vielleicht war aber nur der Herr Bischof gestorben, seine Exzellenz der Bischof von Konstanz, sein oberster Dienstherr, den er noch nicht ein einziges Mal zu Gesicht bekommen hatte, Gott beschütze und behüte ihn!

Vielleicht, ja, vielleicht … vielleicht fühlte ja auch der hochwürdige Herr Decanus sein Ende nahen? Ein klein wenig wahrscheinlich war das schon. Fünfzig Lenze hatte der schon lange hinter sich. Ganz krumm ging er auch schon, hatte Schmerzen im Kreuz und in den Gliedern und ging am Stock. Hatte der hochwürdige Herr Decanus vielleicht an ihn, seinen Vizedecanus, als Nachfolger gedacht? Nachfolger nicht nur im Amte des Dekans, sondern vor allem Nachfolger auf der überaus wohl dotierten und heiß begehrten Stelle des Pfarrherrn von St. Martin in Ebingen? Das war zwar denkbar unwahrscheinlich, wusste er doch, dass der Herr Decanus ihn für einen wenig tatkräftigen Menschen hielt, sondern für einen weltfremden Träumer. Ihm war auch klar, dass er nur deshalb zum Vizedecanus auserkoren worden war, weil ihm jeder Ehrgeiz fehlte, weshalb er dem Herrn Decanus nie in die Parade fahren oder auch ihm sein Amt streitig machen würde. Trotzdem bereitete ihm die Vorstellung, Dekan zu sein, ausgesprochen großes Vergnügen: In diesem Falle hätte er für den Rest seines Lebens ausgesorgt – nie mehr diese leidigen Frühmessen halten, nie mehr Zehntabgaben bei den mürrischen Bauern einsammeln, nie mehr dieses ganze Theater mit Hühnern, Schafen, Ziegen, Hasen und Schweinen! An der Stelle seiner verstorbenen Apollonia würde er eine Magd einstellen, seine Söhne studieren lassen, ein Pferd würde er sich leisten können, ein schönes Reitpferd ... zu schön waren diese Gedanken, viel zu schön, und viel zu weit von der Wirklichkeit entfernt, wie er sich eingestehen musste: Da waren nämlich diese Anwartschaften, diese vermaledeiten Anwartschaften. Bestimmt hatte der alte Tierberger in Lautlingen längst Vorkehrungen getroffen für den Fall einer Nachfolge, bestimmt standen da schon längst mehrere junge Adels-Schnösel Schlange – Leute, die von Theologie keine Ahnung hatten, die nie in ihrem Leben in der Lage sein würden, eine Messe zu lesen oder eine Beicht zu hören. Ja, so ungerecht war eben die Welt, und so ungerecht ging es ja auch innerhalb der hochheiligen Mutter Kirche zu.

Tief war der Tailfinger Pfarrer in Gedanken versunken. Deshalb hatte er nicht bemerkt, dass er sich schon mitten in Truchtelfingen befand, das auf halber Strecke zwischen Tailfingen und Ebingen liegt. Der wild wogende Busen einer stämmigen Magd brachte sein tiefsinniges Grübeln zu einem jähen Ende. Auf und ab, auf und ab ging der Busen, und genauso auf und ab, auf und ab bewegten sich ihre Arme. Mit hochrotem Gesicht war sie dabei, den Rahm in einem Butterfass zu Butter zu stampfen – ein Anblick, der die Schritte des Pfarrers verlangsamen ließ. Er konnte einfach den Blick nicht von ihr wenden, und anstatt schicklicherweise an ihr vorüber zu gehen, blieb er einfach stehen: Seine Augen klebten förmlich an den rhythmisch wippenden Brüsten. Natürlich bemerkte die Magd den geistlichen Zuschauer alsbald, und auch seine lüsternen Blicke blieben ihr keineswegs verborgen. „Mach, dass du weiterkommst, du geiler Pfaff, du!“ fuhr sie ihn unwirsch an. Ambrosius Hergenroth fühlte sich ertappt. Er spürte die Schamröte heiß im Gesicht und trollte sich.

Bis Ebingen war es nun nicht mehr weit. Die heftig wippenden Rundungen schienen in seinen Hirnkasten eingedrungen zu sein. An nichts anderes konnte er denken, bis ihn der Weg durch die saftigen Spitalwiesen im Norden des Städtchens Ebingen führte, dessen Türme nun auch allmählich ins Blickfeld rückten: der Obertorturm, der Turm des Oberen Kastens, und schließlich auch der Turm der Martinskirche. Ebingen war zwar um Einiges kleiner als das ihm noch immer wesentlich vertrautere Tübingen. Aber mit seinem doppelten Mauerring und seinen zahlreichen Wehrtürmen machte das Städtchen auf der Alb einen durchaus stattlichen Eindruck. Aber nur bei oberflächlichem Betrachten. Wenn man genauer hinsah, bemerkte man die vielen schadhaften Stellen in der Stadtmauer, und man konnte auch unschwer feststellen, dass die Türme auf ihrer stadtwärts gelegenen Seite vielfach nicht aus Stein gemauert waren, sondern lediglich aus Brettern und Balken bestanden. Wenn man genau hinsah, so war Ebingen, abseits der großen Verkehrswege gelegen, eben doch ein recht armes Städtchen. Aber trotzdem: Schön anzusehen war es dennoch.

Und als er auf das niedere Stadttor zuschritt, da bemerkte er im Halbschatten des Torbogens die untersetzte, rundliche Gestalt Georgs des Torwächters, der ihn von weitem schon gesehen hatte und ihn nun mit einer Mischung von Freundlichkeit und Unterwürfigkeit anlächelte.

„Dominus vobiscum, mein Sohn! Gibt's was Neues im Städtchen?“ Georg der Torwart zog die Mütze und bekreuzigte sich. So hab ich's gern, dachte Hergenroth zufrieden, gottlob gibt es immer noch ein paar Leute, die der Geistlichkeit die schuldige Ehrerbietung erweisen. „Et cum spiritu tuo, Hochwürden“, lächelte der Torwächter dienstbeflissen, „im Wilden Mann hat man heute Vormittag geschlachtet, da gibt's den ganzen Tag lang Metzelsupp und Grieben. Und im Adler hat der Wirt ein Fässlein Bier aufgemacht.“ Das waren doch angenehme Nachrichten, hier in

Ebingen, dachte Hergenroth, und zufrieden bedankte er sich bei dem wackeren Torwart. „Da ist noch etwas, Hochwürden. Da unten auf dem Markt, da ist viel Volk versammelt. Da hält einer eine Predigt. Wenn das nur mit rechten Dingen zugeht, Hochwürden!“

Der Tailfinger Pfarrer beschloss, sich die Sache näher anzusehen. Deshalb lenkte er seine Schritte die Marktstraße hinunter. Und in der Tat, von weitem schon sah er, dass dort eine große Menschenmenge dicht beisammen stand.

Als die Umstehenden seiner gewahr wurden, machten sie ehrerbietig Platz und ließen ihn durch, bis ganz nach vorne, wo ein hoch gewachsener und ausgesprochen schlecht genährter Mann mit tief liegenden, schwarzen und inbrünstig funkelnden Augen auf einer Metzgerbank stand und wild mit den Armen fuchtelte. „Und aus diesem riesengroßen, schwarzen Loch wird Rauch aufsteigen, ein stinkiger, schwarzer Rauch, und es wird stinken wie vierzigtausend Ziegenböcke, und dieser Gestank wird euch die Lungen zerfressen, so dass ihr Blut spucken müsst. Und die Sterne werden vom Himmel fallen und sich in Heuschrecken verwandeln, in Heuschrecken, die so groß sind wie riesige Schlachtrösser, und sie werden alles auffressen, was ihnen in den Weg kommt. Vom Mond herab wird Blut fließen in so großen Mengen, dass alle darin ersaufen werden, die von den Heuschrecken übrig gelassen worden sind.“

Hergenroth lauschte gebannt – da hatte sich doch wirklich ein unbedarfter Mensch in die Offenbarung des Apostels Johannes vertieft und sich tatsächlich einige wesentliche Einzelheiten gemerkt. Nun gut – es ging alles ein wenig wirr durcheinander, aber insgesamt hatte dieser Mensch beim letzten Teil der Heiligen Schrift erstaunlich gut aufgepasst.

„Und deshalb rufe ich euch zu, ihr Sünder, bekehret euch! Lasst ab von euren Sünden, kehret zurück zum Herrn! Lasst ab von aller Schwelgerei, von allem Saufen, Fressen und Huren! Führt ein gottgefälliges Leben, auf dass uns allen all diese Plagen erspart bleiben! Kleidet euch in härene Gewänder! Streut Asche auf eure Häupter! Hütet euch vor der strahlenden Frau aus der großen Stadt! Trinkt nicht aus ihrem goldenen Becher!“

Ein Rumoren ging durch die Menge. „Meint er die Mutter Gottes?“ rief einer. „Das ist Gotteslästerei!“ rief ein anderer. „Gotteslästerei,“ ertönte es nun aus einer anderen Ecke, „ein Ketzer! Verbrennt ihn!“ Jetzt lösten sich zwei kräftige Männer aus der dicht gedrängten Zuhörerschaft; sie suchten, den Prediger von der Metzgerbank herunterzuziehen. Doch dieser wehrte sich aus Leibeskräften.

„Lasst ihn in Ruhe!“ Hergenroths Stimme hatte durch jahrzehntelange Übung bei der sonntäglichen Predigt einen mächtigen Hall, der alles andere Rufen und Schreien übertönte. Augenblicklich schwieg die Menge und alle Augen ruhten auf ihm. Auch die beiden Männer lockerten den Griff, mit welchem sie den Prediger an den Armen festhielten. „Alles, was er sagt, steht in der Heiligen Schrift! Um es genau zu sagen: In der Offenbarung des heiligen Apostels Johannes! Die Frau, von der er spricht, ist die Hure Babylon, oder mit anderen Worten, der Teufel, der Satan, der Leibhaftige! Dieser Mensch hier hat nichts Falsches gesagt, lasst ihn laufen!“ Während Hergenroth noch redete, hatte sich der Prediger mit einem raschen Ruck aus dem Griff der beiden Männer gelöst, war mit einer katzengleichen Bewegung von der Metzgerbank herabgesprungen und in der Zuschauermenge verschwunden.

Die beiden Männer kamen nun auf den Tailfinger Pfarrer zu. Es sah ganz so aus, als könne es jetzt für ihn gefährlich werden. Die Menge schwieg gespannt. Hergenroth hob den Arm und deutete auf die beiden Männer. „Wenn hier jemand etwas falsch gemacht hat“, brüllte er mit seiner Löwenstimme, „dann sind es diese zwei Kerle!“ Ein leicht bedrohlich klingendes Raunen ging nun durch die Menge. Unsicher schauten sich die beiden Angesprochenen um; sie wichen zurück. Und waren nun ihrerseits alsbald in der Zuschauermenge verschwunden.

Hergenroth schlug das Herz bis zum Hals. Mein lieber Ambrosius, sagte er zu sich, das hätte bös ausgehen können. Es hatte nicht viel gefehlt und die Meute der Zuschauer wäre über ihn hergefallen, hatte es doch sekundenlang den Anschein gehabt, als wolle er einem Ketzer zur Flucht zu verhelfen. So jedenfalls empfand es der Tailfinger Pfarrer. Mittlerweile hatte sich die Lage jedoch vollkommen geändert: Die Umstehenden wichen ehrfurchtsvoll zurück, als er sich anschickte, den Marktplatz zu verlassen.

Sein Weg führte ihn vorbei an den eng stehenden, strohbedeckten Hütten der Handwerker, und schon nach wenigen Augenblicken hatte er den mächtigen Bau des Ebinger Spitals vor sich – und unmittelbar neben dem Spital, da stand das schmucke Pfarrhaus.

Johannes Tierberger, der Dekan, war nicht gerade von ansehnlicher Gestalt. Eher im Gegenteil: ein kleines, dünnes, verhutzeltes Männlein mit grauem, schütterem Haar. Mit ausgestreckten Armen ging er leicht humpelnd auf dem Tailfinger Pfarrer zu. „Gott zum Gruße, mein lieber Ambrosius! Schön, dass du so schnell kommen konntest! Wie wär's mit einem kleinen Schluck zur Begrüßung?“ In den Augen des Dekans lag etwas Falsches, etwas Hinterhältiges. Das wäre dem Tailfinger Pfarrer bei anderer Gelegenheit nicht verborgen geblieben. Heute aber sah er es nicht – zu groß war seine Neugier.

„Zum Gruße, Johannes, mein Bruder in Christo, zum Gruße! Zu deinem kleinen Schluck, da sage ich nicht nein! Aber sag mir bloß, wo brennt's denn hier? Was ist denn so ungeheuer wichtig? Ist etwa unser Heiliger Vater verstorben? Oder unser hochwürdigster Herr Bischof? Oder sind vielleicht Ketzer im Lande? Oder aber, verzeih mir meine Indiskretion, geht es dir gesundheitlich schlecht? Denkst du etwa daran, dich aus deinem Amt zurückzuziehen?“

Während Hergenroth diesen Wortschwall auf seinen Mitbruder niederprasseln ließ, verfinsterte sich dessen Miene mehr und mehr. „Mein lieber Ambrosius! Ich weiß ja, dass du ein recht verträumter Geselle bist, aber das geht nun doch zu weit! Irgendwie bist du nicht mehr ganz bei Trost! Welcher Teufel hat dir denn heute schon in's Gehirn geschissen?“ Der Dekan wollte eigentlich in diesem Ton fortfahren, hielt jedoch inne, als er sah, wie aus Hergenroths Gesicht die Neugier wich, um einem mittelschweren Verletztsein Platz zu machen. „Ich dachte ... ich wollte nur ...“ Mehr brachte der gute Pfarrer von Tailfingen nicht heraus. „Ist ja schon gut“, beschwichtigte Johannes Tierberger, „ist ja schon gut.“ Der klein gewachsene, dünne Dekan fasste ihn am Arm. „Komm mit in meine Studierstube. Dort können wir uns über diese Angelegenheit unterhalten.“

Tierbergers Studierstube! Hergenroth war in früheren Jahren gelegentlich mal in der Wohnstube des Dekans gesessen, hatte deren reiche Ausstattung bewundert, aber noch nie zuvor war es ihm vergönnt gewesen, auch nur einen Blick in dieses allerletzte Refugium eines Klerikers zu werfen, in die Studierstube.

Der Tailfinger Pfarrer schaute sich um: Die Fensterläden dieses mäßig großen Raumes waren halb geschlossen, so dass der helle Tag hier kaum mehr als ein schummriges Dämmerlicht verbreiten konnte. Ein großmächtiges Stehpult stand in der Mitte, darauf mehrere Stapel loser Blätter, dazwischen ein klobiges Tintenfass, zwei große dicke Wachskerzen und mehrere Gänsekiele. An zwei Wänden waren waagrecht Bretter angebracht, auf denen in Leder gebundene Folianten unterschiedlichen Umfangs standen. Eine erkleckliche Anzahl, fuhr es Ambrosius Hergenroth durch den Kopf, mindestens zwanzig oder fünfundzwanzig mussten es schon sein, weit mehr Bücher waren das, als er sich selbst mit seinem schmalen Salär leisten konnte. Jedes dieser Bücher, so überschlug er rasch, hatte den Gegenwert von zwei oder drei stattlichen Reitpferden. Was da auf diesen Bücherborden herumstand, das musste so ungefähr dem Reitstall eines Grafen entsprechen. Mindestens eines Grafen, dachte er neidvoll.

Aber da war noch mehr zu sehen in dieser Studierstube. An der dritten Wand ein riesengroßer Kruzifixus, davor eine Kniebank, auf der eine dicke Staubschicht ruhte, wie er nicht ohne Schadenfreude beobachtete; und vor der vierten Wand eine kurze Sitzbank, zwei Schemel und ein kleiner Tisch mit ausgesprochen dicker Tischplatte. „Setz dich!“ Der kleine Dünne deutete mit ausholender Armbewegung auf die Sitzbank, und Hergenroth folgte dieser Aufforderung langsam, wobei er versuchte, noch weitere Einzelheiten dieses nach seinem Dafürhalten luxuriös ausgestatteten Studierzimmers zu erfassen. Mit Wohlgefallen weidete sich der Dekan an dem staunenden Blick seines Mitbruders, der offensichtlich an wesentlich ärmlichere Lebensverhältnisse gewöhnt war. Der Tailfinger Pfarrer hätte gewiss weit weniger gestaunt, wenn er gesehen hätte, dass auf den Folianten ebenfalls fingerdicker Staub lag und dass die Tinte in ihrem Gefäß eingetrocknet war. Die ganze Gelahrsamkeit erschien somit als reine Staffage – der Dekan selbst hatte Schreibzeug und

Bücher bei seinem Amtsantritt vor vielen, vielen Jahren in der Studierstube des Ebinger Pfarrhauses vorgefunden und all die Zeit noch nie daran gerührt. Nur die Sitzecke, die war neueren Datums, die hatte er von einem Ebinger Schreinermeister einfügen lassen.

Kaum hatte Ambrosius Hergenroth Platz genommen, da brüllte der Dekan aus vollem Halse „Margret! Wein!“ Worauf draußen auf dem Flur ein Klappern und Scheppern anhub, und alsbald watschelte ein ausnehmend dralles weibliches Wesen herein, dessen einfache Kleidung mit dem kostbaren Bücherschatz seltsam kontrastierte. Doch das war es nicht, worauf unser guter Ambrosius sein ganzes Augenmerk gerichtet hatte: Die Maid war offensichtlich an einem Waschbottich zugange gewesen, bevor ihr Herr sie gerufen hatte, und die waschenderweise erzeugte Feuchtigkeit hatte bewirkt, dass die Kleidung auf ihrer Haut klebte, ein Anblick, der den Tailfinger Pfarrer in höchste Verzückung versetzte. Der Herr Decanus beobachtete mit Vergnügen, wie seinem Amtsbruder die Augen fast aus dem Kopfe fielen.

Schweigend schauten die beiden Geistlichen der drallen Magd zu, wie sie den Weinkrug und zwei Gläser auf das Tischchen stellte, um dann wieder watschelnd den Raum zu verlassen. „Was ist das doch für ein unendlich gütiger Gott“, entfuhr es Hergenroth, dessen Augen förmlich an der wohlgerundeten Hinterseite der Magd zu kleben schienen, „der für uns Menschen so Schönes geschaffen hat! Laus Tibi Domine, et gratias ago propter Magnanimitatem Tuam, kann ich da nur sagen!“ Der Herr Decanus hörte es mit Schmunzeln. „Du hast ja recht, Bruder in Christo, du hast ja recht! Und vielleicht lässt sich da was machen, du weißt schon, falls du hier bei mir die Nacht verbringen willst – wozu du selbstverständlich eingeladen bist.“

Der mittlerweile ebenfalls lüstern gewordene Blick des Dekans verlor nun allmählich seinen geilen Schimmer und wurde geschäftsmäßig nüchtern. „Ich habe dich aber nicht herkommen lassen, damit du den himmlisch runden Hintern meiner Magd bewundern kannst. Es geht um die Äbtissin von Margrethausen, Mechthild von Westerstetten. Sie ist ermordet worden.“

10

Ambrosius gab sich größte Mühe, den eben genossenen Anblick in eine der hinteren Kammern seines Hirns zu verschieben, um das gerade Gehörte besser aufnehmen zu können, aber es wollte ihm nicht so recht gelingen. Diese Mühe kostete ihn ein gewaltiges Ausmaß an Kraft, was sich darin äußerte, dass er Mund und Augen sperrangelweit aufriss. Es dauerte eine ganze Weile, bis er in der Lage war, ein Wort zu formulieren.

„Was?“ brachte er schließlich heraus. „Ja“, antwortete Dekan Johannes, „du hast richtig gehört. Die Äbtissin.“ Die Botschaft war in Hergenroths Hirnkasten immer noch nicht vollständig angekommen, wurde ihm hier doch etwas mitgeteilt, das er absolut nicht erwartet hatte. „Von Margrethausen?“ Der Dekan nickte. „Richtig. Von Margrethausen.“ Hergenroth holte tief Luft. Nun war er endlich mit seinen Gedanken bei der Botschaft des Dekans angekommen. Er schloss seinen Mund und runzelte die Stirn. „Ja, aber – – aber was habe ich damit zu tun? Warum ist das so wichtig, dass ich deshalb so schnell nach Ebingen kommen musste?“ „Das ist nicht ganz einfach zu erklären“ erwiderte der Dekan, „aber trink nun erst mal einen Schluck!“

Dekan Tierberger schaute seinem Amtsbruder geduldig zu, bis dieser sein Glas mit großen Schlucken geleert hatte. „Mein lieber Ambrosius“, begann er, „die Sache ist die.“ Nun hielt er es seinerseits für angebracht, sich einen großen Schluck zu gönnen. „Wie dir sicher schon zu Ohren gekommen ist, war unsere gute Äbtissin kein Kind von Traurigkeit. Oder mit anderen Worten: Mit den klösterlichen Gelübden hatte sie es nie so genau genommen. Vor allem das Gebot der Keuschheit war ihr so ziemlich schnurzegal gewesen. Aber damit sage ich dir ja sicherlich nichts Neues. Wenn der Schultheiß von Ebingen stracks seines Amtes gewaltet hätte und gleich nach Bekanntwerden der Tat begonnen hätte, nach dem Täter zu suchen, dann wären all diese – äh, diese Verfehlungen ans Tageslicht gekommen.“ „Na und?“ warf der Tailfinger Pfarrer ein, „was würde das für einen Unterschied machen? Wenn es die Spatzen sowieso schon längst von den Dächern pfeifen?“

Geduldig ging der Dekan auf diese Frage ein. „Der Unterschied, mein lieber Ambrosius“, begann er, „ist der Unterschied zwischen einem Gerücht und einer erwiesenen Tatsache. Ein Gerücht lässt sich stets abstreiten. Mit einer erwiesenen Tatsache ist dies schlechterdings nicht möglich. Und im Falle unserer Äbtissin handelt es sich mit allergrößter Sicherheit nicht um eine einzelne Tatsache, sondern um einen riesengroßen Berg davon.“ „Und?“ warf Pfarrer Hergenroth ein, „kannst du mir erklären, was ich mit diesem riesengroßen Berg zu tun haben soll?“ Der Dekan blieb geduldig und nahm abermals einen Schluck. „Gewiss kann ich das, mein lieber Ambrosius.“ Er wischte sich umständlich den Mund mit dem Ärmel ab, bevor er fortfuhr. „Denk mal an deine Bauern. Wie sie sich freuen, wenn du auf der Bildfläche erscheinst, um den Zehnten bei ihnen abzuholen.“ – „Weiß der Himmel, ja!“ stimmte Hergenroth ihm zu, „da kann ich ein Lied davon singen! Aber trotzdem verstehe ich nicht ganz, weshalb – “ – „Nun wart's doch ab. Gleich wirst du verstanden haben. Du hast also oft genug selbst erlebt, wie wenig das Bauernvolk uns Kleriker ins Herz geschlossen hat.“

Der Dekan hielt inne, schaute seinen Mitbruder mit seinen großen, wasserhellen Augen an und wartete auf eine zustimmende Reaktion. Hergenroth dachte an die mürrischen, manchmal schon richtig feindseligen Gesichter der Landleute, an die leisen Verwünschungen, die sie ausstießen, wenn sie seiner beim Einsammeln der Zehntabgaben ansichtig wurden. Manchmal, das musste er sich eingestehen, war ihm dabei schon angst und bang geworden, und er war jedes Mal froh, wenn er diese Prozedur unbeschadet hinter sich gebracht hatte. So nickte er denn und flüsterte „weiß Gott, ja“ und hatte dabei unwillkürlich ein gerütteltes Quantum an Schauder in seine Stimme gelegt.

Tierberger nickte zufrieden. Er hatte nichts anderes erwartet. „Und denk mal an diesen Aufstand vor drei Jahren. An die Bauern im Remstal, an den Aufstand des „Armen Konrad“. Das ging nicht nur gegen den Herzog, das ging auch gegen die Kirche. Wir können von Glück sagen, dass dieser Aufstand niedergeschlagen werden konnte, bevor ein Flächenbrand daraus wurde.“ Er gönnte sich ein Päuschen, griff zum Krug, füllte sein Glas und leerte es zur Hälfte mit langsamen, genießerischen Zügen. „Eins sage ich dir, Ambrosius“, fuhr er fort, nachdem er sich den Mund abgewischt hatte, „da kannst du Gift drauf nehmen: Wenn wir Kleriker uns nicht ändern, dann hat das alles bald ein Ende. Dann jagen uns die Leute aus unseren Pfarrhäusern, und wir können sehen, wo wir bleiben."

Wieder war ein Schluck fällig. „Du siehst also, mein lieber Ambrosius, wenn das alles bekannt wird, was die Äbtissin in den vergangenen Jahren so getrieben hat, das wird der heiligen Mutter Kirche keinesfalls zum Ruhme gereichen. Im Gegenteil: Die Leute werden vor Abscheu vor uns ausspucken. Sie werden uns verachten. Sie werden . . ." – „Und was willst du dagegen tun?" Hergenroths Frage war kurz und präzise. Der Dekan lächelte: Endlich hatte er seinen Mitbruder dort, wo er ihn haben wollte. „Ganz einfach", begann er. „Ich habe den Schultheiß beschwatzt. Margret war ein bisschen nett zu ihm. Er will sich Zeit lassen mit der Untersuchung des Mordfalls. So an die zwei Wochen. In dieser Zeit können wir uns darum kümmern. Den Täter ausfindig machen. Ihn dem bischöflichen Gericht in Konstanz überantworten. Vorbei am herzoglichen Gericht. Bleibt dann alles schön unter der Decke, was die Äbtissin so alles getrieben hat, zu ihren Lebzeiten. Dabei halten wir uns streng ans Kirchenrecht: Nullum scandalum, wie es dort so schön heißt. Keinen Skandal entstehen lassen."

„Und ich? Was soll ich dabei tun?" Das Gesicht des Dekans verzog sich auf diese Frage hin. Er wirkte nun nicht mehr selbstgewiss, sondern leidend und kränkelnd. Ein vorzüglicher Schauspieler, dachte Hergenroth, ließ sich aber nichts anmerken. „Hast du noch nicht gemerkt, wie krank ich bin", hub er an, „und überhaupt, in meinem Alter, da strengt alles Ungewohnte furchtbar an. Du kennst ja den alten Spruch: Wenn einer kleine Fürze lässt und kurze Schritte tut, dann ist der Sensenmann nicht mehr weit. So steht es um mich, dass du es nur weißt. Nein, nein, mein Lieber, eine solche Untersuchung, das kann ich mir nicht mehr antun. Da müssen Jüngere ran. Du wirst dir damit im Kreise der Mitbrüder hier im Landkapitel großes Ansehen erwerben. Es wird dein Schade nicht sein, gewiss nicht. Wer weiß, wie lange ich noch am Leben bin. Und das Amt des Dekans im Landkapitel Ebingen, das wird dich doch bestimmt reizen, oder?" An dieser Stelle wollte er sich ein weiteres Schlückchen genehmigen, sah jedoch, dass das Glas leer war, füllte nach und trank es in einem Zug aus. Vielleicht will er damit die Trauer über sein nicht allzu fernes Ende ersäufen, fuhr es dem Tailfinger Pfarrer durch den Kopf. Das Amt des Dekans? Natürlich würde ihn das reizen. Dass an der Sache etwas faul sein könnte, weil es eben diese Anwartschaften gab, das stieß ihm dabei ziemlich sauer auf.

„Und – – und – – und – – wie mache ich das? Ich meine, ich bin doch kein Inquisitor und habe keine Büttel und keine Folterknechte an der Hand!“ „Brauchst du auch nicht. Als Kleriker verfügst du über andere Mittel. Denk doch einmal nach: Das heilige Sakrament der Beichte. Wenn du mit einem Beichtkind in der Sakristei zugange bist, da willst du auch etwas herausbekommen und stellst alle möglichen Fragen. An der Universität hast du sicherlich das Manuale des Johannes Gerson schon einmal in der Hand gehabt. Und wie ich dich einschätze, hattest du in all den Jahren genügend Gelegenheit, dich als Beichtiger in der Kunst des gütigen Befragens zu üben.“

Hergenroth musste schmunzeln, denn bei dieser Gelegenheit fiel ihm ein, wie er sich in längst vergangenen Universitäts-Tagen über jenes Manuale de Audiendi Confessionum spottend ausgelassen hatte – vor ganz großem Auditorium in der Stiftskirche war es, und das gesamte Kollegium hatte mit brüllendem Gelächter reagiert. „Wenn ein Knabe bei dir beichtet“, so hatte er damals zitiert, „so fragst du ihn, ob er sein Glied durch rhythmisches Reiben bis zur Ejaculatio zu bringen pflege, und wenn er dann mit „nein“ antwortet, so wirst du böse und rufst „Du Lügner!“ Ja, die damals erzeugte Heiterkeit hatte ihm kurzfristig ein gewaltiges Erfolgsgefühl vermittelt. Langfristig jedoch war es ihm eher zum Nachteil geworden, dass er über diesen großen Theologen und Kirchenreformer dermaßen respektlos hergezogen war.

Diese Geschichte behielt Hergenroth aber lieber für sich. Dekan Tierberger hatte bestimmt noch nie das Manuale des Johannes Gerson in der Hand gehabt, geschweige denn darin gelesen. Auch wenn er dessen Titel kannte. Worauf Tierberger ansprach, das war sicherlich das kleine ABC des Beichthörens, wie es jedem Priesterkandidaten in der Ausbildung nahe gebracht wurde. Sofern er eine solche überhaupt genoss. „Ja, ich weiß“, antwortete er deshalb seinem Dekan, „du meinst die vier großen Fragen: Wer? Was? Wann? Wo?“ Der Dekan war sichtlich zufrieden mit dieser

Antwort. „Richtig“, erwiderte er und faltete die Hände, „dazu noch ein gerüttelt Maß an gesundem Menschenverstand und ein Quäntchen Glück, und schon kommen wir der Lösung unseres Problems näher. Am besten, du fängst gleich hier in der Nähe an. Hier, gleich nebenan, im Spital. Hier nämlich kam sie zu Tode. Du sprichst mit den Knechten und Mägden. Und vor allem mit dem Spitalmeister. Als Nächstes, würde ich vorschlagen, verfügst du dich ins Kloster. Wenn du mal weißt, wie die Äbtissin gelebt hat – jenseits der Ordensregeln, meine ich – und mit wem sie Umgang hatte, dann sind wir schon ein gutes Stück weiter.“

Geduldig hörte sich der Tailfinger Seelenhirte das Geschwafel an. Trotz alledem begann er, sich für die Sache zu interessieren. Er schielte nach seinem leeren Glas und wartete darauf, dass Tierberger nachgoss. „Noch ein Glas gefällig?“ Beim Nachschenken bemerkte der Dekan, dass der Inhalt des Kruges zur Neige ging. Er stellte ihn beiseite und schaute zum Fenster hinaus, wo die Sonne bereits schräge Schatten warf. „So spät schon“, bemerkte er verwundert. „Dabei haben wir doch nur ein bisschen geplaudert. Du leistest mir doch heute Abend noch Gesellschaft, mein lieber Ambrosius? Wenn ich nur wüsste, was im Städtchen gerade so geboten ist . . .“ Hergenroth grinste. „Im Wilden Mann hat man heute Vormittag geschlachtet, habe ich gehört. Da gibt's den ganzen Tag lang Metzelsupp und Grieben. Und im Adler hat der Wirt ein Fässlein Bier aufgemacht.“

Der Dekan lachte und rieb sich die Hände. „Alle Achtung, mein lieber Ambrosius! Kaum bist du im Städtchen, und schon weißt du Bescheid, was hier so alles läuft! Auf, gehen wir! Und heut Nacht, da bleibst du natürlich bei mir! Ich zeig dir schon gleich mal deine Kammer!“

11

Als sich Dekan und Vizedekan dem Wilden Mann näherten, schlug ihnen von weitem schon der massive und äußerst angenehme Geruch von Sauerkraut und Schlachtplatte entgegen. Während ihnen schon das Wasser im Munde zusammen lief, beschleunigten sie ihre Schritte in Erwartung des anstehenden, deftigen Hochgenusses. Doch kaum hatten sie die Tür zur niedrigen Wirtsstube geöffnet, wurden sie lauthals empfangen: „Holla, schaut, da kommt er, der Ketzerfreund!" – So schrie es aus dem Hintergrund. Dies blieb freilich nicht unwidersprochen – es folgte kräftiges Stimmengewirr: „Spinnst du!" – „Halts Maul!" –„Nichts da! Von wegen Ketzerfreund!" – „Ist er doch!" – „Einfach ein netter Kerl, das!" Dergestalt ging es eine Weile hin und her, bis deutlich geworden war, dass hier im Wilden Mann die Gruppe derjenigen die Überhand hatte, die sein Verhalten lobenswert fand. Sobald sich die Gäste beruhigt hatten, setzten sich die Beiden und warteten, bis man ihnen das leckere Mahl reichte. Dekan Johannes Tierberger schien ob des heftigen Wortwechsels in der Gaststube wenig erbaut. „Was du da auch immer angestellt hast – das war sehr leichtsinnig", zischelte der Dekan hinter vorgehaltener Hand, „darüber sprechen wir später noch!" Warum ist er jetzt plötzlich so böse, fragte sich der Tailfinger Pfarrer. Dann aber kam die verheißungsvoll duftende Schlachtplatte, und alles Andere war darob vorübergehend vergessen.

Nichts fehlte bei diesem deftigen Mahl: pralle Leberwürste, dampfende Griebenwürste und fette Bauchlappen, dazu mit Rotwein zubereitetes Sauerkraut. Nach vollbrachter Schmauserei hatten sich Dekan und Vizedekan mit spannenden Ranzen vom Wilden Mann zum Adler bewegt. Dort waren längst alle Tische eng besetzt, und nur der Würde ihres Amts war es zu verdanken, dass die Männer am Honoratiorentisch ein wenig zusammenrückten, so dass sie sich auf der Bank dazwischen hineindrängen konnten.

Eigentlich war es dem geistlichen Stand verboten, sich im Wirtshaus unter das gemeine Volk zu mischen – vielmehr war es der Brauch, dass die Kleriker sich von den Laien absonderten, um ausschließlich mit ihresgleichen an einem Tisch zu sitzen. Im übervollen Adler war jedoch an solches nicht zu denken. So sahen sich denn der Dekan und sein Stellvertreter gezwungen, sich zu den ranghöchsten unter den Anwesenden zu gesellen. Das waren der Schultheiß, der Bürgermeister, der Stättrechner und etliche Mitglieder des Rats, alles ehrenwerte Kaufleute und Handwerksmeister. Sie hatten früher am Abend eine Ratssitzung mit umfänglicher Tagesordnung abgearbeitet und waren nun dabei, das absolvierte Arbeitspensum auf Kosten der Stadtkasse zu begießen. Der Schultheiß fühlte sich geschmeichelt, derart hohe Herren bei sich am Tisch zu haben, und ließ es sich nicht nehmen, die beiden zu einem geziemenden Trunk einzuladen. Das wollte nun wiederum der Herr Dekan bei seiner Ehre nicht annehmen, weshalb er nun seinerseits die Runde der Ratsherren zu einem geziemenden Trunke einlud.

Die Herren vom Rat hatten von Hergenroths Auftritt auf dem Markt bereits gehört – das konnte er unschwer an ihren Gesichtern ablesen. Dazu äußern wollte sich indes keiner. Bis sich schließlich der Schultheiß zu Wort meldete. „Es scheint, als hättet Ihr einem Ketzer zur Flucht verholfen, Hochwürden“, bemerkte er und schaute ihm fragend ins Gesicht. Hergenroth gab nun einen knappen Abriss der Ereignisse und ging dazu über, eine längere Vorlesung über die Geheime Offenbarung des Apostels Johannes zu halten.

„Eigentlich sind wir nicht hierher gekommen, um deine Bibelkenntnisse zu bewundern, mein lieber Ambrosius“, unterbrach ihn schließlich der Dekan, der sich alsbald zu langweilen begonnen hatte, „danket dem Herrn, der unter allerlei Getränken auch das Bier für die Menschen bereitgestellt hat. Also: Bibite fratres! Ich lade euch alle ein!“ Das wollten die Ratsherren indes immer noch nicht gelten lassen. Nachdem zahlreiche Höflichkeitsfloskeln ausgetauscht worden waren, machte einer der Handwerksmeister den Vorschlag, das Bezahlen der Rechnung von einem Würfelspiel abhängig zu machen, was allseits mit großem Hallo aufgenommen wurde. Der Wirt brachte Würfel und Becher, und so spielten denn Schultheiß und Bürgermeister gegen Dekan und Vizedekan um die Zeche. Fortuna wollte jedoch keiner der beiden Parteien den Vorzug geben, weshalb sich das Spiel weit in die Nacht hineinzog, was wiederum die Menge des genossenen Bieres stetig vergrößerte. Die übrigen Gäste des Adlers hatten sich längst auf den Heimweg begeben, und auch die biederen Handwerksleute des Rats dachten allmählich daran, dass am folgenden Tag die Arbeit auf sie wartete.

Erst als der Wirt sich daran machte, die rauchigen Ölfunzeln auszublasen, einigten sich Dekan und Stadtschultheiß schließlich darauf, die Zeche jeweils zur Hälfte zu bezahlen.

Auf dem Heimweg von der Kneipe zum Pfarrhaus zeigte sich, dass Dekan Tierberger tatsächlich stark unter den Beschwerden des Alters litt. Kurz vor dem Aufbruch hatte der noch den Schankraum vollgekotzt, war dann umgefallen und lag dann wie tot auf dem Boden. Hergenroth hatte schon gedacht, Tierberger sei nun wirklich aus dieser Welt abgeschieden, und es dünkte ihm unpassend, dass ein Priester der heiligen Mutter Kirche in einer Kneipe dahinscheiden sollte. Allein der Wirt beruhigte ihn: Tierberger würde seine Besäufnisse meistens auf diese Weise beschließen, und bisher sei er noch immer wieder am folgenden Tag zu Bewusstsein gekommen, nach der alten Erfahrung: Wer beim Saufen kotzt, der stirbt nicht so schnell am Alkohol.

Glücklicherweise verfügte der Dekan nicht über eine übermäßige Leibesfülle, sonst hätte Hergenroth seine liebe Not damit gehabt, ihn zu seinem Haus zu bringen. Der Wirt hatte ihm das magere Männlein huckepack auf den Rücken geladen, und auf diese Weise schleppte er ihn durch das nächtliche Ebingen. Des Öfteren verlor der Tailfinger Pfarrer fast das Gleichgewicht, und mehr als einmal landeten sie beide fast im Dreck der Gosse. Aber immer wieder ging es gerade noch einmal gut. Unterwegs begegneten sie auch dem Nachtwächter, der eigentlich gehalten war, Leute festzunehmen und ins Gefängnis zu stecken, die sich nächtlings ohne brennende Laterne herumtrieben. Der Ebinger Nachtwächter indes kannte den Herrn Stadtpfarrer Tierberger nur zu gut und war bestens vertraut mit den Problemen, die selbiger beim Heimweg von der Kneipe ins Pfarrhaus offensichtlich nicht zum ersten Mal hatte.

Beim Pfarrhaus angekommen, eilte ihnen die Magd des Dekans entgegen. Mit vereinten Kräften schafften sie es, den Herrn Dekan die schmale steile Stiege hochzuschaffen, wo er augenblicklich mächtig laut zu schnarchen begann.

Pfarrer Hergenroth war in der ihm zugewiesenen Kammer gerade beim Einschlafen, als er trippelnde Schritte auf dem Flur vor seiner Tür vernahm. Er öffnete die Augen und richtete sich auf. Da ging die Tür auf, ein Schatten huschte herein und alsbald saß eine füllige Frauensperson auf der Bettkante, nur mit einem dünnen Überwurf angetan. Es war Margret, die Köchin des Dekans, die ihm gerade eben noch geholfen hatte, den Dekan in seine Schlafkammer zu bringen.

„Willst du nicht bei deinem Herrn schlafen?“ fragte Hergenroth, konnte aber gleichzeitig nicht der Versuchung widerstehen, den Überwurf zur Seite zu schieben und der Köchin die vollen Brüste zu streicheln. „Ach, woher denn auch“, antwortete sie und schob nun ihrerseits die Bettdecke beiseite, um den Tailfinger Pfarrer am Bauch zu kraulen. „Bei dem Geschnarche kann kein Mensch schlafen. Und außerdem stinkt der aus dem Maul wie fauliges Fleisch, wenn er besoffen ist.“ Nach einer kleinen Pause fuhr sie fort: „Ihr habt doch nichts dagegen, wenn ich bei Euch schlafe, oder? Ich habe gehört, dass Eure Köchin vor ein paar Jahren gestorben ist und dass Ihr seitdem allein lebt. Ich denke, da könnt Ihr ein wenig Trost in der Nacht schon gebrauchen.“ Als Antwort schob Hergenroth ihren Überwurf ganz beiseite und zog sie zu sich unter die Bettdecke.

Während sie sich umarmt hielten, sich streichelten und küssten, da verspürte der Tailfinger zum ersten Mal seit dem Tod seiner geliebten Apollonia den Wunsch, wieder mit einer Frau zusammen zu leben. Oder genauer: Mit dieser Frau, die gerade bei ihm im Bett lag. Mit Margret, der Köchin des Dekans. „Schade, dass du hier bei dem Dekan im Dienst bist“, sagte er, nachdem die erste große Wallung vorüber war, „sonst würde ich dich gerne zu mir nach Tailfingen nehmen.“ Sie fasste seinen Kopf mit beiden Händen und bedeckte sein Gesicht mit tausend kleinen Küssen. „Nichts täte ich lieber, mein Ambrösle, ich mag dich ja so. Aber ich kann den alten Mann jetzt nicht plötzlich alleine lassen, das verstehst du doch.“ Sie kuschelte sich an ihn und fuhr ihm sacht mit der Handfläche über die Brust. „Eigentlich hat er es gar nicht verdient, dass ich bei ihm bleibe. Er ist ein ziemlich durchtriebener Hund.“

Das hatte sich Ambrosius Hergenroth schon die ganze Zeit über gedacht. Nun aber wollte er es ganz genau wissen. Er richtete sich auf. „Ach wirklich?“ „Ja. Ich glaube, er hat dir diesen Auftrag mit dem Mordfall nicht gegeben, weil er dich dafür besonders geeignet hält. In Wirklichkeit hält er dich für –.“ Er schluckte. Da konnte wohl nichts Schmeichelhaftes kommen. „Na komm, sag schon.“ „Na ja. Aber nicht böse sein, hörst du? Er hält dich nämlich für einen weltfremden Träumer.“ Erleichtert ließ er sich wieder auf die weichen Daunen fallen. „Und warum hat er mir diesen Auftrag gegeben, wo er mich doch für einen Träumer hält?“ Margret hielt inne und dachte nach. „Das wundert mich auch.“ Abermals hielt sie inne. Hergenroth dachte schon, sie sei möglicherweise bereits eingeschlafen, da fing sie wieder an zu reden. „Vielleicht hängt es damit zusammen, dass ein paar Männer zum meinem Herrn gekommen waren. Kurz bevor man die Äbtissin tot gefunden hatte. Sie machten ernste Gesichter und saßen sehr lange in seiner Studierstube. Immer wenn ich hereinkam und ihnen was zu trinken brachte, hörten sie auf zu sprechen. Als sie nach einigen Stunden gegangen waren, da sagte mir mein Herr, heute sollte ich dich holen lassen. So, jetzt weißt du das. Und jetzt – – –.“

Lange konnte Pfarrer Hergenroth nicht einschlafen. Erst jahrelang nur ganz selten einmal eine kurze Begegnung mit einer Alten im Felsenmeer. Und nun dicht hintereinander zwei Frauen, die kaum unterschiedlicher sein konnten: Mit der Alten, da war es eine klare Sache. Sie wollte ab und zu einen Mann zwischen ihren feisten Beinen haben, und er genoss es, ab und zu dazwischen zu liegen. Sonst war da nichts. Dagegen aber die Köchin des Dekans, die leise schnurchelnd jetzt neben ihm lag: Da war mehr als nur das Stillen einer Begierde. Sicher, er hatte ihren dicken Hintern mit großer Hingebung gestreichelt, und mit ihren vollen runden prallen Brüsten hatte er das nicht weniger hingebungsvoll getan. Aber das war lange nicht alles. Es war der Geruch ihrer langen, dunkelbraunen Haare. Es war der Klang ihrer rauchigen Altstimme. Es war die Art, wie sie sich behände in den Räumen des Ebinger Pfarrhauses bewegte.

Er versuchte sich vorzustellen, wie es aussah, wenn sie am Herd seines eigenen Pfarrhauses stand, wie sie Brennholz holte, wie sie die Kuh melkte, wie sie am Herd stand. Über solchen Traumgebilden schlief er ein. Dass der Dekan ihn für einen weltfremden Träumer – oder gar für einen ausgemachten Trottel – hielt, daran hatte er keinen einzigen Gedanken verschwendet.

12

„Wo ist eigentlich der Dekan?“ Die helle Vormittagssonne schien durch die weit geöffneten Fenster der Küche im Ebinger Pfarrhaus, als Vize-Decanus Hergenroth auf einem Hocker vor einer Schüssel dampfender Morgensuppe saß und der drallen Köchin zusah, wie sie auf den Knien herumrutschte, um den Küchenboden zu reinigen. „Ach der! Der muss erst seinen Rausch ausschlafen. Bis heute Nachmittag bleibt der im Bett. Das ist immer so.“ Ein herrliches Hinterteil streckte sie ihm da entgegen, so herrlich, dass er über dessen Anblick fast seine Morgensuppe vergaß. Ja, ein unübertrefflicher Anblick, dachte er andachtsvoll, und ich danke dem Herrn, dass er ein solch wunderbares Geschöpf gerade jetzt hier vor meinen Augen in dieser Küche putzen lässt. Wie wunderbar muss erst der Schöpfer sein, wenn schon eines der von ihm geschaffenen Wesen derart großes Entzücken hervorrufen kann!

Seine theologischen Betrachtungen wurden indes durch eine ruppige Bemerkung der auf dem Boden knienden Frau abrupt unterbrochen. „Was sitzt du hier noch immer so rum, Ambros! Der Tag hat längst begonnen! Sieh zu, dass du endlich mit deinem Tagwerk anfängst!“ Der harsche Ton in Margrets Stimme ließ ihn zusammenzucken, was die Köchin bemerkte. Deshalb folgte nun eine Frage, die alles andere als unangenehm war: „Was ist eigentlich deine Leibspeise?“ „Linsen mit Bauchspeck. Aber warum willst du das wissen?“ fragte Hergenroth erstaunt zurück. „Weil ich das für dich koche, wenn du wieder kommst.“

Die unerwartete, aber hingebungsvoll genossene nächtliche Betätigung wie auch die üppige Morgensuppe hatten gemeinsam bewirkt, dass das Bier des Adlerwirts an diesem Morgen nur noch mäßige Wirkung zeigte. Dergestalt war der Vizedekan vollauf in der Lage, sich in das Spital zu verfügen, das nur wenige Schritte von Pfarrhaus entfernt lag. Das Ebinger Spital, einst von den Grafen von Hohenberg als Residenz erbaut, hatte nach dem Übergang der Stadt an Württemberg seine jetzige Verwendung gefunden. Damit war viel von seinem einstigen Glanz verloren gegangen: Der Fassadenputz abgebröckelt, die Farbe an den einst sorgsam bemalten Balken verblichen, das Dach an mehreren Stellen schadhaft. Und doch: „der Spittel“, wie die Ebinger liebevoll zu sagen pflegten, war nach wie vor neben der Martinskirche das größte Gebäude in der Stadt.

Auf dem Platz vor dem Spital tummelten sich einige der Insassen: Drei alte Weiber standen da herum, die eine krumm und zahnlos, wie er im Vorübergehen bemerkte, eine andere wackelte fortwährend mit dem Kopf, als habe ihr jemand eine unangemessene Frage gestellt, die sie nun immerzu durch heftiges Kopfschütteln verneinen müsse. Eine dritte drohte ständig umzufallen und musste von den andern beiden festgehalten werden. Auch einige Kinder waren da zugange: Waisenkinder offensichtlich, die im Spital ihr Zuhause hatten. Sie waren nur unvollkommen mit Stofffetzen bekleidet und starrten vor Schmutz.

Im Spital war sein Erscheinen bereits erwartet worden. Der Spitalmeister empfing ihn unter dem Torbogen und wollte ihn zu einem Begrüßungstrunk einladen, wie es sich schickte, doch Hergenroth lehnte in Anbetracht der wilden Zecherei am Vorabend dankend ab. Über große Zungenfertigkeit verfügte der Spitalmeister nicht: Er war vorgerückten Alters und von breitem Körperbau; seine hervorstechende Eigenschaft jedoch war seine Einsilbigkeit. Durch ein Gewirr von Fluren und Treppen ging er dem Tailfinger Pfarrer voran, bis er in einer geräumigen Wohnstube mit mehreren verglasten Fenstern Halt machte. Dort stellte sich ihnen ein kurz gewachsener, verkrüppelter Mann mit stark entstelltem Gesicht in den Weg, fuchtelte wild mit seinen überlangen Armen und stieß dabei unverständliche Laute aus. Der Spitalmeister brachte ihn mit einem kräftigen Fußtritt zum Schweigen. „Verschwinde hier, du zehnmal verfluchte Teufelsbrut!“ brüllte er, worauf sich der Krüppel mit watschelndem Humpeln von dannen machte.

Nun wandte er sich wieder seinem Gast zu. „Hier war es.“ Mehr brachte er nicht heraus. „Hast du sie gefunden, mein Sohn?“, wollte Hergenroth wissen. Der Spitalmeister schüttelte den Kopf. „Die Magd.“ „Also hol sie her, mein Sohn. Ich will sie sprechen.“ Der Spitalmeister nickte und verschwand. Hergenroth nutzte die Wartezeit, um nun alles näher in Augenschein zu nehmen. Er befand sich offensichtlich in der Nonnenstube, in jenem Raum also, der den Nonnen zu Margrethausen zum Aufenthalt diente, wenn sie sich in der Stadt aufhielten. Insbesondere war ihnen damit eine

Gelegenheit geboten, in Kriegszeiten das Kloster zu verlassen, um hinter dem doppelten Mauerring der Stadt Ebingen Schutz zu finden.

Als Wohnraum ließ die Nonnenstube nichts zu wünschen übrig: im vorderen Teil befanden sich Tisch und Sitzbänke in einem solchen Ausmaß, dass mindestens ein Dutzend Klosterfrauen sich bequem niederlassen konnten, an den Wänden mehrere Borde mit einfachem Zinngeschirr, und schließlich im hinteren Teil ein mächtiger Kachelofen. Ebenfalls dort, im hinteren Teil, eine ausnehmend üppig bemessene Schlafstatt, von der allerdings nur ein zugezogener Vorhang zu sehen war. Hergenroth betrachtete alles ganz genau, denn er suchte nach den Spuren des Verbrechens. Allem Anscheine nach hatte man den Raum in der Zwischenzeit einer gründlichen Reinigung unterzogen und alles so aufgeräumt, dass die Stube einen properen und wohl geordneten Eindruck machte. So, wie es sich eben gehörte: Der Tailfinger Pfarrer kannte diese Einstellung von seinen Schäflein im Talgang. Man will sich ja nicht nachsagen lassen, man sei schlampig: Das hatte er in den Jahren seiner Amtszeit in Tailfingen oft genug gehört. So bemerkte Hergenroth erst nach längerer Inspektion in den Ritzen des Bretterbodens vor der Sitzbank des Kachelofens einige schwache Reste von Blut.

Mittlerweile war der Spitalmeister mit der Magd zurückgekommen. Sie war offensichtlich mit dem Entleeren von Nachttöpfen beschäftigt gewesen, denn sie stank fürchterlich nach Scheiße. Sie war sich dessen bewusst und hätte sich gerne gewaschen, bevor sie vor den Herrn Vizedekan trat. Doch der Spitalmeister hatte sie grob am Arm gepackt und hinter sich hergezogen. Ihr rundes und nicht unsympathisches Gesicht war nun vor Verlegenheit gerötet. „Entschuldigt, hoher Herr, entschuldigt! Ich – – ich – – “ „Schon gut“, half ihr Hergenroth aus der Verlegenheit, „auch deine Arbeit ist Gott gefällig, meine Tochter, denn was ihr einem meiner geringsten Brüder tut, das habt ihr mir getan. Wie ist dein Name?“ „Anna, hoher Herr.“ „Und wie weiter?“ „Das weiß ich nicht, hoher Herr. Ich weiß nur Anna.“ „Schon gut. Du hast die Äbtissin hier gefunden?“ „Ja, hoher Herr. Dort war der Badezuber. Und in dem ist sie gelegen.“ Sie deutete auf die Stelle vor dem Kachelofen, wo Hergenroth bereits die Blutspuren entdeckt hatte. „Wann war das?“ „Das war vorgestern früh. Ich wollte ihr die

Morgensuppe bringen. Und dann ist sie dagelegen." Es musste ein schlimmer Anblick gewesen sein, denn die arme Frau brach in Tränen aus. „Und dann, meine Tochter?" „Dann hab ich den Spittelmeister geholt." „Danach hat man die Ermordete weggebracht?" Diese Frage richtete Hergenroth an den Spitalmeister, der mit dem Kopf nickte. „Und wer hat anschließend hier alles wieder in Ordnung gebracht? Warst du das, Anna?" „Ja, hoher Herr." „Was war da zu tun?" „Zuber leeren, Boden putzen, Tischtuch waschen, Buch aufräumen." „Wo war das Tischtuch?" „Auf dem Boden." „Und das Buch?" „Auch auf dem Boden." „Wo ist das Buch jetzt?" Die Magd griff in eines der Borde. „Hier, hoher Herr."

Neugierig griff Hergenroth nach der ihm gereichten, gewichtigen Schwarte: Goldschnitt, in feinstes Schweinsleder gebunden. Jacobus a Voragine, Legenda Aurea. Enttäuscht wollte er den dicken Wälzer beiseite legen: Er hatte da schon etwas Anzüglicheres erwartet. Die Canterbury Tales zum Beispiel. Oder das Decamerone. Aber nichtsdestotrotz: Die Äbtissin gab doch einem Werk erbaulichen Inhalts den Vorzug vor weltlicher Lektüre. Unschlüssig blätterte er in dem Buch, dessen Inhalt ihm aus seiner Tübinger Zeit bekannt war, und überlegte sich, ob irgendetwas daran für die Aufklärung des Mords von Bedeutung sein könnte. Nach einigem Blättern legte er es beiseite: Nichts. Er schaute wieder zu Anna auf, die in der Zwischenzeit versucht hatte, ihr Äußeres in einen besseren Zustand zu bringen: Sie hatte sich die Nase geputzt, die Tränen abgewischt und einige widerspenstige Haare aus dem Gesicht gestrichen. Der Gestank aber ließ sich nicht so leicht beseitigen.

„Lag sonst noch irgendetwas auf dem Boden rum?" „Ja." Besonders gesprächig sind sie ja nicht, diese Älbler, dachte Hergenroth, alles muss man ihnen aus der Nase ziehen. Trotzdem konnte er mit einem gehörigen Quantum Geduld und einer Unmenge weiterer Einzelfragen herausfinden, dass die Äbtissin mehrere Stichwunden in die Brust erhalten hatte, von denen wohl eine ihren Tod verursacht hatte. Außerdem ergab sich durch unablässiges Nachfragen, dass ihrem Hinscheiden ein heftiger Zweikampf vorausgegangen sein musste. Ihren Fußschemel hatte sie als Waffe und Wurfinstrument benutzt, denn er war in mehrere Stücke zerbrochen, von denen er einige Partikel im hintersten

Winkel der Stube fand, weitab von dem Kachelofen, vor dem der Badezuber gestanden hatte. Ob man denn keine Schreie gehört habe, wollte Hergenroth schließlich noch wissen. Schreie schon, versicherten ihm sowohl die Magd als auch der Spitalmeister. Allerdings habe man nicht darauf geachtet, denn an Schreie sei man im Spital gewöhnt. Einige der unglücklichen Kreaturen im Spital waren nämlich so wenig Herr über ihre Sinne, dass sie immer wieder wild um sich schlugen und schrien, weshalb sie angebunden werden mussten. Ob man den Mörder beim Betreten und Verlassen des Spitals gesehen habe – das hatte bereits Dekan Tierberger Tags zuvor gefragt. Einen Menschen, der sich auf irgendwelche Weise verdächtig benommen habe. Aber niemandem war ein solcher Mensch aufgefallen.

„Sonst nichts?“ beendete der Tailfinger Pfarrer sein Verhör. „Nein,“ erwiderte die Magd, und der Spitalmeister schüttelte den Kopf. „Wirklich nichts?“ Prüfend schaute Hergenroth der Magd und auch dem Spitalmeister ins Gesicht und suchte so streng dreinzuschauen, wie es ein Inquisitor wohl tat. Unsicher blickten die beiden in die Runde. Der Spitalmeister schüttelte abermals den Kopf. „Wirklich nichts, hoher Herr“, antwortete die Magd. „Gut. Ihr könnt jetzt gehen.“ Der Tailfinger Pfarrer schaute sich noch einmal in der Nonnenstube um und suchte nach irgendetwas, das er vielleicht übersehen hatte – irgendetwas, das ihn auf die Spur des Mörders bringen könnte. Er mochte so angestrengt starren, wie es nur ging. Es half nichts.

13

Als Hergenroth eben im Begriff war, das Spital zu verlassen, da stand im Schatten des Torbogens vor ihm ein seltsam verkrüppeltes Menschenwesen männlichen Geschlechts, derselbe Krüppel, den er bereits vor der Nonnenstube gesehen hatte. Kaum größer als ein zehnjähriger Junge, dabei allem Anscheine nach mindestens vierzig Jahre alt, mit kurzen, krummen Beinen, einem riesigen Schnitzbuckel und einem ungemein breiten, glatzköpfigen Schädel. Schlimm war sein Gesicht anzusehen: die Nase dick und klobig, der Mund schief und bis auf einige schwarze Stummel zahnlos. Große Überwindung kostete es den Pfarrer, diesem bedauernswerten Wesen in das Gesicht zu schauen: Unter einem halb geschlossenen Lid blickte ihn nämlich nur ein einziges Auge an. An der Stelle des anderen befand sich nichts als eine leichte Vertiefung. Aus den zerschrundenen Backen und aus dem Kinn ragten einige kürzere Haarspieße heraus, die man bei einem anderen Mann seines Alters als Bart bezeichnet hätte.

Der bedauernswerte Krüppel machte keinerlei Anstalten, ihm den Weg frei zu geben. Im Gegenteil, er fuchtelte mit den im Verhältnis zur Größe seines Körpers viel zu langen Armen aufgeregt in der Luft herum und stieß dazu Laute aus, die sich zwischen „e-e-e“ und „a-a-a“ bewegten und die Pfarrer Hergenroth nicht weiter zu deuten wusste.

Grenzenloses Mitleid überkam den Geistlichen, als er dieses unglückliche Geschöpf betrachtete. Er legte ihm beide Hände auf die speckige Glatze: „Gott segne dich, mein Sohn! Und wenn du einstens ins Himmelreich eingehst, dann bete für mich! Denn ins Himmelreich wirst du zweifellos noch vor allen anderen eingehen, auch vor den Heiligen und Martyrern, denke ich. Denn es steht geschrieben: Die Letzten werden die Ersten sein. Und wahrlich: Wer sollte noch hinter dir stehen in der langen Reihe der menschlichen Wesen, so wie du aussiehst? Der Herr segne dich und beschütze dich allezeit bis ans Ende deiner Tage!“

Der Priester fühlte, wie eine wohltuende, besänftigende Kraft über seine Handflächen in den Körper des missgestalteten Wesens eindrang, sobald er dessen Haut berührte. Körperliche Berührung, das war es, was jeder Mensch von Zeit zu Zeit brauchte – das hatte Hergenroth nicht an der Universität gelernt, das hatte er erst in Tailfingen von seiner treusorgenden Apollonia erfahren. Und nach solch körperlicher Berührung lechzte auch dieser Krüppel. Dessen „e-e-e“ und „a-a-a“ wurde nun ruhiger, ja geradezu freundlich. Er fasste Hergenroth am Ärmel und zog ihn zurück in das Spital. Offensichtlich wollte er ihm etwas zeigen.

Neugierig ließ sich der Geistliche von dem Krüppel führen. Es ging denselben Weg zurück, den er eben gekommen war, und schließlich stand er wieder zusammen mit seinem Führer in der Nonnenstube. Dessen unartikulierte Laute wurden noch aufgeregter als sie es unter dem Torbogen waren; dazu vollführte er einen seltsamen Tanz: Zunächst setzte er sich auf die Ofenbank und ruderte mit den Armen langsam hin und her. Er wollte damit wohl ausdrücken, dass die Äbtissin ein Bad nahm. Aber das wusste Hergenroth schon. Dann hob er drohend die Arme, sprang auf den Kachelofen zu, blieb dort bei der Sitzbank stehen, vor welcher die Äbtissin die letzten Augenblicke ihres irdischen Lebens im Zuber zugebracht hatte, und stieß dabei unter grässlichem „u-u-u" mit einer imaginären Waffe auf den Kachelofen ein. Plötzlich gab er einen lauten Schmerzensschrei von sich, hielt sich die Arme schützend vor den Leib wie zur Abwehr einer Gefahr, ergriff einen Schemel, schwenkte ihn wild durch die Luft und schleuderte ihn schließlich in eine Ecke. Schließlich griff er sich an die Brust, es folgte ein Seufzen und Stöhnen, er ließ sich auf den Boden fallen zuckte ein paar Mal, röchelte ein wenig, drehte den Kopf zur Seite und blieb liegen.

Nachdem er auf diese Weise eine Zeit lang reglos auf dem Boden zugebracht hatte, stand er wieder auf, stellte sich vor den Pfarrer hin und schaute diesen mit seinem einen Auge erwartungsvoll an. Und in der Tat: Hergenroth war höchst beeindruckt, hatte er doch gedacht, er habe ein debiles Wesen vor sich, bar jeder Vernunft. Und nun dies: Was da vor ihm stand, das war nicht mehr und nicht weniger als ein perfekter Schauspieler, und das aufgeführte Stück, das war die Ermordung der Äbtissin mit allen Einzelheiten. „Ich war Zeuge", wollte dieses gekonnte Schauspiel sagen, „ich habe alles gesehen."

„Hast du gut gemacht", sagte Pfarrer Hergenroth und strich dem Krüppel anerkennend über die Glatze, „hast du wirklich gut gemacht!" Worauf der Angesprochene freudig glucksende Laute von sich gab. „Nun zeig mir aber, wo bist du gewesen, als das alles geschah?" Der Krüppel deutete auf den Vorhang der Schlafstatt im hinteren Teil der Stube. Entweder, so folgerte Hergenroth daraus, hatte die Äbtissin ihn in ihrem Bett schlafen lassen. Was eher unwahrscheinlich war. Oder er hatte sich einfach dorthin geschlichen. Was wahrscheinlicher war. Vielleicht, um nicht allein zu sein, wer weiß.

Hergenroth war gerührt: Da sag doch einer, es gäbe keinen göttlichen Ratschluss! „Dich hat der Himmel geschickt, mein Sohn!" Er fasste den Krüppel bei den Schultern und war nahe daran, ihn auf die Glatze zu küssen, wenn ihn dieses nur nicht so große Überwindung gekostet hätte. „Ich bin hierher gekommen, um den Täter zu finden. Kannst du ihn mir beschreiben? Es wird nicht leicht sein für dich, weil du nicht sprechen kannst. Aber du kannst das trotzdem –bei deinem Talent als Schauspieler."

Der Krüppel stellte sich in Positur. Er inszenierte nun eine sorgfältig komponierte Abfolge von kleinen Szenen, begleitet von mannigfachem Gegluckse und Gefiepe, wiederholt unterbrochen von kleinen Pausen, in welchen er allerlei Gegenstände herbeitrug, um die Beschaffenheit eines Materials oder die Art einer Farbe zum Ausdruck zu bringen.

Als der Krüppel seine Vorstellung beendet hatte, konnte Pfarrer Hergenroth nicht anders, als unter lauten „Bravo"-Rufen begeistert in die Hände zu klatschen. Die Botschaft der Theatervorstellung blieb ihm allerdings in manchen Stücken unklar. Immerhin glaubte er, einen Großteil der Inszenierung richtig deuten zu können: Wenn er es richtig verstanden hatte, dürfte der Täter ein vornehmer Mann gewesen sein, mit Vollbart und kurz geschorenen, dunklen Haaren. Außerdem trug er hohe Stiefel, möglicherweise mit Sporen, und einen weiten, schwarzen Umhang aus festem Wollstoff, darunter ein rotes Wams. Ob er es nun aber wirklich richtig verstanden hatte, dessen konnte er nicht sicher sein.

Hergenroths Rührung kannte nun kaum noch Grenzen. Trotz dessen abstoßender Missgestalt drückte er den Krüppel an sich, der sich darob eng an den Geistlichen schmiegte und leise zu weinen anfing. Eine derart enge körperliche Berührung war dem Armen wohl seit vielen Jahren nicht mehr vergönnt gewesen. Eben wollte sich der Tailfinger Pfarrer verabschieden, da begann der Krüppel abermals aufgeregt herumzufiepsen und kroch dabei unter die Ofenbank. Als er hervorkam, fuchtelte er dem Geistlichen wie verrückt hopsend mit geschlossener Hand vor der Nase herum. Hergenroth fasste die Hand und bog sachte die Finger auseinander. Was da zum Vorschein kam, ließ ihn vor Staunen die Augenbrauen anheben: „Alle Achtung, mein Freund!" (Er hatte tatsächlich „mein Freund" gesagt!) „Damit sind wir unserem Ziel ein ganzes Stück näher gekommen – hoffe ich wenigstens!"

Es war ein Stück roter Seide und zwei quadratische Hirschhornknöpfe. Beides hatte die Äbtissin offensichtlich in höchster Todesnot ihrem Mörder aus der Kleidung gerissen.

14

Pfarrer Hergenroth musste schon recht kräftig mit beiden Fäusten an die schmale Pforte des Klosters Margrethausen hämmern, um sich Gehör zu verschaffen, denn sie bestand aus dicken Eichenbohlen. Während er wartete, schaute er mit großer Neugier auf das tellergroße Kläppchen, das sich in wenigen Augenblicken öffnen würde, um das Gesicht einer Nonne frei zu geben. Wie sie wohl aussah? Eine alte mit faltigem Gesicht? Oder eine junge, frische?

Noch kaum hatte er bisher in seinem Leben mit Nonnen zu tun gehabt. Ab und zu war eine in Tübingen auf der Straße an ihm vorbeigehuscht. Regelmäßig hatte er sie dann gegrüßt, wie es eben unter Personen des geistlichen Standes üblich war. Einer alten Gewohnheit folgend hatte er es freilich nie unterlassen, den Klosterfrauen neugierig unter die Haube zu schauen, sofern dies überhaupt möglich war. Und manchmal war es ihm sogar gelungen, einen flüchtigen Blick zu erhaschen und ihnen dann in die Augen zu sehen. Aber stets hatten die Nonnen dann zur Seite geschaut.

Ja, er war nun schrecklich neugierig, unser Pfarrer Hergenroth, und seine Neugier erhöhte sich noch, als er endlich im Innern des Gebäudes Schritte nahen hörte. Je näher sie kamen, um so aufgeregter wurde er. Nach einem leichten Schleifen des Riegels öffnete sich das Kläppchen, und zum Vorschein kam ein junges Mädchengesicht mit freundlichen, blauen Sternchenaugen. „Pax Domini sit semper vobiscum, meine Tochter! Magister Hergenroth bin ich, Doktor der Theologie, Pfarrer von Tailfingen und Vizedecanus des Landkapitels Ebingen. Ich bin gekommen, um Licht zu bringen in das Dunkel, in welches das grausame Ableben der Mutter Oberin gehüllt ist. Kann ich die Stellvertreterin der verstorbenen Mutter Oberin sprechen?“ Kaum hatte er seine Frage ausgesprochen, zeigte das liebe junge Gesicht Züge des Bedauerns: „Et cum spiritu tuo, Hochwürden! Das geht nicht, hoher Herr. Die Schwestern sind gerade beim Chorgebet.“ Pfarrer Hergenroth wollte sich aber nicht so schnell abwimmeln lassen: „Das macht nichts, meine Tochter. Es werden doch noch andere Leute im Kloster sein, oder?“ Das junge Gesicht strahlte wieder. „Das stimmt, hoher Herr,“ antwortete sie kichernd, „ich zum Beispiel.“ „Na also. Und wie ist dein Name?“ – „Genovefa, Hochwürden.“ – „Also, Genovefa, kannst du mir öffnen?“

Die Tür mit ihren dicken Eichenbalken knarrte kaum, als sie sich öffnete. „Kommt herein, Hochwürden!“ Das Nönnchen ging einige Schritte in Richtung Hausinneres voraus, zögerte dann aber. „Hochwürden!“ Sie war sichtlich verlegen. „Was ist, Genovefa?“ – „Unser Empfangsraum, äh, er ist nicht besonders bequem. Ganz ehrlich gesagt, Hochwürden, ich möchte Euch diesen Raum ersparen. Wir sind ein ganz armes Kloster, müsst Ihr wissen. Deshalb ist unser Empfangsraum ganz kahl. Weder Bank noch Stuhl sind dort zu finden. Ihr könnt nicht einmal hinsitzen.“ – „So? Und was machen wir dann?“ – „Ich wüsste eine Lösung. Aber vielleicht seid Ihr nicht einverstanden.“ Ein Kloster ohne Bank und Stuhl? Hergenroth wurde nun allmählich richtig neugierig. „Nun sag schon, Genovefa!“ – „Kommt mit, Hochwürden.“

Der Weg führte zunächst durch einen kleinen, absolut kahlen Raum – das wird wohl der erwähnte Empfangsraum sein, dachte Hergenroth. Dann ging's durch mehrere Stallungen. Der Tailfinger Pfarrer bemerkte mit Wohlgefallen, wie das Nönnchen beim Voranschreiten munter die Hüften hin und her schwenkte. Nach den Stallungen kamen sie in einen großen Raum, der teilweise fast bis unter die Decke mit Heu und Stroh angefüllt war. Zielstrebig ging Genovefa in eine Ecke, in der eine eher geringe Menge Heu lag. Sie schob das Heu beiseite, machte sich an der dahinter liegenden Wand zu schaffen und öffnete schließlich eine Tür, die so hoch und breit war, dass ein erwachsener Mensch gerade hindurchkommen konnte.

Als Pfarrer Hergenroth sich hinter der Nonne durch die schmale Luke gezwängt hatte, da wollte er seinen Augen nicht trauen. „O du mein liebs Herrgöttle von Biberach!“ entfuhr es ihm vor Erstaunen, hatte er doch bis zu diesem Augenblick das Kloster Margrethausen für extrem arm und vollkommen mittellos gehalten, und das, was er nun zu sehen bekam, das war ohne jeden Zweifel eher das Gegenteil: Ein mäßig großer Wohnraum, die Fenster mit Tüchern abgedunkelt. Sobald sich seine Augen an das Dämmerlicht gewöhnt hatten, sah er, dass die Wände mit kostbaren Gobelins behangen waren und der Boden mit üppig bestickten Polstern und Kissen bedeckt.

„Setzt Euch, Hochwürden!“ Er war weit davon entfernt, dieser Einladung Folge zu leisten – der schiere Schock über den luxuriös ausgestatteten Raum ließ das nicht zu. So holte er denn erst mal tief Luft. Nach einigen langen Atemzügen brachte er jedoch nichts heraus als ein stammelndes „Aber – – aber“. Genovefa lächelte belustigt ob dieser fassungslosen Stammelei. „Ich dachte, hier handele es sich um einen Bettelorden“, brachte der Tailfinger Pfarrer schließlich heraus, „und nun das!“ „Betteln?“ Schwester Genovefa zog erstaunt die Augenbrauen hoch. Sie hatte es sich mittlerweile auf den Polstern bequem gemacht; Hergenroth stand indes immer noch wie angewurzelt. „Betteln, igitt“, wiederholte die junge Nonne, und der Ekel in ihrer Stimme war unüberhörbar, „wie unschicklich! Gehören doch einige meiner Mitschwestern in Christo dem Adelsstand an, und die übrigen kommen immerhin aus anständigen Bürgersfamilien! Betteln! Hochwürden, wie kommt Ihr nur auf eine dermaßen abwegige Idee!“ Vor Abscheu kräuselte sie ihre schönen vollen Lippen.

Über so viel Unwissenheit konnte Hergenroth nur entsetzt den Kopf schütteln. Eigentlich drängte es ihn, diesem Gefühl durch eine wortgewaltige Schimpftirade Luft zu machen, aber er überlegte es sich anders, denn er hatte den Eindruck, dass die junge Klosterfrau tatsächlich noch nie von einer Ordensregel gehört hatte. „Meine Tochter“, fing er nach längerem Überlegen schließlich an, „wie der Name schon sagt, wurde der Orden der Klarissen vor rund vierhundert Jahren von der heiligen Klara in Assisi gegründet. Sie gab dem Zusammenleben der Schwestern einen festen Rahmen, schriftlich fixiert und Ordensregel genannt. Eine der wichtigsten Vorschriften bezieht sich auf den Besitz von weltlichen Gütern. Hast du noch nie davon gehört?“

Genovefa machte große Augen. „Offen gestanden, noch nie, Hochwürden. Müssen wir uns wirklich an eine derart seltsame Vorschrift halten?“ „Wie man's nimmt, meine Tochter. Unlängst erst hat sich nämlich der Orden der heiligen Klara gespalten, und zwar in zwei Parteien. Die eine, das sind die Obödianten. Die halten sich einigermaßen streng an die ursprünglichen Regeln. Die andern, das sind die Konventualen. Dazu gehört offensichtlich auch dieses Haus. Die Konventualen pflegen einen eher laxen Umgang mit den alten Regeln. Dass sie sich derart weit von den Regeln entfernt haben, das hätte ich mir allerdings nicht träumen lassen."

Genovefas Gesichtszüge hatten sich wieder geglättet. Aus ihren Augen schaute ein Mensch, der seine ursprüngliche Meinung nach Zweifeln doch noch bestätigt sieht. „Seht Ihr, Hochwürden, ich habe doch Recht gehabt. Das mit dem Betteln ist also doch Unsinn." Pfarrer Hergenroth gelang es, ob dieser abstrusen Logik ein Kopfschütteln zu unterdrücken. Frauenlogik, dachte er. Da kann man schon verstehen, weshalb einige der Kirchenväter Zweifel daran hegten, ob den Angehörigen des weiblichen Geschlechts eine den Männern gleichwertige Seele innewohnte und vielmehr der Ansicht waren, dass die Frauen über eine Seele minderen Werts verfügten, oder gar, im ganz extremsten Falle, die Weibsleute einer Seele vollkommen entbehrten. Er selbst vertrat indes die Auffassung, dass dem anderen Geschlechte durchaus eine zwar gleichwertige, aber dennoch anders geartete Seele innewohnte. Zu dieser Meinung war er durch langjährige, intensive und buchstäblich hautnahe Beobachtung gelangt, ganz im Gegensatz zu den blutleeren und rein theoretischen Erörterungen der meisten Kirchenväter. Und diese seine Meinung war jetzt gerade wieder einmal durch Genovefas Betrachtungsweise bestätigt worden. Er war sehr zufrieden mit der Art, wie Gott die Frauen geschaffen hatte, musste er sich zugeben, versorgten sie doch die Männer mit allem, was sie so brauchten, vor allem mit Geborgenheit und mit sexueller Zufriedenheit, sie nahmen den Männern eine ganze Menge lästiger Beschäftigungen ab, wie zum Beispiel Wäschewaschen, Geschirrspülen, Kochen, Nähen, Putzen; obendrein sorgten die Frauen dafür, dass die Menschheit sich regelmäßig von Generation zu Generation fortpflanzte, die Frauen sorgten weiterhin mit dem ihnen eigenen freundlichen, ausgleichenden Wesen dafür, dass ein Großteil aller Streitfälle beigelegt werden konnte, bevor sie in tödlichen Raufereien und Prügeleien endeten, ja, die Frauen waren schließlich auch von Gott dazu auserkoren – –

„Was ist, Hochwürden? Seid ihr etwa anderer Meinung?" Die junge Nonne hatte ihn mit einem unbarmherzigen Ruck aus seinen tiefsinnigen Erörterungen herausgerissen. „Ja, äh, meine Meinung in dieser Sache – – “. Es kostete ihn einige Momente heftigen Nachdenkens, bis ihm einfiel, wovon eigentlich die Rede gewesen war. Es war das klösterliche Gelübde der Armut gewesen. „Äh, weißt du, meine Tochter, das mit der Armut, das ist so eine Sache. Den Theologis gilt sie als ein Gott gefälliges Werk, und somit dürfte sie keineswegs unnütz sein. Steht doch schon in der Schrift geschrieben – – “ Ärger hatte sich mittlerweile auf dem Gesicht der jungen Nonne ausgebreitet. „Hört mir mit der Bibel auf, Hochwürden! Aus der Heiligen Schrift kann man doch alles und jedes heraus interpretieren, da macht doch jeder, was ihm gerade in den Strumpf passt!“

Pfarrer Hergenroth fühlte sich ertappt. Da hatte er doch jahrelang an der Universität gewirkt und geforscht, um zu dieser – zugegebenermaßen nicht gerade umwerfenden – Einsicht zu gelangen, und nun kam dieses junge Ding daher, hatte von dem ganzen Wissenschaftsbetrieb nicht die mindeste Ahnung, und sagte ihm trotzdem direkt auf den Kopf zu, was Sache ist! Ambrosius, Ambrosius, sagte Pfarrer Hergenroth zu sich, vielleicht steckt in dem Weibsvolk doch mehr, als wir Männer uns vorstellen können!

„Du hast ja Recht, meine Tochter, du hast ja Recht“, suchte er sie zu beschwichtigen. „Und sagt nicht immer 'meine Tochter' zu mir! Ich bin nicht eure Tochter!“ Schwester Genovefa war nun so richtig in Fahrt geraten. „Das ist ja nur so eine Floskel, meine To- – äh, Schwester Genovefa, damit ist doch gemeint, dass wir alle Brüder und Schwestern im Herrn sind. Und eben auch Mütter und Väter. Und Söhne und Töchter.“ – „Aber eben nur in Christo!“ Ihr Blick begegnete dem seinen, herausfordernd und selbstgewiss. Er versuchte es mit seinem überlegenen Theologen-Blick, um sie in ihre Schranken zu weisen, aber sie reagierte darauf überhaupt nicht. Sie schauten sich in die Augen, von gleich zu gleich, und Genovefa wich seinem Blick nicht aus. Wie selbstsicher sie ist, dachte Pfarrer Hergenroth bewundernd. So selbstsicher wie seine Apollonia, kam ihm in den Sinn. „Da tust du so erzgescheit und schwafelst von deinen Kirchenvätern in Viereck rum“, pflegte sie zu sagen, wenn sie ihn von seinem hohen Theologenpodest herunterholen wollte, „dabei schaffst du es nicht einmal, einen Nagel in die Wand zu schlagen!“ Er liebte selbstsichere Frauen, musste er sich eingestehen. Er war ganz vernarrt in sie.

Genovefa hatte ein Knie an den Körper gezogen und es mit beiden Händen umfasst. Sanft wiegte sie ihren Körper vor und zurück und schaute ihm noch immer fest in die Augen. Langsam zog sie ihre Kutte über das Knie und ließ ein Stück weißen Oberschenkels sichtbar werden. Hergenroths Augen wanderten sofort von Genovefas Gesicht zu dem dargebotenen Stück Haut, was die junge Nonne mit einem triumphierenden Lächeln registrierte, und alsbald ihre Kutte wieder über das Knie fallen ließ. Der Tailfinger Pfarrer fühlte sich ertappt und spürte, wie er bis hinter die Ohren rot wurde.

„Ihr wolltet mir doch ein paar Fragen stellen, Hochwürden." „Äh, ja, gewiss: Äh, mmh, wozu dient dieser Raum hier?" „Dieser Raum?" wiederholte die Nonne, und für den Bruchteil eines Augenblicks hatte sie ihre Selbstsicherheit verloren, so als habe man sie bei einer Untat erwischt. Aber nur für einen ganz kurzen Augenblick, für Hergenroth jedoch gerade lang genug, um dieses leichte Zucken um die Mundwinkel wahrzunehmen. „Nun, diesen Raum benutzte die Äbtissin, um ihre persönlichen Gäste zu empfangen." „Persönliche Gäste?" Pfarrer Hergenroth verstand nicht richtig. So weit er informiert war, gab es in einem Kloster keine persönlichen Gäste. Allenfalls konnten hier die unmittelbaren Mitglieder Familie gemeint sein. „Ihr meint wohl, ihre adeligen Eltern oder Geschwister?" Hergenroth bemerkte abermals dieses kurze Zucken um Schwester Genovefas Mundwinkel. „Nein", antwortete sie ausweichend, „die Eltern und Geschwister nicht. Die persönlichen Gäste eben. Wie ich schon sagte."

„Und wer waren die? Kannst du mir einige Namen nennen?" Die Frage war ihr sichtlich unangenehm. „Nun, äh", begann sie zögernd, „da war zum Beispiel, äh." Es schien dem Tailfinger Pfarrer, als habe die Klosterfrau eine ganze Liste von Namen vor ihrem geistigen Auge und sei sich nun unschlüssig, mit welchem dieser Namen sie jetzt beginnen solle. Pfarrer Hergenroth wartete geduldig. Während Schwester Genovefa über die Namen nachdachte, wurde sie allem Anscheine nach von einem heftigen Juckreiz am Oberschenkel befallen, dem sie durch energisches Reiben begegnete. Da dies durch die Kutte hindurch nicht so richtig gelingen wollte, zog sie den Stoff über das Knie. Wesentlich weiter, als es einer Nonne geziemt, dachte der Tailfinger Pfarrer.

Beim Reiben rutschte die Kutte noch weiter bauchwärts, und der gute Pfarrer hatte große Mühe, der nun folgenden Aufzählung zu folgen.

„Da war zum Beispiel Hans Kantengießer, der Schultheiß. Und Balthasar Lusch, der Maurer. Und Bastian Engrich, der Schneidermeister. Und Veit Aberlin, der Kaufmann –". Sie hielt inne, hielt sich die Hand vor den Mund und begann zu kichern. „Ihr glaubt gar nicht, Hochwürden, wie viel Kraft in so einem alten dicken Kerl – –" – „Schon gut, Schwester Genovefa," warf Hergenroth ein und spürte, wie ihm warm um die Lenden wurde, „die Namen allein sind mir jetzt gerade wichtig. Die näheren Umstände wollen wir im Augenblick auf sich beruhen lassen. Fahrt nun also fort." „Ach ja, dann war da noch Johannes Tierberger, der Dekan –" – „Was? Wer?" Hergenroth wollte seinen Ohren nicht trauen; fast hätte er die junge Nonne an den Schultern gepackt und ordentlich durchgeschüttelt. Aber gerade noch rechtzeitig fiel ihm ein, dass ein Priester so etwas nicht tut. Genovefa schaute ihm ob dieser Gefühlsaufwallung erstaunt ins Gesicht. „Was ist? Habt Ihr was dagegen? Sollte der Dekan die Äbtissin etwa nicht besuchen?" Als Hergenroth keine Antwort gab, fuhr sie mit ihrer Aufzählung fort. „Ja, und dann noch – äh – Balthasar Lusch, der Maurer, und – äh –" „Aber den Maurer habt Ihr schon erwähnt, Schwester!" Abermals traf ihn dieser unschuldig-erstaunte Blick aus Genovefas großen, runden Kulleraugen. „Ja? Habe ich das? Mmmh! Dann fällt mir im Augenblick wohl niemand mehr ein. Es können aber noch einige mehr sein; vielleicht kommt Ihr in ein paar Tagen noch einmal her."

Noch immer rieb sie sich am obersten Stück ihres Oberschenkels. „Ihr leidet wohl an einer schmerzhaften Hautentzündung", meinte Hergenroth mit gut gespielter Anteilnahme, „lasst mich mal sehen – vielleicht kann ich Euch helfen." Bereitwillig streckte Genovefa ihr weißlich schimmerndes Bein lustvoll räkelnd dem Priester entgegen, dem inzwischen ganz heiß in der Leistengegend geworden war. Hingebungsvoll begann er zu streicheln. „Hochwürden, was ist das? Was habt Ihr da im Ärmel?" Die Nonne hatte das Stilett gesehen, das die Alte ihm gegeben hatte. „Eine kleine Waffe", murmelte er verlegen, „wir Kleriker müssen eben auch auf der Hut sein. Man kann ja nie wissen." Pfarrer Hergenroth streichelte weiter. Langsam, zärtlich und sanft. Nicht nur das Bein. Sondern auch den angrenzenden Teil des Rumpfes.

„Ambros! Aufhören! Das Gebet ist vorbei, die Nonnen müssen gleich wieder zurück sein!“ Ambrosius Hergenroth beeilte sich, seine Kleider wieder korrekt auf seinen Leib zu bringen. Das alles ging ihm viel zu schnell, wo es doch gerade so schön war mit dieser jungen Klosterfrau. „Muss ich wirklich schon gehen?“ Er setzte sich seinen treuen Hundeblick auf und legte so viel von diesem untröstlichen Hunde-Winsel-Ton in seine Stimme wie er nur konnte. Genovefa schob ihn sachte zur Tür hin. „Mein lieber Ambrosius, du musst jetzt gehen! Da hilft alles nichts!“ „Aber – aber – ich kann doch wieder kommen, Genovefa, Liebes, oder?“ Dieser Winselton, dachte Pfarrer Hergenroth, der ist absolut nicht zu überbieten! Wenn der nichts hilft, dann weiß ich auch nicht! Die junge Nonne hatte ihn inzwischen bis zur Türschwelle geschoben und ließ nun etwas nach. „Na schön, Ambrosius! Wenn es denn unbedingt sein muss! Komm eben in Gottes Namen morgen wieder! Ich zeige dir dann die Zelle der Äbtissin!“

15

Pfarrer Hergenroth atmete schwer, als er die zweite Kehre des Siebenkreuzleswegs hinter sich gebracht hatte. Der Siebenkreuzlesweg befand sich im Süden der Stadt und führte vom Riedbachtal steil nach oben zum Steinbruch. Er diente dazu, die ebendort gebrochenen Steine ins Tal nach Ebingen zu befördern, und um die kleinen, einachsigen Lastkarren davor zu bewahren, auf dem glatten Stein des Wegs abzurutschen und seitwärts in die Tiefe zu rollen, waren gleichmäßige Fahrrinnen in den Fels gehauen, die den Rädern den notwendigen Halt gaben.

Bereits nach wenigen Schritten bergauf war er außer Atem gekommen, und er verfluchte die Berufsangabe der jungen Nonne von Margrethausen – „Kaufmann“ hatte sie gesagt! Dabei wäre „Steinbruchbesitzer“ wesentlich zutreffender gewesen. Die Sonne schien recht kräftig durch die Schneise zwischen den Bäumen über dem in Stein gehauenen Weg, so dass der Tailfinger Pfarrer alsbald fürchterlich ins Schwitzen geriet, denn er war es nicht gewohnt, derart steile Anstiege zu benutzen. Und außerdem drohte ihm gleichzeitig auch vollends ganz die Puste auszugehen. So setzte er sich denn auf einen Baumstumpf und schaute durch das Laub der Bäume talwärts auf Ebingen hinunter. Wie beschaulich sich das Städtchen zwischen den Bergen in das Tal hineinkuschelte! Wie eng sich die Strohdächer zusammendrängten, umklammert von dem hufeisenförmigen Ring der Stadtmauer! Viel zu eng, dachte er. Das wird auch der Grund sein, weshalb die Häuser aus den beiden Stadttoren förmlich hinausquollen, im Osten durch das Untere Tor und im Westen durch das Obere Tor, so dass sich vor beiden Toren je eine kleine Vorstadt gebildet hatte.

Hergenroths Gedanken schweiften vom lieblichen Anblick der Stadt hin zu noch Lieblicherem – zum Frühmal diesen Tages. Und zur Magd des Dekans, Margret. Sie wollte ihm nicht aus dem Sinn. „Du hast geschlafen wie ein Stein heut Nacht“, hatte sie schmunzelnd gesagt, als sie ihm ein Schüsselchen herrlich dampfender Morgensuppe auf den Tisch stellte, „und wie ich mich so an dich gekuschelt hab“, hatte sie kichernd hinzugefügt, „da wurde immerhin ein kleiner Teil von dir wach – sehr wach sogar!“ Hergenroth hatte es nicht sonderlich geschätzt, dass sich die Magd des Dekans über ihn lustig machte. Darum hatte er gesucht, dass Thema zu wechseln. „Wo ist denn eigentlich dein Herr Dekan?“ „Ach der – der schläft noch. Wenn er sich besäuft, muss er das nicht nur am nächsten Tag büßen. Sondern auch noch am übernächsten. Er ist eben doch schon ziemlich alt.“ „Dann lässt er dich wohl in Ruhe, wenn er so klapprig ist?“ „Wo denkst du hin, Ambros! Bei sowas ist er noch kein bisschen klapprig! Da muss man das gute Stück von ihm noch extra totschlagen, wenn er einmal gestorben ist. Manchmal geht er sogar noch zu seiner früheren Magd, wenn er nicht genug kriegen kann. Und das passt mir gar nicht. Ach Ambrösle, ich wär ja so gern bei dir in Tailfingen!“ An diesen Satz erinnerte er sich besonders gern.

Nur gut, dass Margret heute früh fürsorglich daran gedacht hatte, ihm eine kleine Stärkung mit auf den Weg zu geben: einen wohl verschlossenen Krug mit Most und einige Scheiben von geräuchtem Speck. Die Sonne war zwar noch weit davon entfernt, im Zenit zu stehen, aber ein schwaches Gefühl des Hungers und ein hingegen durchaus starkes Gefühl des Dursts ließen ihn den Krug öffnen. Und wie er gerade damit beschäftigt war, den ersten

Schluck in sich hineinrinnen zu lassen, da hörte er von oben die Hufe eines Pferdes und das Fluchen eines Fuhrmanns.

Um die nächste Biegung kam ihm ein einachsiges Fuhrwerk entgegen, gezogen von einem kleinen, breit gebauten Braunen mit fahler, buschiger Mähne. Als das Fuhrwerk näher herangekommen war, sah er, dass es mit zerkleinerten Kalksteinbrocken beladen war, und dass der Fuhrmann hinter dem massiv gezimmerten, kurzen Karren herschritt, in der einen Hand die Zügel, und in der anderen Hand eine Peitsche, die er jedoch nicht zu brauchen schien. Dieser, ein grobschlächtiger, wettergegerbter Mann vorgerückten Alters, hatte alle Mühe, das Pferd bei langsamem Tempo zu halten. Sobald der Fuhrmann des Priesters ansichtig wurde, brachte er das Gefährt zum Stillstand. „Dominus vobiscum, mein Sohn“, grüßte Hergenroth, und der Fuhrmann antwortete wie es sich gehörte und schaute dabei voll Verlangen nach dem Mostkrug. „Ein Schluck gefällig?“ fragte der Priester und hielt ihm das Gefäß entgegen. Der Fuhrmann griff gierig danach und führte es stracks zum Mund, wo es so lange blieb, dass Hergenroth schon befürchten musste, ihm bliebe schließlich höchstens ein kümmerlicher Rest. Als der Fuhrmann nach vielen mächtigen Schlucken den Krug zurückreichte, konnte der Tailfinger Pfarrer nicht anders, als ihm noch ein Stück Speck anzubieten, das dieser mit glänzenden Augen ergriff und es sich ebenfalls unverzüglich einverleibte. „Der Himmel danke es Euch, Hochwürden! Der Himmel danke es Euch!“ rief er eins ums andere Mal, wobei er sich zwischendurch immer wieder mit dem Handrücken den Mund abwischte, „es gibt doch noch gute Menschen auf der Welt! Sogar bei den Kirchenleuten!“

Der Priester ließ es sich gefallen, bekam er doch solche Worte nur selten zu hören. „Harte Arbeit, das“, sagte er schließlich und deutete auf Karren und Pferd. „Kann man wohl sagen“, antwortete der Fuhrmann, dem offensichtlich wenig Anerkennung für seine Schufterei zuteil wurde, „ und das zwei Mal am Tag. Einmal vormittags und einmal nachmittags. Aufladen und Abladen gehören auch mit dazu.“ Dem Pfarrer fiel nun nichts weiter ein, was er noch sagen könnte. „Jeder Stand hat seine Plage“, brachte er schlussendlich noch zusammen.

Erfrischt und ausgeruht war Ambrosius Hergenroth oben an jener Stelle angekommen, wo der Siebenkreuzlesweg in den Steinbruch einmündete, eine Stelle, die einem Hohlweg glich, denn zu beiden Seiten des Wegs ragte der blanke Fels mehrfach mannshoch in die Höhe. Vor ihm weitete sich der Weg und eine große, mit Unkraut bewachsene Fläche wurde sichtbar, an deren Rand ebenfalls rundum der blanke Fels mehrfach mannshoch aufragte. Der Pfarrer näherte sich dem Steinbruch.

Bevor er dort eintraf, spürte er mehrere kleine Steinchen auf Kopf und Schulter – sie kamen vom rechten oberen Rand des Hohlwegs, in welchem er sich immer noch befand. Instinktiv drückte er sich rasch in eine leichte Einbuchtung auf der rechten Seite des Hohlwegs. Dies geschah keinen Augenblick zu früh, denn auf die kleinen Steinchen folgten große Brocken, die polternd neben ihm auf dem Weg aufschlugen. Faustgroße, kindskopfgroße Brocken, die ihn längst erschlagen hätten, wenn es ihm nicht rechtzeitig gelungen wäre, diese Einbuchtung zu erwischen.

Zitternd klopfte er sich den Staub aus den Kleidern, bevor mit weichen Knien auf jene weite, runde Ebene zuschritt. Dort angekommen schaute er sich erst mal um: Im hinteren Teil dieses Runds stand eine kleine Holzhütte. Dorthin ging er. Die Tür stand halb offen; er spähte hinein. Ein großer, wohl beleibter und vornehm gekleideter Mann mit dicken Schweinebacken und den dazu passenden kleinen Schweinsäuglein saß an einem Tisch, auf dem neben Tintenfass, Federkielen und Sandstreuer mehrere Rechnungsbücher gestapelt lagen.

„Dominus vobiscum! Seid Ihr Veit Aberlin, der Kaufmann? Man lebt ja ganz schön gefährlich hier in diesem Steinbruch! Fast hätt es mich erschlagen, hier!“ Der Angesprochene schaute von seinen Büchern auf und musterte ihn misstrauisch mit seinen auffallend kleinen Augen, die tatsächlich an Borstenvieh erinnerten. „Zu Recht hätt es dich erschlagen, Pfaff! Was musst du dich auch hier oben herumtreiben! Ja, Veit Aberlin, der bin ich. Sag, was willst du von mir?“ Die Schweinsäuglein blitzten noch misstrauischer als zuvor. Kein besonders freundlicher Empfang, dachte Hergenroth. „Darf ich mich hinsetzen?“ „Geht nicht“, antwortete Aberlin verärgert, „hier gibt es nur einen Stuhl. Und auf dem sitze ich selbst. Also, was willst du?“

„War noch nie in einem Steinbruch“, wich der Priester aus und suchte den Steinbruchbesitzer doch noch freundlich zu stimmen. Wie, das musste ihm jetzt rasch einfallen. „Äh, ja,“ fing er an und dachte angestrengt nach. Jetzt hatte er's! Schmeichelei! Durch Schmeicheleien war auch ein misstrauischer und intelligenter Mensch leicht einzuwickeln, das wusste er aus seinen Tagen an der Universität. „Richtig eindrucksvoll, das alles, wirklich. Hätte mir das nicht so riesengroß vorgestellt!“ Wie erhofft, begannen die Schweinsäuglein jetzt zu strahlen. „Ach ja, eben seh ich's wieder, da drüben ist ja noch eine Bank. Setz dich, Pfaff. Gell, da staunst du! Schon etwas größer, das hier, als deine Dorfkirche, was? Willst du etwas trinken?“ Ohne eine Antwort abzuwarten klatschte der Schweinebackige in die Hände, worauf ein dünnes, schüchternes Mädchen von vielleicht fünfzehn Jahren hereinkam. „Auf gehts, Anna! Bring dem Herrn was zu trinken! Bier, wenn noch was im Fässchen drin ist!“ „Wieviel Fuhren Stein gibt das denn hier pro Tag?“ „So Stücker drei bis vier. Oder auch mehr. Gell, da staunst du? Aber was geht das einen Pfaffen überhaupt an? Warum bist du nicht in deiner Kirche geblieben? Kümmre dich also lieber um deine eigenen Angelegenheiten! – Aber sei's drum! Was willst du hier wirklich? Wegen meinen täglichen Steinfuhren bist du bestimmt nicht hergekommen! Also: Wo drückt der Schuh?“

Hergenroth stutzte, hatte der Fuhrmann unterwegs doch von zwei Fuhren gesprochen, Veit Aberlin jedoch von drei bis vier. Irgend etwas stimmte hier nicht. Er nahm sich vor, die Ursache herauszufinden. Aber nicht gerade jetzt. „Die Sache ist die“, begann er behutsam. Nachdem Veit Aberlin ihn dermaßen ungnädig polternd empfangen hatte, wollte er seinen Zorn nicht weiter anheizen. „Es geht um die Äbtissin. Ihr wisst schon, die Äbtissin von Margrethausen. Ich bin beauftragt, die näheren Umstände ihres, ahäm, Ablebens zu erkunden. Ich stehe noch ganz am Anfang meines Unterfangens und will nur wissen, welcher Art die Leute sind, mit denen sie Umgang hatte. So habe ich denn erfahren, dass Ihr zu ihren Besuchern gehörtet. Das ist doch richtig?“

Die kleinen Schweinsäuglein des Steinbruchbesitzers verengten sich zu schmalen Schlitzen. „Was soll die Fragerei? Gestern war schon einer da, der hat dasselbe gefragt. Aber gut – sag ich eben noch einmal dasselbe. War ein paar Mal in Margrethausen. Hab mit der Äbtissin, äh, geredet. In der Empfangszelle, natürlich. Die Unterredung war natürlich rein geschäftlicher Natur. Da war noch so ein junges Nönnlein. Das kann alles bezeugen." „Ja, ich weiß. Und welcher Art waren die Geschäfte mit der Äbtissin?" „Kannst du dir doch denken, Pfaff. Steine natürlich. Steine zum Ausbessern der Klostergebäude. Bist du jetzt zufrieden, Pfaff?" „Noch nicht ganz. Wie oft wart Ihr im Kloster? Und wann war das?" „Du bist sehr neugierig, Pfaff. Das war alles während der vergangenen Monate. So an die fünf Mal, schätze ich. Vielleicht auch öfter. Sie hatte recht ausgefallene Wünsche, die Äbtissin, äh, was die Steine betraf. Da musste ich immer wieder kommen. – Noch was, Pfaff?" „Mmmh. Ja. Es geht um Eure Kleidung. Besitzt Ihr ein rotes Wams?" Kaufmann Aberlins Mundwinkel schienen für den Bruchteil eines Augenblicks zu zucken, dann aber vergaß er seine schlechte Laune und lachte. „Was für eine Frage! Warum in aller Welt sollte ich ein rotes Wams tragen? Diese Farbe kann ich überhaupt nicht leiden. Meine Frau schenkt mir trotzdem immer wieder welche. Aber die werden bei passender Gelegenheit immer tief unten in der Kleidertruhe vergraben. Und jetzt troll dich, Pfaff!" – „Noch eine Frage, wenn Ihr erlaubt: Wer war dieser Mensch, der gestern hier war?" – „Ein feiner Pinkel, der Teufel soll ihn holen. Sein Wams war mit Fuchspelz besetzt. Und einen dicken Goldring trug er an der Hand. War bestimmt was Besseres. Seinen Namen nannte er nicht, der Hund."

Inzwischen war das kleine dünne Mädchen mit einem Krug und einem Becher zurückgekommen. „Schenk dem Pfaff ein, Anna. Wohl bekomm's, Pfaff! Ich denke, jetzt habe ich dir alles gesagt. Trink schon aus, Pfaff! Und dann mach, dass du fortkommst!"

16

„Gott zum Gruße, Meister Lusch! Wie steht's, wie geht's, was machen die Geschäfte?" Hergenroth hatte den Maurer erst nach längerem Suchen außerhalb der Stadt gefunden, wo er mit seiner kleinen Truppe vor einem klaftergroßen Loch in der Stadtmauer zugange war, um selbiges zu schließen. „Gelobt sei Jesus Christus, Hochwürden", erwiderte der Angesprochene artig. „War nicht ganz leicht, Euch zu finden, Meister Lusch. Was tut Ihr hier draußen?"

Lusch deutete auf das große Loch. „Seht, Hochwürden! Es sind nicht die Soldaten, die diese Mauer zerstören. Ihr größter Feind ist der Frost. Schaut einmal her.“ Er nahm den Tailfinger Pfarrer am Arm und zog ihn näher an das bröselige Mauerwerk.

„Schaut, hier, Hochwürden: Die Ebinger haben gespart, als sie vor Menschengedenken ihre Stadtmauer bauten. Wenn Ihr dieses Loch genau betrachtet, dann seht Ihr's: Kein festes Steinwerk von drei oder vier Fuß Dicke, das war ihnen zu teuer. Wir haben hier eine ganz dünne Mauer außen und eine genau so dünne Mauer innen, und dazwischen loses Geröll. Wenn nun Feuchtigkeit ins Innere dringt, und dann der Winter kommt, so gefriert die Feuchtigkeit. Und dehnt sich aus, wie Ihr wisst. Die Mauer gibt dann ein klein wenig nach. Wölbt sich nach außen. Sieht dann aus, als wäre sie schwanger geworden. Und das wiederholt sich jeden Winter, bis irgendwann einmal die Mauer bricht. Und dann holt man mich. Den Meister Lusch.“

Er war sichtlich stolz auf seine Erläuterung, hatte er doch noch nie die Gelegenheit gehabt, einem hochgelahrten Mann der Kirche Feinheiten seines Handwerks zu erläutern. Der Pfarrer sah, dass nun einige anerkennende Worte von ihm erwartet wurden: Und da kam ihm eine glänzende Idee. War ihm da nicht aufgefallen, dass der Fuhrmann im Kreuzlesweg von zwei Fuhren gesprochen hatte, während der Kaufmann von drei oder vier Fuhren sprach? „Donnerwetter“, ließ er sich hören, „wenn das keine Leistung ist!“ Dabei ließ er erkennen, dass er von der Erläuterung des Maurers durchaus beeindruckt war, „doch sagt, wieviel Steinfuhren könnt Ihr an einem Tag verarbeiten?“ – „So an die drei oder vier“, kam die so rasche wie stolze Antwort. So ist das also, dachte Pfarrer Hergenroth und konnte ein leicht süffisantes Lächeln nicht ganz unterdrücken. Der Mann im Steinbruch und der Maurer stellen hier der Stadt drei oder vier Fuhren Steine pro Tag in Rechnung, tatsächlich aber liefern sie nur zwei. Wenn das kein faustdicker Betrug ist!

Dieses leichte Grienen blieb dem Maurer nicht verborgen. So verschwand denn der stolze Strahleglanz aus dem Gesicht des Maurermeisters und wich einer leichten Ungehaltenheit; Verständnislosigkeit sprach nun aus seiner Miene. „So an die drei oder vier – – aber was soll diese Frage?“

Meister Lusch wartete immer noch auf ein paar anerkennende Worte. Und je länger er wartete, um so größer wurde seine Ungehaltenheit. „Was wollt Ihr hier überhaupt? Ihr seid sicherlich nicht hergekommen, um Euch von mir meine Arbeit erklären zu lassen!“

„Das ist richtig“, antwortete der Geistliche, und kam auf das jähe Ableben der Äbtissin zu sprechen. Die leichte Ungehaltenheit des Maurermeisters verwandelte sich denn auch prompt in blanken Ärger. „Wollt Ihr mir vielleicht einen Mord anhängen, was? Mir nicht, mein Lieber, mir nicht! Und überhaupt – da war schon gestern einer da, der wollte das auch wissen!“ Besänftigend hob Hergenroth die Arme. „Gar nichts will ich Euch anhängen. Doch sagt, wer war der Kerl da gestern?“ – „Ein Rittersmann war's. Er trug ein Schwert. Und feine Kleider.“ – „Und was war mit der Äbtissin? Ich habe gehört, dass Ihr bei der Äbtissin gelegentlich zu Besuch wart. Dass stimmt doch?“ Nun griente der Maurer etwas verlegen und rieb sich die Backe mit dem Handrücken. „Nun ja, schon.“ „Und zu welchem Zweck?“ Seine Verlegenheit vergrößerte sich bei dieser Frage. „Mmmmh“, brachte er schließlich nach einer längeren Pause heraus. „Sie wollte an ihrem Kloster etwas ausbessern lassen. Und bat mich um Rat.“ „Und wann war das?“ „Mmmmh. Letzten Sommer.“ „Und wie oft wart Ihr dort,“ insistierte Hergenroth. Was dem Maurer sichtlich unangenehm war. „Mmmmh. Weiß nicht mehr. Ein paar Mal eben.“ Der Pfarrer wollte aber mehr wissen. „Habt Ihr nur über Mauern und Mörtel gesprochen? Oder auch über andere Dinge?“ Das war dem biederen Handwerksmann denn doch zu viel. Sein Gesicht war mittlerweile vor Wut rot angelaufen. „Was soll das Ganze hier überhaupt? Ist das ein Verhör? Macht, das Ihr fortkommt!“ Er nahm einen Hammer zur Hand und drohte, diesen dem Kleriker an den Kopf zu werfen.

Hergenroth wich zurück. Er sah ein, dass er auf diese Weise mit dem Maurer nicht weiter kam. „Es ist nicht gut, so mit einem Mann der Kirche zu reden“, sagte er im Weggehen. „Es wird Euch noch Leid tun! Denkt daran: Es hat noch nie Vorteile gebracht, einem Priester den schuldigen Respekt zu verweigern!“

Eben war er beim unteren Tor angelangt, da kam eine ebenso groß gewachsene wie breit gebaute Handwerkersfrau hinter ihm her. Hergenroth drehte sich neugierig zu ihr hin. „Hochwürden, halt! Ich bin die Luschin, des Maurers eheliche Hausfrau“, sagte sie mit unterdrückter Stimme. Sie wollte offensichtlich, dass niemand hörte, was sie dem Geistlichen sagte. „Dass Ihr es nur wisst: Was mein Mann da gesagt hat, dieser Hurenbock, dieser elende, das ist alles erlogen und erstunken“, fuhr sie fort, „in Wirklichkeit hat er mit der Äbtissin ein Techtelmechtel gehabt, und was für eins.“

Noch selten hatte sich Hergenroth derart über eine Sünde gefreut, ließ sich jedoch nichts anmerken. „Soooo“, flötete er und mimte eine Mischung aus Erstaunen und Entrüstung, „versündigt Euch nicht, meine gute Frau! Was Ihr da sagt, das ist eine sehr gravierende Anschuldigung! Sagt, woher wollt Ihr das so genau wissen?“ Sie schaute sich um, und als sie sah, dass sie unbeobachtet waren, zog sie den Geistlichen in einen dunklen Winkel zwischen zwei Häusern. „Monatelang war er immer schlapp, wenn er mit mir schlafen sollte. Seit dieses Weibstück tot ist, da hat er wieder Lust auf mich, dieser Dreckskerl, dieser verfluchte.“ Während sie sprach, hatte ihn die Maurersfrau kräftig vorne an seinem Gewand gepackt und zerrte ihn bei jeden Wort mit wilden Rucken hin und her. Hergenroth suchte sich vergeblich von diesem Griff zu lösen.

„Und da ist noch etwas, das Ihr wissen müsst“, sprach sie weiter und fasste ihn noch fester an seinem Gewand, „die Äbtissin war schwanger!“ Die Äbtissin – schwanger? Pfarrer Hergenroth glaubte, er höre nicht richtig. „Die Äbtissin und schwanger? Wisst Ihr, was Ihr da sagt, gute Frau? Seid Ihr Euch da wirklich sicher?“ Die Maurersfrau zog den Geistlichen ganz nahe an sich heran. „Und ob! Ich kenne ihn doch, diesen Balthasar Lusch, mit dem ich zu meinem Unglück verheiratet bin! Hat doch noch nie genug gekriegt davon, der Mistkerl! Und aufgepasst hat der doch noch nie, kein einziges Mal, dieses alte Dreckschwein, dieses gottverlassene!“ – „Noch eine Frage, gute Frau: Besitzt Euer Mann ein rotes Wams?“ Die Luschin machte ein Gesicht, als sei sie von allen guten Geistern verlassen worden. „Ich denke schon. Warum?“

17

Ein kleines dünnes Männchen hatte Pfarrer Hergenroth da vor sich, einen kurzen Strich in der Landschaft mit schütterem Haar, wächserner Haut, spitzer Nase und großen, blauen Augen unter langen, blonden Wimpern, Augen, die unstet hin und her irrten. Mit verschränkten Beinen saß er auf seinem Schneidertisch. Die Tür zur Schneiderwerkstatt war offen gewesen und Ambrosius Hergenroth stand nun in diesem niedrigen, engen Raum, in den das Tageslicht nur durch zwei kleine Fenster und die Türöffnung drang. Der Pfarrer bekam eine leichte Gänsehaut, als er den klein gewachsenen Schneider erblickte. Einen Grund dafür konnte er zunächst nicht erkennen, weshalb er ein dazu noch aufkommendes, unangenehmes Gefühl unterdrückte. „Gott zum Gruße, mein Sohn! Ihr seid also der Schneider Bastian Engrich, wenn ich das recht sehe!“ Kaum hatte das Männchen seinen Namen gehört, da zuckte es ängstlich zusammen, als habe man ihn soeben mit einer Keule bedroht. „Ja, der bin ich, Hochwürden“ antwortete er mit hoher, dünner Fistelstimme, „Bastian Engrich, zu Diensten.“ Er holte tief Luft und schien sich dadurch von dem Schock zu erholen, den ihm die Nennung seines Namens augenscheinlich verursacht hatte. „Und was wollt Ihr von mir?“ Er reckte nun seinen spindeldürren Hals in die Luft, als wollte er dadurch so etwas ähnliches wie Selbstsicherheit ausdrücken. „Ein Gewand, das eurem Stande angemessen ist – habe ich Recht?“

Hergenroth zögerte mit einer Antwort. Mit einer Gegenfrage hatte er nicht gerechnet. „Eigentlich komme ich aus einem ganz anderen Grund“, antwortete er ausweichend. Der lange, dünne Hals sank nun wieder auf die schmächtigen Schultern des Schneiders zurück. Seine Augen nahmen von neuem den furchtsamen Ausdruck an, den sie beim ersten Anblick Hergenroths hatten. Der Schneider zog es vor, es bei einem furchtsamen Blick bewenden zu lassen, zu schweigen und abzuwarten, was da nun so sich ereignen werde.

Um das Schneiderlein nicht allzu sehr in Schrecken zu versetzen, begann der Pfarrer, mit halblauter und sehr behutsamer Stimme zu erzählen: vom Mord an der Äbtissin und von seinem Auftrag, diesen aufzuklären, von seinem Besuch in dem Kloster und von einem anderen Besucher namens Bastian Engrich. Bei jedem der maßgebenden Wörter wie „Äbtissin“, „Mord“ oder „Besuch“

zuckte Meister Engrich heftig zusammen, und als Hergenroth seine Geschichte beendet hatte, da entfuhr dem Schneiderlein ein langer, herzerweichender Seufzer. Der Pfarrer wartete darauf, dass auf den Seufzer ein Satz folgen werde, aber er musste sehr lange warten, bis Meister Bastian Engrich sich zu einem solchen durchrang.

„Ja“, hauchte er schließlich kaum hörbar, „ja, ich war dort.“ Wieder folgte eine längere Pause. Pfarrer Hergenroth benutzte die Wartezeit, um einige Vaterunser zu beten. „Die Mutter Oberin“, hauchte er beim dritten Vaterunser, „die Mutter Oberin wollte nicht nur immer in ihrer Ordenstracht herumlaufen. Sie wollte auch manchmal etwas Schöneres tragen. Das sollte ich für sie machen.“ Der Tailfinger Pfarrer beobachtete den dünnen Mann genau, als er diesen Satz sprach: Ein kaum merkliches Flackern in den Augen des Schneiders war ihm nicht entgangen. Die Sache mit den Kleidern schien nicht die ganze Wahrheit zu sein. „Wie oft wart Ihr im Kloster?“ fragte er. „Schon so zwei oder drei Mal“, erwiderte der fleischlose Herr über Schere und Nadel, und erneut beobachtete Hergenroth dieses Flackern. „Und immer im Besucherraum des Klosters?“ wollte der Tailfinger Priester wissen. Meister Bastian nickte. „Immer im Besucherraum des Klosters“, echote er. „Natürlich“, fügte er rasch noch hinzu, wobei sich das Flackern besonders stark bemerkbar machte. „Natürlich“, echote Hergenroth seinerseits. Er musste sich Mühe geben, einen ironischen Ton aus seiner Stimme fern zu halten.

Wahrheit ist etwas anderes, dachte er. Doch wie sollte er sie herausfinden? Wenn er noch einige weitere Fragen stellte, würde sich der Schneider vielleicht in Widersprüche verwickeln. „Ihr wart immer zu Fuß unterwegs, nehme ich an. Oder habt Ihr ein Pferd zu Eurer Verfügung?“ Eine bessere Frage war ihm nicht eingefallen. „Natürlich zu Fuß“, kam die Antwort, und „natürlich“ echote der Priester. „Hat es einmal geregnet, als Ihr unterwegs wart?“ wollte Hergenroth noch wissen. „Nein, nie“, ließ sich der dünne Mann hören. „Dabei hat es doch in diesem Sommer so viel geregnet.“ Das stimmte zwar nicht so vollkommen ganz. Aber Pfarrer Hergenroth wollte damit versuchen, sein Gegenüber zu verunsichern. Meister Engrich dachte kurz nach. „Aber wenn ich unterwegs war, hat es nie geregnet“, entgegnete er nach kurzem Zögern. „Noch eine letzte Frage. Ihr habt bestimmt mehrere Wämser. Sind auch solche von roter Farbe dabei?“ Bei dieser Frage brauchte der kleine Dünne nicht nachzudenken. „Als Schneidermeister muss ich großen Wert auf meine Kleidung legen. Auch bei den Wämsern. Da habe ich eine ganze Reihe davon. Natürlich sind auch rote dabei."

Diese letzte, wichtige Frage hätte Hergenroth fast vergessen. Aber mehr fiel dem Geistlichen nicht ein. Dieser Mensch hat mich belogen, dachte er, und er spürte, wie sich ein Gefühl heftigen Ärgers in seinen Gedärmen ausbreitete. Ich werde ihn noch einmal besuchen müssen, dachte er. Mir dann vorher einige Fragen ausdenken. Einige hundsgemeine Fragen. Und dann Gnade ihm Gott!

„Tsss!" Es zischelte leise hinter einer Hausecke hervor, als Hergenroth einige Dutzend Schritt von der Werkstatt entfernt war. Und abermals: „Tsss!" Hergenroth blieb stehen und schaute sich um. Dort stand ein Junge, so an die fünfzehn Jahre alt, in schäbiger und schmutziger Arbeitskleidung, aber kräftig und gut aussehend. „Gelobt sei Jesus Christus, Hochwürden. Hansjörg heiß ich. Ich bin der Lehrling von Meister Engrich. Darf ich bei Euch die Beichte ablegen?" „Gewiss darfst du das, mein Junge. Jetzt gleich?" Der Junge nickte. „Jetzt gleich!" „Komm mit", sagte Hergenroth, „die Kapellkirche ist nicht weit!"

Der Pfarrer setzte sich auf den hierfür vorgesehenen Stuhl hinter dem Altar, wie es üblich war, und der Junge kauerte sich zu seinen Füßen. „Im Namen des Vaters und des Sohnes und des heiligen Geistes", begann er umständlich, „in Demut und Reue bekenne ich meine Sünden." Hansjörg hielt inne. Offensichtlich war er sich nicht sicher, wie er mit seinem Sündenbekenntnis anfangen sollte. „Komm nun endlich zur Sache", wollte der Pfarrer eigentlich sagen, denn er war ungeduldig geworden. Doch dann erinnerte er sich an das Beichtbuch des Johannes Gerson und beherrschte sich. Noch immer zögerte der Junge. „Ich weiß nicht einmal genau, ob das eine Sünde ist, was ich Euch jetzt sagen will", brachte er schließlich heraus. „Fang einfach an zu erzählen", sagte Hergenroth und bemühte sich, seiner Stimme einen sanften Klang zu geben. „Die Sache ist die. Mein Meister. Äh. Er – er will mir andauernd in die Hose fassen. Ich finde das eklig und seh zu, dass ich dann außer Reichweite komme. Aber dann ist er böse mit mir und fängt an zu schimpfen. Was soll ich machen?" Sieh da sieh da, dachte Hergenroth, hab's mir doch gleich gedacht! Ein Päderast! Ein todeswürdiger Tatbestand! Und trotzdem hat er die Äbtissin besucht! Was es nicht so alles gibt auf dieser Welt! „Du hast dich vollkommen richtig verhalten, mein Junge. Ich werde dafür sorgen, dass du eine andere Lehrstelle bekommst. Ich kenne da einige Männer des Rats. Das wird sicherlich helfen." Dass die Päderastie mit grausamer Todesstrafe geahndet wird, das behielt der Tailfinger Pfarrer besser für sich. Man begrub die Täter bei lebendigem Leib. Wahlweise schlug man sie auch in Fässer ein und rollte sie einen steilen Abhang hinunter. Ein äußerst widerlicher Gedanke, fand Ambrosius Hergenroth.

Eigentlich hatte er erwartet, dass der Junge nun Erleichterung und Dankbarkeit zum Ausdruck brachte. Aber seine Miene blieb bedrückt. Hergenroth wartete zu. Aber der Junge blieb schweigsam. „Willst du mir noch mehr erzählen?" suchte er ihn schließlich zu ermuntern. „Ja", fing er nach langem Zögern an, „da ist noch etwas."

Der Tailfinger Pfarrer wartete. Die jahrelange Erfahrung im Beichthören hatte ihn gelehrt, dass er sich nun in Geduld zu üben hatte. Ein falsches, herbes Wort, und das Gespräch würde ein abruptes Ende finden. Schließlich entschied er sich, mit leiser, weicher Stimme den Jungen zu ermuntern. „So schlimm wird es nun auch nicht sein." „Oh doch", gab der Junge zurück. Hergenroth versuchte es von Neuem: „Es scheint dich zu bedrücken, mein Sohn."

Nun endlich hatte der Priester den richtigen Ton gefunden. „Ja", begann er. „Es – es ist – – es ist – – rmmmh – – es ist die Äbtissin. Die Äbtissin von Margrethausen." Die Worte sprudelten jetzt nur so aus ihm heraus; die Erleichterung darüber, dass er seine Scham überwunden hatte, war ihm an seinen strahlenden Augen abzulesen. „Es ist schon einige Monate her", begann er seine Geschichte, „da war ich ihr unterwegs begegnet. Ich war zu Fuß und sie in der Sänfte. Sie winkte mich zu sich heran und befahl mir dann, sie am nächsten Tag in ihrem Kloster aufzusuchen. Ich ging hin und dachte mir, sie würde mit mir über Glaubensdinge reden, so wie der Pfarrer in der Kirche. Aber dann kam es ganz anders. Sie hat mir nämlich – ach, ich schäme mich ja so!" „Brauchst du nicht, mein Sohn. Ich glaube, ich weiß schon, was sie gemacht hat. Sie hat dir, äh –". Der Junge war offensichtlich sehr erleichtert, dass der

Priester den weiteren Hergang erriet. „Genau, so war es. Sie hat mir in die Hose gegriffen. Aber es war nicht eklig wie bei meinem Meister. Es war sehr sehr schön.“ Bei seinem letzten Satz hatte er glänzende Augen bekommen und hielt inne. Dem Tailfinger Pfarrer wurde es ganz warm uns Herz: Welch wunderbares Gottesgeschenk die körperliche Liebe doch war! So hinreißend schön konnte sie sein! Und während Hergenroth solches dachte, da spürte er, wie ein ganz klein wenig Neid sich in seinem Innern auszubreiten begann.

„Sie hat sich dann wohl ihrer Kleider entledigt und dich der deinigen, um dir dann zu zeigen, wie –“. Inzwischen hatte der Junge in Erinnerung dieser glückselig verbrachten Zeit heiße Backen bekommen. Freudestrahlend nickte er. „Ja, Hochwürden, so war es! Sie hat mir dann gezeigt wie – . Und es war herrlich! Noch nie vorher habe ich etwas so Schönes erlebt!“ Und wieder versank er in wonnevollen Gedanken. Pfarrer Hergenroth spürte, wie der Neid immer stärker wurde, ihm allmählich ins Hirn kroch und damit kaum noch zu ertragen war. Bald würde der Neid in blanken Hass umschlagen. Er musste zusehen, dass dieses Gespräch zu einem Ende kam. „Sie hat dich dann immer wieder zu sich geholt – stimmt's?“ Als der Junge an Stelle einer Antwort selig vor sich hinstrahlte, musste er sich wegdrehen. So viel fleischliche Glückseligkeit war ihm unerträglich.

Abrupt wechselte er das Thema: „Kannst du dir deinen Meister als Mörder vorstellen, Hansjörg?“ Das glückselige Lächeln verschwand. „Ja“, kam prompt die Antwort. „Er ist dahinter gekommen, dass auch noch andere Männer bei der Äbtissin waren. Da hat er fürchterlich geschrien und getobt. Diese Hure! Diese Hure! hat er geschrien. Ich bring sie um! Ich bring sie um!“

18

Pfarrer Hergenroth liebte es, an diesem sonnendurchtränkten Herbsttag durch Gottes schöne Natur zu schweifen. Der Weg von Ebingen bis nach Margrethausen würde weniger als zwei Stunden ausmachen, auch wenn er ganz gemütlich durch die Fluren bummelte. Heute ließ er seinen Lieblings-Tagtraum, den heiligen Franziskus, ausnahmsweise beiseite. Er dachte an den festen, runden Körper der jungen Nonne und stellte sich vor, wie er sacht und zart mit beiden Händen ihren Hals streichelte, vom Hals allmählich auf tiefere Regionen ihres Körpers überging. Ja, seine Hände wollten genau so wandern, wie er es jetzt gerade tat. Deshalb nahm er seine Umgebung nur unvollkommen wahr – so etwa registrierte er nicht, dass die Getreidefelder längst schon abgeerntet waren und dass das Grün der Bäume noch immer diesen besonders dunklen, satten Ton hatte, den er über alles schätzte, obwohl die Bäume sich eigentlich längst hätten verfärben müssen. Hin und wieder begegnete er weidenden Schafen, die noch immer nicht begonnen hatten, sich ihr dickes Winterfell wachsen zu lassen.

Was ihm aber gänzlich gleichgültig war, denn seine Gedanken weilten bei Genovefa. Oder genauer gesagt, bei ihren Brüsten. Er stellte sich vor, wie seine Finger langsam um den Sockel des sich sanft erhebenden Brustbergs kreisten, immer wieder rund herum. Jetzt schon glaubte er dessen Weichheit und Wärme zu spüren, und diese Weichheit und Wärme genoss er Zoll für Zoll. Und seine Finger machten sich nach zahllosen Umrundungen ganz allmählich daran, den Brustberg zu besteigen, um an seiner Spitze den festen Nippel sachte zu drücken. Dann wieder abwärts zu wandern, zu dem anderen Brustberg hin, dort erneut auf die Höhe klimmen, um den Zwillingsbruder des ersten Nippels zu kosen. Von der Anhöhe blickte Wandersmann Finger auf die weite Ebene von Magengrube und Bauch, und ganz in der Ferne, tief unten im Süden, da kräuselte sich der wilde Wuschelwald, der heiß ersehnte, heiß begehrte –

radomm! Da lag der Tailfinger Pfarrer längelang im Dreck. Kleine weiße Sternchen kreisten in seinem Kopf. Der geile Tagtraum war verflogen. Dafür aber schmerzte der große Zeh seines rechten Fußes höllisch. Die heiße Begehrlichkeit seines Tagtraums hatte ihn übersehen lassen, dass da ein kinderkopfgroßer Steinbrocken im Weg lag. Mein Gott, haderte Hergenroth, warum nur hast du mir das angetan? Warum durfte ich diesen wunderschönen Tagtraum nicht zu Ende träumen?

Das Riedbachtal hatte er schon eine Weile hinter sich gelassen; der Weg führte ihn jetzt steil nach unten in das Tal der Eyach. Von weitem sah er nun den Kirchturm von Lautlingen, fast zur Hälfte hinter Bäumen versteckt. Ja, das Eyachtal, dachte er, dort ist doch besser zu leben als im kalten Tal der Schmiecha! Schon immer hatte er die Amtsbrüder in Margrethausen und in Lautlingen beneidet! Aber so war das Leben nun einmal – Gott der Herr in seinem unerforschlichen Rat hatte ihn eben nach Tailfingen geschickt, und dort war er jetzt schon eine ziemlich lange Zeit. Und wenn er es recht bedachte: So übel war es dort eigentlich auch wieder nicht. Er hatte sein Auskommen, seine Pflichten als Pfarrherr hielten sich in überschaubaren Grenzen, und wenn seine gute Apollonia nicht vor einigen Jahren gestorben wäre, so hätte ihm an irdischem Glück fast nichts gefehlt. Und jetzt, ganz plötzlich und unerwartet, da waren gleich zwei Frauen da: Die eine bodenständig und praktisch begabt wie Apollonia – Margret, die Magd des Dekans, die andere mit Geistesgaben gesegnet und von scharfem Witz – Genovefa, die junge Klosterfrau von Margrethausen. An die Alte im Felsenmeer dachte er in diesem Augenblick nicht.

Die Wachhunde kläfften schon von weitem, und als Folge davon kamen die Lautlinger Landleute aus ihren Häusern und Ställen, um zu sehen, wer da im Anzug war. „Was willst du hier, Pfaff?“ hörte er einen Alten rufen. Das Misstrauen in seiner Stimme war unüberhörbar. Diese Hunde. Mindestens drei an der Zahl. Und einer kläffte lauter als der andere. Dem Pfarrer wurde allmählich leicht mulmig. „Bin unterwegs nach Margrethausen“, rief er zurück, „keine Sorge, Leute, ich stehl euch nichts! Und vielleicht seid ihr so nett und ruft eure Hunde zurück! Herrgott nochmal, ich bin ein Priester! Ein harmloser Priester! Der von Tailfingen, wenn ihr es genau wissen wollt! Ich tu doch niemand was!“

Kaum hatte er den Ortsnamen ausgesprochen, da wurden in der Tat die Hunde zurückgerufen. Hergenroth war erleichtert. „Deo gratias! Der Himmel dank es euch, ihr lieben Leute!“ Ungehindert konnte er nun seines Wegs ziehen, doch überall sah er die neugierigen

Gesichter in den Türöffnungen und Fensterhöhlen. Auf einem der Misthäufen war ein Eber dabei, eine Sau zu besteigen – und das justament in dem Augenblick, als er vorbeikam. Dieses Schauspiel war dem Pfarrer weiß Gott nicht fremd. Er wollte es sich aber dennoch nicht entgehen lassen. Er blieb stehen, um nichts zu versäumen. Freilich wollte das erwartete Werk nicht so richtig vonstatten gehen, denn die Sau zierte sich. Sie war wohl nicht ganz in der richtigen Stimmung, dachte Hergenroth, ist ja auch kein Wunder, wenn da einer zuschaut.

Und wie er so dastand und noch immer guckte, da ertönte aus dem übernächsten Bauernhaus ein Schrei. „Hilfe! Hiiilfe, Einbrecher! Macht, dass ihr hier wegkommt, ihr Scheißkerle!" Bevor Pfarrer Hergenroth auch nur eine einzige Bewegung machen konnte, rannte ein jüngerer, sehr stämmiger Bursche in grünlichem Gewand aus der Stalltür ebendiesen Bauernhauses. Gleichzeitig öffnete sich dessen Haustür und heraus rannte ein breit gebauter Mann mittleren Alters, offensichtlich der Bauer. Er war mit einer vierzinkigen Mistgabel bewaffnet, die er nach dem grünlich Gewandeten warf, was dieser noch rechtzeitig bemerkte und geschickt auswich. Die Mistgabel war noch nicht richtig auf dem Boden gelandet, da kam auch schon ein weiterer Bursche aus dem Stall, dieser bräunlich gekleidet. Er sah den Bauern, griff nach einem Stein und warf ihn nach dem Landmann, der mit einer linkischen Bewegung auszuweichen versuchte. Der Stein traf ihn seitlich am Kopf, und mit einem leisen Schmerzenslaut ging der Bauer zu Boden. Pfarrer Hergenroth hatte mittlerweile seinerseits einen recht großen Stein aufgehoben, zielte sorgfältig und schleuderte ihn in der Richtung dieses zweiten Burschen, traf ihn auch voll an der Schulter. Laut hallte der Schrei, den dieser nun von sich gab. Hergenroth hatte nun ein schlechtes Gewissen, denn eigentlich verbot ihm das Vorbild Jesu, sich am Schmerz eines anderen Menschen zu erfreuen. Aber er konnte dieses triumphierende Gefühl einfach nicht unterdrücken – war es ihm doch gelungen, mit dem Stein das Ziel einigermaßen zu treffen! Er bückte sich und griff nach einem weiteren Stein, doch als er sich wieder aufrichtete, da waren die beiden Burschen verschwunden.

Der Grünliche und der Bräunliche. Irgendwie kamen ihm die beiden bekannt vor. Er konnte sich nur nicht erinnern, wo das war. Eigentlich, so musste er es sich eingestehen, kannte er gar nicht so viele Leute. Hielt er sich doch die meiste Zeit in seiner Heimatpfarrei auf. In Tailfingen eben. Er musste sich wohl geirrt haben.

Der satte Lärm hatte inzwischen die Nachbarn herbeigelockt. Es wurde gerufen und gefragt: „Einbrecher? Wo?“ Die Bäurin deutete in die Ferne: „Dort! Dort laufen sie!“ „Wo?“ kam die Frage erneut, „wo? Ich kann sie nicht sehen!“ Auch Hergenroth konnte sie nicht mehr sehen. Sie waren wohl um ihr Leben über die Felder jenseits des Dorfes gerannt und hinter dem Buschwerk verschwunden, das diese Felder umgab.

Der Pfarrer erhielt nun von allen Seiten anerkennende Blicke. „Gut gemacht, Hochwürden, gut gemacht! Ja, wenn nur alle Pfaffen sich so nützlich anstellen würden, dann sähe es anders aus in dieser Welt!“ Hergenroth hörte das überhaupt nicht gerne. Glaubten die Landleute doch tatsächlich, dass die Geistlichkeit insgesamt unnütz und entbehrlich sei – wo sich doch die Priester Tag für Tag mit dem Messlesen und Brevierbeten abmühten, und außerdem den ihnen anvertrauten Schäflein die Sakramente spendeten und so dafür sorgten, ebendiesen Schäflein ihr Seelenheil zu vergrößern! Eben wollte sich der Pfarrer beleidigt abwenden, da kam die Bäurin mit einem Becher auf ihn zu. „Da, Hochwürden, trinkt! Habt Euch mit Eurem Wurf eine Trunk verdient! Und ein Vesper dazu! Ihr habt heute sicher noch nicht viel gegessen, oder?“ Wie ein Fähnlein im Wind wechselte sich seine Stimmung – an die Stelle des schmerzhaft nagenden Beleidigtseins trat ein freudiges Geschmeicheltsein, und freudig dankend ergriff er den Becher. Mitsamt dem Stück Brot, das die Bäurin unter ihrer Schürze hervorholte. „Wohin geht Ihr, Hochwürden?“

Der Pfarrer zögerte einen Augenblick lang mit einer Antwort und nahm erst mal einen kräftigen Schluck. Und einen großen Bissen. Der Becher enthielt frisches Quellwasser – ein recht ungewohntes Getränk für ihn. Es würde hier sicherlich nicht gut wirken, dachte er, während er kaute, wenn er das Kloster als das Ziel seiner Wanderung angab. Wenn ich schon mal hier in Lautlingen bin, fuhr es ihm durch den Kopf, dann kann ich ja auch den Herrn von Tierberg im Schloss besuchen. „Ich bin unterwegs zu deinem Herrn“, antwortete er, „habe ihm eine Botschaft zu überbringen.“ „Da habt Ihr aber Pech, Hochwürden“, meinte die

Bauersfrau dazu, „unser Herr ist heute Vormittag auf die Jagd gegangen. Ihr müsst Euch gedulden bis heute Nachmittag. Und wenn Ihr noch mehr Pech habt, dann ist er wieder mal besoffen. Wie meistens, wenn er nicht auf der Jagd ist.“ „So?“ gab Hergenroth sich erstaunt. „Na, dann will ich weiterziehn. Habe noch weitere Aufträge zu erledigen. Bin dann also heute Nachmittag wieder hier.“

Lustig gurgelte das Wasser der Eyach, und hell blinkten die Blätter der Pappeln am Wegesrand. Eine lange, fast schnurgerade Reihe von Pappeln, deren Stämme die Trennlinie bildeten zwischen dem Weg nach Margrethausen auf der einen Seite und dem fröhlich dahinmurmelnden Wasser. Seine Gedanken kehrten zu Genovefa zurück. Zu jenem Punkt, an dem er angekommen war, als ein Steinbrocken ihn stolpern ließ und ihn abrupt in seinem Tagtraum gestört hatte. Ja, da war der wilde Wuschelwald wieder, Ziel und Erfüllung aller männlichen Begierde. Eben stellte er sich vor, wie seine Hand sich langsam, zärtlich und zielstrebig auf diesen Wuschelwald zubewegte, da hörte er hinter sich ein lautes Knacken. Wie von einem brechenden Ast. Er drehte sich ruckartig um, und da sah er die beiden wieder: Grünlich und bräunlich. Sobald sie sahen, dass er sie bemerkt hatte, verschwanden sie flugs zwischen den Pappelstämmen. Hielten sich versteckt.

Er spürte ein leichtes Zittern im Nacken. Das sah nicht gut aus. Er verstand nicht, was der Grund sein könnte, aber ein Gefühl sagte ihm, dass die beiden ihm an den Kragen wollten. Was tun? Nach Margrethausen rennen und dort um Hilfe schreien? Die beiden würden ihm nicht bis in den Ort folgen. Und irgendwann musste er Margrethausen wieder verlassen. Dann würden sie wieder zur Stelle sein. Damit musste er rechnen. Was tun? Er zögerte. Dachte nach.

Nein, wegrennen half nicht. Er musste mutig sein. Fest entschlossen griff er nach dem Stilett in seinem Ärmel. Die beiden wussten ja nicht, dass er eine Waffe bei sich trug. War ja auch ungewöhnlich für einen Priester. Er konnte sie also überraschen. Und den Überraschungseffekt musste er sich zunutze machen. Natürlich war da noch ein Risiko. Ein recht großes Risiko, denn sie waren ja zu zweit. Und auch wesentlich jünger und kräftiger als er. Aber er hatte keine Wahl. Also: Wer wagt, gewinnt. Nicht wegrennen, sondern, ganz im Gegenteil, auf sie zu schleichen. Er drehte sich um und hastete hurtig von Pappelstamm zu Pappelstamm, und hinter jedem Stamm blieb er einige Augenblicke stehen, um auf Geräusche zu lauschen – Geräusche, die von diesen beiden Burschen herrühren könnten. Bei jedem Schritt achtete er sorgfältig darauf, dass er nicht auf dürre Äste trat, die im Grase lagen. Hinter einem besonders dicken Pappelstamm blieb er stehen: Hier hatte er genug Deckung. Hier wollte er warten, bis die beiden Kerle wieder zwischen den Baumstämmen hervortraten, um ihn zu suchen. Er zog das Stilett aus der Scheide und hob die Hand, die das Stilett hielt. So, als wolle er zustechen. Sie konnten nicht mehr allzu weit von ihm entfernt sein. Drei oder vier Pappelstämme vielleicht. Oder auch weniger. Jeden Augenblick mussten sie zwischen den Bäumen hervortreten. Jeden Augenblick. Aber nichts geschah. Außer dem melodischen Säuseln eines sachten Herbstlüftchens in den Pappelblättern geschah nichts. Die Knöchel der Hand schmerzten, die den Griff des Stiletts umfasst hielt. Schweißtropfen rannen ihm von den Schläfen. Angstschweiß. Fest drückte er sich an die raue Borke des breiten Pappelstamms.

„Schau mal, wie weit er schon gegangen ist." Die Stimme war ganz deutlich zu hören; der Sprecher konnte nur wenige Schritt entfernt sein. So nah also war er bei diesen Burschen! Das ist gut, dachte Pfarrer Hergenroth erleichtert, das ist sehr gut! Um so besser werde ich sie überraschen können! „Da ist niemand zu sehen." Das war die Stimme des zweiten Burschen. „Was? Glaub ich nicht!" „Dann schau doch selbst!" Gut, dass die Pappel so dick ist, dachte Hergenroth, sonst könnten sie mich jetzt sehen.

„Du hast Recht! Auf, gehen wir!"

Jetzt war der Zeitpunkt gekommen, jetzt! Hergenroth hob die Hand mit den Stilett, bereit, jeden Augenblick zuzustechen. Am besten in den Hals, dann hätte er schon mal einen der beiden Gegner unschädlich gemacht.

Und da waren sie auch schon – bevor sie sich noch ganz auf der Höhe des dicken Pappelstamms befanden, war Hergenroth losgestürmt und hatte blindlings kräftig zugestochen. Er spürte, wie der schmale Stahl tief ins Fleisch eindrang. Allerdings hatte er sich in der Körpergröße geirrt: Nicht den Hals hatte er erwischt, sondern den Oberarm. Ein Schmerzensschrei: Es war der Bräunliche. Ein rascher Schritt auf den Grünlichen zu, doch bevor er seine Waffe gebrauchen konnte, traf ihn ein Faustschlag. Er hätte ihm wohl das Nasenbein zertrümmern sollen, doch er traf glücklicherweise nur die Wange seitlich der Nase. Trotzdem – ein dumpfer Schmerz stellte sich ein. Dessen ungeachtet stach Hergenroth wieder zu – doch der Grünliche wich behänd zur Seite, der Stich ging ins Leere. Geistesgegenwärtig stach Hergenroth ein zweites Mal und traf nun den Grünling in die Brust. Blut drang durch das grüne Gewand. Wieder ein Schmerzenslaut. Freilich war der Stahl diesmal nicht sehr tief ins Fleisch eingedrungen. Hergenroth wandte sich nun erneut dem Bräunlichen zu, doch der war nur noch von hinten zu sehen. Er hatte die Flucht ergriffen. Der Grünliche machte sich auf, ihm zu folgen.

Mit dem Ärmel wischte sich Pfarrer Hergenroth den Schweiß von der Schläfe. Die Knie wurden ihm weich; der lehnte sich an den Stamm der Pappel; langsam sank er ins Gras. Das Stilett war ihm aus der Hand gefallen. Schwer ging ihm der Atem; mit mächtigen Hammerschlägen pochte ihm der Puls in den Ohren. Es war ihm schwindlig geworden und für kurze Zeit wurde es ihm schwarz vor den Augen.

Dass beide Männer merkwürdig schlapp wurden, sobald sie mit der Spitze des Stiletts in Berührung gekommen waren, und schon nach wenigen Schritten betäubt ins Gras fielen, das hatte der Tailfinger Pfarrer nicht bemerkt.

19

„Gott segne dich, Genovefa, meine Liebste! Hat Er dir doch so herrliche Brüste geschenkt! Von deinem Hintern ganz zu schweigen!“ Schwester Genovefa überhörte die Schmeichelei und ließ einen leisen Schreckensschrei hören. „Bei den heiligen Drei Königen! Ambrosius, was ist nur mit dir geschehen! Bist du in eine Schlägerei geraten? Aber komm erst mal rein! Du hast Glück – die Schwestern sind heute wieder beim Gebet.“ Als sie das schmale Pförtchen öffnete, trat Pfarrer Hergenroth dicht vor sie hin, zog sie eng an sich und griff ihr gierig an die Hinterbacken. „Nicht doch, Ambrosius, nicht doch! Heute ist zu wenig Zeit, um an solche Dinge zu denken! Die Schwestern sind schon eine ganze Weile beim Gebet – sie werden bald wieder zurückkommen. Du wolltest doch heute die Zelle der Mutter Oberin inspizieren, Gott hab sie selig! Und dieser blaue Fleck in Deinem Gesicht“, fuhr sie mit einem schelmischen Lächeln fort, „so schlimm kann er nun auch wieder nicht sein!“ Obwohl sich die junge Nonne so behände durch die Räume der Klosteranlage bewegte, dass der Geistliche Mühe hatte, ihr zu folgen, so gelang es ihm trotzdem immer wieder, sie an Arm und Rücken zu streicheln, was sie sich wohl gefallen ließ.

Als sie in jenem lauschigen Gemach mit den abgedunkelten Fenstern, den kostbaren Gobelins und den vielen Kissen und Polstern angekommen waren, da musste er stehen bleiben und tief Luft holen. Allzu mächtig wirkte die Erinnerung an die hier genossenen Freuden. Verwundert schaute sich Genovefa nach ihm um. „Was ist, Ambrosius? Du wolltest doch die Zelle der Mutter Oberin sehen!“ Pfarrer Hergenroth presste die Lippen zusammen und suchte die wohligen Gedanken von sich fernzuhalten. Trotzdem verspürte er ein pochend warmes Gefühl in der Lendengegend. Genovefa schien dies zu bemerken, denn ein leichtes Lächeln huschte über ihr hübsches Gesicht. Dessen ungeachtet wandte sie sich von ihm ab und schob einen der Gobelins etwas zur Seite. Es kam eine Türklinke zum Vorschein, die sie drückte. Eine Tür öffnete sich, sie tat einen Schritt vorwärts. Hergenroth folgte ihr. Nun standen sie beide in einem kargen Gemach, in dem sich nicht mehr befand als eine Bettstatt mit Strohsack, ein Kreuz an der Wand und davor eine Kniebank nebst einer großen, dicken Kerze. An der dem Kreuz gegenüberliegenden Wand freilich sah er eine Wanduhr, ein Ding, wie er es bisher nur an dem Turm der Georgskirche in Tübingen gesehen hatte, ein großes, rundes Ding mit einem mächtigen Zeiger in der Mitte und mit römischen Ziffern von eins bis zwölf rundum am Rande. Darüber war in wuchtigen Lettern geschrieben:

Sed fugit interea
fugit inreparabile tempus
(Aber inzwischen floh
unwiederbringlich die Zeit)

Pfarrer Hergenroths Staunen kannte nun keine Grenzen mehr: „Das stammt von Vergil!" ließ er sich hören. Das Lächeln kehrte wieder zurück auf das hübsche Angesicht der jungen Nonne. „Das hättest du wohl nicht erwartet, mein Lieber", meinte sie, „meine Mutter Oberin war schon eine sehr gebildete Frau. Sie hatte mehr Bücher gelesen als mancher geistliche Herr, da bin ich mir ganz sicher."

Ein leises Ticken ertönte von dieser Uhr. Es kam aus einem mäßig großen Kasten, der hinter dem Zifferblatt angebracht war. Aus diesem Kasten hingen zwei Ketten, die eine kürzer, die andere reichte fast bis zum Boden. Am Ende dieser längeren Kette war ein faustgroßer Stein angebunden. „Oh, ich muss die Uhr aufziehen", bemerkte Genovefa und zog an der kürzeren Kette, worauf die längere Kette sich nach oben bewegte. Hergenroth staunte. „Das grenzt an Zauberei!" Dergleichen hatte er noch nie beobachtet. Die junge Nonne wandte sich von der Uhr ab, schaute ihn an und kicherte. „Auch das hättest du in einem Nonnenkloster wohl nicht vermutet!"

Es dauerte eine Weile, bis Ambrosius Hergenroth sich satt gesehen hatte. Doch dann schaute er sich um, und zwar ausgesprochen sorgfältig: das Bett, das Kreuz, die Kniebank, die Kerze. Und wieder von vorne. Und noch einmal, vergeblich: Bei dieser kargen Ausstattung gab es nichts, was ihm zur Aufklärung des Mords hätte weiterhelfen können. Schwester Genovefa bemerkte seine Enttäuschung. „Das ist noch nicht alles", tröstete sie ihn, „da ist noch ihre Studierstube." Der Tailfinger Pfarrer kam aus dem Staunen nicht mehr heraus. „Studierstube?" echote er ungläubig. „Ja, du hast richtig gehört, mein lieber Ambrosius. Studierstube. Die Mutter Oberin hatte mir eingebläut, nie darüber zu sprechen. Das alles sei streng geheim, hat sie immer gesagt. Aber jetzt, wo sie doch tot ist – wenn es vielleicht hilft, den Mörder zu finden. Und außerdem – ich mag dich einfach so, mein Ambrösiusle.“ Sie drückte auf einen kaum wahrnehmbaren Knopf auf dem Zifferblatt, der sich in der Nähe der Zahl IV befand, und bewegte sodann den Zeiger um das Viertel einer Stunde nach vorne. Kaum hatte Genovefa den Finger von dem Zeiger genommen, ertönte ein leichtes Knarren; hinter der Uhr öffnete sich eine schmale Tür, deren Fugen Hergenroth trotz seiner sorgfältigen Inspektion zuvor nicht bemerkt hatte.

Ein raumfüllender, großer Schrank voll mit Büchern. Ein Schreibpult mit Tintenfass, Schreibfedern, Streusandbüchse und zwei Stapeln Papier. Weitere Bücher in kleineren und größeren Stapeln auf dem Boden rund um das Schreibpult. In verschiedenen Büchern steckten schmale Papierstreifen als Lesezeichen. „Warum hatte sie die Tür so gut versteckt?“ wunderte sich der Pfarrer. „Keine Ahnung“, antwortete das junge Nönnlein, „vielleicht wollte sie bei ihrer Arbeit einfach ungestört sein, was weiß ich.“

Pfarrer Hergenroth trat näher an das Pult heran, beugte sich vor, um die beiden Papierstapel genauer zu betrachten. Der eine, höhere bestand aus leeren Blättern. Die Blätter des anderen, niedrigeren Stapels waren eng beschrieben: keine von diesen fahrigen und fast unleserlichen Gelehrten-Schriftzügen, wie er sie aus seiner Tübinger Zeit kannte, nein, hier hatte er eine kleine, feine, geradezu skrupulös gemalte Schrift vor sich, die ausnehmend gut zu lesen war. Es handelte sich um einen Traktat in lateinischer Sprache, und wie er nach der Lektüre weniger Sätze feststellte, ging es um ein theologisches Thema: Um die Frage nämlich, ob der Mensch einen freien Willen habe oder nicht.

Unterhalb der schrägen Fläche des Pults befand sich eine Schublade; der Tailfinger Pfarrer konnte der Versuchung nicht widerstehen, sie zu öffnen. Darin ein weiterer Stapel eng beschriebener Blätter; auf dem obersten in breiten lateinischen Lettern eine Überschrift: „DE ECCLESIA CHRISTI IN CAPTIVITATE BABYLONICA“ war da zu lesen. Von der babylonischen Gefangenschaft der Kirche. Pfarrer Hergenroth verspürte ein flaues Gefühl in der Magengegend: Was er da vor sich hatte, erinnerte ihn an das Traktat aus der Feder eines unbekannten Ketzers, das er an der Universität Tübingen vor vielen Jahren einmal zu beurteilen hatte.

Neben diesem Papierstapel lag eine kleine Dose aus gedrechseltem Nussbaumholz, fast so groß wie ein Hühnerei. Pfarrer Hergenroth nahm sie heraus und öffnete sie. Darin lagen mehrere grünliche Klümpchen. „Weißt du, was das ist?" fragte er und schaute der jungen Klosterfrau kopfschüttelnd ins Gesicht. „Das geht dich nun wirklich nichts an", erwiderte diese bestimmt, „leg die Dose wieder an ihren Platz, bitte!" Der Pfarrer nahm eines der Klümpchen heraus, hielt es sich dicht unter die Nase und betrachtete es aufmerksam. „Scheint eine Art Medizin zu sein", mutmaßte er, „vielleicht sollte ich ein Stückchen davon kosten. Mal sehen wie es wirkt." Wie von einer Natter gebissen fing Genovefa an zu schreien: „Tu das nicht! Tu das bloß nicht!" Ihre Stimme schnappte fast über, als sie ihm das grünliche Ding aus der Hand riss. „Es ist Gift! Es ist Gift! Und es wirkt sehr schnell!"

Kopfschüttelnd legte Pfarrer Hergenroth das Klümpchen wieder in die Dose und verschloss sie. „Eine Äbtissin versteckt Gift in ihrem Stehpult", meinte er, „das verstehe wer will!" „Das kann ich dir erklären", ließ sich die junge Klosterfrau hören. Sie hatte sich sehr schnell wieder gefasst, nachdem das Klümpchen wieder in der Dose verschwunden war. „Meine Mutter Oberin dachte eben an alles. Auch an den Fall, dass sie einmal unter unsäglich starken Schmerzen auf ihr Ableben warten würde. In einem solchen Fall hätte sie dann lieber dieses Gift genommen. Mir hatte sie sich anvertraut, damit ich ihr gegebenenfalls das Gift bringen könne. Aber Gott der Herr hat es anders gewollt. Ich nehme an, sie ist eines raschen Todes gestorben."

Der Tailfinger Seelenhirte schwieg und überlegte. „Hier an diesem Ort kann man dieses Zeug nicht lassen", sagte er schließlich. „Es wird besser sein, wenn ich es an mich nehme." Er schob die Dose in sein Gewand und starrte wortlos vor sich hin. „Was ist? Warum schweigst du? Ambros, sag doch was!" Schwester Genovefa war eben ein äußerst neugieriger Mensch. „Es gibt Menschen", begann Pfarrer Hergenroth zögernd, „es gibt erbärmliche Kreaturen von Menschen, denen mit solchem Gift geholfen wäre." Wiederum schwieg er. „Ich verstehe nicht ganz", warf Genovefa ein, „kannst du mir das erklären?" Ambrosius Hergenroth holte tief Luft. „Das kann ich, meine liebe Genovefa, bei allen Heiligen im Himmel, das kann ich!“

Und nun fing er an zu erzählen. Die Geschichte, die sich seinerzeit in Tübingen zutrug, als er noch bei der Alma Mater Tubingensis in Lohn und Brot stand. Die alten Bilder kamen wieder in ihm hoch, die alten Bilder, die er unter Tag so gut zu verdrängen gelernt hatte, die ihn des Nachts öfter heimsuchten als ihm lieb war. Als Vertreter der Universität musste er dabei sein. Damals, als dieser arme Kerl vor dem Tübinger Rathaus zusammen mit den Henkern auf diesem Holzgerüst stand. Damals, als die blutgeil gaffende Meute zu dem Verurteilten emporglotzte und darauf wartete, dass er anfing, vor Schmerzen zu schreien, der arme Tropf. Als dann die Henker ihm die Kleider vom Leib rissen, um dann mit glühenden Zangen ihm die Haut in Fetzen weg zu reißen. Damals, als dieser geschundene Mensch dann tatsächlich in höchster Todesangst wie ein Stück Vieh brüllte, da fing er selbst ebenfalls an zu schreien, aus Leibeskräften, so laut er konnte. Dachte daran, dass unser Herr Jesus ebenso große Angst gehabt hatte, bevor man ihn ans Kreuz nagelte. Was hatte dieser bemitleidenswerte Mensch denn getan? Eine Meinung geäußert, die in den Augen der Mutter Kirche als häretisch gilt! Und die Mutter Kirche maßt sich wie eh und je an zu wissen, wo die wahre Lehre aufhört und die Ketzerei beginnt! Dieser Mann auf dem Schafott, war er nicht genau so Gottes Geschöpf wie seine Peiniger? Was hätte der Herr Jesus getan, wenn er auf dem Tübinger Marktplatz gewesen wäre, um dieser Hinrichtung zuzusehen? Ambrosius Hergenroth war sich sicher, dass Jesus in diesem Fall ein Wunder gewirkt hätte. Ein Wunder, um diese schreckliche Quälerei so rasch wie möglich zu beenden. Vielleicht hätte er die Henker auf der Stelle in die Hölle fahren lassen. Denn eigentlich waren ja die Henker die schlimmsten Übeltäter. Wahrscheinlich viel schlimmer als jeder Übeltäter und fast so schlimm wie die Mutter Kirche, die sich hier als blutrünstige Furie betätigte, und das auch noch zu allem Überfluss im Namen Gottes.

Nein, nach diesem Erlebnis wollte er nicht mehr an der Universität bleiben. Er suchte sich eine kleine Pfarrei auf der Schwäbischen Alb. Er wurde Pfarrherr in Tailfingen. Aber die alten Bilder verfolgten ihn noch immer. „Falls ich je wieder einmal bei einer Hinrichtung anwesend sein sollte“, so schloss Pfarrer Hergenroth seine Geschichte, „dann werde ich dafür sorgen, dass es schnell geht. Dass der Arme nicht auch noch unnötig lange leiden muss. Deshalb behalte ich jetzt diese kleine Dose."

Mit weit aufgerissenen Augen hatte ihm Schwester Genovefa zugehört. Sie blieb noch lange schweigend vor ihm stehen, als er mit seinem Bericht zu Ende gekommen war. Er selbst konnte sich nur langsam und mit Mühe von den alten Bildern lösen. Doch dann drehte er sich abrupt um und schaute neugierig auf die in helles Schweineleder gebundenen Folianten im Bücherschrank der Äbtissin. Er war zutiefst beeindruckt: Nahezu einhundert Bücher, schätzte er – eine solche Menge hatte er seit seinem Weggang von Tübingen nicht mehr in einem Raum versammelt gesehen. Die konzentrierte Gelehrsamkeit der Mutter Kirche war hier vertreten, und zwar von ihren frühesten Anfängen bis zum Vorabend der Gegenwart: Die Confessiones des heiligen Augustinus waren hier genau so vorhanden wie die Summa Theologiae des Thomas von Aquin, die Quaestiones des Wilhelm von Ockham genau so wie die Augustinus-Interpretationen des Gregor von Rimini, die Commentarii des Duns Scotus genau so wie die Litterae des Johannes Chrysostomus. Bei näherem Betrachten entdeckte er jedoch noch außerdem die Werke weiterer Autoren, die er aber nur dem Namen nach kannte und deren Klang ihm das Blut fast in den Adern gerinnen ließ: De Eucharistia von Johannes Wyclif, vom selben Autor De veritate sacre scripture, dann De Ecclesia von Jan Hus, und weitere Namen, einer schlimmer und Unheil verkündender als der andere: Petrus Waldes, Johannes de Rokyczana, Jakob von Mies, Gerardus Segarellis, Amalrich von Bena . . . Ambrosius Hergenroth spürte, wie ihm die Knie weich wurden; die Luft blieb ihm weg, alles drehte sich vor seinen Augen, und seine Hand hatte Mühe, die Kante des Schreibpults zu finden. Er begann schon zu wanken, konnte sich aber gerade noch festhalten.

„Ambrosius, was ist? Ist dir nicht gut?" Schwester Genovefa war bestürzt und gab ihm Halt, indem sie ihn fest am Oberarm fasste. Ein leises Stöhnen entrang sich der Brust des Pfarrers. „Mein Gott! Mein Gott! Was hat die Äbtissin hier getan! Wie hat sie sich versündigt! All diese ketzerischen Bücher! Hier, in diesem Bücherschrank!"

Den Abschied an der Klosterpforte nutzte Pfarrer Hergenroth dazu, der jungen Nonne unter die Kutte zu greifen. Er hatte auch sogleich die richtige Stelle erwischt – wohlig weich fühlte er sich an, der wilde Wuschelwald. „Ach Ambrösiusle, das hat jetzt keinen Wert! Gleich kommen die Schwestern vom Gebet zurück – es ist zu spät, ein Andermal! Dann machen wir es wieder. Ich freu mich drauf, aber jetzt geh!“

Im Vorgefühl solchen Genusses trollte sich Pfarrer Hergenroth. Doch er täuschte sich: Ein Andermal sollte es nicht geben.

20

Sie hatten sich alle in der Studierstube des Ebinger Dekans eingefunden: Jost Hellmendinger, der Inquisitor, Wendelin Unverhau, sein Schreiber und Simon der Barfüßer, letzterer Helfer der Inquisition vor Ort. Und natürlich der Dekan selbst. Während es sich die anderen Anwesenden in ihren Sitzen bequem machten, legte sich der Schreiber Wendelin Unverhau sein Schreibzeug zurecht. Er hatte über die anstehende Besprechung ein Protokoll anzufertigen. Inquisitor Hellmendinger, ein großer, wohlgenährter Mann in vornehmer Kleidung und mit runder Knubbelnase in seinem breiten, rötlichen Gesicht, eröffnete das Gespräch.

„Im Namen der heiligen Inquisition grüße ich euch alle und danke euch, dass ihr es ermöglichen konntet, so schnell hier herzukommen. Ich selbst kann jetzt nur deshalb anwesend sein, weil unser Gastgeber, Decanus Tierberger, wusste, dass ich hier in der Gegend beschäftigt war. Lasst mich zunächst den bisherigen Verlauf unserer Aktion zusammenfassen: Teil eins unseres Plans konnte erfolgreich abgeschlossen werden. Dies ist das alleinige Verdienst des Dekans, Meister Tierberger, dem an dieser Stelle im Namen der heiligen Inquisition gedankt sei. Ich denke, dass unsere Entscheidung richtig war, die Äbtissin auf diesem Wege unschädlich zu machen. Die Alternative, einen Inquisitionsprozess durchzuführen, wäre mit unvertretbar großem Aufwand verbunden gewesen. Auch wenn Ihr Euch dafür stark gemacht hattet, Bruder Simon. Außerdem hätte sich im Falle einer der Häresie angeklagten

Äbtissin eine gewisse Publizität nicht vermeiden lassen, was in der gegenwärtigen Lage dem Ansehen der Mutter Kirche nicht eben zuträglich gewesen wäre."

An diesem Punkt seiner Ausführungen hielt der Inquisitor inne und schaute den Dekan scharf an. „Ich darf doch davon ausgehen, Meister Tierberger, dass das fragliche Papier das Kloster bisher noch nicht verlassen hat." „Selbstverständlich nicht, Inquisitor," beeilte sich der Dekan zu versichern. „Wie mir meine Gewährsleute berichten, hat in den Wochen vor der Tat kein Mensch das Kloster verlassen oder betreten. Nur ein Heuwagen kam, aber erst nach der Tat. Er wurde abgeladen und fuhr leer wieder davon."

Der Inquisitor nickte zufrieden und setzte seine Zusammenfassung fort. „Teil zwei unseres Plans hat sich ebenfalls bestens angelassen. Es bedurfte keiner großen Mühe, den Schultheiß von Ebingen von der Durchführung der Untersuchung der Tat abzuhalten. Auch war es kein Problem, den Vize-Decanus als Untersuchungsleiter zu verpflichten. Doch nun scheinen gewisse Dinge nicht ganz zu unserer Zufriedenheit abgelaufen zu sein. Decanus, berichtet!"

Der Angesprochene hüstelte. Es war nicht zu übersehen, dass er Unangenehmes zu berichten hatte. Unangenehmes, das er offenbar selbst zu verantworten hatte.

„Gott zum Gruße, ihr Herren", eröffnete Dekan das Gespräch. „Gut, dass ihr so schnell kommen konntet. Wie wir alle wissen, sind die Wege des Herrn unerforschlich. So ist denn in beiden Teilen unseres Plans nicht alles genau so abgelaufen, wie wir uns das wünschten. Unser Freund Hergenroth, den ich ja nun schon jahrzehntelang kenne, hat wesentlich größeren Spürsinn an den Tag gelegt als es zu erwarten gewesen war – " „Habe ja gleich davon abgeraten", warf der Mönch ein.

Der Dekan überhörte dies beflissentlich und kam zur Sache. „Die Ausführung der Tat ist nämlich keineswegs perfekt gelungen. Hergenroth fand am Tatort ein Stück vom Wams des Täters. Ein äußerst unangenehmer Sachverhalt für uns, vor allem aber für den, den – wie hieß er noch mal? Hab den Namen vergessen. Den Menschen, den ihr beauftragt habt. Außerdem muss ich erwähnen, dass Hergenroth eine Hinneigung zu häretischen Lehren zeigt, eine gänzlich neuer Zug seines Wesens, den ich absolut nicht voraussehen konnte. Eure Zustimmung vorausgesetzt, hochwürdiger Inquisitor, habe ich schon mal die Männer auf ihn angesetzt, die ihr mir zur Verfügung stelltet. Sie versuchten bereits zwei Mal, ihn zu eliminieren. Beides Mal ohne Erfolg. Ich frage mich, ob es nicht fähigere Leute gibt. Wie dem auch sei: Mit Eurer werten Zustimmung, o Inquisitor, werden die beiden in ihren Bemühungen nicht nachlassen.“ Der Inquisitor nickte. „Es muss aber unbedingt wie ein Unfall aussehen, dass das klar ist!“

Damit hatte der Dekan seinen Bericht beendet. Die Anwesenden schauten nun erwartungsvoll auf den Inquisitor. „Was schlagt ihr vor, Tierberger?“ fragte dieser. Da der Dekan schwieg, meldete sich der Mönch zu Wort. „Welche Leute hat dieser Hergenroth bereits verhört?“ wollte er wissen. „Einen Kaufmann, einen Maurermeister und einen Schneider“, gab Tierberger Auskunft, „der Lebenswandel des Schneiders ist nicht ganz ohne Makel. Man sagt, er treibe es mit kleinen Buben.“

Bei dem letzten Satz war dem Inquisitor die Zornesröte ins Gesicht gestiegen. Wutentbrannt haute er auf den Tisch. „Das ist ja unerhört! Das ist Päderastie! Dass dieser Mensch überhaupt noch am Leben ist!“ „Es ist nicht ganz so, wie Meister Tierberger es darstellt“, warf der Mönch ein, „vor geraumer Zeit schon bin ich der Sache nachgegangen. Nur ein Gerücht, soweit ich sehe.“ Der Dekan fühlte sich zu Recht angegriffen. „Trotzdem: Semper aliquid haeret“, entgegnete er, „es bleibt immer etwas hängen. Und damit ist die Sache eigentlich ganz klar. Wir werden den Tailfinger Pfarrer überzeugen, dass nur der Schneider als Täter in Frage kommt.“

„Ein guter Gedanke“, lobte der Inquisitor. „Wir werden umgehend alles für die Hinrichtung vorbereiten.“

21

Dumpf hallten die Schläge am Tor. Hergenroth befand sich an der mehr als mannshohen Umfassungsmauer, die das Lautlinger Schloss umgab. Diese Mauer bildete ein Geviert, dessen Ecken mit je einem dicken, stumpfen, runden Turm bewehrt waren. Als Reaktion auf Hergenroths Pochen ertönte heiseres Hundegebell. Sonst lange Zeit nichts. Er versuchte es wieder und wieder, und jedes Mal mit heftigeren Schlägen. Irgendjemand musste da sein, denn von Ferne hörte er Stimmen. Er versuchte, durch die Ritzen des großen Tores einen Blick auf den Innenhof zu ergattern, aber viel war da nicht zu sehen. Nicht einmal die Hunde, nur ein Stück Weg und ein Stück Rasen. Es dauerte eine halbe Ewigkeit (so kam es unserem Herrn Pfarrer jedenfalls vor), bis das Knirschen von Männerstiefeln auf dem Kies des Weges auf der anderen Seite des Tors ihm ankündigte, dass sein Pochen bemerkt worden war.

Das große runde Tor knarrte, aber es öffnete sich nur einen Spalt, wohl eine Hand breit. Durch diese schmale Lücke war ein groß gewachsener, stattlicher Mann mit knallig rotem Wams zu sehen, mit dichtem schwarzem Vollbart und ebensolchem Haupthaar. Ein derart knalliges Rot hatte er noch selten gesehen. Selten, ja. Aber doch erst vor kurzem. Wann und wo das war, das wollte ihm jedoch nicht sofort einfallen. Dieser Mann hielt einen laut kläffenden Jagdhund an der Leine, der seine Schnauze sogleich durch den Spalt des Tores steckte. „Holla, ein Pfaff! Und dazu einer, der was auf die Nuss gekriegt hat! Wes ist dein Begehr?“ Der Mann, so ungefähr dreißig bis vierzig Jahre alt, war offensichtlich bei bester Laune. Bei allerbester Laune. Bei so guter Laune, dachte Pfarrer Hergenroth, dass wohl der Alkohol dabei eine Rolle spielte. „Bin der Vizedekan des Landkapitels Ebingen“, stellte sich der Priester aus Tailfingen vor, „Hergenroth meine Name, Ambrosius Hergenroth. Im Auftrag des Herrn Dekans von Ebingen sollte ich den Herrn von Tierberg sprechen.“

Kaum hatte der Rotgewandete die offiziellen, kirchlichen Amtsbezeichnungen gehört, da war seine blendende Laune nur noch halb so überschwänglich. „Und? In welcher Angelegenheit?“ Es klang schon fast leicht ruppig. „Es geht um den Mord an der Äbtissin von Margrethausen. Euer Herr hält doch die Vogtei über das Kloster, wenn ich richtig unterrichtet bin." Die Erwähnung des Mords ließ die gute Laune vollends ganz dahinschwinden. Das Tor öffnete sich so weit, dass er sich hindurchzwängen konnte. „Folg mir." In Anbetracht des knurrenden Hundes hielt sich Hergenroth in gebührendem Abstand. Das Lautlinger Schloss war ein zweistöckiges Gebäude, dessen oberer Stock aus Fachwerk bestand. In der Mitte der Fassade befand sich ein schlanker Turm, der das Dach jedoch nur wenig überragte. Der Rotgewandete eilte mit derart raschen Schritten durch den Schlossgarten auf das Schloss zu, dass der Pfarrer kaum folgen konnte. „Seid Ihr der Sekretär des Herrn von Tierberg?" fragte er angelegentlich. Der Angesprochene verzog abfällig den Mund. „Sekretär? Pah!" Er spuckte verächtlich ins Gras. „Ich verwalte das alles hier. Ich bin der Vogt." „Oh! Vogt! Bitte meine Unkenntnis vielmals zu entschuldigen, Herr Vogt", beeilte sich Hergenroth zu sagen.

Bis zum Portal des Schlosses waren es ungefähr fünfzig Schritt. Dort angekommen gab der Vogt dem Pfarrer ein Zeichen, dass er stehen bleiben und warten möge. Mitsamt seinem Hund betrat er das halb geöffnete Portal und war noch keine zwei Augenblicke im Innern des Bauwerks verschwunden, da erschallte kräftiger Lärm von vielen heiteren Stimmen. Der Vogt trat wieder in die Öffnung des Portals und winkte Hergenroth zu sich. Der vielstimmige Lärm kam aus einer weit geöffneten Tür, die sich gleich hinter dem Portal auf der linken Seite befand. Pfarrer Hergenroth steckte den Kopf durch die Tür und blickte in einen großen Saal, aus dem ihm der Geruch von Bier und Männerschweiß entgegendrang.

In einem weiten Rechteck waren Tische aufgestellt; an diesen Tischen saßen verwegen aussehende, aber vornehm gekleidete Männer meist jüngeren Alters. Vor ihnen auf den Tischen teils zinnernes, teils silbernes Trinkgeschirr. Sie alle in gehobener Stimmung, um es milde auszudrücken; einige von ihnen schienen schon ziemlich betrunken, obwohl es noch recht früh am Nachmittag war. Hinter diesen Männern mehrere schwitzende, rotgesichtige, junge Frauen, die sich mit großen Krügen eilig hin und her bewegten, um leer getrunkenes Trinkgeschirr wieder aufzufüllen. An den Wänden die ausgestopften Köpfe von Ebern und von Hirschen mit mächtigen Geweihen.

„Kennt ihr den kürzesten Witz? Nein? Dann erzähl ich ihn: Ein Mönch geht an einem Frauenhaus vorbei!“ Brüllendes Gelächter schallte aus dem Saal; es verebbte nur sehr langsam. „Und kennt ihr den: Zwei Männer springen von einer Mauer, zwei Klafter hoch. Der eine kommt unten gut an. Der andere ist verschwunden. Und wisst ihr, warum? Er hat den Weg verfehlt! Es war ein Mönch!“

Mönchswitze, dachte Pfarrer Hergenroth angewidert. Alberne Mönchswitze, wie sie in den vergangenen Jahren in Mode gekommen waren. Albern und geschmacklos. Er hasste Mönchswitze. „Mein lieber Vizedekan“, flüsterte ihm der Vogt zu, als das abermals laut aufbrausende Gelächter einigermaßen wieder abgeebbt war, „ich glaube, du hast Pech heute. Wie du siehst, ist der Herr von Tierberg heute Nachmittag nicht zu sprechen.“ Pfarrer Hergenroth wunderte sich ob dieser Versammlung, hatte er doch in der Menge der Anwesenden auch einen Mönch entdeckt, der über die Mönchswitze genau so gelacht hatte wie alle anderen. „Wer sind all diese Leute?“ wollte er wissen. „Der Herr von Tierberg liebt es, sich mit allerlei Rittersleuten aus anderen Gefilden zu umgeben. Das ist der, der die Witze erzählt hat. Siehst du den daneben? Das ist Rüdiger von Hohenbaum. Der vornehmste der ganzen Gesellschaft. Außer meinem Herrn von Tierberg natürlich. Rechts neben ihm Dietrich von Lübeck. „Lübeck?“ wunderte sich Hergenroth, „das ist aber weit weg!“ „Das ist aber noch nicht alles. Wir haben sogar einen spanischen Ritter. Der dritte links, siehst du den? Das ist Don Rodrigo Garcia. Aus Kastilien. Neben diesem Wynfried de Lorey. Aus dem Fränkischen. Thomas von Lippe-Brake, der mit dem schmalen Gesicht und den rötlichen Haaren. Dann sind da noch Ansmut von Hohenberg und Ewerling von Holdertal, der ist unser Waffenmeister. Und Hans von der Tannenburg, dann Hakon von Blumberg, dann Wieland von der Vogelburg, dann Sarolf von Hartenheim, und auf der anderen Seite der etwas ältere, der gerade seinen Humpen hebt, siehst du den? Das ist Udo von Wetterau. Neben ihm Stefan von Ziegelhausen. Und daneben Alexander von Hohenkniebis und Alfred von Weißenburg.“

Der Vogt schloss die Tür des Rittersaals. „Reicht dir das?“ Hergenroth war beeindruckt. Nur eine einzige Frage hatte er noch: „Und der Mönch? Was ist mit dem Mönch?“ „Ach der. Er ist der

Beichtiger der Nonnen von Margrethausen. Und weil deren Zahl so klein ist, hat er nicht sehr viel zu tun. Deshalb hat ihn unser Herr in die Schar seiner Kumpane aufgenommen, wie du siehst. Aber du wolltest etwas über die ermordete Äbtissin in Erfahrung bringen, Gott hab sie selig, stimmts?“ „Ja, Herr. Wie war das Verhältnis zwischen Eurem Herrn und der Äbtissin? Man erzählt sich, es sei nicht so besonders gut gewesen?“ Der Vogt rümpfte die Nase. „Ei sieh mal einer an! So schlecht, dass er sie umgebracht hat! Was bist du doch für ein Einfaltspinsel!“ „Das wollte ich damit nicht sagen, Herr, überhaupt nicht! Ich will mir nur ein Bild machen über die Situation des Klosters. Vielleicht hilft das mir zur Aufklärung des Mords. Das ist alles, Herr.“

„Es stimmt schon, was man sich erzählt. Es gibt da von Alters her einige Streitpunkte. Die Nonnen wollen meinem Herrn keine Steuern zahlen. Mein Herr hat deshalb den Rechtsweg beschritten. Sollen die Richter diesen halsstarrigen Nonnen mal ordentlich den Kopf waschen! Außerdem treiben sich die Nonnen viel zu oft in Ebingen rum, anstatt in ihrem Kloster zu bleiben. Es steht zu befürchten, dass sie auf diesem Weg versuchen, unter die Botmäßigkeit des Herzogs von Württemberg zu kommen. Das wäre meinem Herrn überhaupt nicht recht. Aber das alles ist kein Grund, jemand umzubringen, oder? Der Mord hat diese Sachlage in keiner Weise verändert! Der Mord hängt mit dem liederlichen Lebenswandel der Äbtissin zusammen, da bin ich mir ganz sicher. Und mein Herr auch. Sie hat ja jede Menge Männer empfangen. Und das seit Jahren. Sie war mannstoll, keine Frage. Ich geb dir einen kleinen Hinweis, Pfaff: Der Mörder ist unter ihren Liebhabern zu suchen. Schau dich um in Ebingen. Von dort kamen die meisten.“

Kaum hatte er den letzten Satz gesprochen, verlor er jedes Interesse an dem Pfarrer, drehte sich unvermittelt zum Schlosshof hin und rief laut nach einer Elsbeth. „Hau schon ab, Pfaff, sonst muss ich die Hunde holen!“ Hergenroth war gerade dabei, das Schloss zu verlassen, als er dieser Elsbeth ansichtig wurde: Ein kleines Mädchen, kaum zehn Jahre alt. Hergenroth machte sich nun nicht aus dem Staub, wie er geheißen worden war, sondern blieb an der Schlosstür stehen, um zu sehen, was nun geschah. Der Rotgewandete bückte sich und fuhr dem Kind zwischen die Beine, worauf dieses zu weinen anfing, was der Vogt wiederum mit einem rohen Lachen quittierte. Das war dem Pfarrer zu viel. Mit raschen Schritten kam er zurück. „Lass das Kind in Ruhe!“ rief er und wollte die Hand wegstoßen, die sich an dem Kind vergriff. Er war aber noch mehr als drei Schritt von dem Vogt entfernt, als dieser blitzschnell einen Schemel ergriff und nach dem Pfarrer schleuderte. Ein fürchterlicher Schmerz durchzuckte sein Knie. „Mach, dass du hier wegkommst, Pfaff, sonst hetze ich die Hunde auf dich!“ Um zu zeigen, dass er es ernst meinte, ließ er einen scharfen Pfiff hören, worauf mehrere Hunde auf den Eingang des Schlosses zu rannten.

Das war es dann wohl gewesen, dachte Hergenroth. Allzu gerne hätte er dem Mädchen geholfen. So blieb ihm im Augenblick nichts, als diesem Scheißkerl die Hölle zu wünschen. Er hatte die Umfriedung des Schlosses bereits hinter sich gelassen und wollte gerade an dem kleinen Lautlinger Kirchlein vorbei, in Richtung Ebingen, da hörte er Schritte hinter sich.

Es war der Mönch.

Ein Angehöriger des Franziskanerordens, wie er an seinem grauen Habit sah und an der Tatsache, dass er keine Schuhe trug. Nicht umsonst waren die Franziskaner als Barfüßer im Volk bekannt. Eine große, hagere Gestalt, der das weite Mönchsgewand um die dürren Gliedmaßen schlackerte, mit schütterem, grauem Haar und bereits in vorgerücktem Alter: Fünfzig Jährchen hatte er bestimmt schon auf dem Buckel. Vielleicht auch mehr. Aber kaum mehr als sechzig, mutmaßte Hergenroth. Mit seinen großen, graublauen Augen schaute ihm der Mönch ins Gesicht. „Du bist doch Ambrosius, der Pfaff von Tailfingen, stimmt's? Und hergekommen, weil du den Mord an der Äbtissin aufklären sollst, stimmt's? Und was dir Ermenrich der Vogt erzählt hat, das war nicht sonderlich hilfreich, stimmt's?“ Hergenroth wunderte sich über diesen Mann. Was wollte er von ihm? „Es stimmt in der Tat alles, was du gesagt hast“, gab er dem Mönch zurück, „weißt du etwa mehr?“

„Mein Name ist Simon. Wie Simon von Kyrenae. Der Mann, der Christus das Kreuz tragen half. Ich bin sehr stolz auf diesen Namen“, sagte er mit freundlicher Stimme und nahm den Tailfinger Pfarrer mit väterlicher Geste am Arm, „komm, wir gehen hier in die Kirche und setzen uns hinter den Altar. Wie zur Beicht. Dort sind wir ungestört.“ Hergenroth wunderte sich noch mehr. Neugierig betrat er hinter dem Mönch das Gotteshaus. Er hatte das Gefühl, dass er nun Entscheidendes erfahren würde.

„Der Fleck in deinem Gesicht. Ich nehme an, du hast dich mit zwei Männern gebalgt, die dir von Ebingen gefolgt sind. Und bist mit einem blauen Fleck davongekommen. Alle Achtung, mein Lieber, alle Achtung!“ Allmählich begann die Sache dem Tailfinger Pfarrer unheimlich zu werden. „Woher weißt du das alles?“ platzte es deshalb aus ihm heraus. Simon lächelte. „Einerseits haben die Inquisitoren Vertrauen zu mir, diese Hunde des Herrn. Andererseits verachte ich sie, weil sie meinen, sie müssten im Namen Gottes Menschen umbringen. Das kann aber nicht der Weg unseres Herrn Christus sein. Ich will mit dir sprechen, um die Zahl der Morde möglichst klein zu halten.“ Hergenroth öffnete den Mund, um eine Frage zu stellen, aber der Mönch gebot ihm mit einer energischen Handbewegung zu schweigen.

„Du rettest dein eigenes Leben und das von vielen anderen Menschen, wenn du zu deinem Dekan hingehst und einfach behauptest, der Schneider ist es gewesen. Dann bist du aus allem raus. Eigentlich war ja vorgesehen, dass der Dekan selbst den Mord untersucht. Und dann den Schneider an den Galgen bringt. Aber der Dekan – er ist ein Feigling. Er hat dich vorgeschoben. Er hat gesagt – bitte verzeih mir – da habe ich einen weltfremden Trottel als Vizedekan, der kann das machen. Die Hunde waren damit einverstanden. Doch dann haben sie gemerkt, dass du doch nicht ganz so – äh – trottelig bist wie der Dekan dachte, und haben es sich anders überlegt. Und jetzt musst du sehen, wie du da wieder heil raus kommst. Am besten, du bringst den Schneider an den Galgen. Dann wirst du mit dem Leben davon kommen. Die Hunde sind dann zufrieden und das Morden wird hoffentlich ein Ende haben.“

Simon hielt einen Augenblick inne, so, als denke er nach, ob er noch etwas Wichtiges zu sagen vergessen habe. Es schien ihm aber nichts einzufallen.

„Hast du heute schon dein Brevier gebetet?“ „Nein“, antwortete Hergenroth verdutzt. „Na, dann ist jetzt die Gelegenheit. Wir können es gemeinsam tun.“ Sprach's und holte ein handtellergroßes

Buch aus den tiefen Falten seiner Kutte, blätterte kurz und begann füglich mit dem Gebet der Gebete, dem Vaterunser: „Pater noster, qui es in caelis, sanctificetur nomen tuum. Fiat voluntas tua, sicut in caelo et in terra. Panem nostrum da nobis hodie. Et dimitte nobis debita nostra ..."

Hergenroth fühlte sich schlecht. Und gut zugleich. Schlecht, weil er das Breviergebet seit Wochen vernachlässigt hatte. Gut, weil das gemeinsame Gebet mit diesem Mönch ihn ganz tief in seinem Innern berührte.

22

„Dominus vobiscum, Hochwürden! So, wieder zurück in unserem schönen Städtchen?" „Et cum spiritu tuo, Jörg! Ja, ich muss wieder zu dem Herrn Dekan. Sag mal, Jörg, wie lange bist du schon Torwächter, hier am oberen Tor?" „Och, Hochwürden, das ist schon eine ganze Weile. So Stücker zehn Jahre. Vielleicht auch fünfzehn, da muss ich erst überlegen. Warum wollt Ihr das wissen, Hochwürden?" „Wirst du gleich merken, Jörg. Und wie oft kommen da adelige Herren durch dein Stadttor?" „Nicht sehr oft. Vielleicht einmal im Monat." „Das heißt also, du kannst es dir merken, wenn einmal einer kommt, stimmt's?" „Richtig, Hochwürden!" „Und ist da einer gekommen, so vor zwei, drei Tagen? Ein Herr mit Pelzbesatz am Kragen und einem dicken Goldring am Finger?" „Richtig, Hochwürden! Der Ritter Friedrich von Westerstetten! Er ist im Bären abgestiegen, in der unteren Vorstadt!" „Das ist schon alles, was ich wissen wollte. Der Herr im Himmel mög's dir vergelten!"

Zufrieden schritt Pfarrer Hergenroth die Marktstraße hinunter, durch das untere Tor und auf den Bären zu, der sich nur wenige Schritte außerhalb des unteren Tors befand. Hatte er es doch gewusst, dass auf den Torwächter Verlass ist! Am Torwächter führt eben kein Weg vorbei, und wenn er einigermaßen aufpasst, kann ihm auch nicht entgehen, wer zum Städtchen hineingeht oder aus ihm herauskommt. Es war eine sehr gute Idee gewesen, den Torwart nach diesem fremden Adeligen zu fragen, dachte Pfarrer Hergenroth selbstgefällig. Nun war er gespannt, wes Geistes Kind dieser Rittersmann sein würde. Ein Westerstetten also, möglicherweise ein Verwandter der ermordeten Äbtissin.

Halbdunkel war es im Schankraum, und kaum ein Mensch anwesend, was nicht verwunderte, denn der Abend war noch weit. Nur einige notorische Trunkenbolde, die, vom Bier benebelt, schlapp über den Tischen hingen. Der Pfarrer schaute sorgfältig in alle Ecken und Winkel hinein – ein Mensch, der ein Rittersmann hätte sein können, war nirgendwo zu sehen. Hergenroth ging bis in den hintersten Winkel hinein, wo er bemerkte, dass da eine Tür war, die er sacht berührte: Sie war nur angelehnt – er stieß sie auf. In diesem Augenblick hörte er eine ärgerliche Männerstimme hinter sich: „Was willst du da, Pfaff? Hier hast du nichts verloren! Wenn du was trinken willst, setz dich einfach an einen Tisch! Und wenn du nichts trinken willst, dann verschwinde!“ Es war die Stimme des Wirts, der mit raschen Schritten auf ihn zuschritt, um ihn am Öffnen dieser Tür zu hindern.

Der Pfarrer missachtete den Wirt, stieß die Tür auf und trat in einen eher kleinen, holzgetäfelten Raum, dessen Fenster weit geöffnet war. In der Fensternische saß ein großer, kräftig gebauter Mann von etwa dreißig Jahren, angetan mit Pelz besetzter Kleidung, um den Hals eine fein geschmiedete Goldkette, an seiner Seite ein Degen in reich verzierter Scheide. Mit seinen großen dunklen Augen schaute er melancholisch zum Fenster hinaus. In weite Ferne schien er zu blicken, obwohl es vor dem Fenster nicht viel zu sehen gab: Die Schmiecha plätscherte hinter dem Bären vorbei, an ihren Ufern Nesseln, Brombeeren und wildes Weidengewucher. Sein Ellbogen war auf den Fenstersims gestützt, die Hand hielt er nachdenklich sinnend am Kinn.

Das musste der Gesuchte sein, Friedrich von Westerstetten. Seine ganze Erscheinung hatte etwas Achtung Gebietendes. Vor allem seine Körperhaltung wie auch der in die Ferne gerichtete Blick bewirkten, dass der Pfarrer stehen blieb und es nicht wagte, den Adeligen anzusprechen. Auch der Wirt war verstummt, und nicht nur das: Er hatte sich zurückgezogen. Pfarrer Hergenroth hätte mehrere Vaterunser beten können, bevor der junge Adelige den Blick vom Fenster wandte und auf ihn richtete. Neugierig musterte er den Eindringling, der es gewagt hatte, ihn beim Nachdenken zu stören.

„Ihr seid Kleriker, stimmt's?“ fragte er schließlich mit freundlicher Stimme. „Ihr habt Recht, hoher Herr“, antwortete Hergenroth ehrerbietig, „entschuldigt, dass ich Euch hier störe. Ich komme mit einem wichtigen Anliegen.“ Der Blick aus den großen dunklen Augen wurde intensiver. „Und das wäre?“ Der Tailfinger Pfarrer begann zu erzählen: Von der Ermordung der Äbtissin. Von seinem Auftrag als Vize-Decanus, den Mörder zu suchen. Von seinen Gesprächen mit dem Steinbruchbesitzer, dem Maurer und dem Schneider. „Hans Kantengießer, den Schultheiß von Ebingen, den habe ich noch nicht besucht. Und meinen Vorgesetzten, den Herrn Dekan, den muss ich auch noch sprechen.“

Damit schloss Hergenroth seinen Bericht und schaute den Adeligen erwartungsvoll an. Dieser hatte aufmerksam zugehört. Seine klugen schwarzen Augen klebten förmlich am Mund des Tailfinger Pfarrers. „Auf einen Besuch beim Schultheiß kannst du verzichten, Pfaff. Bei dem war ich schon selbst. Ein Biedermann, ein wenig beschränkt, wie alle diese Tintenkleckser, aber aufrichtig und ehrlich. Einer von den Leuten, denen man ansieht, wenn sie lügen. Ganz im Gegensatz zu deinem Vorgesetzten, Pfaff. Der ist mit allen Wassern gewaschen und mit allen Hunden gehetzt. Da staunst du, Pfaff! Aber ich weiß, wovon ich rede: Meine Familie ist mit den Tierbergern versippt. Dein Dekan ist aus einer sehr kurzen Verbindung meines Onkels mit einer Dienstmagd hervorgegangen. Übelwollende Mitglieder meiner Familie erzählen, er sei auf der Kellertreppe des Lautlinger Schlosses entstanden. Sämtliche schlechte Eigenschaften hat er von seiner liederlichen Mutter geerbt: Wenn er nur den Mund aufmacht, so lügt er wie gedruckt. Ich würde nie ein Pferd bei ihm kaufen: Er würde sogar seine eigene Großmutter betrügen.“ An dieser Stelle hielt Friedrich von Westerstetten inne. Nach kurzen Sinnen fuhr er fort. „Einen Mord würde ich ihm durchaus zutrauen.“

Hergenroth bekam eine Gänsehaut, als er das hörte. Er konnte den Tierberger ja nicht gerade gut leiden, aber für derart schlecht hätte er seinen Dekan doch nicht gehalten! „Wirklich?“ brachte er schließlich heraus, und nach einigem Zögern setzte er hinzu: „Aber welchen Grund könnte er haben, die Äbtissin zu ermorden?“ Friedrich von Westerstetten runzelte die Stirn. „Was weiß ich“, entgegnete er unwirsch, „Gründe gibt es immer!“

„Vielleicht hat sie ihm von ihren Büchern erzählt. Sie besaß nämlich eine stattliche Anzahl häretischer Bücher, müsst Ihr wissen. Und er drohte dann vielleicht, sie vor die Inquisition zu bringen. Da drohte sie ihm zurück – sie würde dann öffentlich machen, was er mit ihr getrieben hat. Da gab es dann nur noch Eines: Sie zu ermorden. So könnte es doch vielleicht gewesen sein, oder, was meint Ihr, hoher Herr?“ Der Angeredete war nicht sehr überzeugt von Hergenroths Vermutung. „Deine Vorstellungskraft ist bewundernswert, Pfaff. Was macht dich da so sicher? Es könnte aber auch vollkommen anders gewesen sein!“

Dem konnte der Tailfinger nicht widersprechen. Er kratzte sich nachdenklich hinter dem Ohr. „Wie dem auch sei“, sagte er nach einigen Augenblicken des Kratzens. Und während er solchermaßen beschäftigt war, kramte er in seinem Beutel. „Hier ist noch etwas anderes. Schaut mal!“ Er legte einen roten Stofffetzen auf den Fenstersims neben dem Ritter, zusammen mit zwei eckigen Hirschhornknöpfen. „Das gab mir ein Krüppel im Spital. Er fand es in der Nonnenstube. Dieser Krüppel ist Zeuge der Tat.“ Erstaunt zog Friedrich von Westerstetten die Augenbrauen hoch; seine an sich schon großen, dunklen Augen schienen jetzt noch größer. „Heilige Mutter Gottes! Sieh mal einer an! Pfaff, warum hast du mir das nicht gleich gezeigt?“ Hergenroth fühlte, dass er eine Antwort schuldig bleiben musste. „Das frage ich mich nun ebenfalls“, antwortete er. Der Ritter ging auf diese wenig hilfreiche Antwort nicht ein. „Dieser Krüppel“, meinte er beim Betrachten von Stoff und Knöpfen, „ du hast ihn doch sicherlich ausgefragt?“ „Das ging nicht, hoher Herr“, erwiderte der Geistliche, „der Krüppel kann nicht sprechen. Er ist stumm. Das Gericht wird ihn bestimmt nicht als Zeugen akzeptieren. Aber er ist trotz seiner Behinderung nicht auf den Kopf gefallen. Er hat mir ein kleines Theaterstück vorgespielt. Es gab einen recht heftigen Zweikampf, bevor der Mörder zustechen konnte.“

Der Ritter nahm Knöpfe und Stoff in die Hand. Seine Augen schienen jede Kleinigkeit der dargereichten Gegenstände genauestens zu analysieren. „Ich werde das behalten“, meinte er mit einer Stimme, die keinen Widerspruch duldete. „Du bist sicher einverstanden, Pfaff“, setzte er etwas milder hinzu und steckte alles in eine Tasche im Innern seines Wamses.

Da gibt es nicht mehr viel zu reden, dachte Hergenroth. Eine Sache lag ihm allerdings noch auf dem Herzen. „Wenn Ihr den Mörder findet, hoher Herr, was werdet Ihr mit ihm tun?“

Friedrich von Westerstetten lächelte. „Wer auch immer der Mörder meiner Schwester ist, der Kaufmann, der Maurer, der Schneider, der Dekan oder sonst einer. Er wird weder gefoltert noch verbrannt. Aber eine gerechte Strafe erhält er. Auch ohne Gericht. Das verspreche ich dir.“

23

„Das ging ordentlich daneben, mein lieber Ambrosius. Nimm aber erst mal einen Schluck. Prosit!“ Der Herr Dekan hatte in seiner Studierstube einen Humpen Rotwein nebst zwei zinnernen Bechern bereit stehen, denn ganz trocken wollte er dieses Gespräch mit seinem Stellvertreter nicht führen. Nachdem er selbst ausgiebig dem süffigen Rebensaft zugesprochen hatte, setzte er den Becher ab und wischte sich den Mund. „So kenne ich dich ja gar nicht. Du hättest diesen Prediger auf dem Marktplatz nicht in Schutz nehmen dürfen.“ Sie schauten sich an, Dekan und Vizedekan, und maßen sich mit kalten Blicken. Beide wussten, dass ein unangenehmes Gespräch anstand. Wohl das unangenehmste, das sie bisher miteinander hatten. Hergenroth hielt das nicht lange aus. Wie ein schmollendes Kind schob er trotzig die Unterlippe vor und schwieg. Dekan Tierberger sah, dass er so kein Gespräch in Gang bringen konnte. Er setzte sich deshalb ein gequältes Lächeln auf. „Aber vergiss das Trinken nicht! Prosit!“

Der Tailfinger Pfarrer nahm nun seinerseits einen kräftigen Schluck. Er hielt es zwar viel lieber mit einem nicht allzu räsen Most, musste sich aber zugestehen, dass dieser Wein durchaus seine Qualitäten hatte. Er war besser als der, welcher vor zwei Tagen zu seiner Begrüßung kredenzt worden war. Nun endlich wandte sich der Dekan dem Gegenstand zu, dessentwegen er den Pfarrer von Tailfingen hatte herbestellen lassen. „Nun erzähl mal, mein lieber Ambrosius, was du alles herausgefunden hast in den letzten beiden Tagen. Ich bin sehr gespannt.“

Hergenroth zauderte. Nicht nur, dass er bemerkte, wie ihm der schwere, süße Rebensaft ziemlich schnell in den Kopf stieg. Nein, er war sich unschlüssig, ob er alles offen legen sollte. Oder vielleicht besser einige Einzelheiten für sich behalten. Zum Beispiel den Besuch des Dekans bei der Äbtissin. Oder auch die vielen ketzerischen Bücher in deren Bibliothek. Oder seine Begegnung mit Friedrich von Westerstetten. Eigentlich hatte er keinen Grund, all das zu verschweigen. Aber irgendetwas hielt ihn davon ab. Er erzählte also von seinem Besuch im Spital, von dem taubstummen Krüppel, von den Knöpfen und dem Fetzen Stoff aus dem Gewand des Mörders. Tierberger lehnte sich in seinem Sessel zurück, schlug die Beine übereinander, fasste sich am Kinn und zog immer wieder erstaunt die Augenbrauen hoch. Als der Pfarrer von Tailfingen den Krüppel erwähnte, verschluckte sich Tierberger heftig. Hergenroth hielt dies für einen Zufall.

Und als er von seinem Besuch im Kloster von Margrethausen zu berichten begann, da wurde der Dekan sichtlich unruhig. Sein Hintern fing an, nervös herumzuwippeln; seine Finger trommelten in hektischem Rhythmus auf die Tischplatte. Ambrosius Hergenroth hatte durchaus den Eindruck, dass der Dekan sich fürchtete. Davor, dass sein Vizedekan ihm auf die Schliche gekommen war. Tierberger beruhigte sich jedoch, sobald Hergenroth von seinem theologischen Gespräch mit der jungen Nonne berichtete, ja, für einen kurzen Augenblick huschte ein Lächeln über seine Gesichtszüge. „Sie hat sich wohl sehr um dich gekümmert, diese Genovefa“, meinte er angelegentlich. Was Hergenroth nur bestätigen konnte. Wobei er nun seinerseits ein leichtes Lächeln nicht unterdrücken konnte.

„In letzter Zeit hatte die Äbtissin mehrere Männer aus Ebingen bei sich zu Gast“, fuhr Hergenroth fort, nun wieder ernst, und beobachtete Tierberger scharf. Der Dekan zeigte jedoch keine vermehrte Nervosität. Bis auf seine Lippen. Die waren nun fest aufeinander gepresst. Hergenroth war sich unschlüssig, wie er anfangen sollte. Schaute erst mal auf den Boden und schwieg. „Ja?“ unterbrach Tierberger schließlich die spannungsvolle Stille. „Die junge Nonne nannte Veit Aberlin, den Kaufmann. Und Balthasar Lusch, den Maurer. Und Bastian Engrich, den Schneider.“ Tierberger hob die Brauen. Der Tailfinger Pfarrer hatte den Eindruck als wäre er erleichtert. „Und? Hast du mit ihnen gesprochen?“ „Ja“, antwortete Hergenroth, „und jeder von ihnen hat einen handfesten Grund, die Äbtissin aus dem Weg zu räumen. Der Aberlin besitzt ja den Steinbruch oben an dem Weg nach Meßstetten. Er und der Maurer Lusch betrügen die Stadt. Sie stellen wesentlich mehr Steine in Rechnung als sie tatsächlich liefern. Die Äbtissin könnte dahinter gekommen sein. Der Kaufmann hat es vielleicht auch mit der Äbtissin getrieben. Und Lusch, der Maurer, der sowieso – seine Frau wirft ihm vor, er habe die Äbtissin geschwängert. Der Schneider tat das wohl weniger. Er ist schwul und stellt seinem Lehrbuben nach. Dieser Lehrbub war übrigens auch schon bei der Äbtissin. Er hat mir erzählt, sie habe ihn in die Geheimnisse der Liebe eingeführt. Vielleicht hat der Schneider davon erfahren und ist jetzt eifersüchtig. Aber das mit dem Schneider und dem Jungen, das ist nicht gut. Wir sollten ihm eine neue Lehrstelle besorgen. Meinst du, mein lieber Johannes, dass einer von den Dreien als Mörder in Frage kommt?“

„Mmmmh“, antwortete dieser. „In der Tat hat jeder von ihnen einen handfesten Grund, die Äbtissin zu ermorden. Du musst nun herausfinden, wo sie in der Mordnacht waren. Wenn du mich fragst: Ich denke, es war der Schneider. Aber dann ist da ja noch dieser rote Mantel. Da gibt es viele davon. Deshalb halte ich ihn für vollkommen unwichtig. Aber sag – hat die junge Nonne nur diese drei Namen genannt? Waren da nicht noch mehr?“ Ambrosius Hergenroth fühlte sich ertappt und spürte, wie ihm die Röte von den Ohren her ins Gesicht kroch. „Mmmmh“ brummte er nun seinerseits. Er konnte sich einfach nicht entscheiden. Sollte er oder sollte er nicht? Vielleicht half da ein Schluck von diesem Wein.

Er hatte den Becher noch nicht abgesetzt, da ergriff Johann Tierberger selbst das Wort. „Die junge Nonne wird sicherlich auch meinen Namen genannt haben.“ Zwei Gedanken schossen dem Tailfinger Seelenhirten nun fast gleichzeitig durch den Kopf: Der erste war aus Ärger geboren und drängte ihn zu einem unwirschen „warum hast du das nicht schon früher gesagt“. Der zweite Gedanke folgte dem ersten um den unwesentlichen Bruchteil eines Augenblicks, er war aus Vernunft geboren und stellte fest, dass es töricht war, dem Ärger nachzugeben. Als Folge dieser beiden Gedanken brachte Ambrosius Hergenroth nicht mehr heraus als ein etwas dümmliches „ah ja?“

Tierberger suchte seine Verlegenheit nun seinerseits mit einem überaus kräftigen Schluck zu ertränken. „Wahrscheinlich hast du damit gerechnet, dass ich so was sage. Oder nicht?“ Nun war es an Hergenroth, verlegen zu sein. Er nahm ebenfalls einen großen Schluck, und, weil ihm nicht sofort eine Antwort einfiel, noch einen weiteren. „Nun ja“, brachte er schließlich heraus, „ich musste mit so etwas rechnen.“ Der Wein wirkte spürbar stärker als der Most, den er von seinem Pfarrsitz in Tailfingen gewohnt war. Die Gedanken, eben noch scharf und klar vorhanden, wollten sich nun plötzlich nicht mehr so richtig einstellen. Es erforderte eine mächtige Anspannung von Willenskraft, bis der eine oder andere ihm wieder zur Verfügung stand. „Wenn du mich schon mit der Aufklärung dieser Mordtat beauftragt hast, mein lieber Johannes, dann solltest du mir doch einige weitere Einzelheiten erzählen. Findest du nicht?“

„Du hast ja Recht, Ambrosius, du hast ja Recht!“ Tierberger griff nach dem Krug, um seinen Becher wieder zu füllen, aber er traf den Becher nicht ganz, so dass sich eine Pfütze auf dem Tisch bildete. Tu quoque, dachte Hergenroth und ein leichter Anflug von Schadenfreude breitete ich über sein Gemüt, auch du, mein Freund und Dekan, auch du bist vor den Fährnissen des Alkohols nicht gefeit!

Dekan Tierberger holte tief Luft. Nach einer kleinen Pause begann er zu hüsteln. Es dauerte anschließend mindestens ein halbes Vaterunser lang, bis er sich zu sprechen entschloss. „Eigentlich hatt ich's mir schon lange gedacht, dass da etwas faul ist, mit der Äbtissin. Du weißt ja selbst, wie das ist, mein lieber Ambrosius: Man ist Seelsorger. Man hat eine Verantwortung. Wie steht doch beim Evangelisten Johannes geschrieben: 'Ego sum pastor bonus. Pastor bonus animam suam dat pro ovibus suis.' Wenn also schon unser Herr Jesus seine Seele gibt für seine Schafe, dann sind doch wir ebenfalls gerufen, das Unsere zu tun, um eine arme Seele zu retten. Und das gilt selbstverständlich auch für mich.“ An dieser Stelle legte Johannes Tierberger den Kopf schief und verdrehte die Augen, wodurch er offensichtlich die tiefe Ernsthaftigkeit seiner frommen Denkungsart zum Ausdruck bringen wollte. Reichlich übertrieben, wie Pfarrer Hergenroth dachte, ein paar Unzen zu viel des Guten.

„Was hab ich auf sie eingeredet, auf diese störrische Mechthild von Westerstetten, du kannst dir das nicht vorstellen! Alle Register hab ich gezogen, all meine Gelehrsamkeit ausgepackt, alle Mittel der Redekunst praktiziert." Er machte abermals eine kleine Pause, nahm einen mächtig großen Schluck Wein, holte wie zuvor schon tief Luft und seufzte. Seufzte dermaßen theatralisch und laut, dass der Pfarrer von Tailfingen ein Lächeln unterdrücken musste.

„Und was ist der Erfolg? Was, mein lieber Ambrosius, was meinst du?" Nun fing er an, großartig mit den Armen herumzufuchteln. „Nichts! Nichts! Rein gar nichts! Eine vollkommen verstockte Sünderin! Man konnte ihr einfach nicht helfen! Seit diesem Besuch habe ich sie abgeschrieben. Da gibt es wirklich nichts mehr zu retten. Aus und vorbei. In die Hölle wird sie fahren nach dem Jüngsten Gericht." Wieder hielt er inne, seufzte von Neuem und bedeckte sein Gesicht mit den Händen, zum Ausdruck tiefster, mitfühlender Trauer. „Trotzdem, mein lieber Bruder im Herrn. Trotzdem sollten wir nun gemeinsam für ihre arme Seele beten."

Damit hatte Tierberger nach Hergenroths Dafürhalten den Bogen eindeutig überspannt. Widersprechen konnte er seinem Vorgesetzten in dieser Situation allerdings nicht; ein gemeinsames Gebet zu verweigern, das wäre einem Geistlichen schlechterdings unmöglich gewesen – so besann er sich trotz seines hohen Alkoholpegels rasch eines Andern. „Wie wäre es mit einer Seelmesse für die Äbtissin, Gott sei ihr gnädig? Vielleicht gleich morgen früh?" Verblüfft nahm der Dekan die Hände vom Gesicht. Wie ertappt schaute er seinem Vizedekan in die Augen. „Seelmesse?" kam es stockend aus ihm heraus, „morgen früh?" Er hüstelte, füllte seinen Zinnbecher und nahm erst mal einen gewaltigen Schluck. „Morgen früh – äh – was für ein großartiger Gedanke, mein lieber Ambrosius! Aber ich fürchte, das geht nicht. Die mannigfaltigen Geschäfte eines Dekans, du weißt schon. Da gibt es eine wichtige Sache zu regeln – äh – in Gosheim, glaube ich. Aufschub ist nicht möglich. Und meine Anwesenheit unerlässlich. Ich habe einen schweren Tag vor mir."

Hergenroth unterdrückte ein Stirnrunzeln: Gosheim? Im hintersten Winkel des Landkapitels gelegen? Und das wollte dieser alte Mann mit Krückstock bewerkstelligen? Er glaubte dem Tierberger kein

Wort. „Da hast du dir ordentlich was vorgenommen, morgen früh“, bemerkte er zurückhaltend. Tierberger nickte und schaute mit gekonnt leidgeprüftem Blick zu Boden. „Ja, das habe ich. Aber was soll's: die Pflicht. Zelus domus Domini comedit me, du kennst das ja selbst: Der Eifer für das Haus des Herrn verbrennt mich. – Aber sag, Ambrosius, wie geht es deinen Kindern?“ Erleichtert goss sich Hergenroth nach und genehmigte sich einen Riesenschluck. Das unangenehme Thema war nun endlich vom Tisch.

Aber trotzdem: Für einen derart dreisten Lügner hatte er seinen Vorgesetzten wahrhaftig nicht gehalten!

24

Ambrosius Hergenroth war von seiner dritten Nacht in Ebingen fast so enttäuscht wie von der zweiten. Eigentlich grundlos, wie er sich hätte zugeben müssen, wenn er ganz ehrlich zu sich selber hätte sein können. Aber das war in diesem speziellen Punkt eben schlechterdings nicht möglich. Es ging nämlich um Margret, die Köchin des Dekans. Beim Einschlafen war sie zwar zu ihm unter die Bettdecke geschlüpft, aber kaum war die erste Welle der Lust über ihre Körper hinweg gerauscht, da war sie geräuschlos und flink aus dem Bett geglitten – „oh je!“ hatte sie noch geflüstert, „bei der Guten Beth von Reute! Fast hätt ich's vergessen! Ich kann meinen Herrn doch nicht immer alleine schlafen lassen!“

Bei der Morgensupp saß der Dekan selbstverständlich mit am Tisch. Die trauliche Atmosphäre des vorigen Morgens konnte deshalb einfach nicht aufkommen. Er fühlte sich unwohl. Fehl am Platz. Und überhaupt: Was sollte er hier noch? Sollten sie doch mit dem Schneider machen, was sie wollten! Er beschloss deshalb, noch am selben Vormittag wieder nach Tailfingen zurückzukehren, um dort nach dem Rechten zu sehen. Als er das Pfarrhaus verlassen wollte, war Margret ihm nachgeeilt. Sie hatte ihn unter der Haustür inniglich gedrückt und ihm ihre Zunge ganz tief in den Mund gesteckt. Seinen Entschluss änderte er aber deshalb trotzdem nicht. Vor dem innigen Turteln hatte sie sich jedoch sorgfältig umgesehen. Offensichtlich, weil sie von ihrem Dienstherrn bei diesem Abschied nicht gesehen werden wollte. „Willst du nicht noch eine Nacht bleiben?", bettelte sie, „morgen ist Markttag! Sankt Gallenmarkt!" Sie musste aber einsehen, dass ihr Betteln erfolglos war. Er drehte sich um und ging. „Komm bald wieder, Ambros!" hatte sie ihm noch nachgerufen.

Auf dem Weg nach Tailfingen wollte er der Frau im Felsenmeer einen kleinen Besuch abstatten. An die hellgelben Blitze dachte er. An die goldenen Funken. Und an die vielfarbigen Wagenräder ebenfalls. Er lenkte deshalb seine Schritte an Truchtelfingen vorbei zum Braunhardsberg Richtung Felsenmeer. Wie immer fand er sich zwischen den bemoosten, mannshohen Felsblöcken nicht zurecht: Einer sah aus wie der andere, und irgendwo dazwischen musste die Behausung der Alten zu finden sein.

Während er mehr oder weniger ziellos zwischen den Felsen herum irrte, hörte er hinter sich eine angenehm rauchige Frauenstimme. „Hier bin ich, Ambros!" Pfarrer Hergenroth drehte sich um. Vor ihm stand die Frau mit dem grauen Kopftuch und dem graubraunen Umhang und schaute ihn mit ihren ausdrucksvollen, braunen Augen freundlich an. In ihre Freundlichkeit schien eine kleine Menge Spott gemischt zu sein. „Du hast es aber nicht sehr lange bei den Ebingern ausgehalten! Du bist nach all den Jahren wohl schon ein richtiger Tailfinger geworden. Die meisten Tailfinger kriegen nämlich schon das Heimweh, wenn sie nur in Ebingen sind." Hergenroth öffnete den Mund, um zu antworten. Bevor er noch einen Ton sagen konnte, ertönte ein „Komm!", das keinen Widerspruch duldete. Sie hatte sich umgedreht und war vorausgegangen.

In ihrer Bleibe angekommen, setzten sich beide hin, wie immer, wenn er sie besuchte. „Ich weiß, warum du gekommen bist, Ambros. Erst einmal, weil du mit mir schlafen willst. Aber da hast du Pech. Heut wird da nichts draus. Ich brauch einen Mann höchstens einmal im Monat, wie du weißt. Mehr ist mir einfach zu viel. Das nächste Mal wieder, versprochen. Aber was war dein zweiter Grund? Nachfolger des Dekans in Ebingen, das war wohl nichts?" Hergenroth schluckte. Die Alte war wirklich eine außergewöhnlich kluge Person. Er fing an zu erzählen; es sprudelte nur so aus ihm heraus. Dass die Äbtissin von Margrethausen ermordet wurde. Was die Alte natürlich schon wusste. Dass der

Dekan die Aufklärung des Mords an sich gezogen hatte, aber gar nicht daran interessiert war, den Mörder wirklich zu finden. Dass der Dekan ihn, Pfarrer Hergenroth, dazu ausersehen hatte, den Mord an der Äbtissin aufzuklären, aber nur deshalb, weil er ihn für einen weltfremden Träumer hielt. „Da haben sie dich zum Hanswurst gemacht“, kommentierte die Alte. Nicht abschätzig, sondern mitfühlend. Und weiter erzählte der Pfarrer: Gerade deswegen, weil er, Hergenroth, so hanswurstig wirkte, glaubte der Dekan, ihn auf eine falsche Fährte locken zu können: So schien es der Dekan sich in den Kopf gesetzt zu haben, den Schneider Bastian Engrich an den Galgen zu bringen.

An diesem Punkt unterbrach ihn die Alte: „Halt! Woher willst du wissen, dass der Schneider unschuldig ist?“ – „Das weiß ich von dem Krüppel; von dem Krüppel im Spital, dem kleinen, mit der Glatze. Er kann zwar nicht sprechen, aber –“ „du meinst bestimmt Nikodemus! Das ist ein ganz lieber Kerl! Wenn man mal verstanden hat, was er mit seinem Fuchteln und Hopsen ausdrücken will, kann man sich ganz gut mit ihm, nun ja, unterhalten ist ein wenig zu viel gesagt.“ „Nikodemus ist Zeuge. Er war dabei, als die Äbtissin ermordet wurde, hinter einem Vorhang versteckt. Von ihm weiß ich, dass der Mörder ein stattliches Mannsbild war. So hab ich sein Mienenspiel jedenfalls verstanden. Der Schneider dagegen ist ein recht mickriges Männlein. Er kann es also nicht gewesen sein. Und noch mehr: Die Äbtissin hat sich kräftig gewehrt. Sie hat dem Mörder ein Stück Stoff aus seinem Wams gerissen. Ein Stück Stoff mit zwei Knöpfen dran.“ Die Alte hob die Augenbrauen. „Da schau mal an! Jetzt musst du nur noch das Wams dazu finden! Und seinen Besitzer!“ Sie unterbrach sich, dachte nach und schien unschlüssig, was sie nun sagen sollte. Nach einigen Augenblicken hatte sie sich entschieden. „Ich kenne da ein Mannsbild. Der ist verrückt nach schreiend roten Kleidern. Es ist – wenn mir jetzt nur einfallen würde, wer es ist.“

Aber Pfarrer Hergenroth war noch nicht fertig mit seiner Geschichte. Er wusste auch von dem Prediger zu erzählen, der auf dem Ebinger Marktplatz vor dem Weltenende gewarnt hatte, dann von den beiden Männern, die ihn festhalten wollten, und schließlich davon, wie er diesen Prediger in Schutz genommen und ihn damit möglicherweise vor Schlimmerem bewahrt hatte. Diese beiden Männer, fügte er nach kurzem Nachdenken noch hinzu, hätten versucht, ihm auf dem Weg nach Margrethausen den Garaus zu machen. Nun war ihm wieder eingefallen, woher er die beiden kannte.

Die Alte hatte aufmerksam zugehört. Ihre großen, ausdrucksvollen Augen waren nicht von seinem Gesicht gewichen. „Das hört sich nicht sehr gut an, mein lieber Ambrosius! Kann der Mord an der Äbtissin mit diesen beiden Männern zusammenhängen?“ Nach einer kleinen Pause fand Hergenroth selbst eine Antwort: „Dass ich den Prediger in Schutz nahm, das gefiel ihnen überhaupt nicht.“ Er hatte noch nicht zu Ende geredet, da war ihm klar, dass er gar nicht auf ihre Frage eingegangen war. Sie wartete noch kurz, bevor sie weiter sprach. „Auf jeden Fall steckst du in der Scheiße. Ich werde mitkommen, wenn du wieder in die Stadt gehst. Und auf dich aufpassen. Ich denke doch, dass du wieder hingehst.“

Nun lehnte sie sich zurück und entspannte sich. Mit einem Lächeln erhob sie sich und zog sich ihr weites Gewand über den Kopf. Kaum hatte Hergenroth die kräftigen Schenkel gesehen, da pochte ihm auch schon das Blut in den Schläfen. Nach den Schenkeln wurde das haarige Dreieck sichtbar, danach der wohl gewölbte Bauch, und zu guter Letzt die üppigen, schwer hängenden Brüste, deren fast fingerdicke Warzen keck in die Luft ragten. „Was ist, Ambros? Auf, komm!“ „Ich – – ich“, begann er zu stammeln. Die Alte konnte leicht erraten, was er sagen wollte. Sie legte sich rücklings auf ihre Liegestatt und spreizte ihre fleischigen Beine. „Ich hab's mir eben anders überlegt. Auf, komm schon!“

Das laute Stöhnen einer jungen Frauenstimme ertönte aus seinem Schlafgemach, als er das Tailfinger Pfarrhaus betrat, begleitet vom rhythmischen Knarzen eines Bettgestells. Es erfüllte ihn mit Wut, dass sich jemand anmaßte, während seiner Abwesenheit seine Schlafstatt auf derart unverschämte Weise zu missbrauchen. „Was geht hier vor?“ brüllte er voll Zorn, und bewegte sich auf das Gemach zu, aus welchem die Geräusche kamen. Sie hörten auf, als er näher kam. In der Türöffnung stand Maria, seine älteste Tochter, nur mäßig durch ein Bettlaken verhüllt. „Schön, dass du wieder da bist, Paps“, sagte sie mit leicht gequältem Lächeln, „wir haben uns schon Sorgen gemacht – was war eigentlich los in Ebingen? Erzähl doch mal!“ Hergenroth überhörte die Frage.

Sein Zorn wurde noch größer angesichts dieser scheinheiligen Begrüßung. „wer ist der Kerl, der es da in meinem Bett treibt? Schaff ihn fort, auf der Stelle, hörst du? Sonst bring ich ihn um!“ „Jetzt reg dich doch nicht auf, Paps. Es ist überhaupt kein Kerl. Es ist der Vikar von Truchtelfingen. Er heißt Hermann und ist ganz, ganz lieb.“ Bei dem Wort „Hermann“ erschien derselbe hinter seiner Tochter, ebenfalls dürftig mit einem Bettlaken angetan, und schaute ihn verlegen an. „Gott zum Gruße, Hochwürden“, sagte er schüchtern, und ein verlegenes Lächeln breitete sich über sein schmales Milchbartgesicht. Er war nur wenige Jahre älter als seine Tochter, dazu bleichhäutig, schmächtig und hoch aufgeschossen. Die wenig muskulöse Statur des jungen Mannes, verbunden mit seiner Schüchternheit – beides zusammen stimmte Hergenroth versöhnlich. „Hermann hat heut früh schon die Messe gelesen. War das nicht nett von ihm? Chrosi konnte nicht. Er muss doch, äh, die Ziegen hüten.“ Während seine Tochter sprach, äugte Hergenroth nach Hermanns Körpermitte. Nach einem steifen Stachel hielt er Ausschau, doch alles, was er erblickte, war ein in sich zusammensinkendes Etwas von wenig bemerkenswerter Größe. Dies trug weiter dazu bei, dass sein Ärger dahinschmolz wie Butter an der Sonne.

„Gott zum Gruß, Hermann“, erwiderte Hergenroth die dargebotene Floskel, nun bereits deutlich freundlicher. „Nun zieht euch erst mal richtig an. Gibt es etwas zu essen in der Küche? Ich habe Hunger.“ Während Maria mit emsigem Klappern in der Küche hantierte, schaute sich Hergenroth im Pfarrhaus um. Nichts fehlte, stellte er wohlgefällig fest, alles befand sich an seinem angestammten Platz. Im Stall war es nicht anders: Die Tiere waren augenscheinlich gut versorgt. In der Scheune herrschte ebenfalls die gewohnte Ordnung.

Als er seinen Rundgang beendet hatte, betrat er die Küche, wo es angenehm nach gebratenem Speck roch. „Heute Mittag mache ich Linsen“, meinte seine Tochter, während sie energisch in der Pfanne herum rührte. Hergenroth lehnte sich in der Vorfreude dessen wohlig auf der Sitzbank zurück. Aber da war noch etwas anderes, fiel ihm ein. „Was ist mit den beiden Kleinen, mit Bärbel und Peter?“ Es war ihm klar, dass seine Älteste die Jüngeren weggeschickt hatte, um mit Hermann eine Weile ungestört zu sein. „Ach die – die sind beim Nachbarn.“

Zum Speck gab es Brot. Ganz frisches, weiches und appetitlich duftendes, das Maria offensichtlich erst am Vorabend gebacken hatte. Misstrauisch äugte er auf die andere Tischseite zu Hermann hinüber. Der hatte ebenfalls eine Portion Speck und einen Ranken Brot angeboten bekommen, aber er wollte von beidem nur eine kleinere Menge haben. Entweder ist er ein guter Schauspieler, dachte Hergenroth, oder er weiß wirklich, was sich gehört. „Introibo ad altare Dei", versuchte er, den Jüngling auf seine gottesdienstlichen Kenntnisse zu testen. „ad Deum qui laetificat juventutem meam" gab der Jüngling ohne zu zögern so korrekt wie pflichtschuldig zurück. Donnerwetter, dachte Hergenroth. „Mea culpa, mea culpa" – das war der zweite Test-Versuch des Tailfinger Pfarrers. „Mea maxima culpa", kam es von der anderen Tischseite augenblicklich zurück. Viel zu leicht, dachte Pfarrer Hergenroth, und kramte in seinem Hirnkasten nach etwas Schwererem. Und wenn er das nicht weiß, dann schmeiß ich ihn raus. „Gloria in excelsis Deo", baffte er schließlich und schaute dem Jungen streng ins Gesicht. „Et in terra pax hominibus bonae voluntatis", erwiderte der Junge. Hergenroth schluckte. Der Junge ist gut, musste er sich eingestehen. Besser als ich dachte. Es kostete ihn schon einige Überwindung, bis er sich eher mürrisch als halbwegs zufrieden die Finger leckte. „Von mir aus kannst du hier im Haus bei meiner Tochter bleiben", meinte er. „So lange ich hier bin, brauchst du in Tailfingen die Messe nicht zu lesen. Das mache ich selbst. Aber schau zu, dass du deine Messe in Truchtelfingen nicht versäumst."

Nach dem Mittagsmahl wollte Pfarrer Hergenroth seiner Lieblingsbeschäftigung frönen, nämlich mit einem Krüglein Most auf der Bank vor seinem Pfarrhaus zu sitzen und den fleißigen Bauersleuten in seiner Nachbarschaft bei der Arbeit zuzuschauen. Die beiden Tage in Ebingen hatte er diese entspannende Tätigkeit vermisst, und er musste sich eingestehen, dass er sich darauf gefreut hatte, und zwar von dem Zeitpunkt an, als er sich entschloss, wieder nach Tailfingen zurückzukehren.

Während er also auf seinem Bänklein saß und an seinem Krüglein schlürfte, dachte er daran, wie er damals zur Kirchweih mit seiner Apollonia den Hopser getanzt hatte. Ganz deutlich hatte er noch die Melodie im Ohr, obwohl das alles schon einige Jährchen her war: „Die flotte Kathrein" hieß der Hopser, und wie ihm die Erinnerung an die Töne das Ohr kitzelte, da fing er an, im Takt dazu mit dem Fuß zu wippen. Und er versuchte sich vorzustellen, wie es wäre, wenn er nun mit Margret den Hopser tanzen würde. Eine äußerst angenehme Vorstellung, musste er sich zugestehen, und seine Phantasie verstieg sich in schwelgerische Höhen: die dralle Margret am rauchigen Herd in der Küche des Tailfinger Pfarrhauses, emsig mit Küchenmesser und Rührlöffel zugange. Die dralle Margret bar jeder Kleidung im Bett des Tailfinger Pfarrherrn in heftiger Umarmung mit demselben. Ach, dachte er seufzend, es gibt so viele schöne Dinge auf der Welt. Nur können wir armen Menschen die meisten davon nicht haben. Wenn ich nur wüsste, wie ich dem Dekan seine Köchin abspenstig machen könnte. Er seufzte ein weiteres Mal, nun aber ganz tief. Nachdem die Sonne untergegangen war, wurde es in dem engen Einschnitt des Schmiechatals doch etwas kühl. Er stand auf und ging ins Pfarrhaus.

Die Margret musste er hierher bringen. Fragt sich nur wie.

Tam-tam-ta-tam. Da war er wieder, der Hopser mit Namen „Die flotte Kathrein“.

25

„Nadeln und Klufen! Ihr Leute, kommt und kauft! Haken und Haften! Nadeln und Klufen, wie man's zum Nähen allweil braucht!“ – „Heiße Speckkuchen! Versucht meine leckeren Speckkuchen! Die allerbesten Speckkuchen!“ – „Tretet näher, ihr Leute von Ebingen, tretet näher! Ich, der berühmte Doktor Bombastus, kuriere euch vom Zipperlein, von Pusteln und vom Bauchgrimmen!“ – „Süße Fladen! Noch nie habt ihr so süße Fladen gekostet, ihr Männer und Frauen! Süße Fladen!“

Es war unmöglich, sein eigenes Wort zu verstehen, so groß war das Geschrei, alle brüllten durcheinander, ein Höllenlärm ohnegleichen. Außerdem ein Geschiebe, Gedrücke und Gedränge sondergleichen: Massenweise Volks war da zugange, von Truchtelfingen und von Lautlingen waren sie da, auch von Burgfelden und Pfeffingen, des

Weiteren von Tailfingen und von Onstmettingen, aber auch von Laufen und von Margrethausen. Doch nicht nur von der näheren Umgebung waren die Bauersleute gekommen, um heute in der Stadt einzukaufen oder auch nur um sich umzuschauen. Von Bitz waren welche da und von Winterlingen, von Frommern und von Meßstetten, ja, es waren sogar einige von Balingen dabei: Jahrmarkt war in Ebingen, der Gallenmarkt am 16. Oktober. Man konnte kaum atmen bei dem dichten Gedränge auf dem Marktplatz, der die riesige Menge der Schaulustigen und der Kaufwilligen kaum fassen konnte; so reichten denn die Marktstände auch bis weit in die Seitengassen hinein.

Friedrich von Westerstetten war solch lebhaftes Treiben nicht gewohnt. Drum hatte er seine Wirtschaft in der unteren Vorstadt verlassen, war durch's untere Tor in die Stadt gekommen und hatte sich unter's Volk gemischt. Die Leute sahen an seiner Kleidung, dass er zu den Besseren gehörte, zu den Leuten von Stand, und suchten deshalb aus Respekt, ihm nicht zu nahe zu kommen. Was angesichts der allgemeinen Enge schlechterdings unmöglich war. Alles, was Bauersmann und Bauersfrau brauchen konnten, wurde hier mit lautem Geschrei angepriesen: Nähzeug und Borten, Gürtelschnallen und Federhüte, Fransen und Seidenstoffe, Lederbeutel und Handschuhe, Armreife und Halsketten. Daneben kam aber auch das leibliche Wohl nicht zu kurz: Gebackenes und Gesottenes gab es hier zu kaufen, Geschmälztes und Gekochtes, Gebratenes und Gebrautes. Dazwischen suchten einige Wahrsager, Gaukler und Quacksalber die allgemeine Aufmerksamkeit auf sich zu ziehen. An einer Stelle gab es überhaupt kein Durchkommen: Dort zeigte ein Feuerschlucker seine Künste, der sich nicht nur brennende Fackeln in den Rachen stieß (wie Friedrich von Westerstetten vermutete, denn sehen konnte er das bei diesem Gewühl nicht), sondern auch klafterhohe Flammen gen Himmel blies, und die waren über die Köpfe hinweg leicht wahrzunehmen. „Er heißt El Fuego, er ist der beste!“ hörte er jemand sagen.

Die Neugier hatte ihn vollkommen in ihrer Gewalt. Deshalb schob er sich geduldig durch das Gedränge von einem Verkaufsstand zum andern, um zu sehen, was es da so alles gab. Etwas zu kaufen beabsichtigte er eigentlich nicht; bisher hatte er sich nur einen Speckkuchen gegönnt, und weil dieser ihm so ausnehmend rasch im Magen verschwand und seinen Speichelfluss aufs Höchste in

Gang gesetzt hatte, da war er immer wieder zu dem Stand mit den Speckküchlein zurückgekehrt und hatte sich ein weiteres gegönnt. Und noch ein weiteres. Und noch eins. Die Dinger waren eben einfach lecker. Er setzte seinen Erkundungsbummel erst wieder fort, als sich bei ihm ob der zahlreichen Speckfladen ein Gefühl leichten Unwohlseins einstellte. Dieses leichte Unwohlsein glaubte er kurieren zu können mit einem kräftigen Trunk, und die nächste trinkbare Flüssigkeit, die in einer der zahllosen Marktständen feil geboten wurde, das war ein mäßig heißer Kräuterwein, den er in viel zu großer Menge in sich hineinschlürfte. Ein wirklich wohlmundendes Gesöff, dachte er zufrieden, aber er merkte dabei nicht, wie der Trunk ihm die Sinne allmählich und ganz leicht benebelte.

Da fiel ihm ein, dass er Weib und Kind mit einem kleinen Mitbringsel erfreuen könnte, war er nun doch schon mehrere Wochen weg von seiner Familie. Schmuck und Spielzeug, danach schaute er jetzt, als er sich nun mit festem Ziel durch die Menge schob. Feine bunte Schleier wurden an einem Stand feil gehalten. Sie kosteten nur zwei Kreuzer das Stück; hocherfreut griff er zu, und dachte nicht daran, dass bei diesem geringen Preis der Stoff wohl bald zerreißen würde. Weiter ging's: Er kam vorbei an einem Stand mit Rosenkränzen und Muttergottes-Anhängern, es folgte einer mit Salben und Tinkturen, danach war er eingeladen, sich aus der Hand lesen zu lassen.

Zweimal hatte er schon die Runde gemacht und dachte allmählich daran, dem bunten Treiben wieder den Rücken zu kehren. Da bemerkte er, dass er die Stände in einer der verwinkelten Gassen abseits des Marktplatzes noch nicht inspiziert hatte. Dort schien ihm auch das Gedränge nicht gar so groß. In dieser Ecke hatten sich Händler zusammengefunden, die alles feil hielten, was man so zur Herstellung von Kleidern benötigte: Schleifen und Borten, Federn und Kettchen, Häkchen und Nadeln, Scheren und Knöpfe. Knöpfe über Knöpfe. Ein Händler hatte sie in großer Zahl auf großen Brettern festgenäht, und Friedrich von Westerstetten musste ob ihrer überreichen Vielfalt schmunzeln: längliche und runde, helle und dunkle, raue und glatte, gläserne und hölzerne, dicke und flache, solche aus Eberzahn und solche aus Knochen, wieder andere aus Messing oder aus Speckstein. Er konnte sich einfach nicht sattsehen.

Er mochte wohl eine längere Zeitspanne vor diesem Knopf-Stand gestanden haben, bis eine Wolke vom übernächsten Stand zu ihm herüberwaberte: Der Duft von Griebenschmalz stieg ihm in die Nase. Griebenschmalz! Das Wasser lief ihm im Munde zusammen; von den Knöpfen hatte er nun genug. Mit einem augenblicklich erstandenen Griebenschmalzbrot in der Hand schlenderte er einen Stand weiter, wo das Gedränge besonders groß war. Er schluckte den letzten Rest seines Schmalzbrots hinunter und schob sich durch die Menge. Da er groß und kräftig war, gelang ihm das ohne viel Mühe. Dabei kam ihm auch zupass, dass er an seiner vornehmen Kleidung als Standesperson zu erkennen war, weshalb sich das Volk ihm nicht allzu sehr in den Weg stellte. Dergestalt erkannte er schon bald, dass an diesem Stand allerlei Haushalts-Utensilien angeboten wurden, die schon einmal in Gebrauch waren und deshalb wegen ihres geringen Preises die allgemeine Aufmerksamkeit auf sich zogen.

Krüge, Teller und Becher sah er da, als er schließlich nahe genug an den Stand herangekommen war, alles herrlich wirr durcheinander, außerdem in bunter Folge Büchsen, Dosen und Flaschen, des Weiteren Gürtel, Handschuhe und Lederbeutel, und dazwischen immer wieder eingestreut Schuhwerk, Bänder und Strümpfe. Und in einer Ecke eine kleine Sammlung von Knöpfen, die er sich etwas näher ansehen wollte. Und wie er sich vorbeugte, um sie genauer betrachten zu können, da wurde ihm plötzlich ganz trocken im Mund. Hatte ihm da vielleicht der Kräuterwein die Sinne verwirrt? Er schloss die Augen, rieb sich das Gesicht und schaute dann noch einmal hin: Nein, da waren sie immer noch. Diese viereckigen Hirschhornknöpfe.

Dieselbe Sorte, wie sie der Tailfinger Pfarrer ihm gegeben hatte! Friedrich von Westerstetten begann zu zittern: Er fühlte sich dem Mörder seiner Schwester dicht auf den Fersen. „Diese Knöpfe!“ brüllte er außer sich vor Erregung, „Weib, wo hast du diese Knöpfe her?“ Die Marktfrau an diesem Stand – eine rothaarige, dickliche Matrone mittleren Alters – war gerade in ein Verkaufsgespräch vertieft und wollte sich nicht unterbrechen lassen. „Regt Euch nicht auf, hoher Herr, das sind nur ganz gewöhnliche Knöpfe. – Hans!“ rief sie mit unüberhörbarer Lautstärke und drehte sich zur Seite. Sie meinte damit wohl ihren Mann. „Hans, kommst du mal her! – Also gute Frau“, fuhr sie in dem zuvor gebrauchten, gackernden Plauderton mit ihrem Verkaufsgespräch fort, „dieser Zinnkrug, der ist doch auf jeden Fall seine fünfzig Kreuzer wert. Gut, in Ordnung, von mir aus fünfundvierzig, aber keinen einzigen Kreuzer weniger!“

Inzwischen war der Gerufene auf der Bildfläche erschienen, kleiner als seine Frau, rundlich wie diese, im Gegensatz zu ihr aber legte er kaum Wert auf ein gepflegtes Äußeres: Unrasiert kam er daher und mit zerzaustem Haar, das ihm spannenweit wie ein Strahlenkranz vom Kopf stand. Mit einer angedeuteten Verbeugung näherte er sich. „Euer Wunsch, hoher Herr?“ „Diese Knöpfe hier, von wem hast du sie?“ Der Händler kratzte sich verlegen an seinem Stoppelkinn. „Entschuldigt, hoher Herr, entschuldigt viel tausend Mal, aber das ist unmöglich. Bei unseren Geschäften darf man auf keinen Fall die Herkunft einer Ware nennen. Sonst könnte ja jeder dorthin gehen und die Sachen selber viel billiger kaufen. Ihr versteht mich doch, hoher Herr?“ Friedrich von Westerstetten begann die Geduld zu verlieren. Über den Tisch mit den ausgebreiteten Waren hinweg griff er nach dem Hals des Händlers und brüllte: „Von wem, hörst du! Von wem, will ich wissen!“ Der Adelige hatte Hans den Händler auch gleich richtig an der Gurgel erwischt und drückte nun kräftig zu. Während der Händler ein gurgelndes Stöhnen von sich gab und sich von diesem eisernen Würgegriff zu befreien suchte, begannen die umstehenden Frauen zu kreischen und die Männer mehr oder weniger laut zu grummeln.

Im Nu waren einige Stadtbüttel zur Hand. Sobald Friedrich der städtischen Gesetzeshüter ansichtig geworden war, sah er die Vergeblichkeit seines Unterfangens ein und ließ los. „Er wollte ihn umbringen!“, schrie eine Frau, „steckt ihn ins Gefängnis!“ eine andere. „Es ist nichts, meine Herren, es ist nichts“, rief dagegen der Händler und rieb sich am Hals, und zu Friedrich gewandt flüsterte er „fünf Gulden, heute Abend, hier, beim Ave-Läuten!“

Friedrich von Westerstetten verschwand in der Menge.

26

Ernsten Blicks schaute der Inquisitor in die Runde. Seine ansonsten so roten Bäcklein waren sichtlich blasser, als man es gewohnt war. Man saß wieder in der Studierstube des Ebinger Dekans zusammen. Der Personenkreis war derselbe wie zuvor: Neben dem Inquisitor dessen Sekretär, dann Simon der Barfüßer als Repräsentant der Inquisition vor Ort, und der Gastgeber, Johannes Tierberger. Ohne weitere Umstände kam der Inquisitor zur Sache.

„Im Namen der heiligen Inquisition grüße ich euch. Es war dringend notwendig, die heutige Zusammenkunft einzuberufen. In den vergangenen Tagen haben sich die Ereignisse überstürzt. Endlich konnten wir der jungen Nonne habhaft werden, die der, ähem, verstorbenen Äbtissin als Assistentin diente. Unter der Folter legte sie ein umfassendes Geständnis ab. Ein Geständnis, aus dem sich für uns allerdings eine völlig neue und, wie ich fürchte, wenig erfreuliche Situation ergibt. Der jungen Nonne nämlich ist es trotz unserer Vorsichtsmaßnahmen gelungen, das fragliche Papier aus dem Kloster hinaus zu schmuggeln. Ihr habt Euch da nicht mit Ruhm bekleckert, Meister Tierberger. Die Nonne führte Euch ganz schön an der Nase herum: Sie wechselte mit dem Bauernburschen, der die Fuhre Heu ins Kloster brachte, die Kleider. Sie ist in der Kleidung eines Bauernburschen direkt an Euch vorbei gefahren, und Ihr habt es nicht bemerkt."

Ganz entgegen seiner sonstigen Art verlor der Dekan an dieser Stelle des Berichts für einige Augenblicke die Beherrschung und stieß einen bösen Fluch aus. „Diese Schlange! Dieses hinterfotzige Weib! Dafür soll sie mir noch büßen!" Missbilligend schaute ihn der Inquisitor an. „Ich verstehe Euren Ärger, Dekan. Trotzdem stehen solche Worte einem Angehörigen des geistlichen Standes nicht an. Außerdem schickt es sich nicht, einen Mann meines Ranges zu unterbrechen." Das tat allerdings nun auch Bruder Simon: „Dann war der Mord an der Äbtissin also umsonst! Ich hab es ja gleich gesagt: Es wäre besser gewesen, sie vor das Gericht der Inquisition zu bringen. Sie einem ganz normalen Gerichtsverfahren zu unterziehen. Wir müssen damit rechnen, dass ihre Familie nun auf eigene Faust nach dem Mörder sucht. Und die Herren von Westerstetten sind mächtig."

Der Inquisitor kniff die Lippen zusammen und nickte. „Genau dieses ist der Punkt. Doch das ist noch nicht alles. Lasst mich fortfahren. Die Nonne also fuhr auf dem leeren Heuwagen stracks zur Linkenboldshöhle. Diese liegt, wie ihr wisst, im Wald in der Nähe des Dorfes Onstmettingen. Dort warteten zwei Männer auf sie. Den einen, den sie „Doktor“ nannte, der ist uns nicht bekannt. Trotz einer sehr präzisen Personenbeschreibung. Wohl aber der andere. Es handelt sich eindeutig um Joß Fritz, den Bauernführer. Die Beschreibung der Nonne lässt daran absolut keinen Zweifel. Sobald sie das Papier übergeben hatte, machten sich die beiden Männer auf den Weg.“

„Wohin gingen sie?“ wollte der Dekan wissen. „Das konnte uns die Nonne nicht sagen, obwohl wir die kunstvollsten Foltermethoden zur Anwendung brachten“, antwortete der Inquisitor, „aber das ist nicht so schlimm: Wir kennen ja den Adressaten von unseren früheren Ermittlungen: diesen Theologieprofessor in Wittenberg. Die Reise geht also nach Norden. Aber darüber wissen wir Näheres durch einen glücklichen Zufall. Um es genau zu sagen: seit gestern. Ein Bauer aus Onstmettingen namens Keinath wurde uns angezeigt. Wir stellten ihn unter Arrest und fragten ihn aus. Da unseren Methoden kein Mensch widerstehen kann, sind wir nun informiert: Dieser Bauer brachte die beiden Männer nach Norden bis ins Hohenzollerische. Er gab dem Bauernführer eine Pilgermuschel. Mittlerweile ist Joß Fritz also als Pilger unterwegs, und zwar nach Walldürn. Von dort wird er weiter gehen nach Niklashausen. Ich habe mittlerweile veranlasst, dass unsere Leute dort Stellung beziehen, um den Bauernführer zu schnappen. Das Problem ist nur, dass wir in Niklashausen wenig Unterstützung seitens der Bevölkerung erwarten dürfen. Wie ihr wisst, haben wir vor einigen Jahrzehnten einen Bürger von Niklashausen auf den Scheiterhaufen gebracht. Die Leute nennen ihn den Pfeifer von Niklashausen. Und dieser Ketzer ist dort auch heute noch sehr populär. Wir können jetzt nur hoffen, dass unsere Leute noch rechtzeitig nach Niklashausen kommen. Wenn nicht, so befindet sich die heilige Mutter Kirche in allerhöchster Gefahr.“

Finsteren Blicks sah der Inquisitor vor sich hin und schwieg für einige Augenblicke. Doch dann holte er tief Luft und fuhr fort. „Unter diesen Umständen ist es uns nicht mehr ganz so wichtig, den Pfarrer von Tailfingen beiseite zu schaffen. Wir sollten diesen Teil unseres Plans aber trotzdem zu einem Abschluss bringen. Gibt es zu diesem Thema etwas Neues zu berichten, Dekan Tierberger?" Dieser nahm erst mal einen kräftigen Schluck aus dem Becher, der vor ihm stand. „Wir konnten seiner immer noch nicht habhaft werden, wenn Ihr das meint, hochwürdiger Inquisitor. Der Grund mag darin liegen, dass dieser Hergenroth Kontakt zu einer Hexe hat."

Bei dem Wort „Hexe" runzelten die Anwesenden die Stirn oder aber sie schüttelten den Kopf oder taten beides zusammen. „Doch, doch, es scheint so zu sein", rechtfertigte sich der Dekan. „Verschiedene Beobachtungen sprechen dafür. Wie meine beiden Mittelsmänner herausfinden konnten, trieb sich der Tailfinger Pfarrer in letzter Zeit auffallend häufig im Felsenmeer herum. In Tailfingen erzählt man sich, dass es dort nicht mit rechten Dingen zugehe. Die einen meinen, dort seien Blut saugende Ungeheuer zugange. Andere wiederum behaupten, dort treibe eine Hexe ihr Unwesen."

„Und? Dekan Tierberger, kommt zur Sache!" „Selbstverständlich habe ich die beiden Männer, die für mich arbeiten, hinter ihm hergeschickt. Es war allerdings sehr schwer, sie dazu zu bewegen, dieses verrufene Gebiet zu betreten. Die Geldmittel, die Ihr mir zur Verfügung gestellt habt, hochwürdiger Inquisitor, sind mehr als aufgebraucht. In der Hoffnung, dass die heilige Inquisition dafür gerade steht, habe ich ein Darlehen aufgenommen." „Kein Problem, Dekan. Wir werden die Sache ins Reine bringen. Und was kam dabei heraus?" „Eigentlich nichts, hochwürdiger Inquisitor. Jedes Mal haben sie den Pfarrer im Felsenmeer aus den Augen verloren. Sie vermuten, dass dabei Hexenwerk im Spiel ist. Möglicherweise wurde der Pfarrer unsichtbar gemacht."

Der Inquisitor strich sich mit der Hand um das Kinn. „In der Tat, Dekan Tierberger, einiges spricht für Eure Theorie. Ich würde empfehlen, es mit Armbrustschützen zu versuchen. Wir haben in anderen Fällen gute Erfahrungen damit gemacht. Die Stadt Ebingen verfügt über genug brauchbare Leute. Bietet ihnen ein entsprechend hohes Honorar, und sie werden mitmachen. Es wäre doch gelacht, wenn wir diesen Pfarrer nicht aus dem Weg räumen könnten. Mitsamt seiner Hexe." „Einspruch, hochwürdiger Inquisitor!" Die

Stimme des Mönchs überschlug sich fast vor Erregung. „Ihr bewegt Euch außerhalb des Gesetzes! Ich fordere ein gerichtliches Verfahren!“ „Einspruch abgelehnt!“ sagte der Inquisitor. Verärgert stampfte der Mönch auf den Boden. „Wenn das so ist“, zischte er halblaut zwischen den Zähnen hindurch, „dann werde ich darüber höheren Orts zu berichten haben!“ „Nun ja,“ beschwichtigte der Inquisitor, „wir werden uns das noch überlegen. Erst müssen wir ihn haben!“ „So einfach wird das nicht sein,“ gab Dekan Tierberger zu bedenken, „wenn ich mir die Bemerkung erlauben darf, hochwürdiger Inquisitor. Meine beiden Mittelsmänner haben mir den Dienst quittiert. Mit einer Hexe wollen sie es nicht zu tun haben. Wir werden also andere Mittel und Wege suchen müssen. Wenn ich nur wüsste, welche. Es wird nicht damit getan sein, Armbrustschützen ins Felsenmeer zu schicken.“

Der Inquisitor lächelte. „Schon gut, Meister Tierberger. Uns wird schon noch etwas einfallen.“

27

Schwach, aber gut vernehmbar pochte es an die Tür des Tailfinger Pfarrhauses, sobald sich das Dunkel der Nacht am Ende dieses Tages über das Schmiechatal gebreitet hatte. Die Wachhunde der benachbarten Bauern hatten zuvor eher lustlos ein leichtes Knurren hören lassen. Es hat sich herumgesprochen, dass ich wieder hier bin, dachte Pfarrer Hergenroth. Jemand braucht geistlichen Zuspruch. Oder ist krank, was ich nicht hoffe. Zunächst sah er nichts, als er die Haustür öffnete. Erst als ein breiter Lichtschein vom Kienspan in der Stube nach außen drang, bemerkte er das Menschenbündel, das vor der Tür auf dem Boden kauerte. Hergenroth musste eine ganze Weile hinsehen, bis er die Gestalt erkannte, die da vor ihm auf dem Boden zusammengesunken war. „Jesus, Maria und Josef!“ entfuhr es ihm schließlich voll Entsetzen. „Genovefa! Was um Gottes Willen ist mit dir geschehen? Warte, ich bring dich ins Haus!“

Sie zitterte am ganzen Leib, als er sie an den Schultern fasste, um sie hochzuheben. Er schleppte sie zur Küche, setzte sie vor das wärmende Herdfeuer, holte zwei Strohsäcke und eine Decke aus der Schlafkammer, schob ihr die Strohsäcke in den Rücken und breitete die Decke über ihren schlotternden Körper. Schmutzig hing ihr das Haar in Strähnen vom Kopf; im Gesicht klebte vertrocknetes Blut; unstet irrten ihre Augen im Raum hin und her; rasch und unregelmäßig ging ihr der Atem. „Maria! Maria, hörst du! Komm in die Küche! Mach was Warmes! Eine Suppe am besten! Schnell!“ Hergenroth schüttete ein paar Tropfen aus dem Wasserkrug auf seinen Ärmel und suchte der bös zugerichteten Nonne das Gesicht zu reinigen. „Du lieber Gott im Himmel!“ rief Maria, als sie die erbärmliche Menschengestalt auf dem Küchenboden kauern sah, und fing augenblicklich an, aufgeregt mit dem Küchengerät herumzuklappern.

Liebevoll hielt der Pfarrer mit beiden Händen Genovefas Kopf, während seine Tochter ihr mit einem breiten Holzlöffel die frisch zubereitete Suppe einflößte. Sobald sich die Wärme der Mahlzeit in ihrem Körper ausgebreitet hatte, wurde sie ruhiger. Sacht streichelte Hergenroth ihre Wange. Nachdem sie noch einen Löffel Suppe zu sich genommen hatte, begann sie zu sprechen. „Eigentlich bin ich an allem selber schuld. Ich hätte das Kloster nicht verlassen dürfen.“ Mit zunehmendem Grausen lauschten der Pfarrer und seine Tochter.

Nachdem Genovefa die eng beschriebenen Blätter zur Linkenboldshöhle gebracht hatte, war sie mehrere Tage im Kloster geblieben, ganz so wie es der Doktor ihr geraten hatte – der gelehrte Mann, dem sie das Papierbündel übergab. Aber sie konnte es hinter den Klostermauern nicht sehr lange aushalten. Obwohl sie während dieser Zeit dreimal Besuch hatte. Hergenroth wusste wohl, was sie meinte: Der Besuch war er selbst (zweimal) und außerdem der Ritter Friedrich von Westerstetten. Nach einer langen Reihe von Tagen drängte es sie, wieder einmal Wälder und Wiesen zu sehen und sich die frische Albluft um die Nase wehen zu lassen. An eine Gefahr dachte sie keinen Augenblick. Zumal ihre Mutter Oberin im Pferdewagen nach Ebingen gefahren war, am Tag, als sie selbst von der Linkenboldshöhle
zurückgekehrt war.

Sie hatte sich noch kaum vom Dorf entfernt, als man sie von hinten kräftig an den Armen packte, ihr einen Knebel zwischen die Zähne schob und einen Sack über den Kopf stülpte. Alles Zappeln half nichts – sie wurde auf einen Wagen geworfen, dort festgebunden und mit Stroh zugedeckt.

Als man den Sack abnahm, befand sie sich in einem nur schwach beleuchteten Gemäuer, das fürchterlich nach Kot, Urin und Moder stank. Es war wohl ein Turm, mutmaßte Genovefa, denn der Raum war groß, kreisrund und sehr hoch, und überdies erfolgte der Zugang über ein Loch in der Decke. Der Bürgerturm in Ebingen, fuhr es Pfarrer Hergenroth durch den Kopf. Aber sicher konnte er seiner Sache natürlich nicht sein.

Nach einer unsäglich lange erscheinenden Frist verband man ihr den Mund und zog sie nach oben, und wieder stülpte man ihr einen Sack über den Kopf. Eine Reise schloss sich an, die vielleicht einen halben Tag gedauert haben mochte. Nach der Ankunft in einem weiteren – diesmal gut beleuchteten – Gemäuer zeigte man ihr die Foltergeräte. Das war die erste Stufe der Folter, wie Hergenroth wusste, genannt „die gebundene Frag". Wer bei dieser ersten Stufe noch nicht zu einem Geständnis bereit war, der hatte es dann mit der „strengen Frag" zu tun. Das war dann nichts anderes als eine unvorstellbar schmerzhafte Quälerei. Genovefa ließ es in ihrer grenzenlosen Angst nicht so weit kommen: Sie erzählte alles. Alles über die Männerbesuche der Äbtissin, alles über deren Bibliothek, alles über die vielen Tage und Nächte, die ihre Mutter Oberin jahrelang am Schreibpult zugebracht hatte. Auch von dem letzten Manuskript erzählte sie, das sie vor Kurzem erst zur Linkenboldshöhle gebracht hatte. Todernst und leichenblass waren die Gesichter des Inquisitors, der die Fragen stellte, wie auch seines Schreibers, der eifrig kritzelte, wenn sie antwortete.

Wohin das Manuskript gebracht wurde, wollte man schließlich wissen. Genovefa hatte nicht den leisesten Schimmer. Die Folterknechte rissen ihr die Kleider vom Leib, ritzten ihr am ganzen Körper die Haut auf und träufelten eine stark ätzende Flüssigkeit in die Wunden.

Wieder der Sack. Wieder die Reise. Wieder der Turm. Wenig später wurde ein Geistlicher an einer Strickleiter zu ihr herunter gelassen. Er versah sie mit dem Sterbesakrament und bedeutete ihr, sie würde demnächst als Hexe verbrannt. Als er wieder hoch geklettert war, vergaß man, die Strickleiter hochzuziehen und die Luke zu schließen. Das war ihr Glück; sie ergriff die Gelegenheit zur Flucht. Es war einfach genug gewesen, an den Wachen oben über der Luke vorbei zu kommen, denn die Männer lagen volltrunken in den Ecken herum. Kein Mensch war zu sehen, als sie das Gebäude verließ. Sie war tatsächlich im Ebinger Bürgerturm gewesen.

„Bei allen Heiligen im Himmel“, entsetzte sich Maria, „wie kann man auch nur mit einem Menschen so grausam umgehen!“ Und leise flüsterte sie ihrem Vater zu „sie ist eine Nonne von Margrethausen, nicht wahr? Woher kennst du sie eigentlich?“ „Das ist Schwester Genovefa. Ich musste sie ausfragen wegen dem Mord an ihrer Mutter Oberin.“ „Was sollen wir mit ihr tun?“ Hergenroth überlegte nur kurz. „Wir behalten sie erst mal hier. Sag deinem Hermann und den Kindern, sie sei ein – äh – Schwesterkind deiner Mutter aus Bisingen. Sie habe uns besuchen wollen und sei am Albtrauf ausgerutscht und viele Klafter tief gefallen. Ihr Schutzengel habe dann noch sein Möglichstes getan und dafür gesorgt, dass sie in ein Wacholdergebüsch fiel. Keine Knochen hat sie gebrochen, aber viele Kratzer.“ Er dachte über das Gesagte noch einmal nach und ergänzte. „Na ja. Ganz gelogen ist es nicht. Ihr Schutzengel hat ihr doch wirklich mächtig geholfen.“

28

Als Pfarrer Hergenroth am nächsten Morgen aufwachte, da beschloss er, an diesem Tag in Tailfingen zu bleiben. Und dann vielleicht noch einige Tage dazu. Er hatte ja eine wichtige Aufgabe vor sich: Sich um Genovefa zu kümmern. Sie gesund zu pflegen. Das konnte durchaus mehrere Tage in Anspruch nehmen. Zunächst aber weigerte er sich aufzustehen. Blieb einfach im Bett liegen. Er hörte, wie Maria als erste aufstand und in den Stall ging, um auszumisten, das Vieh zu füttern und die beiden Kühe zu melken. Er hörte auch, wie sie wieder zurückkam, um die Morgensuppe für den Rest der Familie zuzubereiten. Hermann kam hinzu, dann die beiden jüngeren Kinder. Sie hatten ihn am vorigen Abend umarmt und geküsst, als sie nach Hause gekommen waren. Bei dieser

Gelegenheit fiel ihm auf, dass er seinen Ältesten noch gar nicht zu Gesicht bekommen hatte.

Maria und die beiden Jüngsten waren gerade dabei, die Küche aufzuräumen, als er hinzukam, um sein Morgenmahl zu sich zu nehmen. „Wo ist Chrosi", fragte er, nachdem er die drei umarmt und geküsst hatte, „ich habe ihn noch gar nicht gesehen." Marias Gesicht rötete sich vor Verlegenheit. „Mein Bruder Chrysostomus", begann sie nach einigem Schweigen, „ihm ergeht es nicht viel anders als mir. Er ist bei seinem Mädchen." „Bei seinem Mädchen?" echote Hergenroth verblüfft. Sein ältester Sohn, der angehende Priester, als brünstiger Liebhaber? Mit allem möglichen Anderen hatte er gerechnet, nur damit nicht. Aber wenn er es sich genau überlegte: Nichts schien ihm selbstverständlicher als gerade dieses. Auch musste er sich selbst eingestehen, dass er in diesem Alter auch schon angefangen hatte, einschlägige Erfahrungen zu sammeln.

So ließ er es denn dabei bewenden.

„Was ist mit der, äh, Tante?" „Hab schon nachgeschaut. Sie schläft noch." Hergenroth erinnerte sich an seine Mutter, die in Gesundheitsdingen sehr erfahren war. „A Rühle geht über a Brühle", pflegte sie immer zu sagen. Um gesund zu werden, bringt ein guter Schlaf mehr als ein Essen, sollte das bedeuten. „Was machen wir mit den Wunden?" „Keine Ahnung, Paps. Vielleicht gibt es Kräuter, die da helfen. Ich kenne da eine Frau in Truchtelfingen –" „– Ich glaube, die kenn ich auch", fiel ihr Hergenroth ins Wort, „ich geh mal hin. Vielleicht finde ich sie." Die Truchtelfinger Kräuterfrau – er kannte sie überhaupt nicht. Er dachte an die Alte im Felsenmeer. Es war nämlich nicht allein die Fürsorge für die Nonne, die ihn zum Felsenmeer trieb. Es war auch die Aussicht auf ein Stündlein in dem Bett, das dort irgendwo zwischen den Felsen in einer unscheinbaren Hütte stand.

„Du schon wieder, Ambrosius? Hast du sonst nichts anderes zu tun? Bei allen zwölf Aposteln, so geht das nicht!" „Diesmal komme ich ausnahmsweise nicht nur wegen der Liebe. Ich komme wegen einem Wundkraut." Er erzählte ihr Genovefas Geschichte. Und wieder lauschte ihm die Alte aufmerksam und schaute ihn dabei teilnahmsvoll an mit ihren ausdrucksvollen, dunklen Augen. „Nun haben wir die Bescherung", meinte sie, als er geendet hatte, „mein lieber Ambrosius, nun steckst du aber wirklich in der Scheiße. Und zwar bis zum Hals." „Und deshalb werde ich jetzt gar nicht mehr nach Ebingen gehen. Habe allmählich die Nase gestrichen voll von diesem ganzen Mordkram." „Kann ich verstehen, mein lieber Ambrosius, kann ich wirklich gut verstehen", pflichtete ihm die Alte bei. „Aber hast du schon einmal daran gedacht, dass du bei der Sache dem armen Schneider vielleicht auch behilflich sein könntest?"

Unter diesem Gesichtspunkt hatte der Pfarrer diese Angelegenheit freilich bisher noch nicht betrachtet. Die Alte hatte hier durchaus Recht. Hergenroth wollte ihr dies aber nicht offen zugestehen und wechselte deshalb das Thema. „Warum", fing er nun an, „warum haben die Hunde des Herrn in diesem Fall gemordet und nicht, wie sonst, verhaftet und gefoltert?" Die Alte lächelte sanft, als sie diese Frage hörte. „Ein oberstes Gesetz überwölbt alle anderen Regeln der Hunde, nämlich die Maxime, so zu handeln, wie es der Situation angemessen erscheint. Und in diesem Fall wird ihnen ein Mord das angemessene Mittel gewesen sein. Schließlich ging es um nicht mehr und nicht weniger als um die schiere Existenz der Kirche." Ambrosius Hergenroth staunte. So hatte er die Alte vom Felsenmeer noch nie reden hören. Das Lächeln der Alten verwandelte sich in ein breites Grinsen, als sie Hergenroths Staunen bemerkte. „Das hättest du nicht gedacht, dass ich derart akademisch gebildet daherreden kann, gell?" Bevor sich der Pfarrer eine Antwort zurechtgelegt hatte, fügte sie selbst eine Erklärung hinzu: „Ich hab nur den kleinsten Teil meines Lebens hier im Felsenmeer zugebracht, musst du wissen. Früher – ja, da lebte ich in einer ganz anderen Welt. Ja, und aus dieser anderen Welt, da stammt dieses Wissen. Zufrieden?"

Die Alte drehte sich zur Wand hin und suchte etwas auf einem Bord, auf dem eine größere Anzahl von Fläschchen, Tiegeln und Näpfchen unterschiedlicher Form und Farbe stand. Nach längerem Suchen nahm sie einen Tiegel und wandte sich wieder ihrem Besucher zu. „Es ist kein Kraut, das ich für dich habe, sondern eine Salbe. Du nimmst kleine Lappen und reibst die Salbe hinein. Diese Lappen legst du auf die größeren Wunden. Die kleineren heilen von selbst. Die Lappen wechselst du jeden Morgen und jeden Abend. Sie müssen frisch gewaschen sein, die Lappen, unbedingt. Und so machst du es drei oder vier Tage lang. Dann dürften sich die Wunden geschlossen haben."

Bevor Hergenroth sich bedanken konnte, hatte ihn die Alte aus ihrer Behausung hinausgeschoben. „Nun geh zu deiner Nonne und pfleg sie gesund. Und wenn du wieder nach Ebingen gehst, schaust du vorher bei mir vorbei, hörst du? Ich kann dich doch nicht ohne jeden Schutz zu den Hunden lassen. Und vergiss nicht, mir den Tiegel wiederzubringen!" Zum Abschied erhielt er noch einen Klaps auf die Schulter. So ein Pech, dachte der Pfarrer. Eigentlich hatte er sich eine intensivere Berührung vorgestellt.

Es kam genau so, wie es die Alte gesagt hatte: Von Tag zu Tag besserte sich Genovefas Zustand, und schon am Morgen des zweiten Tages nach ihrer Ankunft im Tailfinger Pfarrhaus war die junge Nonne so weit, dass Hergenroth die für ihn so wichtige Frage stellen konnte. „Kannst du dich erinnern", eröffnete er das Gespräch, „wie es war, als ich dich damals fragte. Wer die Äbtissin besuchte. Du warst dir nicht sicher, ob dir alle Namen eingefallen waren." Interessiert schaute ihn Genovefa an. „Und? Welche hatte ich genannt?" Hergenroth zählte sie auf. Alle fünf. Den Schultheiß, den Kaufmann, den Maurer, den Schneider, und auch den Dekan. Den Ritter Friedrich von Westerstetten mogelte er dazu. Das war wohl der einfachste Weg. „Ich nehme an, dass da mindestens noch einer war. Denk nach, Genovefa, bitte, denk nach. Es ist sehr, sehr wichtig." Traurig sah sie ihn an und schüttelte den Kopf.

Am Abend kam der Pfarrer wieder zu ihr zurück, um die alten Lappen zu entfernen. Er zögerte, sie zu fragen, denn er wollte sie nicht drängeln. Obwohl er bis zum Äußersten angespannt war. „Ich glaube, mir ist da noch einer eingefallen," sagte die Nonne, als er die neuen Lappen auflegte. Ruckartig hob Hergenroth den Kopf. „Ja? Und wer ist es?" Genovefa dachte nach. „Ich weiß nicht, wie er heißt. Aber ich kann ihn dir genau beschreiben. Er war ziemlich groß und ziemlich dürr. Hatte graublaue Augen. Und nicht mehr viel Haare auf dem Kopf. Und die paar, die er hatte, waren grau. Und er war schon ziemlich alt. Älter als alle anderen, die zur Mutter Oberin gekommen waren. Ich sah nicht viel von ihm, weil die Mutter Oberin meistens selber an die Pforte kam, um ihn herein zu lassen. Deshalb ist er mir auch nicht eingefallen. Er kam fast jeden Tag. Mehrere Wochen lang. Wenn die beiden zusammen waren, gab es kein Geruckel und Gezuckel. Sie saßen nur da und redeten miteinander. Sehr intensiv. Beide bekamen rote Köpfe, so intensiv. An einem Tag wurde das Gespräch sehr laut. Sie schrien einander an. Ich glaube, sie warfen auch mit Büchern aufeinander. Der Mann stürmte schließlich hinaus und hatte einen knallroten Kopf. Dann kam er nie wieder. Die Mutter Oberin war sehr traurig, als er gegangen war." Genovefa hielt inne und schaute ihn erwartungsvoll an. „Kannst du damit etwas anfangen?"

Der Pfarrer dachte nach. Kramte angestrengt in seinem Gedächtnis: Groß. Dürr. Schütteres, graues Haar. Graublaue Augen. Und vor allem: Sehr gebildet. Er dachte an seinen Besuch im Lautlinger Schloss. Ein unscharfes Bild formte sich in seiner Vorstellung. „Das Haar kurz geschnitten?" fragte er, „vielleicht eine Tonsur? Das Gesicht glatt rasiert?" Genovefa staunte. „Ja. Alles stimmt." Das Bild wurde schärfer: Und da stand sie vor seinem geistigen Auge, diese hagere Gestalt: Simon, der Franziskanermönch. Simon, das war die Antwort auf seine zweite Frage! Trotz seines Alters vollführte Hergenroth vor Freude einen recht närrischen Hopser-Tanz und ließ einige Juchzer los. „Bist du verrückt geworden?", wollte die Nonne wissen. „Nein, ich freue mich nur!"

29

Gleich am nächsten Morgen zog Hergenroth los, kaum, dass er Genovefas Lappen gewechselt hatte. Das Felsenmeer ließ er links liegen. Er musste herausfinden, ob der Mönch über so viel theologisches Wissen verfügte, dass er beurteilen konnte, welche Tragweite der letzten Schrift der Äbtissin zukam. Und das musste in einer Art geschehen, dass der Mönch sich nicht ausgefragt fühlte. Er legte sich sorgfältig eine Gesprächstaktik zurecht. Das dauerte ziemlich lange. Aber er hatte alles ganz präzise vorbereitet, als er in Lautlingen ankam.

Sobald er die Schlosspforte erreichte, bellte da nur ein einziger Hund. Er musste lange warten, bis sich endlich ein älterer Knecht näherte. „Gelobt sei Jesus Christus! Den Herrn von Tierberg will ich sprechen. Ist er heute nicht hier?" „In Ewigkeit Amen. Nein, ist er nicht", antwortete der Knecht, „er ist auf der Jagd. Mit allen seinen Leuten. Wie immer, wenn er nicht beim Saufen sitzt." Der Pfarrer atmete auf. Teil eins seines Plans hatte schon mal geklappt. „Sind wirklich alle weg? Alle, ohne jede Ausnahme?" Der Knecht dachte nach. „Naja", sagte er schließlich, „alle bis auf den Mönch. Der ist zu alt für die Jagd. Er sitzt in der Stube und liest sein Brevier." Hergenroth musste sich beherrschen, um seine Freude zu verbergen. Denn nun hatte auch Teil zwei seines Plans geklappt. „Führ mich zu ihm."

„Ambrosius, du hier?" Der Mönch schaute erstaunt von seinem Buch auf. „Ich dachte, die Sache sei geregelt! Wir hatten uns doch geeinigt, dass nur der Schneider als Täter in Frage kommt! Aber sei mir trotzdem gegrüßt! Der Friede des Herrn sei mit dir!" „Und mit seinem Geiste", erwiderte Hergenroth, wie es sich gehörte. „Natürlich hast du Recht mit dem Schneider. Aber das ist nur die eine Wahrheit. Hinter der Wahrheit gibt es noch eine zweite Wahrheit. Und die will ich ergründen." Der Mönch war nun neugierig geworden. Er legte sein Buch beiseite und bat den Pfarrer sich zu setzen. „Lass hören."

„Ich habe gehört, dass die Äbtissin und der Herr von Tierberg zerstritten sind. Es geht um die Schirmherrschaft über das Kloster. Sie liegt seit Bestehen des Klosters bei den Tierbergern. Aber die Äbtissin liebäugelt seit einigen Jahren mit dem Herzog von Württemberg. Es gab auch schon einen Prozess. Darüber wollte ich mit dem Herrn von Tierberg sprechen." Der Mönch runzelte unwillig die Stirn. „Das geht doch entschieden zu weit, Ambrosius. Führt weg von deinem Auftrag. Und geht dich im Grunde genommen überhaupt nichts an." „Oh doch, Simon", entgegnete der Pfarrer, „es ist doch wie mit dem Heiligsprechungsprozess. Kein Gesichtspunkt soll außer Acht gelassen werden. Alles muss berücksichtigt werden. Nur dass in unserem Fall keiner in den Himmel kommt. Sondern in die Hölle."

Der Mönch lächelte nachsichtig. „Du nimmst die Sache viel zu genau, Ambrosius. Ich fürchte, ich kann dir in dieser Angelegenheit nicht helfen. Du wirst noch einmal kommen müssen, wenn der Herr von Tierberg mal da ist. Und nicht besoffen." Hergenroth machte ein enttäuschtes Gesicht und musste aufpassen, dass er dabei nicht allzu sehr übertrieb. Die Enttäuschung war Teil seines Plans. „Mit Kirchenrecht kennst du dich recht gut aus", meinte der Mönch anerkennend, um dem Pfarrer über die so offensichtlich vorgetragene Enttäuschung hinwegzuhelfen. „Jaja“, meinte Hergenroth dazu, „ein wenig hab ich Kirchenrecht studiert. In der Hauptsache aber ging es mir um Dogmatik. Um die göttliche Gnade. Augustinus, das war mein Lieblings-Kirchenvater. Die Kommentare des Gregor von Rimini haben mir bei meinem Studium sehr geholfen.“

Und wie Hergenroth von seinem Studium erzählte, wuchs das Interesse des Mönchs. „Wo hast du studiert“, fragte er, „und wann?“ Hergenroth hätte den Mönch Simon umarmen können. Schon wieder war er seinem Ziel ein Stück näher gekommen. „In Tübingen habe ich studiert. Aber das ist schon eine ganze Weile her. Anschließend hatte ich einen Lehrstuhl und las über die Kirchenväter. Über Augustinus vor allem. Aber auch über Ambrosius und Johannes Chrysostomus.“ Es war dem Pfarrer nicht entgangen, wie der Mönch allmählich rote Ohren bekommen hatte. „Das ist ja höchst interessant“, meinte er, und seine blaugrauen Augen begannen zu leuchten. „Ich selbst war ebenfalls an der Universität beschäftigt. Aber nicht in Tübingen, sondern in Freiburg.“ Sobald er den Ortsnamen „Freiburg“ ausgesprochen hatte, reckte sich sein dürrer Körper voll Stolz. „Ich war nämlich ein Schüler von Doktor Johann Eck.“ Simon der Mönch gönnte sich eine Sprechpause, um den Namen des genannten Professors wirken zu lassen, und schaute dabei Hergenroth Bewunderung heischend an. Der Pfarrer zeigte die erwartete Bewunderung voll und ganz. Vielleicht übertrieb er dabei ein wenig. Dem Mönch blieb dies jedoch verborgen, freut sich doch jeder, wenn er bewundert wird.

„Die meiste Zeit verbrachte ich mit dem Erstellen von Gutachten über theologische Schriften. Meine Aufgabe war es, herauszufinden, ob alles den Dogmen der heiligen Mutter Kirche entsprach. War das einmal nicht der Fall, dann gab es Ärger.“ Bei dem Wort „Ärger“ bekamen die Augen des Mönchs einen seltsam bösen Glanz. So böse, dass es den Tailfinger Pfarrer leicht fröstelte. Der Mönch, der ihm zunächst spontan sehr sympathisch gewesen war, hatte sich nun von einem Augenblick zum andern in ein blutrünstiges Monster verwandelt. So meinte es der Tailfinger Pfarrer jedenfalls.

Simon schien dieses massive Missfallen von Seiten des Pfarrers zu spüren. „Das musst du verstehen, Ambrosius", suchte er zu erklären, „die Sache ist doch so: Jesus Christus hat unsere Kirche gegründet. Das ist unstrittig. Und mit dieser Gründung verbunden ist die beabsichtigte Dauer der Kirche – bis zum Ende dieser Welt. Um dies zu garantieren, bedarf es eines einzigen unangefochtenen Oberhaupts. Und einer einzigen, unangefochtenen Lehre. Abweichungen in der Lehre tragen in sich die Gefahr der Spaltung. Darum sind sie zu unterbinden. Wenn es sein muss, mit unnachsichtiger Strenge. Du verstehst mich doch?" Hergenroth nickte. In seinem tiefsten Inneren war er aber nicht davon überzeugt,

„Eine höchst wichtige Aufgabe", bemerkte Hergenroth mit zögerlicher Anerkennung. „Eine Aufgabe zudem, die ein extrem hohes Maß an Wissen voraussetzt. Und ein ebenso hohes Maß an Verantwortung mit sich bringt." Der Mönch strahlte ob solchen Lobes und lehnte sich zufrieden zurück. „Da hast du Recht, mein lieber Ambrosius. Da hast du vollkommen Recht."

Nun hätte sich die Frage angeboten, weshalb er nicht mehr an der Universität tätig war. Darauf wollte der Mönch aber nach Hergenroths Einschätzung sicherlich keine Antwort geben, denn es stand zu vermuten, dass die Hunde des Herrn ihm eine neue Aufgabe angeboten hatten. Eine Aufgabe, die dem Bösen in ihm reichlich Nahrung gab. Und auch ihm selbst, dem Pfarrer, wäre eine solche Frage unangenehm gewesen. Die Vermutung lag ja nahe, dass etwas Unangenehmes passiert sein musste, um einen Universitätslehrer dazu zu bringen, seinen Posten zu verlassen. Um dann in der Abgeschiedenheit der Schwäbischen Alb eine Pfarrstelle anzunehmen.

Von solchen Gedanken bewegt, schwiegen sich die beiden Kleriker eine Zeit lang an. Nun gibt es nichts weiter zu besprechen, dachte Pfarrer Hergenroth. Ich habe erfahren, was ich wollte. Er stand auf und verabschiedete sich. Auf dem Heimweg ging ihm immer nur das Eine durch den Kopf: Simon der Mönch also. Simon der Mönch war es, der die Äbtissin ihrem Mörder ausgeliefert hatte.

Ach wie beschränkt ist doch des Menschen Geist! Dass dies nur ein Teil der Wahrheit war, das konnte der gute Ambrosius nicht wissen.

30

Friedrich von Westerstetten stand im Schatten der Kapellkirche und schaute ungeduldig auf die mittlerweile menschenleere Gasse, in welcher sich der Marktstand mit den Knöpfen befunden hatte. Die Marktbesucher waren inzwischen nach Hause gegangen oder in ihre Dörfer zurückgekehrt oder aber sie hatten sich in einer von Ebingens Wirtschaften niedergelassen. Die Marktstände waren abgebrochen, die übrig gebliebenen Waren verstaut, die Händler heimgefahren oder aber ebenfalls (zu einem kleineren Teil) in irgendeiner von Ebingens Wirtschaften eingekehrt, wo sie das erlöste Geld in Bier umsetzten. Das Ave-Läuten galt als Zeichen, die Arbeit niederzulegen und mit dem abendlichen Imbiss zu beginnen. Da sich kaum noch jemand auf der Gasse herumtrieb, konnte es nicht mehr allzu lange dauern, bis der ersehnte Glockenton zu hören war.

Mit dem ersten Glockenschlag trat der Adelige aus dem Schatten der Kapellkirche und schaute sich um. Und richtig: Der letzte Glockenschlag des Ave-Läutens war noch nicht verklungen, da bog der Händler mit den weit abstehenden Haaren vorn bei der Marktstraße um die Ecke. „Nun?“ begann Friedrich von Westerstetten das Gespräch, ohne irgendwelche Grußworte zu gebrauchen. „Von wem hast die die Knöpfe?“ „Gott zum Gruße, hoher Herr, Gott zum Gruße. Nicht so rasch, hoher Herr. Habt Ihr das Geld dabei?“ Ob solcher Habgier geriet Friedrich von Westerstetten in Wut. Er fühlte den starken Impuls, dem Händler einen kräftigen Faustschlag zu versetzen. Mit äußerster Mühe konnte er sich beherrschen, denn er sah ein, dass er auf einem solchen Wege kaum zu seinem Ziel kommen würde.

Friedrich knirschte hörbar mit den Zähnen. Fünf Gulden, das war mehr als der Gegenwert des ganzen Plunders, den dieser Händler auf seinem Stand ausliegen hatte. Und das alles für vier Hirschhornknöpfe! „Ja“, sagte er schließlich. „Versuche aber ja nicht, mich zu betrügen. Dann schlage ich dich tot. Wie einen tollwütigen Hund. Verstanden?“

Der Händler war bleich geworden, versuchte aber, sich seine Angst nicht anmerken zu lassen. „Ich werde Euch nicht betrügen, hoher Herr. Hier sind die Knöpfe. Ich habe sie von einer Dienstmagd. Magdalena mit Namen. Sie ist in Dienst bei Hans Kantengießer, dem Schultheiß.“

Da schau her, der Schultheiß, dachte Friedrich von Westerstetten, wer hätte das gedacht! Das wird eine große Sache, wenn ich den umbringe, sinnierte er, aber was sein muss, muss sein. Aber erst mal mit dieser Magd sprechen. Der Weg zur Behausung des Schultheißen war nicht weit: Sie befand sich unmittelbar neben der Kapellkirche.

Als er vor der Tür stand und schon die Hand erhoben hatte, um anzuklopfen, da zauderte er plötzlich und ließ die Hand wieder sinken. Der Schultheiß von Ebingen, das war ja nicht irgendwer. Das war ein Bediensteter des Herzogs vom Württemberg. Einen solchen umzubringen, das könnte seine Familie in politische Schwierigkeiten bringen. Da muss ich erst mal mit meinen Brüdern reden. Der Schultheiß läuft mir ja nicht weg. Es reicht ja, wenn ich diesen Kerl in ein paar Wochen umbringe.

Er hatte sich erst einige Schritt von der Behausung des Schultheißen entfernt, da hielt er inne: Ob er nicht wenigstens mit der Magd des Schultheißen sprechen sollte, um Gewissheit zu erhalten? Nach kurzem Nachdenken verwarf er diesen Gedanken. Wenn sie ihrem Herrn von ihm erzählte, würde dieser Vorkehrungen treffen können, um allen Verdacht von sich abzulenken.

In ein paar Wochen würde er wohl wiederkommen.

31

Eigentlich hatte Ambrosius Hergenroth den jungen Truchtelfinger Vikar Hermann in der Küche des Tailfinger Pfarrhauses bei seiner Tochter Maria erwartet, als er den Rauch geschwängerten, niedrigen Raum betrat. Aber dort saß ein anderes Menschenkind zusammengekauert vor dem Herdfeuer, ein Junge, zwei oder drei Jahre jünger als Hermann. Es war Hansjörg, der Lehrbub des Schneiders Bastian Engrich von Ebingen.

„Er kommt von Ebingen", erläuterte Maria, „und er will dich sprechen." Hergenroth setzte sich bass erstaunt auf die Ofenbank. „Du hier? Das ist aber eine Überraschung! Aber erst mal: Der Herr sei mit dir, Bub!" Verschüchtert schaute ihn der Junge an. „Und mit seinem Geiste, Hochwürden! Ihr habt doch gesagt, ich kann zu Euch kommen. Ihr braucht jemand zum Ziegenhüten, habt Ihr gesagt." Der Junge schaute ihn mit großen Augen an, die blanke Verzweiflung ausdrückten. „Da können wir darüber reden", besänftigte der Pfarrer, „jetzt erzähl erst mal, was ist passiert?" „Sie haben ihn abgeholt, den Schneider. Er soll an den Galgen, weil der die Äbtissin umgebracht hat. Die Meisterin hat viel geweint. Und dann gesagt, sie kann mich nicht mehr brauchen. Dann bin ich hierher gekommen. Ich hab doch sonst niemand. Wer will schon einen Lehrbuben von einem Meister, der am Galgen war?"

Pfarrer Hergenroth spürte, wie die blanke Wut in ihm aufstieg. Da hatten diese Mistkerle ihn doch so einfach mir nichts dir nichts übergangen! Den Schneider verhaftet, ohne dass er ihn noch für schuldig erklärt hatte! So dass ihm nichts anderes übrig blieb, als den Schuldspruch nachzureichen – wie hatte doch die Alte vom Felsenmeer gesagt: „Da haben sie dich zum Hanswurst gemacht." Er ballte die Faust und wollte schon auf den Tisch hauen und ordentlich herumbrüllen. Da dachte er an den Jungen und bezwang sich. Er strich ihm begütigend über den Scheitel. „Du kannst hier bleiben, Bub. Fürs Erste jedenfalls. Maria zeigt dir, was zu tun ist. Vielleicht kann ich dir auch eine andere Lehrstelle besorgen, wer weiß." Nun aber legte er los.

„Diese vermaledeiten Saukerle, diese widerlichen Kotzbrocken! Diese Arschgeigen, Drecksäcke, Haderlumpen, Scherenschleifer,

Schleimscheißer, Stinkmorcheln! Diese dreimal gekotzten Hundsleichen! Der Teufel soll sie holen, in der untersten Hölle sollen sie schmoren!“ Dabei trommelte er mit beiden Fäusten unablässig auf den Tisch; jedes Schimpfwort und jede Verwünschung wurde von einer ganzen Salve heftiger Faustschläge begleitet. Maria und der Junge schauten ihn ängstlich an ob dieses für sie so unerklärlichen wie heftigen Gefühlsausbruchs. „Was ist mit dir, Paps? Bist du krank?“, fragte Maria schließlich.

Sobald die schlimmste Wut verraucht war, hielt er inne und dachte nach. Marias Fragen hatte er überhört. Er dachte an den Schneider, der da so mir nichts dir nichts aufs Geradewohl an den Galgen kommen sollte. Ich muss nach Ebingen, durchzuckte es ihn, nach Ebingen, und alles tun, um diesen armen Kerl vor dem Galgen zu retten! Ob das nun vernünftig ist oder nicht, das ist mir gerade schnurzegal, ich muss es einfach tun, ich muss ... Während er derart vor sich hinbrodelte, öffnete sich die Tür. Mit fragendem Gesichtsausdruck stand die Nonne im Türrahmen. „Genovefa! Wie geht es dir? Du musst von hier weg, so bald wie möglich!“ Genovefa lächelte. „Das weiß ich. Und ich kann auch weg. Ich glaube, ich bin wieder ganz gesund. Aber sag, Ambros, was ist geschehen, dass du hier so schreist?“ Hergenroths Gesicht zeugte von düsterer Entschlossenheit. „Mach dich fertig, Genovefa. Wir müssen gehen. Jetzt gleich. Und zwar so, dass es niemand merkt.“ Und zu seiner Tochter gerichtet: „Pass gut auf das Haus auf. Und auf den Jungen. Ich weiß nicht, wann ich wiederkomme.“

Während die beiden jungen Frauen und der Junge ihn noch ungläubig anstarrten, fiel ihm eine Ergänzung ein. „Pack ein paar Kleider für Genovefa zusammen. Und etwas zu essen.“ Maria rührte sich nicht vom Fleck. Sie schien nicht zu begreifen, dass sie gemeint war. „Was ist, Maria“, schnauzte Hergenroth, „beeil dich! Ich habe keinen Augenblick zu verlieren! Diese Sauhunde, diese elenden!“ Nach einem kurzen Moment angestrengten Nachdenkens fuhr er fort: „Nimm Genovefa mit. Sie soll Kleider von dir anziehen.“ Maria konnte das alles nicht fassen. Sie sah ihren Vater an, als sei dieser total übergeschnappt. „Was ist?“ donnerte dieser aus Leibeskräften.

Dieser neuerliche Wutausbruch hatte endlich dazu geführt, dass sich Maria aus ihrer ungläubigen Starre löste. Sie nahm die Nonne bei der Hand und verließ mit ihr die Küche. Pfarrer Hergenroth wartete nur kurz. Er konnte kein bisschen Geduld aufbringen und wollte schon wieder explodieren. Da kamen die beiden Frauen auch schon wieder zurück: Genovefa im Gewand eines Bauernmädchens, Maria mit einem dicken Bündel. „Wir gehen hinten durch den Stall. Da sieht uns niemand. Wir sind dann gleich auf den Feldern.“

Der Tailfinger Pfarrer hatte die Nonne an der Hand genommen. Er war erstaunt, wie kräftig sie schon ausschreiten konnte. Die Salbe, dachte er. Die Salbe taugt wirklich was. In weitem Bogen umschritten sie das Dorf und bewegten sich auf den Braunhardsberg zu. Oder genauer: Auf das Felsenmeer. „Wohin gehen wir?“ wollte Genovefa wissen. „Wir besuchen eine alte Bekannte. Sie wird uns helfen. Gleich sind wir da.“

Er war gewohnt, dass ihn die Alte ansprach, sobald er den Kreis der mannshohen Felsbrocken betreten hatte. Heute war es anders: Er hatte sich bis zu dem Punkt bewegt, wo er das Zentrum des Felsenmeers vermutete. Von dort war er nach rechts abgebogen und in einem Kreis herumgegangen. Aber nichts rührte sich. Unschlüssig blieb er stehen. „Haben wir uns verirrt?“ wollte Genovefa wissen. Eine unangenehme Frage. Natürlich hatte er sich verirrt. Wie immer, wenn er sich im Felsenmeer befand. Er wollte es nur nicht zugeben. Ein undeutlicher Knurrton war denn seine Antwort. Einem unerklärlichen Impuls folgend bewegte er sich nach links und bog um den nächsten Felsen.

„Na endlich, da seid ihr ja! Kommt rein!“ Die Alte strahlte, als sie Genovefa sah. „Du bist die Nonne Genovefa! Sei mir gegrüßt! Wusst ich's doch! Meine Salbe hat also geholfen! Dachte mir, dass ihr heute kommt, oder spätestens morgen!“ Sie fuhr der Nonne liebevoll mit der Hand über die Wange, was sich diese gern gefallen ließ. Sie wandte sich nun an Hergenroth. „Und? Was ist mit dir? Du willst wohl nicht in dein Pfarrhaus zurück, sondern mit uns beiden nach Ebingen. Hab ich Recht?“ Der Pfarrer war immer wieder erstaunt über die Fähigkeit der Alten, die richtigen Schlüsse zu ziehen. Oder auch, ein kleines Stück weit in die Zukunft zu sehen. Er nickte und erzählte ihr von dem Schneider. „Und deshalb gehen wir drei jetzt nach Ebingen. Aber zuerst müssen wir beide uns zurecht machen.“ Bei ihrem letzten Satz fasste sie die Nonne sachte an der Schulter. „Dazu können wir dich absolut nicht brauchen, Ambros. Du gehst jetzt schon mal voraus nach Ebingen. Schnell, mach schon. Keine Angst, du wirst uns dort schon finden. Dafür sorge ich. Und jetzt ab mit dir!“

Das Ebinger Stadttor war verwaist. Kaum war er hindurch geschritten, da wurde ihm klar, dass er keinen einzigen Augenblick zu früh angekommen war. Eine dicht gedrängte Menschenmenge auf dem Marktplatz; Menschen standen dicht an dicht bis in die Seitenstraßen. Mitten auf dem Marktplatz ein hölzernes Podium, darum herum bewaffnete Stadtbüttel, die mit ihren Spießen die Menge auf Abstand hielten. Auf dem Podium ein Galgen, an dem eine Leiter lehnte. Neben der Leiter eine jammervolle, in sich zusammengesunkene, klein gewachsene Gestalt: Bastian Engrich, der Schneider. Auf der anderen Seite ein kräftiger Mann, dessen Kopf in einem Leinensäckchen steckte, in welches zwei große Löcher hineingeschnitten waren, durch die er hindurchlugen konnte: der Scharfrichter, den sich die Stadt Ebingen eigens von Tübingen ausgeliehen hatte. Auf dem Podium außerdem zwei weitere Gestalten, mit prächtigen Gewändern angetan, beide vor Selbstbewusstsein sichtlich fast platzend. Es waren der Dekan und der Schultheiß.

Ambrosius Hergenroth hatte schon einmal eine Hinrichtung erlebt. Damals, in Tübingen. Die Professoren der Universität hatten ihn hingeschickt, um sie zu vertreten. Es war das schlimmste Erlebnis seines Lebens: Zuzusehen, wie da ein Mensch getötet wurde, mit allem möglichen Brimborium und obendrein noch im Namen des Allerhöchsten. Viele Jahre hatte er die Erinnerung daran in den hintersten Winkel seines Gedächtnisses geschoben, und das mit Erfolg: Es war, als habe er damals an dieser Hinrichtung nicht teilgenommen. Aber nun kam alles wieder zurück, alles mit sämtlichen alptraumhaften Einzelheiten: Wie der Henker die Leiter beiseite stieß. Wie der Körper des bedauernswerten Opfers eine Elle weit nach unten fiel, bis der Strick sich spannte. Er glaubte, damals ein kurzes Zappeln wahrgenommen zu haben. Dann kippte der Kopf des Delinquenten zur Seite. Er war tot. Während ihm schwindlig wurde und er sich vor lauter Ekel erbrach, jubelte das umstehende Volk in den höchsten Tönen. Er hingegen hatte nur noch einen Wunsch, einen einzigen: Weg von diesem Ort, so weit wie möglich weg. Er rannte, so schnell seine Beine konnten, rannte, rannte, rannte, ohne darauf zu achten wohin. Auf einer Wiese hinter dem nächsten Dorf verlor er die Besinnung.

Als er wieder zu sich kam, lag er auf dem Boden einer Stube; eng gedrängt standen Menschen um ihn und glotzten auf ihn herunter. Neben ihm kniete ein Mann und murmelte etwas vor sich hin. Sobald seine Sinne wieder vollständig in seinen Körper zurückgekehrt waren, erkannte er, dass er sich in einem Pfarrhaus befand und dass es der Ortspfarrer war, der neben ihm kniete. Er war mit dem Ritus der letzten Ölung zugange. Hergenroth ließ den Geistlichen geschehen, fasste aber während dessen einen Entschluss: Nie wieder Tübingen. Nie wieder Universität. Ganz weit weg wollte er, ganz ganz weit weg. Irgendwohin, wo es keine Hinrichtungen gab.

Und jetzt hatte ihn die Erinnerung wieder eingeholt, hier, auf der Schwäbischen Alb, in dem kleinen württembergischen Amtsstädtchen Ebingen. Eigentlich zog es ihn mit jeder Faser seines Körpers weg von diesem Ort. Aber dennoch verfügte eine unbekannte, übermenschliche Kraft über ihn und schob ihn immer näher an das Schafott. Zunächst hatte er vom Oberen Tor aus einen guten Überblick gehabt, der jedoch um so geringer wurde, je näher er an den tiefer gelegenen Ort des Geschehens herankam. In dem Gedränge suchte er sich einen günstigeren Platz. Er schaute sich um: Der Rand des Marktbrunnens, die Umfassungen der Misthäufen, die Brennholzstapel vor den Häusern – alles schon besetzt. Bis auf einen recht instabil wirkenden Haufen Brennholz, den er aber trotzdem prüfend bestieg. Und wider alles Erwarten fiel der Holzhaufen nicht auseinander.

Er schaute sich um: Ganz Ebingen hatte sich hier versammelt, einschließlich der Insassen des Spitals und aller Geistlichen. Auch den Herrn von Tierberg aus Lautlingen sah er nahe am Schafott stehen mitsamt allen seinen Zechkumpanen, ja, selbst Simon der Mönch hatte sich eingefunden. Und auch der Vogt. Wie von unerklärlicher Kraft wurde sein Blick in einen Winkel am unteren Rand des Marktplatzes gezogen. Dort sah er in der Menge zwei unscheinbare Weiblein, beide mit dunkelgrauen Kopftüchern, die eine etwas schmaler, die andere etwas breiter gebaut. Die Breitere hatte ihre Augen fest auf ihn gerichtet, und er glaubte, ein seltsames Leuchten darin zu bemerken. Die Alte vom Felsenmeer, fuhr es ihm durch den Kopf, und neben ihr die Nonne Genovefa! Das also steckte hinter der Aufforderung der Alten, sich umzuziehen!

Der Ebinger Schultheiß trat an den Rand des Schafotts. Mit feierlichem Gesicht breitete er die Arme aus. Das aufgeregte Gebrabbel auf dem Platz verebbte. Von unterhalb des Podiums wurde ihm ein großes Stück Papier gereicht. Der Schultheiß ergriff es mit beiden Händen und hielt es sich vor das Gesicht. Hohl hallte seine Stimme über den Marktplatz.

„Ich, Hans Kantengießer, Schultheiß der ehrenwerten Stadt Ebingen, verkünde hiermit im Namen unseres hochverehrten Landesherrn, des Herzogs von Württemberg, das Urteil über Bastian Engrich, Schneider, wohnhaft zu Ebingen, ehelicher Sohn des Paul Engrich selig, Schneiders, wohnhaft daselbst. Der ehgenannte Bastian Engrich hat große Schuld auf sich geladen, indem er die Mechthild von Westerstetten des Ordens der minderen Schwestern und Äbtissin des Klosters zu Margrethausen aus niederen Beweggründen vorsätzlich und auf bestialische Weise ermordet hat. Um diese Schuld abzuwaschen und den Zorn Gottes abzuwenden, wird mehrgenannter Bastian Engrich durch den Strang vom Leben zum Tode gebracht. Dieses Urteil ist alsbald nach seiner Verkündigung zu vollstrecken."

Kaum hatte der Schultheiß das letzte Wort des Urteils gesprochen, da erhob sich das aufgeregte Gebrabbel auf dem Platz wieder, lauter und aufgeregter als zuvor. Der Schultheiß ließ seine Arme sinken, trat zurück und schaute erwartungsvoll auf den Scharfrichter. Dieser hatte den Delinquenten mittlerweile fest an den Schultern gepackt und war eben im Begriff, ihn die Leiter hinauf zu schieben. „Seht, seht!" schrie eine alte Frau mit schriller Stimme, „er hat geschissen! In die Hose hat er geschissen!" „He, Henker!" schrie da eine andere, nicht minder alte, aus Leibeskräften, „reiß dem Kerl die Hose runter! Ich will sehen, ob er wirklich einen Steifen kriegt, wenn er baumelt!"

„Halt! Der Schneider ist unschuldig!" Das schrille Getön der Weiber erstarb. Alles blickte auf Hergenroth, der seine weithin hallende Stimme erhoben hatte. „Ich, Ambrosius Hergenroth, Vizedekan des Landkapitels Ebingen und Pfarrherr zu Tailfingen, wurde beauftragt, den Mord an der Äbtissin zu untersuchen. Ich bin dem Mörder auf der Spur. Ich habe Beweise. Es gibt Zeugen. Der Schneider ist es nicht! Der Schneider ist unschuldig!“ Sobald er dies gesagt hatte, musste er sich eingestehen, dass das nicht ganz korrekt war. „Vermutlich“ hätte er einflechten müssen. Oder „wahrscheinlich“. „Und außerdem,“ fügte er noch rasch hinzu, „es gab in diesem Fall kein Gerichtsverfahren!“

Kaum hatte er geendet, da erhob sich aufgeregtes Tuscheln und Zischeln. „Kein Gerichtsverfahren! Unerhört!“ brüllte Rüdiger von Hohenbaum, der Anführer der Zechkumpanen des Herrn von Tierberg. „Den Schneider nehmen wir mit, bis das geklärt ist!“ Ein wildes Gerangel hub an, weil Rüdigers Mannen die Kette der Ebinger Büttel zu durchbrechen suchten, um aufs Podium zu gelangen und den Schneider zu befreien. Nach wenigen Augenblicken schon sah es aus, als würde Rüdigers Waffenmeister die Entscheidung bringen, der bärenstarke Ewerling vom Holdertal: Die Kette der Büttel riss auf. Aber nur für eine kurze Zeit, denn es war sogleich Verstärkung zur Hand.

Die dicht gedrängten Ebinger Bürger auf dem Marktplatz waren sich unschlüssig, wie sie sich verhalten sollten. Zu irgendeiner Art von Handeln konnten sie sich nicht entschließen; es blieb dabei, dass alle immer aufgeregter und lauter durcheinander redeten. Der Schneider indes suchte das allgemeine Durcheinander auszunutzen und schickte sich an, von dem Podium herunterzusteigen. Der Henker aber hatte dessen Absicht sofort bemerkt und war gerade dabei, die Arme nach ihm auszustrecken –

In diesem Augenblick geschah etwas Unerklärliches. Ein kurzes, grelles Zucken aus der Richtung der Alten, und es war Hergenroth, als käme es aus ihren Augen. Wie eine Wolke senkte sich daraufhin ein trübes Dämmerlicht über den Marktplatz und hüllte die Menschen auf dem Platz in ein seltsames Zwielicht. Das laute Reden erstarb. Die Körper erstarrten. Steif und unbeweglich standen sie schließlich da, so als wären sie allesamt aus Stein gemeißelt. Nur fünf konnten sich noch bewegen. Das waren die beiden alten Frauen, die Hergenroth als die Nonne und die Alte vom Felsenmeer erkannt hatte. Das war zudem der Schneider auf dem Schafott. Das war fürderhin eine kleine, gedrängte, glatzköpfige Gestalt männlichen Geschlechts – Nikodemus, der Krüppel aus dem Spital. Und das war schließlich – zu seiner eigenen, großen Verwunderung – er selbst. Die Alte winkte dem Schneider, dem Krüppel und dem Pfarrer und deutete auf eines der Häuser am Marktplatz. Sie hatte die Nonne an der Hand genommen und schlängelte sich hurtig trippelnd zwischen den stocksteifen Gestalten hindurch auf dieses Haus zu. Der Schneider, der Krüppel und der Pfarrer taten desgleichen. Nun sah Hergenroth auch, dass die beiden Frauen dick gepackte Säcke auf dem Rücken trugen.

32

„Schnell", befahl die Alte, als sie das Haus betreten hatten, „wir müssen in den Keller! Die Starre hält nicht lang an! Es bleibt nicht viel Zeit!" Neben der Kellerluke fand sie einige Kerzen, zudem Zunder und Stahl. Sie verteilte die Kerzen unter ihre vier Begleiter und brachte mit flinken Fingern den Zunder rasch zum Brennen. Sie stieg allen voran die Kellertreppe hinunter, wo sie alsbald in ein geräumiges Gewölbe gelangten. Zwischen verstaubten Spinnweben stand dort ein modriges Mostfass neben dem andern. Zielstrebig schob sie die Spinnweben beiseite und ging an der Reihe der Mostfässer vorbei auf eine Stelle zu, wo sich im Boden ein Bretterschlag befand. Sie zog an einem Eisenring, der an dem Schlag befestigt war, aber nichts bewegte sich. Sie drehte sich nach Hergenroth um. „Ambros, auf, hilf mir!" Mit vereinten Kräften gelang es ihnen, nach einigem Wuchten den Schlag zu öffnen. Massiver Latrinengeruch schlug ihnen entgegen. Im Licht der Kerzen erkannten sie eine Leiter, die zwei Klafter tief in einer übel stinkenden Brühe endete. „Wir müssen runter! Da hilft alles nichts. Schnell!" Als Erste stieg sie hinab. „Ambros, du zuletzt!" hörte man sie noch sagen, dann war sie in der Tiefe verschwunden. Es war nicht ganz einfach, beim Hinuntersteigen die Kerze zu halten, ohne dass diese von einem stärker werdenden Luftzug ausgelöscht wurde.

Sie hatten Glück; die bestialisch stinkende Brühe reichte ihnen nur bis an die Knie. „Vorwärts! Hier entlang!" Sie befanden sich in einer schmalen, kaum mannshohen Röhre, die aus Stein gemauert war. Der Luftzug war stärker geworden. Die flackernden Kerzen warfen schwankende Schatten auf die Wände des unterirdischen Gangs. Die Alte ging voraus, die anderen Vier folgten ihr im Gänsemarsch. Unheimlich gurgelte der stinkende Schlamm um ihre Knie. Kaum mehr als fünfzig Schritt waren sie gegangen, da blieb die Alte stehen und fing an, fürchterlich zu fluchen und zu schimpfen. „Was ist? Warum bleibt ihr stehen?“ wollte Hergenroth wissen, der die kleine Prozession beschloss. „Ein Gatter!“ zeterte die Alte, „ein eisernes Gatter! Damit habe ich nicht gerechnet!“

„Lass mich mal sehen“, meinte der Tailfinger Pfarrer und schob sich an den drei Gestalten vorbei, die zwischen ihm und der Alten standen. In der Tat: Eiserne Gitterstäbe waagrecht und senkrecht, gerade so weit auseinander, dass man sich nicht dazwischen durchzwängen konnte. Auf der anderen Seite des Gatters setzte sich der Gang fort, aber in der Ferne schimmerte fahl das Tageslicht. Ein Abwasserkanal, das war ihm klar. In Tübingen hatte er auch schon solche unterirdischen Kanäle gesehen. Das Gatter war offensichtlich eingebaut worden, um in Falle einer Belagerung zu verhindern, dass die Belagerer durch den Kanal in die Stadt eindringen konnten.

Hergenroth reichte seine Kerze der Alten, fasste das Gatter fest mit beiden Händen und rüttelte aus Leibeskräften. Der Mörtel löste sich aus den Verankerungen, die Eisenstäbe lockerten sich. Er trat zwei Schritt zurück und warf sich mit voller Wucht gegen die Stäbe. Ein scharfer Schmerz durchzuckte seine Schulter, aber das Gatter hielt stand. Hergenroth rüttelte noch einmal und dachte nach. Die Oberfläche der Stäbe war ausgesprochen rau und von bröseliger Beschaffenheit: Rost also. Mit beiden Händen ergriff er einen Stab nach dem andern und drückte dagegen, so fest er konnte. Einer ließ sich verbiegen, aber doch nicht so viel, dass man ihn hätte aus seiner Halterung lösen können. Was tun? Der Pfarrer umklammerte die Stäbe so fest, dass ihm die Knöchel schmerzten, und presste die Stirn gegen das rostige Eisen. Die andern schauten ihm zu, wagten aber nicht zu sprechen. „Was ist?“ wollte die Alte schließlich wissen. „Hast du eine Idee?“ „Ich glaube, ja“, antwortete Hergenroth nach einigen Augenblicken weiteren Nachdenkens. „Wir brauchen einen Balken. Damit könnten wir gegen das Gatter stoßen wie mit einem Rammbock. Ich gehe wieder hoch und suche nach einem Balken." Die Alte nickte und war sichtlich erleichtert. „Aber beeil dich!"

Hergenroth schlurfte durch die eklige Brühe so schnell er konnte. Er musste aufpassen, dass er nicht ausrutschte. In dem Mostkeller leuchtete er mit seiner Kerze zwischen den Fässern herum. Dort lagen auch immer wieder kürzere Bretter, die aber für den vorgesehenen Zweck nicht zu gebrauchen waren. Erst in der hintersten Ecke fand er schließlich unter einem Stapel Brennholz das, was er suchte: einen dicken Balken zureichender Länge. Zuvor hatte er aber seine Kerze auf das nächste Fass gestellt und mit beiden Händen in den Holzscheiten gewühlt. Es gelang ihm, den Balken bis zu der Leiter zu schaffen. Dann aber ergab sich das Problem, dass er keine Hand frei hatte, weil er mit der einen die Kerze hielt und mit der anderen den Balken. Zuerst hatte er daran gedacht, den Balken einfach in die Tiefe fallen zu lassen, hatte dann aber diesen Gedanken sofort wieder verworfen. Denn das Holz wäre ja in die Stinkbrühe gefallen und davon glitschig geworden. Da blieb also nur eins: die Kerze auszublasen, sich mit der einen Hand an der Leiter festzuhalten und mit der anderen das Holz zu umklammern. So hatte es denn einige Zeit gedauert, bis er wieder unten ankam. Von Ferne hörte er Zähneklappern. Wahrscheinlich der Schneider, dachte er. Vor Kälte oder vor Angst. Oder von beidem. „Na endlich", ließ sich die Alte hören, als er näher kam, „jetzt aber ran!"

Das Kerzenlicht war jetzt nicht mehr notwendig. Fest mit beiden Händen hielt Hergenroth den Balken an dem Ende, das dem Gatter am nächsten war. Er musste aufpassen, dass das Holz beim Aufprall nicht zwischen den Eisenstangen hindurch rutschte. "Hau – ruck – hau – ruck – hau – ruck – hau – ruck – – " kommandierte die Alte. Die fünf Menschen, die da hinter einander in einer Reihe standen und den Balken hielten, hätten in Körpergröße und Gestalt kaum unterschiedlicher sein können, aber trotzdem funktionierte es. Beim ersten Aufprall knirschte das Eisen laut in seinen Halterungen, gab aber nicht nach. Von Aufprall zu Aufprall knirschte und krachte es lauter, so dass man es sicherlich weithin hören konnte. Die Stangen lösten sich mehr und mehr, bis nach dem zehnten oder zwölften Mal das Gatter mit gut hörbarem Knacken zur Seite sank.

Der Weg war frei.

Eigentlich hätte nun ein Freudengeheul ertönen müssen. Aber die Anspannung war viel zu groß gewesen. Nur der Krüppel gab ein leises, erleichtertes Seufzen von sich. „Auf!“ zischte die Alte. „Mir nach! Schnell!“ Sie wateten dem Tageslicht entgegen. Der Kanal mündete in den Stadtgraben. Enttäuscht schauten alle Fünf den steilen Hang hinauf: Der Graben war an dieser Stelle viel zu tief, als dass man ohne Leiter hätte hinaufklettern können. „Mir nach“, zischelte die Alte entschlossen, „Bei der Martinskirche ist der Graben nicht mehr so tief.“ Im Gänsemarsch tippelten sie denn alle hinter der Alten her. Der Kloakengestank verlor sich rasch in dem wenig trüben Wasser des Stadtgrabens. Es waren kaum mehr als hundert Schritt, bis die obere Kante des Grabens mit ausgestreckten Händen zu erreichen war. Hergenroth kauerte sich auf den Boden und ließ sich von einem nach dem anderen auf den Rücken treten, so dass der Rand des Grabens leichter zu erreichen war. Das Gewicht der beiden Frauen war enorm, trugen sie doch beide schwere Säcke auf dem Rücken. Dem Krüppel gelang es indes nicht, den Rand des Grabens mit den Händen zu erreichen, denn er war einfach zu kurz: Die bereits oben Angekommenen mussten ihn an den Armen hochziehen. Hergenroth selbst schaffte es ohne fremde Hilfe.

Als sie alle aus dem Graben herausgeklettert waren, schauten sie prüfend auf die Schießscharten der Stadtmauer. Ob sie wohl schon bemerkt worden waren? Kein Mensch war durch die schmalen Schlitze zu sehen. Hergenroth wollte schon erleichtert durchatmen, da schüttelte die Alte zweifelnd den Kopf. „Ich weiß nicht, ich weiß nicht“, sagte sie, „ich hab ein ungutes Gefühl.“ „Wo wollen wir hin?“ fragte Genovefa. „Das muss ich mir noch überlegen“, antwortete die Alte, „erst mal weg von hier. Dann sehen wir weiter.“ Sie kehrte der Stadtmauer den Rücken und wandte sich der Friedhofsmauer zu, von welcher die Martinskirche umgeben war. Schon seltsam, das hier in Ebingen, dachte der Tailfinger Pfarrer. Er kannte keine andere Stadt, wo die Kirche außerhalb der Stadtmauer stand. Er hatte die Absicht der Alten sogleich erkannt: Waren sie erst einmal hinter der Martinskirche verschwunden, konnten sie von der Stadtmauer aus nicht mehr gesehen werden. In langer Reihe trotteten sie hinter ihr her, durch die Gemüsegärten der Ebinger, die diese vor der Stadtmauer angelegt hatten und in denen jetzt im Herbst nur noch einzelne Kohlköpfe aus dem Erdreich ragten. Zu ihrem Glück befanden sich immer wieder Hecken und Buschwerk zwischen den Gärten, so dass sie von der Stadt aus immer weniger gesehen werden konnten.

Sobald sie die der Stadt abgewandte Seite der Friedhofsmauer erreicht hatten, änderte die Alte die Richtung und bewegte sich nach Süden, dem Riedbach zu. „Ich weiß eine seichte Stelle“, sagte der Schneider, der bisher noch kein einziges Wort gesprochen hatte. „Dann geh du voran“, meinte die Alte, und wartete, bis er sich an der Spitze des kleinen Trupps befand. Zielstrebig bewegte sich der Schneider auf eine bestimmte Stelle des Ufers hin. „Ich zuletzt“, meinte die Alte, als sie dort angekommen waren. So machte Hergenroth den Anfang und nahm den Krüppel an die eine und Genovefa an die andere Hand, weil er befürchtete, dass diese beiden im Bachbett ausrutschen könnten. In der Tat war es aber dann so, dass er selbst, Hergenroth, auf den glitschigen Kieseln ausglitt und wohl auch längelang ins Wasser gefallen wäre, wenn ihn die Nonne und der Krüppel nicht festgehalten hätten.

„Halt! Wir müssen im Wasser bleiben,“ ließ sich die Alte mit gedämpfter Stimme hören, „wir werden jetzt ein kleines Stück im Wasser gehen müssen. Das ist wegen den Hunden. Es wird nicht lange dauern, bis sie uns mit Spürhunden verfolgen. Aber wartet noch, bis ich so weit bin.“ Sie stand mittlerweile ebenfalls im Wasser, befand sich aber noch dicht am jenseitigen Ufer. Sie nestelte in ihrem Gewand und kramte einen kleinen Beutel hervor. Mit Daumen und Zeigefinger fasste sie hinein und streute eine kleine Menge eines grauen Pulvers an den Rand des Ufers, bevor sie ihren Begleitern folgte. „Nur eine kleine Vorsichtsmaßnahme“, erklärte sie. „Das Pulver macht die Nasen der Hunde für Gerüche unempfindlich“.

„Ich denke, wir gehen am besten den Siebenkreuzlesweg hoch“, ließ sich der Schneider wieder hören, „und wenn wir dann oben sind, müssen wir uns entscheiden, wo wir hin wollen. Der Weg oben führt nach Meßstetten. Es gibt aber auch eine Abzweigung nach Straßberg.“ Hergenroth schüttelte den Kopf. „Das ist zu gefährlich. Wir könnten dem Fuhrmann begegnen, der von dem Steinbruch jeden Tag herunter fährt.“ Die Alte aber lächelte zustimmend. „Der ist heute nicht unterwegs. Der ist heute auf dem

Marktplatz." Und weiter ging's im Gänsemarsch, die Alte wieder vorneweg. Der Siebenkreuzlesweg führte steil nach oben. Nach der dritten Kehre blieben sie stehen und schauten hinunter auf die Stadt. Ganze Menschenknäuel bewegten sich aus den Stadttoren hinaus: Ein Großteil der Menschen, die gekommen waren, um einer Hinrichtung zuzuschauen, hatte sich demnach in der Zwischenzeit wieder auf den Heimweg begeben. Eine kleine Gruppe am unteren Tor löste sich aus dem Verband und hielt auf den Siebenkreuzlesweg zu. „Mög mich der Teufel holen", fluchte der Schneider, „sie folgen uns!" „Glaub ich nicht", entgegnete Genovefa, die bisher noch keinen Ton gesprochen hatte, „ich denke eher, dass das Leute von Meßstetten sind." „Oder von Straßberg", ergänzte die Alte. „Aber wie dem auch sei: Wir werden uns beeilen müssen, damit sie uns nicht einholen."

33

Sie waren alle schweißgebadet und außer Atem, als sie oben angekommen waren. Wie sollte es nun weitergehen? Erwartungsvoll standen sie im Kreis um die Alte. „Wie soll es nun weitergehen?" fing sie an, so als könnte sie Gedanken lesen. „Sie werden uns verfolgen. Aber nur zwei von uns werden sie suchen. Das bist du, Ambrosius, und das bist du, Schneider. Aber die anderen beiden werden nicht zurückkehren können, weder du, Nikodemus, noch du, Genovefa. Ihr alle müsst ein neues Leben anfangen. Vielleicht in einer Reichsstadt. Vielleicht in Pfullendorf. Dort kennt euch keiner, dort könnt ihr euch verdingen. Ambros: Du als Schreiber. Oder als Hilfslehrer. Genovefa und Bastian: Ihr beide bei einem Schneidermeister vielleicht. Nur ich kann zurück. Ich werde irgendwann wieder im Tailfinger Felsenmeer sein. Dich nehme ich dann mit, Nikodemus. Wenn du willst." Wie sie so redete, streichelte sie dem Krüppel sanft über die Glatze, worauf dieser ein Geräusch von sich gab, das dem Fiepen eines jungen Hundes ähnelte. Dabei drückte er sein Gesicht in den fülligen Busen der Alten, was diese sich wohl gefallen ließ. „Bis dahin werden noch einige Tage vergehen", fuhr sie fort, „oder auch vielleicht Wochen. Die nächsten Tage werden wir alle menschlichen Siedlungen meiden und im Freien übernachten müssen. Aber keine Angst, ich habe an alles gedacht. In unseren

Säcken haben Genovefa und ich genug Essen und auch warme Decken für die Nacht. Wir müssen zusehen, dass wir möglichst schnell ins Hohenzollerische kommen. Dort können uns die Württemberger nicht ergreifen. Jedenfalls nicht in den nächsten Tagen."

Die Alte schaute forschend in die Gesichter der Umstehenden. „Wer weiß etwas Besseres?" fragte sie schließlich. Einer nach dem anderen schüttelte den Kopf. „Also los dann! Mir nach! Wir gehen so lange, bis es dunkel wird. Um Frohnstetten herum ist viel Wald. Dort verstecken wir uns." Vorneweg schritt die Alte. Hinter ihr ging der Krüppel, dann kam die Nonne, dann der Schneider. Pfarrer Hergenroth bildete den Schluss. Dass sie sich auf einem Weg befanden, sah man eigentlich nur daran, dass hier das Gras etwas niedriger stand als links und rechts davon: Ein verhältnismäßig schmales Band, das sich durch eine leicht hügelige Wacholderheide schlängelte, durchsetzt mit einzelnen, breit gewachsenen Albbuchen. Eigentlich war das ein durchaus malerischer Anblick, doch hatte keiner der Flüchtenden ein Auge dafür: Es galt, so schnell wie möglich von Ebingen weg zu kommen.

Bald zeigte sich, dass der Krüppel nicht besonders gut zu Fuß war: Er begann zu humpeln, und je länger es ging, um so mehr zog er einen Fuß nach. Das bedeutete allerdings nicht, dass er langsamer voran kam als die anderen. Trotzdem drehte sich die Alte immer wieder um, denn sie wollte sehen, ob er noch dicht hinter ihr herkam. Sie waren noch kaum eine Meile unterwegs, als die Alte abrupt zur Seite hin abbog und ihre Schritte auf den Wald zu lenkte, der dort in der Ferne zu sehen war.

Als sie am Waldrand angekommen waren, blieb der Schneider stehen. Und mit ihm der ganze, kleine Zug. „Ich habe Angst", sagte er mit leicht zitternder Stimme. Mitfühlend legte ihm Genovefa die Hand auf den Arm. Eine Geste, die den Tailfinger Pfarrer heiße Eifersucht spüren ließ. „Wovor denn?" wollte die Nonne wissen. „Der Waldkrapp", begann er zu erklären, und als Genovefa erstaunt die Augenbrauen hochzog, fuhr er fort: „Hast du noch nie vom Waldkrapp gehört? Er kommt ganz plötzlich von hinten. Er setzt sich dir auf den Rücken und beißt dich ins Genick. Du bist dann auf der Stelle tot."

„Aberglaube, nichts als Aberglaube“, wollte Hergenroth sagen, aber die Alte erhob die Hand, um ihn daran zu hindern. „Jetzt habe ich euch alle heil aus der Stadt heraus gebracht“, fing sie in ruhigem Ton an, „da werde ich euch auch noch heil durch diesen Wald bringen. Das glaubst du mir doch, Schneider?“ Der Schneider schien noch nicht vollkommen überzeugt. „Jetzt lebe ich schon mehr als zwanzig Jahre im Wald, und noch nie kam ein solches Wesen in meine Nähe. Du wirst dich dicht hinter mir halten, Schneider. Dann kann dir überhaupt nichts passieren. Ihr anderen, ihr bleibt im Wald auch ganz dicht hintereinander. Man kann nie wissen.“

Der kleine Trupp setzte sich wieder in Bewegung, nachdem der Schneider und der Krüppel ihre Plätze getauscht hatten. Die Alte hatte einen kaum sichtbaren Pfad gefunden, den das Rotwild benützte, um in der Abenddämmerung vom Waldesinneren ins Freie zu gelangen. Dieser Pfad führte sie zunächst in ein undurchdringlich scheinendes Buschwerk hinein, dessen Geäst jedoch keinerlei Hindernis bildete, so lange man sich genau hinter der Alten her bewegte. Bald befanden sie sich zwischen hohen Tannen, die so dicht standen, dass das Tageslicht nur unvollkommen bis zu ihnen herunter drang. Ein weiches Bett aus Tannennadeln spürten sie unter ihren Füßen.

Trotz ihrer Körperfülle schlängelte sich die Alte flink und geschickt zwischen den Stämmen hindurch. Sie schien hier vollkommen in ihrem Element zu sein, und der ihr folgende Trupp tat sich schwer, sich ganz nah hinter ihr zu halten. So hatte auch Hergenroth Mühe, dem vor ihm her schlurfenden Krüppel dicht auf den Fersen zu bleiben. Deutlich hörte er den pfeifenden Atem des glatzköpfigen Misswüchsigen, der einen widerlichen Schweißgeruch absonderte. Es kostete ihn ein gerüttelt Maß an Überwindung, den Abstand zu ihm nicht zu vergrößern. Der Waldkrapp – vom Nachtkrapp hatte er schon gehört. Aber vom Waldkrapp noch nie. Er hatte sich immer eingebildet, er würde an solcherlei Ungeheuer nicht glauben, weil er ja so gebildet war und die Universität besucht hatte. Aber trotzdem – immer wieder schaute er verstohlen hinter sich, oder griff sich an den Nacken, und stets atmete er erleichtert auf, wenn er da nichts sehen oder spüren konnte.

Im gleichmäßig-diffusen Dämmerlicht des Waldes hatte er jedes Zeitgefühl verloren. Dass sich unter die Tannen allmählich Eichen, Ulmen und Bergahorn mischten, das nahm er nur ganz am Rande wahr. Nach einer endlos scheinenden Dauer fühlte er, wie ihm die Beine schmerzten. Derart lange Fußmärsche war er eben einfach nicht gewohnt. Er hoffte nur, dass die Alte irgendwann einmal in nicht allzu langer Frist eine Ruhepause einlegen würde. Darauf aber wartete er vergeblich. Die Schmerzen wurden größer. Seine Beine bewegte er nur noch ganz mechanisch: Ein Bein vorschieben, aufsetzen, das andere nachziehen und vorschieben, aufsetzen, und so weiter und so fort. Die Augen hielt er auf den Boden gesenkt, denn das Anheben des Kopfes schien ihm zu anstrengend. Aber manchmal warf er einen Blick auf seinen Vordermann, auf den Krüppel: Der schlurfte noch genau so wie seit dem Zeitpunkt, als sie den Wald betreten hatten. Vielleicht sollte ich einfach stehen bleiben, dachte er. Stehen bleiben und mich fallen lassen. Aber er tat es dann doch nicht: Er stellte sich den missbilligenden Blick der Alten vor, der ihn dann treffen würde. So trottete er denn weiter: Ein Fuß vor den anderen, ein Fuß vor den anderen.

Der kleine Trupp näherte sich einer Einkerbung im Gelände, ungefähr drei Klafter breit und einen Klafter tief – in dieser Einkerbung murmelte ein dünnes Rinnsal. Das Häuflein der Flüchtenden geriet ins Stocken. „Halt!“ hörte er die Stimme der Alten. „Hier bleiben wir für die Nacht!“ Pfarrer Hergenroth ließ sich erschöpft auf den weichen Waldboden fallen. Die anderen taten desgleichen; nur die Alte blieb als Einzige stehen. Der Krüppel wimmerte, Genovefa rieb sich die Waden, der Schneider lag bleich im Moos und rührte sich nicht. „Genovefa, du verteilst das Essen“, kommandierte die Alte ungerührt, „und du, Ambros, holst Wasser – da!“ Sie hielt dem Tailfinger Pfarrer einen Krug entgegen. Der Angesprochene versuchte, seine Müdigkeit und seine Schmerzen zu ignorieren und humpelte auf die Alte zu.

Als er die kurze Entfernung zu dem Rinnsal hinunterstieg, brannten ihm die Glieder so stark, dass er an Höllenqualen denken musste. Doch mutmaßte er, dass seine Schmerzen trotz ihres Ausmaßes in keiner Weise mit der Pein zu vergleichen waren, die in der Hölle zu erleiden sein würde. In der Hölle, so war es an der Universität gelehrt worden, verbreitete sich ein buchstäblich höllischer

Gestank. Dazu herrschte beklemmende, Angst erregende Dunkelheit; gleichzeitig aber stach gleißendes Licht in die Augen. Obendrein wurde der Körper geschüttelt durch Eiseskälte, aber gleichzeitig brannte das höllische Feuer, das unvorstellbar starke Schmerzen am ganze Leib verursachte. Kein Wunder, dass die Menschen sich das Verbrennen bei lebendigem Leib als schlimmste Strafe ausgedacht hatten. So sehr auch dieses Feuer jedoch auf der Haut brannte, so wenig verzehrte es den Leib. Das konnte ja nicht sein, denn sonst hätte ja die Qual alsbald ein Ende. Nein, dieses Feuer brannte, ohne wirklich zu verbrennen. Wenn er es sich also richtig überlegte, so kam der Pfarrer zu dem Schluss, dass sein Zustand von den Qualen der Hölle noch meilenweit entfernt war.

Während er solcherlei Gedanken in seinem Hirnkasten wälzte, war er an dem Rinnsal angekommen. Er setzte sich hin, befreite seine Füße von Strümpfen und Schuhwerk, und ließ seine geschundenen Gehwerkzeuge in dem prickelnd kühlen Nass baumeln. Wie gut das tat! Er hätte kaum ein Vaterunser beten können, so kurz war die Zeit, bis die wohlige Kühle sich über seinen ganzen Körper verbreitete. Bevor er den gut gefüllten Krug zu seinen Mitflüchtlingen hin trug, nahm er erst einmal einen kräftigen Schluck. Dieser eine Schluck wurde dermaßen kräftig, dass nichts mehr in dem Krug übrig blieb; er musste das Gefäß von Neuem füllen.

Solchermaßen gestärkt kehrte er zu der Alten zurück. Sie nahm ihm den Krug ab, genehmigte sich nun ihrerseits einen kräftigen Schluck und setzte sich auf den moosigen Waldboden. Der Krug ging weiter an den Krüppel und an Genovefa, die den letzten Schwung Wasser dem noch immer reglos daliegenden Schneider über das Gesicht goss, worauf dessen Lebensgeister sich wieder zu regen begannen. Die Nonne verteilte nun das Essen: Jeder bekam ein Stück Rauchfleisch; dazu einen Ranken Brot und einen Apfel.

Während sie allesamt vor sich hinmampften, lächelte die Alte zufrieden vor sich hin. „Na, war das nicht gut? Ich meine, meine Zauberei auf dem Marktplatz in Ebingen?“ Hergenroth hatte bisher noch keinen einzigen Gedanken an dieses Ereignis verschwendet; sein ganzes Sinnen und Trachten war seitdem darauf gerichtet gewesen, möglichst schnell möglichst viele Meilen zwischen sich und die löbliche Stadt Ebingen zu bringen. „Um ganz ehrlich zu sein“, antwortete Hergenroth wahrheitsgemäß, „ich hätte nicht gedacht, dass du so etwas kannst – ich meine, so viele Menschen, und alle gleichzeitig.“ Die Alte lächelte geschmeichelt. „Leicht war das nicht. Hab auch jahrelang geübt, immer wieder, im Felsenmeer, wenn mir die Tailfinger zu nahe kamen. Vor allem ist es schwer, den richtigen Härtegrad zu finden. Sind die Leute allzu hart, dann werden sie spröde wie dünnes Glas und zerbrechen. Sind sie aber zu weich, dann kommen sie nach viel zu kurzer Zeit wieder zu sich. Die goldene Regel heißt: So hart wie ein bumsiger Schniedel, nicht mehr und auch nicht weniger.“

Da war noch eine Frage, die den Pfarrer beschäftigte. „Warum hast du den Krüppel mitgenommen?“ Die Alte schaute ihn mit ihren großen, braunen Augen strafend an. „Denk doch mal nach, Ambros. Der Krüppel ist der Kronzeuge. Der Dekan weiß das. Und in ein paar Tagen wäre er an einer unbekannten Krankheit gestorben. So läuft das doch bei diesen Hunden.“

Während der kleine Trupp noch beim Essen war, senkte sich die Abenddämmerung hernieder. „Schlafenszeit“, bemerkte die Alte. Genovefa verteilte die Decken. Hergenroth suchte seinen Schlafplatz neben Genovefa zu finden, was die Alte mit bösem Blick quittierte. Sie schob den Schneider auf die eine und den Krüppel auf die andere Seite der Nonne. Dem Pfarrer blieb nichts anderes übrig, als sich neben den Krüppel zu legen. Neben den Schneider wollte er nicht; wusste er doch um dessen gleichgeschlechtliche Veranlagung. Die Alte reckte die Nase hoch und schnupperte. „Irgend etwas stimmt hier nicht“, meinte sie, „wenn ich nur wüsste, was es ist. Am besten ich halte Wache. Ihr könnt ja schon mal schlafen, ihr vier. So lange ich wache, seid ihr auf jeden Fall sicher.“

34

Die Sonne stand schon hoch am Himmel, als sie am nächsten Tag aufwachten. Die Alte hatte bereits früh am Morgen das Rinnsal mit Steinen, Moos und Ästen zu einem kleinen Tümpel aufgestaut. Sie hatte sich ihrer Kleider entledigt und stand bis zum Bauchnabel im Wasser und planschte herum wie ein kleines Kind. Mit großem

Wohlgefallen sah Hergenroth, dass ihre Brustwarzen in der frischen Albluft groß und fest geworden waren. „Auf, ihr Langschläfer, auf! Kommt her zu mir, ins Wasser! Das wird euch gut tun!“ Der Pfarrer schaute nach der Nonne und sah – ebenfalls mit großem Wohlgefallen – wie diese gerade dabei war, sich gleicherweise zu entblättern. Als er sich nun seinerseits daran machte, sich seiner Kleider zu entledigen, da bemerkte er, dass sein bestes Stück frisch und keck von ihm abstand, was ihm etwas peinlich war, als er sah, dass die beiden Frauen es bemerkt hatten. Vor allem aber war es ihm äußerst unangenehm, als er die gierigen Blicke des Schneiders wahrnahm. „Auf! Rein mit euch ins Wasser!“ kommandierte die Alte mit lustiger Stimme.

Großes Erstaunen verursachte des Schneiders morgendlicher Wasserständer, so lang wie der Stiel einer Bratpfanne und so dick wie der Stiel eines Besens. Wer hätte auch bei einem dermaßen schmächtigen Menschen ein derart eindrucksvolles Gemächt vermutet! Sobald aber die beiden männlichen Stößel erst einmal ins kühle Nass eingetaucht waren, begannen sie augenblicklich zu schrumpeln.

Zu guter Letzt humpelte der Krüppel herbei und hopste in das Wasser. Dort plitschte und platschte er wie ein kleines Kind und lachte und quiekte dabei. Die Alte hatte große Freude an dem unschuldigen Vergnügen des Krüppels; sie spritzte ihn an und lachte nun auch ihrerseits und quietschte auf eine geradezu kindische Weise. Der Krüppel spritzte zurück, hopste auf sie zu, ergriff ihre Brüste, zog an ihnen, drückte sie breit und walkte sie, wie es ein Bäcker mit seinem Brotteig tut. Hergenroth wurde neidisch: Allzu gern hätte er dies auch getan. Seine Blicke suchten Trost bei den Brüsten der jungen Nonne, die rund und fest erschienen wie die Äpfel des Paradieses. Eben wollte er nach ihnen greifen, als die Alte aus dem Wasser stieg: „Schluss jetzt!“ rief sie in Kommandoton, „wir müssen weiter! Jetzt wird gegessen!“

Das Frühmahl war einfach genug: Zerstoßene Hirsekörner in Quellwasser, leicht angewürzt mit Salz – „cum grano salis“, dachte der Pfarrer. Diese Formulierung wird in der Gelehrtenwelt oft gebraucht und meint dort so viel wie „mit großen Einschränkungen“. Wortwörtlich aber bedeuten diese drei Wörter

„mit einem Korn des Salzes“. Und an dieses eine Körnlein Salz musste Pfarrer Hergenroth bei dieser Morgenmahlzeit denken.

Nach dem gestrigen Gewaltmarsch hatte niemand so rechte Lust zum Aufbruch. Bis auf die Alte lungerten sie alle herum: der Schneider widmete sich einer ausgiebigen Reinigung seines Wamses, die Nonne war mit einer Näh-Arbeit beschäftigt, der Krüppel lag einfach im Moos und schaute in die Baumwipfel, während Hergenroth sich einer gründlichen Darmentleerung hingab. Die Alte wurde ob solchen Treibens ungeduldig. „Auf“, ließ sie sich nach längerem Warten hören, „wir müssen weiter. Kommt schon! Auf! Nikodemus, Bastian, Genovefa, Ambros! Auf! Wir müssen weiter!“

Es war spät am Nachmittag, als sich der kleine Tross in Bewegung setzte. Es ging im Gänsemarsch, genau so wie Tags zuvor, nur wesentlich geruhsamer. Der Weg führte ein oder zwei Stunden lang durch den Wald. Zunächst mit dichtem, hohem Baumbestand. Dann kam immer häufiger lichter Laubwald mit überwiegend ganz jungen Bäumen. Offenbar war hier einige Jahre zuvor in großem Stil abgeholzt worden. Für eine Kirche? Fragte sich Pfarrer Hergenroth, der sich ausnehmend gut von den Strapazen des Vortags erholt hatte. Oder für einen Anbau an das Schloss in Sigmaringen?

Die Alte bog unvermittelt scharf nach rechts ab, und unversehens gelangten sie ins Freie – auf eine weit ausgedehnte Wacholderheide. Sie waren erst einige hundert Schritt gegangen, da sahen sie in einiger Entfernung zwischen den dunklen Wacholderbüschen die zerfallenen Überreste eines Gebäudes. Die Alte hatte nicht vor, ihre Schritte dorthin zu lenken, aber der Schneider und der Krüppel strebten dorthin – man hatte fast den Eindruck, sie würden von Zauberkräften zu dem Gemäuer hingezogen. Sie scherten aus der nun schon gewohnten Gänsemarsch-Formation aus, was der Alten überhaupt nicht gefiel. „Wollt ihr wohl wieder zurückkommen, ihr Zwei!“ kreischte sie mit unverhohlenem Zorn. Hergenroth legte ihr begütigend die Hand auf den Arm. „Lass doch“, sagte er zu ihr, „warum sollten sie sich diesen Trümmerhaufen nicht ansehen. Und überhaupt: Eine kleine Rast dort drüben wäre doch auch nicht schlecht.“ Sprach's und bewegte sich nun auch seinerseits auf das Gemäuer zu.

Rückschauend bereute er dies bitterlich: Es waren ja nur einige Sätze, die er gesagt hatte, aber dennoch wurde daraus einer der ganz großen Fehler seines Lebens. Die Alte murmelte etwas, das wie eine Verwünschung klang, und gab schließlich nach.

Als der Rest des Trupps bei der Ruine angekommen war, hatten der Krüppel und der Schneider bereits herausgefunden, dass zwischen vermoderndem Gebälk und lose herumliegenden Steinen eine Treppe nach unten führte, in ein Kellergelass. Von dort hörte man ihre aufgeregten Stimmen hallen, und wenig später erschienen sie wieder auf der Treppe: Beide hielten in jeder Hand einen großen Krug. Drei davon waren mit einem Deckel verschlossen, bei dem vierten fehlte der Deckel. „Guckt mal, was wir gefunden haben!" rief der Schneider mit hörbarem Finderstolz.

„Was ist drin?" wollte die Alte wissen. „Es schmeckt gut", antwortete der Schneider mit glänzenden Augen, „saumäßig gut! Probier doch mal!" Die Alte zögerte. Sie traute diesen Krügen nicht. Hergenroth bemerkte dies und steckte den Zeigefinger in den geöffneten Krug. Er musste ihn sehr tief hineinstecken, bis er die Flüssigkeit fühlte. Der Schneider hatte sichtlich einen ganz ordentlichen Schluck daraus getan. Oder auch deren mehrere. Der Tailfinger Pfarrer leckte an seinem Zeigefinger und bekam nun seinerseits glänzende Augen. „Mmmmh! Süß! Schmeckt gut! Kann ich auch einen Schluck haben? Nur einen ganz kleinen?" Gierig streckte Hergenroth die Hand nach dem Krug aus. „Langsam", herrschte ihn die Alte an und umklammerte seinen ausgestreckten Arm mit mahnend festem Griff. „Wie kannst du so unvorsichtig sein? Woher willst du wissen, wie es dir bekommt?"

Während die Alte mit dem Pfarrer sprach, hatte der Krüppel einen weiteren Krug geöffnet und eine ganze Reihe kräftiger Schlucke genommen. „Nikodemus!" herrschte sie ihn an, „willst du wohl aufhören!" Während sie den Krüppel am Trinken zu hindern suchte, hatte der Schneider den ersten Krug schon fast geleert. „Genovefa!" wandte sich die Alte verzweifelt an die Nonne, „so hilf mir doch! Nimm dem Schneider den Krug aus der Hand!" Die Nonne tat, wie ihr geheißen, aber nur, um sich nun selbst einen mächtigen Schluck zu gönnen. „Genovefa, hör auf!" schrie die Alte nun entsetzt und schlug der Nonne auf den Arm, so dass ihr der Inhalt des Krugs ins Gesicht schwappte, „bist du von allen guten Geistern verlassen!“ Genovefa wischte sich das Gesicht mit den Fingern ab und leckte dann gierig an diesen.

Die Alte sah ein, dass sie hier nicht viel ausrichten konnte. Kurz entschlossen packte sie den Pfarrer und die Nonne jeweils am Kragen und zog sie mit aller Kraft aus der Reichweite der Krüge. „Ihr beiden, wenigstens ihr beiden sollt doch ein wenig vernünftig sein!“ Sie war noch keine zwanzig Schritt weit gekommen, da riss sich die Nonne mit einem völlig unerwarteten und dafür um so heftigeren Ruck los und rannte zurück zu den beiden Saufbolden, die sich mittlerweile laut grölend an den Händen genommen hatten, um mit torkelnden Schritten so etwas wie einen Tanz zu vollführen. Genovefa war schnell bei ihnen angekommen, stürzte sich auf einen der Krüge, setzte erst ab, als das Gefäß leer war und reihte sich dann in den Torkeltanz der beiden Betrunkenen ein. „Wenn das nur gut geht“, seufzte die Alte mit Blick auf dieses Schauspiel, „wenn das nur gut geht!“ Doch dann schaute sie dem Tailfinger Pfarrer mit giftigem Blick streng in die Augen. Dieser Blick fuhr ihm wie eiskalter Stahl durch den Leib. Noch nie hatte ihn jemand mit einem derart giftigen Blick angesehen. Sie packte seine Hand mit eisenfestem Griff. „Und du, mein liebster Ambros“, zischte sie durch die Zähne, „du bleibst bei mir! Hast du verstanden?“

Warum auch ist das Schicksal so hart zu mir, dachte er missmutig und warf einen letzten, traurigen Blick auf das torkelnde Dreigespann, das ganz offensichtlich das Leben in vollsten Zügen genoss. Den Gedanken verwarf er, es der Nonne gleichzutun. Dafür war seine Angst vor dem Zorn der Alten viel zu groß. Hatte sie ihn zunächst hinter sich herziehen müssen, folgte er ihr nun ohne jeden sichtbaren Widerwillen. Trotzdem behielt sie ihren stahlharten Griff bei. Sein Handgelenk begann zu schmerzen. Aber die Alte lockerte ihre Umklammerung erst, als sie wieder in den Wald getreten waren und eine Lichtung erreicht hatten. Ein lauschiger Ort mit viel Vogelgezwitscher, an dessen Rand ein Bächlein floss.

Sie drehte sich zu ihm hin, so dass sie sich in die Augen schauten. Das taten sie sehr lange. Die funkelnde Strenge war aus ihrem Blick gewichen. An deren Stelle war etwas ganz liebevoll Weiches getreten. Die Hand, die gerade noch fest zugepackt hatte, streichelte ihm jetzt den Unterarm. „Worauf wartest du noch?“ hauchte sie sanft, „nun mach schon endlich!“ Und ebenso sanft, wie sie gesprochen hatte, zog sie ihn ins weiche Gras. Goldene Blitze zuckten von den Büschen. Gelbrosa Funken sprühten von den Bäumen. Grellbunt leuchtende Wagenräder rollten durch den Wald. Und das, ohne dass er zuvor von ihrem Trunk gekostet hatte. Als sie durchgeschwitzt und keuchend von einander ließen, da murmelte sie etwas vor sich hin, was er nicht so richtig verstand. Aber es war ihm, als hätte sie gesagt „schade, dass die Männer so viel Verstand im Schniedel haben. Und nicht im Hirn.“ Es war wohl besser, dachte er, darauf jetzt nichts zu sagen.

Die Alte hockte im Gras und starrte missmutig vor sich hin. „Post coitum animal triste“, dachte der Pfarrer bei diesem Anblick und kicherte in sich hinein. Passte doch dieser Spruch des Kirchenvaters Augustinus nur allzu gut auf diese Situation! Nach dem Beischlaf ist das Tier traurig! „Hör auf zu kichern, du alberner Trottel“, keifte die Alte. „Die Sache ist ernst genug!“ Hergenroth verstand nicht, was sie meinte, und an seinem verständnislosen Gesicht war dies wohl auch deutlich genug abzulesen. „Wir haben nichts zu essen. Und auch nichts, um uns in der Nacht zuzudecken. Unser ganzes Gepäck liegt bei der Ruine. Da hilft alles nichts: Wir müssen wieder hin.“

Hergenroth hatte schnell begriffen, was die Alte meinte: Drei sturzbetrunkene Personen mussten von der Ruine weggeschafft werden. Und all das Gepäck noch obendrein. „Und wohin sollen wir sie schaffen?“ fragte er. „Hierher natürlich. Hier haben wir wenigstens auch Wasser. Ich weiß, dass es sehr mühsam sein wird. Schließlich haben wir schon Nachmittag. Aber wir haben keine Wahl.“

Der Tailfinger Pfarrer fasste sie am Arm. „Du“. Mehr sagte er nicht. „Was ist“, fragte die Alte und schaute ihm mit ihrem großen dunklen Augen verwundert ins Gesicht. „Eines möcht ich gerne wissen.“ „Und das wäre? – Auf, sag schon!“ „Du magst den Krüppel. Warum nur?“ „Sag nicht Krüppel“, antwortete sie, „sag Nikodemus.“ Wie sie den Namen aussprach, wanderten ihre Blicke wehmütig in die Ferne. „Nikodemus“, wiederholte sie. Und schwieg eine ganze Weile. „Weißt du, Ambros“, fuhr sie schließlich fort, „es ist schon sehr lange her. Da hatte ich einen Sohn.“ Verblüfft riss Hergenroth Mund und Augen weit auf. Damit hatte er nicht gerechnet. „Einen Sohn?“ echote er. „Ja, einen Sohn.

Er war – äh – etwas unvollkommen. Während der Schwangerschaft hätte ich wohl auf diese Getränke verzichten müssen. Er starb denn auch bald."

Hergenroth war sprachlos. „Uuuuu". Das war alles, was er nach langem Staunen herausbrachte. Und noch länger dauerte es, bis er es schaffte, seinen Verstand zu gebrauchen. „Es ist Gottes Wille, dass solche – mmh – unvollkommenen Menschen entstehen. Er will uns damit prüfen." Nun sah er, dass sich ihre Augen mit Tränen gefüllt hatten. Instinktiv nahm er die Alte in den Arm. „Es muss eine große Prüfung für dich gewesen sein." „Ach was, Prüfung", sagte sie leicht ungehalten und löste sich aus der Umarmung. „Immer wenn ich Nikodemus anschaue, muss ich an meinen Sohn denken."

35

Schon von Weitem sahen sie eine dünne Rauchwolke über der Ruine. „Auch das noch!" meinte die Alte. „Die tun doch wirklich alles, damit wir gefunden werden können." Da lagen sie, die Drei, in festestem Tiefschlaf um das kleine Feuer herum, genau so, wie sie der rauschbedingte Schlummer ereilt hatte: Der Schneider mit weit geöffnetem Mund, den leeren Krug noch fest in der Hand; der Krüppel bäuchlings in einer Lache von Gekotztem; die Nonne rücklings mit weit ausgebreiteten Armen und einem seligen Lächeln auf den Lippen. „Die Leute im nächsten Dorf werden sich fragen: woher kommt der Rauch? Wenn sich dann einige beherzte Männer finden, werden sie hierher kommen, um nachzusehen. Aber wenn wir Glück haben, leben dort nur Hasenfüße, und wir können unsere drei Säufer unbemerkt wegschaffen. Also auf! Du nimmst das Gepäck und ich die Nonne! Und beim nächsten Mal nehme ich den Schneider und du den Nikodemus. Mir ist er zu schwer. Zuerst alles auf die Lichtung. Das ist besser als gar nichts. Und wenn es dann noch nicht dunkel ist, geht es noch tiefer in den Wald. Dort sind wir wirklich sicher."

Von der Ruine bis zu der Lichtung war es kaum mehr als eine württembergische Meile, ein Stück Wegs also, das ansonsten eher einem kleinen Spaziergang glich und unter anderen Umständen keinerlei Mühe bereitet hätte. Aber mit diesen gewaltigen Lasten auf dem Rücken sah das natürlich vollkommen anders aus. Zumal der Marsch am Vortag stark an den Kräften gezehrt hatte. Die Abenddämmerung war schon hereingebrochen, als Pfarrer Hergenroth den laut schnarchenden Krüppel auf eine vorbereitete Decke inmitten der Lichtung fallen ließ. Knie und Rücken schmerzten ihn noch mehr als Tags zuvor. Noch ein paar Schluck Wasser, nahm er sich vor, und dann nur noch schlafen – schlafen! Aber die Alte trieb ihn noch weiter an. „Auf! Weiter! In den Wald!“ herrschte sie ihn an und schüttelte der Reihe nach alle drei Trunkenbolde. Nur die Nonne kam ein klein wenig zur Besinnung. Sie hatte die Augen halb geöffnet und lallte wirres Zeug. Aber immerhin konnten Hergenroth und die Alte sie mit gemeinsamen Kräften in den Wald schleifen.

Dass die Alte sagte „das stinkt hier. Das stinkt. Wenn ich nur wüsste, warum. Ich werde wachen. Die ganze Nacht“ – das hörte er schon nicht mehr, denn er war sofort eingeschlafen, kaum dass er sich hingelegt und die Decke über sich gezogen hatte.

Ein deftiges Rütteln an der Schulter weckte ihn. Er blickte in das schreckensbleiche Gesicht der Alten. „Sie sind da. Wir müssen weg.“ Hergenroth setzte sich auf und schaute sich um. Es war noch dunkel. Nur ein erster milchiggrauer Morgenschimmer zeigte sich im Osten über den Baumwipfeln. „Schnell! Wir müssen ein Versteck suchen! Auf der Lichtung haben sie uns gleich entdeckt. – Nimm du Nikodemus! Ja, ihn zuerst; das Gepäck lassen wir hier.“ Hergenroth hatte sich mittlerweile aus seiner Decke geschält und suchte den nur noch sanft schnurchelnden Krüppel hochzuheben. Als er ihn mit festem Griff fasste, wackelte dieser mit dem Kopf und begann zu murmeln. Der Rausch schien seine Wirkung zu verlieren. Mit einem Schmerzlaut ließ Hergenroth seine Last wieder zu Boden sinken. „Mein Rücken! Mein Rücken tut so weh! Das schaffe ich nicht!“ Die Alte schaute ihn an. Panische Angst lag in ihren großen braunen Augen. „Versuchen wir es zu zweit! Auf, komm!“ Doch nicht einmal gemeinsam schafften sie es. „Wenn ich nur ein wenig jünger wär“, keuchte die Alte, als der Krüppel wieder zu Boden gesunken war. Aber aufgeben wollte sie nicht. „Nehmen wir die Nonne. Die ist nicht so schwer.“ Sie fassten die noch immer vom Rausch betäubte, aber selig lächelnde Klosterfrau rechts und links an den Oberarmen und schleiften sie durch das taunasse Gras.

Die kalte, frische Nässe tat ihre Wirkung. Genovefa öffnete die Augen. „Wo bin ich?“ lallte sie. „Schschsch“ zischelte die Alte, „ruhig jetzt!“

Hinter einem dicken Baumstamm am Rande der Lichtung legten sie ihre Bürde auf den Waldboden. „Und jetzt?“ fragte Hergenroth. „Jetzt sind sie da.“ Die Stimme der Alten klang rau. Ihre Augen stierten irr vor Panik. „Duck dich!“ flüsterte sie, „auf den Boden! Schnell!“ Durch das Dickicht sah der Pfarrer die Körper der beiden Betrunkenen, mitten auf der Lichtung. Die Entfernung betrug ungefähr fünfzig Schritt.

Ein Zucken durchfuhr den Körper des Schneiders. Mit einem Ruck richtete er sich auf. Weit aufgerissen waren die Augen, schmerzverzerrt das Gesicht. Laut röchelnd griff er sich an die Schulter. „Sie schießen mit Bolzen, die Hunde“, stöhnte die Alte. „Mach sie zu Stein, wie in Ebingen“, flüsterte Hergenroth. „Wenn ich nur könnte“, gab die Alte zurück. „Dazu muss ich sie sehen. Aber ich seh sie nicht. Dort hinten haben sie sich versteckt. Dort hinten, im Gebüsch. Wenn ich sie nur sehen könnte.“ Abermals zuckte der Schneider zusammen. Diesmal schrie er lauthals vor Schmerz, stand auf und wollte in der Richtung rennen, wo Hergenroth und die Alte im Dickicht lagen. Blut quoll ihm jetzt aus Nase und Mund. „Hierher, zu uns“, brüllte die Alte ihm zu, so laut sie konnte. Er schaffte gerade noch ein paar torkelnde Schritte, dann fiel er längelang auf das Gesicht und blieb reglos im taunassen Gras liegen.

Das Geschrei der Alten hatte nun auch den Krüppel geweckt. Der dicke Stapel des Gepäcks hatte ihn bisher vor den Blicken der Schützen und damit auch vor den Bolzen geschützt. Doch nun richtete er sich auf, ohne zu ahnen, dass er sich damit in Lebensgefahr begab. „Nikodemus, bleib liegen!“ kreischte die Alte in höchster Verzweiflung, und ihre Stimme war nahe daran, sich zu überschlagen. Er hatte sich aber bereits erhoben. Da – jetzt auch bei dem Krüppel dieses Zucken, wie schon zuvor bei dem Schneider – ein Bolzen hatte ihn im Genick getroffen. Blut spritzte ihm in rhythmischen Stößen aus dem Hals. Er ruderte hilflos mit den Armen, drehte sich langsam um die eigene Achse und gab einige gurgelnde Laute von sich.

„Nikodemus, mein Nikodemus!“ Ihre Stimme war ganz dünn geworden. Die Alte stand auf, riss die Arme hoch und rannte auf ihn zu. Sobald sie das schützende Dickicht verlassen hatte, zuckte ihr Körper gleich mehrfach – die Geschosse trafen in Kopf, Brust und Bauch. Sie rannte weiter auf den Krüppel zu, als sei nichts gewesen, doch wurden ihre Bewegungen nach mehreren Schritten langsamer. Ein Rasseln entrang sich ihrer Lunge. Blut schoss ihr aus dem Mund. Ihre Hände verkrampften sich. Aber noch immer setzte sie einen Fuß vor den andern. Sie gab einige unverständliche Laute von sich, die ähnlich klangen wie der Name des Krüppels. Dieser drehte sich noch immer um die eigene Achse und ruderte mit den Armen. Die Alte war ihm nun ganz nah – sie suchte ihn zu umarmen, verlor aber dabei das Gleichgewicht, bekam ihn zu fassen und fiel zusammen mit ihm ins nassglänzende Gras.

Benommen starrte Hergenroth auf die drei leblosen Körper, die dort, in einiger Entfernung, im Gras lagen. Sein Nacken schmerzte höllisch. Eine ewig lange Zeit schien ihm verstrichen, bevor er in der Lage war, einen Gedanken zu fassen. Die Alte. Da draußen lag sie. Tot. Es gab kein Zentrum mehr, keinen festen, sicheren Mittelpunkt, denn die Alte hatte bisher alles organisiert, alles geplant, in allem einen klaren Kopf bewahrt. Dass es nie wieder goldene Blitze geben würde, dazu gelbrosa Funken, oder auch grellbunte Wagenräder, dieser Gedanke kam ihm erst viel später. Nun aber war er allein. Mit Genovefa allein. Und drüben, auf der anderen Seite der Lichtung, dort lauerten die Schützen. Die Leute, die ihnen nach dem Leben trachteten. Weitere Gedanken ließen auf sich warten.

Er drehte sich leicht zu Genovefa hin. Sie schien immer noch zu schlafen. Genovefa! Das war wohl alles, was ihm übrig geblieben war. Sachte strich er ihr über das Haar. Immer wieder. So als könnte diese zärtliche Berührung ihm helfen, aus dieser ausweglosen Situation herauszufinden. Aber immerhin gab ihm die Zärtlichkeit ein wenig Trost. Genovefa öffnete die Augen und schaute ihn verwundert an. Der Rausch war verflogen. „Was ist? Wo sind wir? Wo sind die andern?“

Ein besänftigendes „Schschsch“ gab Hergenroth von sich und legte der Nonne seinen Zeigefinger auf den Mund. „Wir müssen hier weg. Ganz schnell. Und ganz leise.“ Genovefas Augen waren zunächst als Folge der Schlaftrunkenheit halb geöffnet gewesen. Nun waren sie vor Angst weit aufgerissen. „Schschsch“, wiederholte der Tailfinger Pfarrer, erhob sich vorsichtig, um kein Geräusch zu erzeugen, und zog nun auch die Nonne sachte hoch. Sorgsam tastend waren die ersten Schritte, denn er musste es vermeiden, auf irgendein Ästchen zu treten, denn das hätte ein verräterisches Knacken hervorrufen können. Nach mehreren Dutzend Schritten fühlte er sich sicherer; seine Schritte wurden schneller, und alsbald wurde aus dem vorsichtigen Tippeln ein hektisches Dahinrasen, durch stachliges Unterholz, durch schmatzenden, schwärzlichen Morast, vorbei an dicken Eichenstämmen, über moosgrüne Matten hinweg, über steinigen Grund und über braunes, dürres Laub, immer Genovefa an der Hand hinter sich herziehend – Genovefa, die noch immer nicht richtig begriffen hatte, was eigentlich vor sich ging. Zu dieser unaufhörlich rasenden Hast trieb ihn die Angst, die blanke Todesangst, die Vorstellung, von den eisernen Bolzen der gnadenlosen Todesschützen durchbohrt zu werden.

So merkte er nicht, wie ihm der kalte Schweiß über Gesicht, Brustkorb und Gliedmaßen rann, wie ihm der Atem stoßweise durch die Luftröhre pfiff, wie ihm der Puls mit mächtigem Getrommel in den Ohren dröhnte. Er kam erst zu einem Halt, als ihm schwarz vor den Augen wurde und er deshalb über eine mächtige Baumwurzel stolperte, dabei längelang in dorniges Gesträuch fiel und sich dabei Gesicht und Unterarme blutig kratzte.

Keuchend und nach Luft japsend drehte er sich um und schaute nach oben. Über ihm stand, mitten im Dornengesträuch, Genovefa, ebenfalls schweißnass und vollkommen außer Atem. Es dauerte eine ganze Weile, bis ihre Lungen wieder genug Luft hatten und sie fähig waren, ihre Stimmen zu gebrauchen. „Warum – warum – warum?“ so fing Genovefa zu sprechen an, immer wieder unterbrochen von pfeifendem Luft holen. Hergenroth kroch aus dem Gebüsch, wischte sich den Schweiß aus dem Gesicht und suchte sich ein bequemes Plätzchen, um sich hinzusetzen, das in Form eines moosbewachsenen Steins schnell gefunden war.

Er zog die Nonne zu sich heran und nahm sie in den Arm. Sobald er ihren Körper an dem seinen spürte, da fühlte er dieses Zittern, das nicht nur vom schnellen Laufen herrührte. Trotzdem musste er ihr von den unsichtbar gebliebenen Armbrustschützen erzählen, die den Schneider, den Krüppel und auch die Alte mit ihren eisernen Bolzen gnadenlos in den Tod befördert hatten. Genovefas angstvolles Zittern verringerte sich darob natürlich keineswegs. „Haben wir überhaupt noch – –" wollte sie wissen. „Wir haben", antwortete der Tailfinger Pfarrer mit grimmiger Entschlossenheit. „So lange wir am Leben sind, ist noch Hoffnung." Allerdings wollte er selbst an diese Hoffnung nicht so richtig glauben. Wäre er ganz ehrlich gewesen, so hätte er sagen müssen: Eher kommt ein Vatermörder ins Himmelreich als wir zwei beide mit dem Leben davon. Sie hatten ja weder etwas zu essen noch irgendwelche Decken, um sich vor der nächtlichen Kälte zu schützen. Aber das behielt er für sich; wollte er doch diese Angst aus Genovefas Körper hinausbringen. Was ihm auch ein Stück weit gelang. Sie beruhigte sich; ein wenig jedenfalls. Das beruhigte auch ihn wieder. Und gab ihm ein winzig kleines Bisschen Zuversicht.

So fasste er denn ihre Hand. „Komm, wir gehen weiter." Diesmal rannten sie nicht in panischer Hast wie zuvor, sondern verharrten in der Gangart eines Wanderers. Eines überaus eiligen Wanderers allerdings. Sie waren auf diese Weise noch nicht sehr weit gekommen, als er Trockenheit im Mund spürte. Und Durst. Maßlos großen Durst. „Meinst du, wir finden eine Quelle?" fragte Genovefa. So hatte sie denn ebenfalls das Bedürfnis zu trinken. „Bestimmt", erwiderte er. Hoffentlich noch, bevor wir verdurstet sind, fügte er in Gedanken grimmig hinzu.

Es blieb nicht beim Durst; der Hunger kam hinzu. „Meinst du, diese Blätter kann man essen?" „Würde ich nicht riskieren", meinte Hergenroth, und musste sich vor sich selbst eingestehen, dass er von der Welt der Pflanzen nicht die leiseste Ahnung hatte. Warum auch hatte er sein ganzes Leben lang fast ausschließlich damit zugebracht, die Nase in Bücher zu stecken!

Schweigend trotteten sie nebeneinander her. Nichts war zu hören außer dem Rascheln der Blätter im Unterholz, an denen sie vorbeistreiften. „Mein Magen knurrt", jammerte Genovefa, „hast du es nicht gehört?" Hergenroth verkniff sich eine Antwort und dachte daran, wie ihm die Leere in der Magengrube ebenfalls zu schaffen machte. Es verging nicht viel Zeit, bis sich Genovefa erneut zu Wort meldete. „Ich habe Sodbrennen", bemerkte sie vorwurfsvoll. „Und Sodbrennen habe ich immer nur, wenn ich Hunger habe“, fuhr sie nach einer kurzen Zeit des Schweigens fort, diesmal nicht weniger vorwurfsvoll als zuvor. Nun konnte Hergenroth nicht länger an sich halten: „Du tust ja so, als sei ich daran schuld, dass du Hunger hast! Dabei habe ich selber wahrscheinlich genau so großen Hunger wie du.“

Diese kleine Zurechtweisung brachte die Nonne eine etwas längere Zeit zum Schweigen. „Wir könnten Pilze suchen“, schlug sie schließlich vor. Der Tailfinger Pfarrer dachte an seine eigene Unkenntnis im Pflanzenreich. „Kennst du dich aus bei Pilzen?“ wollte er deshalb wissen. „Nur drei Sorten“, gab Genovefa zurück, „Steinpilze, Butterpilze und Pfifferlinge kenne ich. Aber die wirklich ganz gut.“ Hergenroth wusste nicht richtig, was er antworten sollte. Er traute den Kenntnissen der Nonne nicht so richtig. Woher auch hätte sie sich auskennen sollen, wenn sie den größten Teil ihres Lebens hinter Klostermauern zugebracht hatte? Wieder verstrich eine längere Zeitspanne. „Sollen wir nun suchen oder nicht?“ erkundigte sich Genovefa, und der Ärger in ihrer Stimme war nicht zu überhören. Hergenroth seufzte. „Also gut! Suchen wir!“

Sie hatten noch mehrere hundert Schritt zu gehen, bis sie an eine Stelle kamen, die feucht genug war, um Pilzen genügend Lebensgrundlage zu geben. Nun war die Nonne ganz in ihrem Element: Sie fasste den Saum ihres Kleids an zwei Stellen, zog es hoch und raffte es zusammen, wodurch sich eine Art Beutel formte, in welche sie fleißig braune Röhrlinge hineinlegte. Emsig wendete sie sich hierhin und dorthin. Bückte sich, pflückte und rupfte, und innerhalb kürzester Zeit quoll ihr Beutel über von ihrer Ernte. Der Tailfinger Pfarrer schaute ihr mit unverhohlenem Misstrauen zu. „Muss man diese Dinger nicht kochen, um sie essen zu können? Bist du auch ganz sicher, dass man sie roh essen kann?“ Im Grunde zweifelte er sogar daran, dass diese Gewächse überhaupt essbar waren. Aber diese Bedenken behielt er lieber für sich. „Ich denke schon“, antwortete Genovefa nach einigem Zögern. „Spielt eigentlich keine Rolle“, fuhr sie fort. Schnippisch, wie Hergenroth meinte. „Wir haben ja keine andere Wahl“, fügte sie nach einer kleinen Pause des Nachdenkens hinzu.

Sie setzten sich ins feuchte Laub und mampften. Oder besser ausgedrückt: Sie stopften die Röhrlinge mit Heißhunger in sich hinein, ohne weiters auf deren Geschmack zu achten. Manche von ihnen waren so bitter, dass man nicht anders konnte als sie auszuspucken. Im Nu hatten sie die gesamte Ernte verzehrt. Aber das Hungergefühl war noch nicht verschwunden. Ein Gefühl des Ekels hatte sich dem Hunger hinzugesellt. So zumindest empfand es der Tailfinger Pfarrer. „Hat es dir geschmeckt?“ fragte er die Nonne. Ein leiser Grunzton war die Antwort. Hergenroth erhob sich wieder. „Auf, komm. Wir müssen weiter.“

Sie kamen allerdings nicht viel weiter. Die Bäume begannen sich zu drehen und zu biegen. Sie neigten sich ihnen zu und fingen an, hämisch zu kichern. Die Blätter veränderten ihre Farbe, aber nicht so, wie sie es sonst üblicherweise im Herbst taten: Nein, sie funkelten mal bläulich-lila, dann wieder matt rosa, dann wieder sprühten sie silberne Funken. Als dann noch die Erde zu schwanken anfing, da überkam Hergenroth eine heftige Übelkeit, verbunden mit einem schmerzenden Ziehen im Gedärme. Er fasste nach Genovefas Hand. Dabei bemerkte er, dass sie genau so schwankte wie die Bäume ringsum. Und sich kaum auf den Beinen halten konnte. Sie hielt beide Hände auf den Unterleib gedrückt. Sie stöhnte leise. Ihr Gesicht war schmerzverzerrt. Die Pilze, dachte er, es waren bestimmt nicht nur essbare Pilze dabei. Hoffentlich kommen wir hier noch mit dem Leben davon. Weiter kam er nicht. Er registrierte noch, wie ihm die Beine wegsackten und wie er ins Buschwerk fiel. Er spürte noch, wie die Blätter sein Gesicht streiften. Dann verlor er die Besinnung.

36

Ein starker Schmerz an der Schulter brachte ihn wieder zu sich. Der Schmerz rührte von einem Soldatenstiefel, der ihn kräftig getreten hatte, wie er so am Boden lag. Er schaute nach oben: Vier stämmige Kerle standen über ihm und schauten voll Neugier auf ihn herab. Sie trugen eiserne Beinschienen, Brustpanzer und Helme. „Seht mal, er lebt ja noch“, rief einer von ihnen. Er war älter als die anderen drei. Ein dick gewachsener, aber kurz geschorener Graubart verdeckte sein Gesicht; mehr als braune

Augen wie auch Stirn und Nase mit geröteter Haut waren davon nicht zu sehen. „Los, packt ihn! Zieht ihn hoch und bindet ihm die Hände auf den Rücken! Und passt auf, dass er nicht noch mehr Unheil anrichtet! Ein Sack über den Kopf wäre des Beste!“ Offensichtlich war der Graubart der Anführer des Trupps.

Unsanft fassten zwei der anderen den Tailfinger Pfarrer rechts und links an den Oberarmen, und mit einem Ruck kam er in die Senkrechte. Die Handgelenke schmerzten empfindlich, als ihm die Hände auf dem Rücken zusammengebunden wurden. Hergenroth schaute sich um. Es mussten so an die zehn oder fünfzehn Männer sein, die da umherstanden. Einer wie der andere breit, muskulös und stämmig. Einer wie der andere angetan mit Helm, Brustpanzer und Beinschienen. Württembergische Soldaten, dachte er. Weiter konnte er nicht denken. Ein dumpfes Drücken im Kopf machte dies unmöglich. Außerdem brannten ihm die Augen. Ein leichter Ruck von hinten, dann wurde ihm ein flächsernes Säckchen über den Kopf gestülpt.

„Die Nonne will nicht aufwachen“, hörte er eine raue Stimme hinter seinem Rücken. „Trete sie nicht so fest“, rief der Alte mit dem Graubart. „Du brichst ihr ja noch die Knochen!“ „Wäre das so schlimm?“ fragte die raue Stimme zurück, und ein allgemeines, hämisches Lachen folgte. „Aber wir dürfen sie doch ein bisschen gebrauchen“, fragte die raue Stimme, „das hat noch keiner die Knochen gebrochen!“ Wieder das hämische Lachen; diesmal noch lauter. „Untersteht euch, ihr Saubande“, brüllte der Graubart barsch, „wir liefern sie ab, so wie sie ist! Wer weiß, vielleicht ist sie tatsächlich noch intakt. Und wer ihr zu nahe kommt, den bring ich an den Galgen! Habt ihr verstanden, ihr Pack? An den Galgen!“ – „Hans, du bist der kräftigste“, fuhr er mit normaler Stimmlage fort, „du nimmst sie einfach über die Schulter. Bauch nach unten, Arsch nach oben. So schwer wird sie schon nicht sein.“

Hergenroth erhielt einen Stoß in den Rücken. „Auf, Pfaff, auf! Wir wollen hier nicht ewig stehen bleiben!“ Es war schwierig für ihn, sich mit dem Sack über dem Kopf fortzubewegen. Bereits nach wenigen Schritten stolperte er, und er wäre der Länge nach aufgeschlagen, hätte ihn nicht einer der Soldaten hinten am Gewand gepackt. Fortan hielt ihn einer mit festem Griff rücklings an der Kleidung. Schon bald aber wurden ihm die Beine schwer, und als Folge davon konnte er sie kaum mehr vom Boden heben. Das führte dazu, dass er immer öfter stolperte, je länger sie durch den Wald stapften. Dass sie ein Waldgebiet durchquerten, das merkte er an dem meist weichen Waldboden. Und an den Ästen, die ihn am Körper streiften.

Der Mann, der ihn am Kragen hielt, fluchte immer öfter, wenn er gezwungen war, kräftig zuzugreifen. Immer häufiger auch erhielt er einen kräftigen Fausthieb in den Nacken, was seinen Zustand freilich in keiner Weise verbesserte. Sein Atem ging immer schwerer; er hatte das stärker werdende Bedürfnis, stehen zu bleiben und tief durchzuatmen. Aber der Mann in seinem Rücken ließ es nicht dazu kommen. Außerdem spürte er, wie ihm der Schweiß von der Stirn aus über das Gesicht rann, und später außerdem auch über Brust und Rücken. Allmählich klebte ihm die schweißnasse Kleidung überall am Körper. Der Hals wurde ihm trocken, noch trockener als am vorigen Tag. Irgendwann konnte er einfach nicht anders: Er musste stehen bleiben, um Luft zu holen. Ungeachtet des Fausthiebs, der ihn dann auch augenblicklich in den Nacken traf. Ein Fausthieb von wesentlich größerer Wucht als all die anderen Fausthiebe, die ihm sein Peiniger zuvor verpasst hatte. Zum zweiten Mal verlor er nun die Besinnung.

Als er wieder zu sich kam, befand er sich im Dämmerlicht eines kleinen Raums, dessen mäßige Helligkeit von einem einzigen, kleinen Fenster herrührte. Dieser Raum war leer bis auf drei Gegenstände: eine Bettstatt, auf welcher er selbst lag, unter ihm zwei Strohsäcke und über ihm eine dicke Wolldecke, die ihn warm umhüllte. Neben der Bettlade ein niedriger Holzbottich von ungefähr zwei Spannen im Durchmesser. Dessen penetranter Geruch ließ eindeutig erkennen, wozu er dienen sollte: Zum Verrichten der Notdurft. Neben dem Bett noch ein kleiner Tisch, hinter diesem an der Wand eine schmale Sitzbank, beide so gezimmert, dass man sie als ein einziges Möbelstück betrachten konnte. Ansonsten war der Raum leer. Er suchte sich aufzurichten: Dabei bemerkte er, dass man ihm die Handfesseln abgenommen hatte. Aber in seinem Kopf brummte und summte es noch immer. Einen klaren Gedanken konnte er nicht fassen. Alsbald verfiel er in einen halbschlafähnlichen Dämmerzustand.

Ein Knacken und Knarren an der Tür, die er bisher noch nicht wahrgenommen hatte. Eine Klappe in der Tür öffnete sich. Der Geruch von gekochtem Kohl strich ihm um die Nase. Solcher Geruch wird zwar gemeinhin nicht als besonders wohlriechend empfunden. Im Gegenteil: Manche feine Herren würden ihre Geschmacksnerven dadurch beleidigt sehen und sich angewidert abwenden. Für Hergenroth war das jedoch nach den Strapazen der vergangenen Tage anders: Ihm war, als stiege ihm ein äußerst angenehmer Duft in die Nase, und ihm wurde gewahr, dass er großen Hunger hatte: Das Wasser lief ihm im Munde zusammen und er erhob sich, um diesem leckeren Duft nachzugehen.

Die nach außen hin herunter gelassene Klappe bildete eine waagrechte Fläche, auf welcher eine irdene Suppenschüssel stand. Mitsamt hölzernem Löffel. Gierig griff der Pfarrer nach der Schüssel, stellt sie auf das Tischchen und machte sich augenblicklich über die Mahlzeit her. Er hörte erst auf, gierig zu löffeln, als sich kein einziges Speiserestchen mehr in der Schüssel befand. Trotzdem leckte er die Schüssel aus: Es hätte ja noch eine klitzekleine Spur von Essen drin sein können. Wohlig zufrieden und mit vollem Bauch legte er sich wieder aufs Bett und schlief sofort ein.

Er wachte erst wieder auf, als es an der Tür erneut knackte und knarrte. Die Klappe senkte sich; in der dadurch entstehenden, kleinen Öffnung erschien eine große, kräftige Männerhand. Hergenroth begriff: Erst die leere Schüssel hinausreichen. Und den Holzbottich. Dann erst erschien in dem viereckigen Loch eine kleinere Schüssel mit der Morgensuppe. Mit ähnlich großem Hunger wie Tags zuvor schaufelte er den Schüsselinhalt flugs in sich hinein. Nach vollbrachtem Frühmahl lehnte er sich auf der schmalen Sitzbank zurück. Der dumpfe Druck im Schädel war verschwunden: Er konnte nun wieder klar denken. Und zum Denken bestand allerlei Anlass. Wo überhaupt befand er sich? Und warum war er hier? Er untersuchte die Tür – selbstverständlich war sie abgeschlossen. Die verschlossene Tür mit der Klappe, das kleine, vergitterte Fenster, die karge Ausstattung – man hielt ihn gefangen, das war eindeutig. Auf der anderen Seite: Zwar hatte er bisher in seinem Leben noch nie in einem Gefängnis einsitzen müssen, hatte aber oft genug von den schauerlichen Verhältnissen in solchen Einrichtungen gehört. Verglichen damit ging es ihm gegenwärtig ausgesprochen gut. Trotzdem: die Fragen blieben. Und überhaupt: Wer hielt ihn hier fest? Schließlich stand da noch eine weitere Frage im Raum, eine Frage, die ihn noch viel stärker quälte: Was war mit Genovefa?

Er wartete ab, bis das Knacken und Knarren an der Tür wieder zu hören war. Stracks ging er hin, wartete, bis die Klappe sich öffnete, steckte dann schnell den Kopf hindurch, um zu sehen, wer da auf der anderen Seite der Tür stand. Viel mehr als ein Stück eines ledernen Wamses hatte er nicht erkennen können, da ergriff ihn eine derbe Hand am Kopf und schob diesen mit kräftigem Druck wieder zurück durch die Luke. „Wo bin ich hier überhaupt?“ rief er. Doch eine Antwort erhielt er nicht. Eine Schüssel mit dampfendem Kohl erschien vor ihm auf der nunmehr waagrecht stehenden Klappe. Diese begann sich alsbald nach oben zu bewegen; die Schüssel rutschte ihm entgegen. Wenn er die Schüssel nicht geistesgegenwärtig rasch ergriffen hätte, so wäre sie auf ihn zu gerutscht und zu Boden gefallen.

Sein erster Versuch, eine Antwort zu finden, war fehlgeschlagen. Bei den nächsten paar Mal, als sich die Klappe öffnete, versuchte er es wieder, aber immer mit demselben Ergebnis. Der Mann mit dem Lederwams schien stumm zu sein. Oder taub. Oder taubstumm. Ohnmächtige Verzweiflung machte sich in ihm breit. Deshalb ging er dazu über, mit der Faust nach dem Lederwams zu stoßen, sobald sich die Klappe öffnete. Der Träger des Wamses aber wich jedes Mal flink zurück. Die ohnmächtige Verzweiflung nahm zu: Nicht einmal Schmerzen konnte er diesem Lederwams zufügen.

Dass man ihn in eine Art Luxus-Gefängnis gesteckt hatte, das musste doch einen Grund haben. Er hatte schon gehört, dass Verbrecher kurz vor ihrer Hinrichtung noch einen letzten Wunsch erfüllt bekamen, dass ihnen ein besonders leckeres Gericht gereicht wurde, die Henkersmahlzeit. So schien es ihm denn wahrscheinlich, dass seine Hinrichtung unmittelbar bevorstehen musste. Angst kroch ihm in die Gebeine. Bleierne, lähmende Angst.

Mehrere Tage befand er sich schon in diesem Gelass. Die Nächte waren bereits ausgesprochen kühl, doch für die Herbsteszeit verhältnismäßig milde. Wenn er zwischen den beiden Strohsäcken lag, die dicke Wolldecke fest um den Körper zog und sich dann zusammenkringelte, war ihm leidlich warm und er konnte ohne Schwierigkeit in den Schlaf finden.

Er hatte vergeblich versucht, durch das kleine vergitterte Fenster hinauszuschauen, um zu sehen, wo er sich eigentlich befand. Aber dieses Fenster war viel zu weit oben, ganz nahe der Decke. Eigentlich war es weniger ein Fenster, sondern eher ein breiter Schlitz, ungefähr drei Ellen breit und eine halbe Elle hoch. Er mochte sich strecken wie er wollte: Mehr als Himmel und Wolken bekam er nicht zu sehen. So war er denn auf die Geräusche angewiesen, die von außen zu ihm hereindrangen. Und nach den Geräuschen zu urteilen, befand er sich auf einem einsamen Gehöft. Eine Stadt konnte es nicht sein, denn von der lärmenden Geschäftigkeit der Händler und Handwerksleute war absolut nichts wahrzunehmen. Ein Dorf konnte es ebenfalls nicht sein, denn dann hätte er zumindest immer wieder die Kirchenglocken gehört. So war es nur die von den Haustieren herrührenden Geräusche, die regelmäßig an sein Ohr drangen: das Gackern der Hühner, das Blöken der Schafe, das Geschnatter der Gänse, das Meckern der Ziegen, das Quieken der Schweine. Vor allem Schweine, Hühner und Gänse wurden hier gehalten. Aber mehr noch als Schweine, Hühner und Gänse waren es Schafe, deren Blöken er tagaus tagein fast ununterbrochen hörte. Selten, ganz selten einmal zwischendurch das Kläffen eines Hundes. Und noch seltener die Stimme eines einzelnen Menschen, der seinen Hund zurechtwies. Seinen Schäferhund, vermutete er.

Auch wenn dieser breite Fenster-Schlitz es ihm nicht ermöglichte, seine unmittelbare Umgebung wahrzunehmen, so hatte er doch Gelegenheit in Hülle und Fülle, sich das Firmament anzuschauen, und damit verbrachte er einen Großteil seiner Tage. Auch wenn sich dadurch seine Angst nicht beiseite schieben ließ.

Wolken: Gigantische Gebirge türmten sich da am Himmel auf, mit vielformigen Zacken, Zinnen, Graten und Gipfeln, sich in breiter Ausdehnung dahinstreckend oder auch schmal und hoch aufragend, aber immer unnahbar und majestätisch. Aber manchmal auch riesenhafte Monster, Drachen ähnlich, mit weit aufgerissenen Mäulern, in denen spitze Zähne zu sehen waren, und gelegentlich auch mehrfach gespaltene Zungen. Manchmal spieen sie Feuer, dessen züngelnde Flammen bis in weite Fernen reichen konnten, und von diesen Flammen entfernten sich kleine runde Rauchwölkchen, die sich irgendwo in den Weiten des Firmaments verloren. Auf den gewaltigen Nüstern dieser unförmigen Untiere wuchsen dicke Haarbüschel (oder waren es warzenartige Wülste?); ihre Rücken krümmten sich und waren mit vielen Zacken versehen, desgleichen ihre langen, geringelten Schwänze. Gelegentlich sah er da aber auch dickbauchige Riesen mit winzig kleinen Köpfen und mit Armen und Beinen, die in ihrem Umfang ihre Köpfe übertrafen, fleischig und muskulös, übersät mit Flecken und Pusteln, und ihren großen, runden Mündern entströmten neblig-trübe Dampfschwaden.

Neben diesen eher bedrohlichen Wesen glaubte er mitunter auch eher friedliches Getier wahrzunehmen: schlafende Kätzchen zum Beispiel, die ihre buschigen Schwänze um ihre Körper geschlungen hatten, oder große, gutmütige Schäferhunde, die sich irgendwo zwischen den Wolkenbergen ein ruhiges Plätzchen gesucht hatten und von dort aus aufmerksam das Treiben auf der Welt beobachteten. Hin und wieder kamen mächtige Rösser dahergetrabt, mit wehenden Schweifen und Mähnen, die ihre stattlichen Häupter stolz in den Nacken warfen und freudig laut zu wiehern schienen.

Am liebsten aber beobachtete der Tailfinger Pfarrer die fülligen Frauen, die sich von Zeit zu Zeit zwischen den Wolkenbergen räkelten, prallrunde Wesen, deren maßlos riesige Brüste, groß und rund geformte Bäuche und eindrucksvoll wuchtige Hinterteile mit den umliegenden Gebirgsformationen verschmelzen konnten. Manche von ihnen lagen einfach nur da, auf dem Rücken, und streckten sich; andere hatten sich auf ihre Ellbogen gestützt und schauten zu ihm herunter. Ihm war, als wollten diese Frauen ihm zurufen: Komm doch zu uns herauf, Ambrosius Hergenroth, wir liegen hier auf dieser wunderbar schönen Himmelswiese und warten auf dich! Vergiss den Käfig, in dem du gerade gefangen bist, und komm zu uns, wir wollen uns von dir streicheln lassen; wir wollen, dass du unsere Brüste in die Hand nimmst und uns sagst, wie schön sie sind, wir wollen, dass du zu uns hinliegst und uns zum Stöhnen bringst!

In der Kunst, die schnöde Wirklichkeit zu ignorieren und sich statt dessen in eine schöne Traumwelt hineinzuphantasieren – in dieser Kunst hatte er sich bereits in Kindertagen bis zu großer Perfektion geübt. Und diese Kunst kam ihm nun sehr zupass, in dieser tristen und ausweglosen Lage, wo ihm keinerlei Anhalt gegeben war, was mit ihm geschehen sollte. War es nur ein vorübergehender Aufenthalt – würde man ihm nach kurzer Zeit wieder die Freiheit schenken? Oder wollte man ihn hier auf Dauer festhalten? Oder, schlimmer noch, war dies nichts anderes als die kurze Wartezeit vor der Hinrichtung? Eigentlich wollte er es gar nicht wissen. Er besaß die Fähigkeit, derart Unangenehmes rundweg beiseite zu schieben. Und einfach nur nach den Wolken zu sehen. Und vor sich hinzuträumen.

Nicht immer waren da Wolken zu sehen, wenn Ambrosius Hergenroth zu der Fensterluke hinaussah. Sehr oft war der Himmel einfach nur grau. Dann aber gerieten ihm andere Lebewesen ins Blickfeld; und diese gehörten voll und ganz dem wirklichen Leben an. Es waren Vögel. Krähen zumeist, aber auch größere, die er für Raubvögel hielt, für Habichte oder Bussarde. Oder auch kleinere – Spatzen vielleicht, oder Blaumeisen, oder Schwalben. Gehörten die Schwalben aber nicht zu den Zugvögeln? Waren sie nicht schon längst nach Süden geflogen? Er kannte sich mit Vögeln einfach viel zu wenig aus, hatte er doch die meiste Zeit seines Lebens mit Büchern zugebracht, anstatt auch mal einen Blick auf Gottes freie Natur zu werfen.

Beim Anblick des gefiederten Volks musste er an den heiligen Franziskus denken, daran, wie dieser den Vögeln gepredigt hatte, und er überlegte sich, wie eine solche Predigt formuliert gewesen sein mochte: Meine geliebten, gefiederten Freunde in Christo, seid mir gegrüßt! Habt Dank für euren fröhlichen Gesang, der den Menschen so gut tut und ihr Gemüt aufmuntert. Habt Dank für eure Flugkünste, die uns zeigen, über welche Macht der Weltenschöpfer verfügt, vermag er es doch, euch in die Luft zu erheben, euch dort allerlei Kreise drehen und auch sonstige Figuren vollführen zu lassen, zum Lob und Ruhme seines Namens! Seid ihr in dieser Kunst des Fliegens nicht den Menschen voraus, ihr lieben gefiederten Geschöpfe! Und wie ihr eure Nester baut, wie ihre eure Jungen unermüdlich mit Nahrung versorgt: Seid ihr in dieser Hinsicht den Menschen nicht Vorbild?

Eine Predigt an die Vögel: Dieser Gedanke begann den Tailfinger Pfarrer mehr und mehr zu beschäftigen. Er legte sich wohlgebaute Satzkonstruktionen in lateinischer Sprache zurecht, erinnerte sich des großen Vorbilds aller berühmten Redner seit den Tagen der alten Römer, an den unübertroffenen, unvergleichlichen Marcus Tullius Cicero, er suchte sich an Passagen aus dessen Werken zu erinnern, die er in seiner Jugend hatte auswendig lernen müssen.

Und wie er mit solcherlei Gespinst und Gedanken beschäftigt war, da öffnete sich mit lautem Knarren die schwere Tür seines Gelasses.

37

Mehrere große, äußerst kräftig gebaute Männer kamen herein, allesamt angetan mit ledernen Wämsern und Beinkleidern. Ohne auch ein einziges Wort zu verlieren, stülpten sie ihm einen Sack über den Kopf, packten sie ihn beidseits grob an den Oberarmen und zogen ihn hinaus, durch mehrere andere Räume mit steinernen Böden, auf denen die Schritte der ganzen Mannschaft weithin dröhnten. Schließlich gelangten sie ins Freie. Er wurde in einen Pferdewagen gehoben. Sobald man seinen Körper auf eine Holzbank gedrückt hatte, fühlte er, wie Stricke um seinen Oberkörper gezogen wurden, so fest, dass es schmerzte.

Die Angst war zurückgekommen, die alles lähmende Angst vor dem Tod. Sollte er nun zum Schafott gebracht werden? Oder zum Scheiterhaufen? Sollte er nun gefoltert werden? Oder brachte man ihn nur zu einem Verhör? Er rechnete mit einer Abfolge von Verhör, Folter und anschließender Hinrichtung. Das wird es wohl gewesen sein, dachte er, mein Leben. Er spürte, wie ihm der Schweiß über das Gesicht rann. Der Angstschweiß. Wie ihm die Kleidung auf der schweißnassen Haut klebte.

Dieses Leben: Jetzt schien es vor ihm ausgebreitet wie ein offenes Buch. Die Tage seiner Kindheit in Waiblingen, wo sein Vater diesen kleinen Kramladen hatte, in dem Häuschen gleich hinter der Stadtmauer beim Beinsteiner Tor. Die Mutter, die allzu früh verstorben war: Noch genau erinnerte er sich an ihre dürren, abgeschafften Hände. Die jüngeren Geschwister, denen er Vorbild sein sollte nach Maßgabe der Eltern. Dabei hatte er so rein gar nichts an sich, was einen rührigen Kaufmann hätte ausmachen können. Einen weltfremden Träumer hatte ihn sein Vater immer wieder gescholten: Wenn er seinen Laden seinem Ältesten, dem Ambrosius, überlassen würde, so könnte er Stein und Bein schwören, dass der Laden nach zwei oder drei Wochen vollkommen ruiniert wäre. Trotz aller Todesangst überkam ihn eine Anwandlung großer Wehmut, als ihm das Gezeter seines Vaters in den Sinn kam, seines Vaters, der von seinem Ältesten maßlos enttäuscht war, und der diese Enttäuschung nicht verhehlen konnte: Die Sorge um den Fortbestand seines Kramladens hatte ihn jahrelang umgetrieben.

Dafür aber war er, Ambrosius, damals der mit großem Abstand beste Schüler in der Waiblinger Lateinschule gewesen, der den Magister Zebedäus Heuschele immer wieder aufs Neue ob der überaus raschen Auffassungsgabe seines Zöglings in Erstaunen versetzt hatte. Magister Heuschele war es denn auch gewesen, der dafür sorgte, dass er ein Stipendium aus der Stiftung der Waiblinger Kaufleutezunft erhielt – das war die Voraussetzung dafür, dass ihn sein Vater auf die Universität ziehen ließ. Um seinen Laden brauchte sich sein Vater trotzdem weiters keine Sorgen zu machen: Bernhard, sein jüngerer Bruder, besaß dafür alle Qualitäten, die einen guten Kaufmann ausmachten: den praktischen Sinn für Geld und Geldeswert, den dienstfertigen Umgang mit den Kunden, und obendrein und vor allem das feine Gespür dafür, welche Ware bei den Kunden besonders begehrt war. Der Hergenroth'sche Kramladen hatte denn auch in späteren Jahren einen gewaltigen Aufschwung erlebt.

Ja, und nach der Kinderzeit in Waiblingen kam die Jugendzeit in Tübingen: die Zeit der großen Wissbegier; die Zeit, in der jedes Semester ihm neue geistige Horizonte eröffnete, ihm Höhenflüge ermöglichte in neue Sphären der Wissenschaft. All die vielen Namen der alten Philosophen und der Kirchenväter – wie er es genoss, ihre Namen zu erfahren und zu hören, mit welchen Theoremen und Problemen sie sich in früheren Jahrhunderten auseinandergesetzt hatten. Und wenn er es sich so richtig überlegte: Das war gewiss die schönste Zeit in seinem Leben gewesen.

Obwohl: Auch die Zeit mit Apollonia erschien ihm wie vergoldet, wenn auch viel zu kurz. Noch immer spürte er den bitteren Schmerz, wenn er an ihren Tod dachte. Was war das doch eine Glückseligkeit, damals, auf der Kirchweih, als der mit ihr den Hopser getanzt hatte, diesen Hopser mit diesem lustigen Namen „die flotte Kathrein".

Nicht mehr lange würde es jetzt dauern, bis er wieder mit seiner Apollonia vereint wäre: Selig würden sie sich in die Arme fallen, nach dieser langen Zeit der Trennung; streicheln würden sie sich, drücken, umhalsen und küssen, und wie während all der Jahre mit ihr zusammen würde er wieder in ihre wunderschönen blauen Augen sehen können und dabei denken, dass es nichts Schöneres geben könne, weder auf Erden noch im Himmel, als eben diese berückend schönen blauen Augen seiner allerliebsten Apollonia.

Das war die eine Seite. Auf der anderen Seite, da waren die Kinder. Wer würde sich um sie kümmern, wenn er – – – er durfte gar nicht daran denken. Und schließlich war da noch eine dritte Seite. Der Atem ging ihm schwer, wenn er daran dachte, und sein Herz pochte wie wilder Trommelwirbel: Die Qualen der Folter. Die Daumenschrauben. Die Streckbank. Die glühenden Zangen. Und dann später, nach der Folter: Wie ist der Augenblick, in dem der letzte Atemzug die Lunge verlässt? Wie ist es, wenn die Seele aus dem Körper entweicht?

Nach dem Geräusch der Wagenräder zu urteilen waren sie mittlerweile in einer größeren Siedlung angekommen. Vielleicht sogar in einer Stadt. Die Lederwamsmänner zogen ihn mit grobem Ruck vom Wagen und schoben ihn eine Treppe hoch. Die Knie versagten ihm; die Männer stießen derbe Flüche aus, als sie ihn an den Schultern packten, um ihn vor einem Sturz zu bewahren. War das schon die Hinrichtung?

Mehr gehoben als geschoben erreichte er mit Hilfe kräftiger Männerfäuste das obere Ende der Treppe. Man schob ihn durch eine Türöffnung. Modergeruch drang an seine Nase, und neuer Schreck fuhr ihm in die Glieder: Diesmal steckte man ihn in einen Kerker der übelsten Sorte, in ein Verließ, in welchem er höchstens einige Wochen überleben konnte. „Hier, halt fest!" Man drückte ihm ein Seil in die Hand und zog ihm gleichzeitig den Sack vom

Kopf. Er haschte einen kurzen Blick durch die Türöffnung, durch die er eben hereingestoßen worden war: Hausdächer. Im Hintergrund ein Kirchturm. Rechts davon ein Torturm. Beide hatte er schon gesehen: der Turm von Sankt Martin und daneben der Turm des Oberen Tores: Er war in Ebingen. Im Bürgerturm. Der als Gefängnis diente, wie er wusste.

Vor ihm ein gähnendes Loch im hölzernen Fußboden. Sobald er das Seil mit beiden Händen gefasst hatte, von hinten ein brutaler Stoß gegen seine Beine; er schlitterte in die Öffnung und fiel nach unten in die Dunkelheit. Ein Ruck und ein Schmerz an den Händen: Er baumelte an dem Seil zwischen der Öffnung über sich und dem Boden, den er unter sich wähnte, den er aber in der völligen Finsternis nur erahnen konnte. „Sie soll bei dir beichten, hörst du, Pfaff! Sie wollte keinen anderen Beichtiger. Nur dich!" brüllte jemand von oben. Hergenroth verstand nicht, was gemeint war.

Es dauerte, bis seine Füße festen Grund fühlten. Und noch länger dauerte es, bis sich seine Augen an das Dunkel gewöhnt hatten. Oder besser: Halbdunkel, denn durch das Loch in der Decke drang nur ein klein wenig mattes Licht. Ein blutverschmiertes Häuflein Mensch kauerte da in einer Ecke. Nur mit Mühe konnte er das bleiche, angstverzerrte Gesicht der jungen Nonne erkennen. „Mein Gott! Du hier? Das darf nicht wahr sein! Genovefa! Was ist passiert?"

Er kniete sich neben sie und schaute sie an. Die Antwort ließ auf sich warten. Nur mit großer Mühe gelang es ihr, den Mund zu öffnen. Aufgequollen und rissig waren ihre Lippen, die sie bewegte, ohne zunächst auch nur einen einzigen Laut hervorzubringen. Kaum hörbar war es, was sie schließlich langsam und stockend röchelte: „Sie – haben – mich – – gefoltert." Hergenroth schaute sie genauer an, und trotz des Dämmerlichts sah er nun, dass sie ein dünnes, abgerissenes Gewand trug, das über und über mit Blutflecken bedeckt war. Blankes Entsetzen kroch ihm durch Leib und Glieder. „Was haben diese Bestien nur mit dir angestellt! Und warum nur? Warum?" Genovefa versuchte zu sprechen. Aber es gelang ihr nicht.

Hergenroth schaute hoch zu der Luke in der Decke. „Wasser!" schrie er, „verdammt noch mal, Wasser! Habt ihr nicht gehört, ihr da oben? Wasser, einen Krug Wasser! Wie soll ich denn hier die Beichte hören, wenn mein Beichtkind nicht sprechen kann?“ Die Männer oben ließen sich Zeit. Es dauerte eine ganze Weile, bis schließlich ein Krug an einem Strick nach unten schwebte. Der Pfarrer benetzte das Ende seines Ärmels und tupfte der jungen Frau vorsichtig über die Lippen, über ihr Gesicht, über Hals und Hände: Überall ein Gemisch von Schmutz und Blut.

Genovefa bedeutete ihm mit einer matten Handbewegung, dass sie zu trinken wünschte. Sachte führte er den Krug zu ihren Lippen. Sie trank mit langen, gierigen Schlucken bis das Gefäß halb leer war. Dann schloss sie die Augen und atmete schwer. Hergenroth verspürte einen starken Drang, dieses arme, geschundene Menschenwesen zu umarmen, so als würde dann die Kraft seines eigenen, unversehrten Körpers in den Körper der Gefolterten eindringen können. Aber er zauderte, wusste er doch nicht, wie viele Wunden sie an ihrem Körper hatte. Trotzdem streichelte er ihr zärtlich über das strähnige, schmutzstarrende Haar. „Sie haben mich wieder hierher gebracht. Und gefoltert. Sie halten mich jetzt für eine Hexe. Oh meine Füße! Meine Füße!“ Abermals strich ihr der Priester über das verklebte Haar.

Sie lehnte ihren Kopf an Hergenroths Schulter und begann zu weinen. „Ich hab doch gar nichts getan! Ambros, ich hab doch gar nichts getan!“ Vorsichtig legte der Pfarrer seinen Arm um ihre Schultern und summte leise ein Wiegenlied. „Wenn ich sterben muss, Ambros, komme ich dann in die Hölle?“ wollte sie wissen. Der Tailfinger Pfarrer dachte nur ganz kurz nach, bis er sich eine Antwort zurecht gelegt hatte.

„Nein, Genovefa, nein, ganz bestimmt nicht. Vielleicht hast du dich nicht immer so ganz an die Regeln der heiligen Klara gehalten. Aber ich denke, dass dies vor Gott keine große Rolle spielt. Dafür aber hast du viel Gutes getan. Ja, Gutes. Du hast mit vielen Männern geschlafen. Mit deiner großen Kunstfertigkeit hast du ihnen zu einem ganz seltenen Glück verholfen. Und wer andere Menschen so oft glücklich gemacht hat wie du, der kommt in den Himmel.“ „Einige dieser Männer waren aber verheiratet. Das war Ehebruch. Und das führt in die Hölle.“ „Ich weiß nicht, ob Gott genau so denkt wie die Menschen. Ich glaube, dass Gott anders denkt. Ganz anders. Weil er gerecht ist. Und jedes Stücklein Glück, das du verursacht hast, das wiegt vor Gott so schwer wie jede andere gute Tat. Sei also gewiss: Bald wirst du das alles hinter dir gelassen haben. All diese Angst. All diese Schmerzen. Bald wirst du im Himmel sein. Bald hast du die ewige Seligkeit. In nomine Patris et Filii et Spiritus Sancti. Ego te absolvo."

Genovefa lehnte sich an ihn und begann heftig zu schluchzen. Der Pfarrer wartete geduldig, bis sie sich wieder einigermaßen beruhigt hatte. „Wir wollen zusammen beten, Genovefa. Ich sage es dir langsam vor. Du kennst dieses Gebet. Es ist das Magnifikat:

Hoch preiset meine Seele den Herrn, und mein Geist frohlockt über Gott, mein Heiland; er schaute gnädig herab auf die Niedrigkeit seiner Magd, denn siehe, von nun an werden mich seligpreisen alle Geschlechter. Großes tat an mir der Mächtige, und heilig ist sein Name. Sein Erbarmen gilt von Geschlecht zu Geschlecht denen, die ihn fürchten. Er übte Macht aus mit seinem Arm, er zerstreute, die hochmütig sind in ihres Herzens Sinnen. Die Mächtigen stürzte er vom Throne, und erhöhte die Niedrigen . . ."

„Ambros." Es war eine kleine, dünne und entsetzlich furchtsame Frauenstimme, die da einsam durch den großen, düsteren Raum zitterte. Die Stimme der einst so fröhlichen Genovefa. „Ja?" „Ich hab so große Angst." „Ich weiß, Genovefa, ich weiß." „Ich hab so furchtbar große Angst vor den Flammen." Der Tailfinger Pfarrer streichelte sie besänftigend über die Wange und schwieg. „Hast du noch diese Pillen? Ich meine, diese Pillen aus der Schatulle in der Studierstube der Äbtissin?" Hergenroth hatte die Pillen vollkommen vergessen. Aber jetzt erinnerte er sich. Er fingerte in seiner Gürteltasche, wo er nach einigem Herumkramen tatsächlich das kleine Döschen zu fassen bekam.

„Willst du jetzt schon eine?" „Nein, das wäre zu früh. Auf dem Weg zum Scheiterhaufen." „Du wirst sie dir nicht in den Mund stecken können. Du wirst gefesselt sein." „Daran habe ich schon gedacht. Du wirst bei mir sein, Ambros. Das haben sie mir zugestanden. Mein letzter Wunsch. Du wirst sie mir in den Mund stecken. Die Leute werden denken, es wäre der Leib des Herrn." Den Tailfinger Pfarrer schauderte: Gift an der Stelle des zum Leib Christi gewandelten Brotes. Zunächst schien ihm das die blanke Blasphemie. Bei weiterem Nachdenken wurde ihm jedoch klar, dass er damit ein Menschenkind vor den schrecklichsten Qualen bewahrte, die überhaupt vorstellbar sind. Und wie hat der Herr selbst gesagt: Was ihr dem geringsten meiner Brüder tut, das habt ihr mir getan. So steht es geschrieben. Wer aber kann geringer sein als ein Mensch vor seiner Hinrichtung im Anblick des Todes?

„Ambros, was denkst du?" „Ich denke, ich werde es tun."

38

Er saß da und starrte vor sich hin. Stumm. Reglos. Teilnahmslos. Saß einfach da und tat nichts anderes als dazusitzen. Auf der schmalen Bank in seiner Zelle, wohin man ihn nach der Hinrichtung wieder zurückgebracht hatte. Nichts war in seinem Kopf als nur dieses eine Bild: dieses Bild der jungen Klosterfrau auf dem Scheiterhaufen, umgeben von züngelnden Flammen. Ein Bild, unauslöschlich, wie für immer in Stein gemeißelt. Es verursachte ihm Schmerzen, dieses Bild. In einem solchen Maße, als würde er selbst auf dem brennenden Scheiterhaufen stehen.

Immer wieder öffnete sich die Klappe in der Tür seines Gelasses; eine Mahlzeit stand für ihn bereit. Er schien sie nicht wahrzunehmen. Es kümmerte ihn nicht. Er saß nur da und starrte vor sich hin. Nach einiger Zeit wurde die Schüssel regelmäßig wieder weggenommen und die Klappe schloss sich. Solchermaßen war es mehrfach dunkel geworden und dann wieder hell. Aber es kümmerte ihn nicht.

Er blieb auch reglos sitzen, als es an der Tür knackte und knarrte, sich diese öffnete und mehrere stämmige Männer in Lederwämsern hereintraten. Zwei von ihnen packten ihn an den Oberarmen, zogen ihn von der Sitzbank hoch und schleppten ihn hinaus. Es kümmerte ihn nicht. Ihm war, als stünde er unbeteiligt neben sich und schaute zu: Wie man ihm einen Sack über den Kopf stülpte, wie man ihn auf einen Pferdewagen hob, wie dieser sich rumpelnd in Bewegung setzte. Es war ihm gleichgültig. Überhaupt war ihm alles so vollkommen gleichgültig.

Als man ihm den Sack vom Kopf zog, befand er sich in einem Raum angefüllt mit Foltergeräten. Er hatte davon gehört: Die gebundene Frag nannten sie es, das Zeigen der Folterinstrumente, um den Delinquenten durch deren Anblick so in Schrecken zu versetzen, dass er auch ohne deren Anwendung zum Geständnis gebracht wurde. Die erste Stufe der Folter. Er hatte das Gefühl, als gehe ihn das alles gar nichts an. Ohne jede Rührung ließ er den Blick über die Zangen, Schrauben, Haken, Seilwinden und Stachelbretter gleiten. Es ließ ihn alles völlig kalt.

„Hergenroth. Mit Vornamen Ambrosius. Gebürtig in Waiblingen. Doktor der Theologie. Seit siebzehn Jahren Pfarrherr von Sankt Peter zu Tailfingen. Zuvor Professor extra-ordinarius in Tübingen. Stimmt das alles?“ Die volle Bassstimme gehörte einem großen, wohlgenährten Mann in vornehmer Kleidung, mit runder Knubbelnase in seinem breiten, rötlichen Gesicht. Der Vorsitzende der Folterkommission, wie der Tailfinger Pfarrer dachte. Dass es sich um den Inquisitor Hellmendinger handelte, das konnte er nicht wissen. Pfarrer Hergenroth reagierte nicht. Noch immer hatte er das Bild des brennenden Scheiterhaufens vor Augen. Die Fragerei hatte für ihn keinerlei Bedeutung. Ungerührt fuhr der Vorsitzende fort. „Mindestens zweimal habt Ihr das Kloster der Franziskanerinnen zu Margrethausen besucht, Ambrosius Hergenroth. Erzählt uns, was Ihr dort gemacht habt. Lasst nichts aus. Alles wollen wir wissen, hört Ihr? Alles!“ „Er scheint nicht ganz bei Trost zu sein“, hörte Hergenroth eine Fistelstimme sagen. Es war ein dünnes, mickriges Männchen hinter einem Schreibpult. Vor ihm Tintenfass, Federkiel und Streusandbüchse. Wendelin Unverhau, Adjunkt des Inquisitors, der Hergenroths Geständnis aufzuschreiben hatte. Die Gesichter der beiden kamen ihm bekannt vor. Er musste sie schon irgendwo gesehen haben. Wo aber das war, daran konnte er sich nicht erinnern. Es war ihm ohnehin einerlei. „Das wäre doch gelacht, wenn wir ihn nicht in unsere Wirklichkeit zurückbringen könnten“, dröhnte der Bass. „Knecht, gib ihm ein paar Ohrfeigen. Hau kräftig zu, hörst du?“

Die Gewalt der Schläge riss seinen Kopf abwechselnd nach links und rechts. Dumpfer Schmerz in den Ohren, stechender Schmerz auf der Haut. Blut rann ihm aus Mund und Nase. Er fühlte dessen süßlichen Geschmack auf der Zunge. Die Hand, die ihn schlug, wurde feucht. Feucht von seinem Blut. „Danke! Das reicht für den

Augenblick! Ambrosius Hergenroth, willst du nun sprechen?" Der Schmerz, das Blut, die Frage. Der Knecht hätte weiter schlagen können. Es war ihm gleichgültig. „Wie Ihr wollt, Hergenroth, wie Ihr wollt! Bringt den Zuber!"

Zwei Knechte schleppten einen hölzernen Bottich herbei und stellten ihn auf den Tisch vor dem Vorsitzenden. Die Hand, die ihn eben noch geschlagen hatte, spürte er jetzt im Nacken wie eine eiserne Schraubzwinge, unbarmherzig, fest und unverrückbar. Er wurde vor den Bottich geschoben. Die Hand in seinem Nacken drückte seinen Kopf in das Wasser. Hergenroth gab sich keine Mühe, die Luft anzuhalten. Es war ihm gleichgültig, ob er hier durch Ertrinken zu Tode kommen sollte oder auf eine andere Art.

Trotzdem riss er den Kopf aus dem Bottich nach oben, sobald der Druck der Schraubzwinge in seinem Nacken nachließ; er japste, röchelte und hustete. „Na, wie steht es jetzt mit uns, Hergenroth? Wollt Ihr jetzt endlich reden?" der Pfarrer atmete schwer. Eine Antwort gab er aber trotzdem nicht. Noch immer war ihm alles gleichgültig, was um ihn herum geschah. Aber nicht mehr so gleichgültig wie zuvor.

„Also immer noch nicht", stellte der Vorsitzende fest, „aber immerhin seid Ihr etwas lebendiger geworden, mein bester Hergenroth. Ich bin guter Dinge, dass wir es gemeinsam doch noch schaffen." Seine Stimme klang fast schon etwas mitfühlend, wenn auch auf eine äußerst heimtückische Weise. „Holt die Kohlen! Bringt das Feuerbecken und die Zangen!" Einer der Knechte verschwand mit dem leeren Feuerbecken. Vorsitzender und Protokollant schauten erwartungsvoll auf die Tür, durch welche der Knecht verschwunden war. Es dauerte eine Weile, bis er mit der glühenden Kohle zurückkam.

Das Wabern der glühenden Holzkohle. Der Geruch des Feuers. Die Hitze. Das Bild des Scheiterhaufens war nun wieder ganz nah und ganz deutlich vor seinen Augen: Die Klosterfrau inmitten des Feuers. Die Flammen, die ihren Körper umzingelten. Der Geruch verbrannten Menschenfleisches: Hergenroth geriet in Panik. Suchte sich aufzurichten, suchte zu fliehen. Derbe Hände hinderten ihn daran. Hände, die fest zugriffen. Fest wie Schraubzwingen.

„Nein, nein, nein! Nicht das Feuer! Nicht das Feuer! Ich erzähle alles! Alles, was ihr wollt!“ Der Vorsitzende strahlte. Der Protokollant griff zur Feder und tauchte sie in das Tintenfass. Und Hergenroth begann zu berichten. Wie ihm der Dekan den Rat gab, sich im Kloster zu Margrethausen umzutun. Wie er sich auf den Weg machte. Wie er an der Klosterpforte pochte. Wie er in das liebe Gesicht der jungen Klosterfrau sah, die ihm öffnete und ihn durch die Klosterscheuer geleitete. Er geriet ins Stocken, als er auf die verhangenen Fenster und die weichen Polster in der geheimen Empfangsstube der Äbtissin zu sprechen kam. Sein Bericht wurde hingegen wieder flüssig, als von Genovefas scharfem Verstand die Rede war. Auch verschwieg er nicht, dass sie sich alsdann der Fleischeslust hingegeben hatten. Die geil glänzenden Augen des Protokollanten blieben ihm hierbei nicht verborgen.

„Über die Fleischeslust sollten wir Genaueres wissen“, unterbrach ihn der Vorsitzende. „Immerhin handelt es sich um eine Hexe. Um eine Frauensperson also, die sich mit dem Teufel fleischlich verbunden hatte.“ Hergenroth zögerte. Unwillkürlich musste er an die lüstern grinsenden Gesichter seiner Kommilitonen an der Universität denken, als in der Vorlesung „De Sacramentis“ die Lektion „De Audiendo Confessionum“ abgehandelt wurde. Ihm war, als würde man von ihm verlangen, etwas Heiliges in den Dreck zu ziehen. So beließ er es bei einer vagen Beschreibung körperlicher Funktionen. Aber auch dieses kostete ihn große Überwindung.

„Das war aber noch nicht alles, oder?“ Der Vorsitzende hatte ja Recht. Der Tailfinger Seelsorger beschrieb die Wanduhr mit dem Pendel. Die Zeiger, die Genovefa verstellte. Die schmale Pforte, die sich alsdann öffnete. Ganz ins Einzelne ging sein Bericht, als er auf die vielen Bücher zu sprechen kam, die in den Regalen der Äbtissin standen. All die vielen Namen der gelehrten Theologen aus Vergangenheit und Gegenwart hatte er sich schon immer sehr gut merken können; sie sprudelten jetzt so froh und munter aus ihm heraus wie das Wasser eines Bächleins im Frühling nach der Schneeschmelze. Ja, es bereitete ihm großes Vergnügen, dass er hier sein theologisches Wissen ausbreiten konnte, und er streifte den Schreiber mit verachtenden Blicken, weil dieser seinen Redefluss immer wieder unterbrach, weil er den Namen des einen oder anderen Theologen nicht richtig zu buchstabieren wusste.

Als er geendet hatte, wurde er noch gesondert nach den Werken des Erasmus von Rotterdam, des Gregor von Rimini, des Philipp Melanchthon und eines gewissen Martinus Luther gefragt. Über den Erasmus und über den Gregor aus Norditalien wusste er ausgesprochen viel zu berichten, und er wunderte sich selbst darüber, wie viel Wissen aus seinen Tübinger Tagen haften geblieben war. Den Melanchthon indes kannte er nur als jungen Schnösel und von diesem Martinus hatte er noch nie etwas gehört. Er wird wohl erst in Erscheinung getreten sein, so vermutete er, nachdem er, Ambrosius Hergenroth, sich von der Universität zurückgezogen hatte.

Der Vorsitzende lächelte zufrieden. „Da ist ja eine ganze Menge herausgekommen“, meinte er, „und das fast ganz ohne Blut und Wehgeschrei.“ Währenddessen rieb sich der Schreiber das rechte Handgelenk, das vom vielen Schreiben ganz offensichtlich schmerzte. Das Verhör war damit beendet. Wieder wurde dem Tailfinger Pfarrer der Sack über den Kopf gezogen, wieder musste er auf einen Pferdewagen steigen. Die Reise endete jedoch zu seiner großen Verwunderung nicht in seinem Gefängnis. Sondern am Portal des Klosters der Franziskanerinnen zu Margrethausen.

39

„Nur über meine Leiche“, zeterte eine kurz gewachsene, dickliche Nonne mit hochrotem Gesicht aus vollem Hals, allem Augenscheine nach die Nachfolgerin der verblichenen Äbtissin. „Wo gibt es denn schon so was! Erst hat man alle Mühe, den ganzen Dreck von Ungehorsam, Ketzerei und Prostitution wegzuräumen, und kaum hat man das geschafft, da kommt so eine Bande von Männern daher und will hier ins Kloster eindringen! Wo doch die Klausur den Männern grundsätzlich verboten ist! Wir haben hier geweihte Räume vor uns, meine Herren! Geweihte Räume, die durch Eure Anwesenheit entheiligt werden! Da müsste erst der Bischof von Konstanz hier anrücken, um eine neuerliche Weihe vorzunehmen! Also, das ist ganz ausgeschlossen! Macht, dass ihr fortkommt, ihr Männerpack!“

Diese Schimpftirade war an den Vorsitzenden der Folterkommission gerichtet, der sich indes darüber zu amüsieren schien. Bis zu diesem Punkt hatte er sie zetern lassen. Die neue Äbtissin hatte ihm auch keine einzige Sekunde lang Gelegenheit gegeben, sich zu Wort zu melden. Jetzt holte sie tief Luft, und diesen Augenblick nutzte der Vorsitzende zu seiner Entgegnung. „Hochverehrte Mutter Oberin“, begann er in feierlichen Ton, „bei Eurem frommen Eifer für das Haus des Herrn habt Ihr einige grundlegende Tatsachen übersehen. Erstens: Bei dem von Euch angesprochenen crimen handelt es sich keineswegs um die prostitutio, die käufliche Liebe, denn hier ging es ja nicht um ein Handelsgeschäft. Vielmehr haben wir hier mehrere Fälle der reinen fornicatio vor uns, der ganz gewöhnlichen Unzucht, erschwert freilich durch den Umstand, dass sie von Angehörigen des geistlichen Standes ausgeübt wurde. Zweitens, o Mutter Oberin: Euer Kloster wurde bereits vor unserer Ankunft hier mehrfach entweiht, wie ich gerade vorher wieder einmal zu hören bekam. Und nun drittens: Auch wenn Euer Kloster nicht bereits mehrfach entweiht worden wäre, so gibt es im Kirchenrecht einige Paragraphen, durch deren Anwendung andere gesetzliche Festlegungen außer Kraft gesetzt werden. Dies ist exakt hier der Fall: Die Aufklärung eines schweren Falls der Häresie würde es erforderlich machen, die Weihe eines Frauenklosters vorübergehend aufzuheben. Also, werte Mutter Oberin, nun lasst uns eben unseres Amtes walten. Wir würden uns ansonsten gezwungen sehen, unter der Anwendung von Gewalt unserer Pflicht nachzukommen.“

Die Mutter Oberin hatte sich in der Zwischenzeit rhetorisch erholt. „Hoher Herr“, setzte sie mit resoluter, aber hörbar abgemilderter Stimme ein, „ob Ihr die Sauereien, die hier passiert sind, nun fornicatio nennt oder sonstwie, das ist mir schnurzegal. Dass aber das Kloster bereits vor Eurer Ankunft entweiht war, das habe ich in der Tat glatt übersehen. Kommt also rein und waltet Eures Amtes.“

Hergenroth musste vorausgehen. Er ging durch die Scheuer, schob das Stroh beiseite, und kam dann in den luxuriös ausgestatteten Empfangsraum der früheren Äbtissin. Die Augen seiner Begleiter glänzten: Man sah sowohl dem Vorsitzenden als auch seinem Schreiber an, dass sie nichts dagegen gehabt hätten, von der früheren Oberin eingeladen zu werden. Der Schreiber tätschelte eines der Kissen. „So weich“, seufzte er anerkennend. Er drückte es sich lange ins Gesicht. „Und wie das duftet!“ fügte er hinzu. Der äußerst angenehme Geruch der vielfach gebrauchten Räucherkerzen hatte sich wohl dort festgesetzt. „Hier muss das Sündigen wohl sehr angenehm gewesen sein!“ meinte er mit verklärten Augen.

Seinem Vorgesetzten schien diese Äußerung keine Freude zu bereiten. „Halt's Maul“, raunzte er unwirsch, „deine Theorien über das Sündigen sind hier nicht gefragt! – Und nun zu Euch, Doktor Hergenroth. Was ist mit dieser Wanduhr? Daran habe ich großes Interesse. Dieses Detail hat nämlich eure Komplizin uns verheimlicht.“ Der Tailfinger Pfarrer schob einen der Gobelins zur Seite, wie er es bei Genovefa gesehen hatte. Dahinter kam wie erwartet eine Türklinke zum Vorschein, die Hergenroth niederdrückte.

Er betrat den kargen Raum; der Vorsitzende und sein Schreiber folgten. „Die Zelle der früheren Äbtissin“, erläuterte Hergenroth. Der Vorsitzende schaute sich um. Seine Augen blieben an der Wanduhr hängen. Er pochte auf das Zifferblatt und schaute den Tailfinger Pfarrer auffordernd an. Folgsam fasste Hergenroth den Zeiger und drehte ihn um das Viertel einer Stunde nach vorne, so wie er es bei Genovefa gesehen hatte. Nun erst erinnerte er sich daran, dass sie gleichzeitig auf einen kleinen, unauffälligen Knopf gedrückt hatte, der sich in der Nähe der Ziffer IV auf dem Zifferblatt befand. Freilich entdeckte er nun bei genauerem Hinsehen zu seinem Leidwesen, dass sich dort ganze drei Knöpfe befanden: drei Knöpfe und nicht nur ein einzelner. Sie waren in einer Reihe unter einander angeordnet. Welcher war jetzt der richtige? Der Tailfinger Pfarrer ließ sich seine Unsicherheit nicht anmerken und drückte beherzt auf den mittleren Knopf. Die via media, dachte er, der mittlere Weg, das war doch meist die richtige Lösung.

Aber offensichtlich hatte er zu theologisch gedacht. Ein furchtbarer Knall folgte auf seinen Knopfdruck, ein Knall wie beim Zünden einer großkalibrigen Kanone. Die schmale Geheimtür wurde in die Zelle gedrückt, die Fenster im Nebenraum zerbarsten, Holzsplitter flogen durch das Zimmer, dunkler Qualm erfüllte die Luft, Flammen züngelten an den Wänden hoch. „Raus hier! Schnell raus!“ hörte Hergenroth den Vorsitzenden brüllen. Er selbst befand sich schon wieder in der Klosterscheuer, deren Strohballen freilich noch kein Feuer gefangen hatten.

Die Mitglieder der Folterkommission einschließlich des Tailfinger Pfarrers hatten sich an der Klosterpforte versammelt. Ihre Blicke verstört, ihre Gesichter rußgeschwärzt, ihre Kleidung reichlich zerzaust. Insbesondere das vornehme Gewand des Vorsitzenden war arg in Mitleidenschaft gezogen: Die Holzsplitter hatten ganze Arbeit geleistet. Das textile Äußere des Tailfinger Pfarrers hatte indes noch größeren Schaden erlitten, war er doch der geheimen Pforte am nächsten gestanden. Doch bei ihm fiel das nicht weiters auf; war seine Bekleidung seit dem Tage der Flucht aus Ebingen ohnehin reichlich zerschlissen.

Der Vorsitzende schaute Hergenroth scharf in die Augen. „Ihr seid mir eine Erklärung schuldig!“ „Ja, ich weiß“, räumte dieser ein, „aber ich habe es genau so gemacht wie die Nonne.“ Die Sache mit den drei Knöpfen behielt er lieber für sich. Am Blick des Vorsitzenden sah er, dass dieser ihm kein Wort glaubte. „Euer Strafmaß dürfte sich dadurch nicht verringern, mein lieber Hergenroth!“

40

Eigentlich war alles wie zuvor: Die Zelle, die Mahlzeiten, das schmale vergitterte Fenster. Mit einem entscheidenden Unterschied: Der Tod stand unmittelbar bevor. Davon war er fest überzeugt. Vor allem nach der Andeutung des Vorsitzenden der Folterkommission.

Nacht für Nacht quälte ihn fortan mit unbarmherziger Stetigkeit der immerfort gleiche Alptraum, aus dem er jedes Mal schweißgebadet und vor Angst zitternd erwachte: Stockdunkel war's in seinem Traum, er konnte überhaupt nichts sehen, aber ein Gefühl von Furcht und Beklemmung waberte um ihn herum. Da hallte eine tiefe Männerstimme: „Ambrosius Hergenroth, vortreten!“ Er trat vor wie ihm geheißen und kam in gleißendes Licht, so hell, dass es ihn blendete. Obwohl er nichts zu erkennen vermochte, so wusste er doch, dass er jetzt vor Gottes Richterstuhl stand. „Was hast du zu deiner Verteidigung vorzubringen?" hallte die Stimme. Zu seiner Verteidigung? Das stimmte ihn, den Priester, zuversichtlich. „Ich bin Priester. Habe täglich die Messe gelesen, habe die Sakramente gespendet und sonntags gepredigt." Es vergingen einige Augenblicke bangen Wartens, bis die Stimme erneut hallte, aber diesmal voller Ärger: „Was du aufgezählt hast, das zählt nicht, denn du hast nur die üblichen Aufgaben eines Priesters genannt. Damit hast nur das getan, was ich von einem Priester erwarte. Gibt es sonst nichts?" Fiebrig vor Angst dachte er nach. „Ich habe vier Kinder großgezogen. Sie sind alle anständige Menschen geworden." „Damit hast du nichts anderes getan als die üblichen Pflichten eines Vaters zu erfüllen. Das zählt nicht. Weiter?" Wieder diese blanke Angst, denn ihm wollte nicht sofort etwas einfallen. Da kam ihm aber Apollonia in den Sinn. Und die Alte im Felsenmeer. Und Margret. Und Genovefa. „Doch, doch!" sagte er schließlich, „ich habe viele Frauen glücklich gemacht!" „Schäme dich, du scheinheiliger Heuchler! Nicht das Glück der Frauen war dein Ziel, sondern dein eigenes! Wenn die Frauen dabei ebenfalls glücklich wurden, dann nur deshalb, weil ich es so eingerichtet habe! Also weiter! Was gibt es sonst noch?" Wieder musste er erst eine ganze Zeit lang nachdenken, bevor ihm etwas einfiel. „Doch, doch! Ich habe gelehrte Bücher geschrieben, Bücher über Deine heilige Kirche!" „Bücher, die kein Mensch liest!" donnerte die Stimme unwirsch, „das war reine Zeitverschwendung! Was hast du sonst noch vorzubringen?"

Und wieder fiel ihm Genovefa ein. Die letzten Augenblicke ihres Lebens. „Ich habe ein armes Menschenkind in seiner letzten Stunde getröstet." „Das ist schon mal etwas." Die Stimme klang nun anerkennend und freundlich. „War da sonst nichts? Denk nach!" Hergenroth dachte nach. Ihm wurde flau und elend, denn wieder wollte ihm nichts weiter einfallen. Bis ihm schließlich der Krüppel des Ebinger Spitals in den Sinn kam. „Doch," sagte er erleichtert, „ich habe einen Krüppel gesegnet." „Richtig, das hast du!" donnerte die Stimme voller Zorn, „und das war das beste, was du je in deinem Leben geleistet hast! Aber weißt du, wieviel Hunderttausend Krüppel es gibt auf der Welt? Und du kommst mir mit einem einzigen! Der Himmel ist zu schade für dich, Ambrosius! Die Hölle gerade richtig!"

„Die Hölle gerade richtig“: Bei diesem Satz pflegte er zitternd und schweißnass aufzuwachen.

Er suchte Trost. Trost in der Theologie.

Der Tod: Das ist die letzte und vollkommenste Hingebung an Gott. So hatte es irgendjemand an der Universität formuliert. Die letzte und vollkommenste Hingebung an Gott. Eigentlich ein sehr schöner, ein sehr beruhigender Gedanke. Aber dennoch wollten sich Ruhe und Ausgeglichenheit nicht einstellen.

Die Nähe zu Gott. Das war es, was er zu erreichen suchte. Allerdings war die geistliche Meditation noch nie seine Stärke gewesen: Immer wenn er bemüht war, sich in die Anschauung des Allerheiligsten hineinzuversenken, waren seine Gedanken bereits nach kurzer Zeit abgeschweift. Waren hingeeilt zu dem letzten Buch, das er gelesen hatte. Oder zu einer leckeren Mahlzeit, wenn ihn ein leerer Magen an das Essen erinnerte. Meistens aber ertappte er sich dabei, dass seine Gedanken um schöne Frauen kreisten, und um Einzelheiten der körperlichen Liebe.

Er musste also einen anderen Weg suchen. Einen Weg, der ihm keine Möglichkeit des Abschweifens erlaubte. Ein solcher Weg war bald gefunden: Die Heilige Messe. Wozu war er Priester? Hatte er nicht jahrzehntelang die Heilige Messe zelebriert – jedes einzelne Wort kannte er seit langem auswendig.

Der kurze, schmale Esstisch diente ihm als Altar, einige Brotkrumen verwendete er als Ersatz für die Hostie. Auf den Messwein musste er verzichten, doch erinnerte er sich an eine selten gebrauchte Ausnahme-Art der Messe, die „missa sicca“ genannt wurde, die „trockene Messe“. Bei der Zelebration bestand keinerlei Grund zur Eile. So nahm er sich regelmäßig die Zeit, über bestimmte Formulierungen im Text der Messe nachzudenken, die einzelnen Wortprägungen tief auf sich wirken zu lassen. Das konnte mehrere Stunden dauern.

Diese tröstlichen Worte, er fand sie schon ganz am Anfang der Messe, in deren allererstem Teil, dem Stufengebet: Von Gottes Verzeihung und Erbarmen war da immer wieder die Rede:

Misereatur vestri omnipotens Deus, et dimissis peccatis vestris, perducat vos ad vitam eternam. Indulgentiam, absolutionem, et remissionem peccatorum nostrorum tribuat nobis omnipotens et misericors Dominus.

– Es erbarme sich euer der allmächtige Gott und verzeihe euch eure Sünden und führe euch zum ewigen Leben.
Verzeihung, Lossprechung und Nachlassung unserer Sünden erteile uns der allmächtige und barmherzige Herr.

Im Angesicht des Todes gewannen auch die beharrlich wiederholten Bittrufe des Kyrie eine neue, intensive Bedeutung: Das „Herr, erbarme Dich", in früheren Zeiten oft nur einfach so dahergebetet, kam ihm nun aus tiefstem Herzen. In dem nachfolgenden Gebet, dem Gloria, fand er ebenfalls Trostreiches:

Qui tollis peccata mundi, miserere nobis.

– Der Du hinwegnimmst die Sünden der
Welt, erbarme Dich unser.

Ganz besonders gern aber vertiefte er sich in das Opferungsgebet, das er überaus langsam, jedes einzelne Wort für sich betonend vor sich hin sprach, und dieses wie auch alles Andere wechselweise auf lateinisch und auf deutsch.

Mit dem Glaubensbekenntnis wie auch mit dem Vaterunser hatte er indes so seine Schwierigkeiten. Im Glaubensbekenntnis war es vor allem die Jungfrauengeburt. Wie sollte das denn konkret vor sich gegangen sein? Die durch den Kirchenlehrer Augustinus vermittelte Vorstellung fand er nämlich rundweg lächerlich. Dieser vermutete nämlich, der Heilige Geist sei durch das Ohr in die Jungfrau eingedrungen. Mit dem Vaterunser tat er sich ähnlich schwer: Es war die fünfte Bitte, über die er regelmäßig stolperte: „Und vergib uns unsere Schuld, wie auch wir vergeben unseren Schuldigern." Da hatte er in seinem Leben noch so manche Rechnung offen, und nichts wünschte er sich so sehnlich, als die Vergeltung für erlittene Demütigungen. Dabei dachte er insbesondere an die längst vergangenen Tage an der Universität. Da war beispielsweise jenes infame Lob des Universitätsrektors gewesen: „Sehr schön, eure Einlassung, Magister Hergenroth, so überaus geistreich und so wortgewaltig. Nur verstanden hat es kein Mensch, denn derweil hat draußen die ganze Zeit über ein Hund gebellt."

Das hatte ihn damals zutiefst verletzt. Aber eigentlich brauchte er nicht allzu tief in seiner Vergangenheit herumzugraben: Da war ein Mensch in seiner gegenwärtigen Umgebung, dem gegenüber er herzlichen Hass empfand: Sein Vorgesetzter, Decanus Johannes Tierberger, dieser abgefeimte, hinterhältige, verlogene Widerling, der ihn in diese ganze Sache hineingezogen hatte. Ihm wünschte er alles erdenklich Schlechte an den Hals. In die allertiefste aller tiefen Höllen möge er fahren, und zwar so bald wie möglich! Und zuvor gönnte er ihm noch ein Fülle von Leibes-Schmerzen und von Enttäuschungen: Und wie er darüber nachdachte, so musste er sich zugestehen, dass es ihm höchstes Vergnügen bereitete, sich solches vorzustellen.

Nein, nein, da hielt er sich lieber an die anderen Gebete zur Kommunion, die seinem Gemütszustand so wesensverwandt und angemessen waren:

> *Perceptio Corporis tui, Domine Jesu Christe, quod ego indignus sumere praesumo, non mihi proveniat in iudicium et condemnationem: sed pro tua pietate prosit mihi ad tutamentum mentis et corporis, et ad medelam percipiendam.*
>
> – Der Genuss deines Leibes, Herr Jesus Christus, den ich Unwürdiger zu empfangen wage, gereiche mir nicht zum Gerichte und zur Verdammnis, sondern diene mir nach deiner Güte zum Schutze des Geistes und des Leibes und zur Heilung.

Ambrosius Hergenroth hatte keine Vorstellung davon, wie viele Tage auf diese Weise nach und nach vorüber zogen. Er bemerkte lediglich, dass die Tage und vor allem die Nächte kühler wurden. Doch mit den Strohsäcken und der dicken Wolldecke ließ es sich leidlich aushalten. Zu seinem großen Glück waren die meisten dieser Tage heiter und sonnig. Ein goldener Herbst zog sich wochenlang bis in jene Jahreszeit hinein, die man gemeinhin mit

Nebel und Sturmesbrausen in Verbindung bringt. Und mit den ersten Schneeschauern.

Bis eines Morgens die Klappe in der Tür wider alle Gewohnheit verschlossen blieb. Das kam ihm weniger wegen des Hungers ungelegen. Sondern vielmehr deshalb, weil er das Brot für seine gottesdienstliche Handlung benötigte. Als nach einigem Warten nichts geschehen war, begann er zu rufen und an die Tür zu klopfen. Doch noch immer geschah nichts. So ging er denn dazu über, mit den Fäusten an die Tür zu trommeln und an ihr zu rütteln.

Kaum hatte er angefangen zu rütteln, da öffnete sie sich – sie war nicht verschlossen gewesen. Verwundert trat er nach außen. Schaute sich um. Vertrat sich die Beine. Er befand sich am Ende eines langen Flures, von dessen anderem Ende mäßiges Tageslicht erkennen ließ, dass die Wände auf beiden Seiten in regelmäßigen Abständen von Türen unterbrochen waren. An die Weite des Raumes musste er sich erst gewöhnen, hatte er doch längere Zeit in einer engen Zelle zugebracht. „Hallo! He! Ist da jemand?“ rief er. Seine Stimme hallte hohl. Hohl auch klangen seine Schritte auf dem Steinboden, als er auf das andere Ende des Flures zuging, dem dämmrigen Tageslicht entgegen.

Er trat in gleißendes Tageslicht, als er um die Ecke bog. Er stand im Kreuzgang eines Klosters. Die Sonne schien zwischen den schlanken gotischen Säulen hindurch und malte ein gleichmäßiges Muster auf dem Boden des Ganges. Als sich seine Augen an das Sonnenlicht gewöhnt hatten, sah er eine menschliche Gestalt auf einem Stuhl, nur einige Schritt von ihm entfernt. Es war Simon der Mönch. Hergenroth stutzte. Was hatte das zu bedeuten?

Simon schaute ihn an. Sein Gesicht zeigte keinerlei Regung: Es war weder streng noch freundlich. „Ambrosius Hergenroth, du bist frei. Du kannst gehen wohin du willst.“ Der Tailfinger Pfarrer schluckte. Es dauerte eine ganze Weile, bis er sich gefasst hatte. „Ich habe mit meiner Hinrichtung gerechnet“, bemerkte er schließlich, „werde ich hier zum Narren gehalten?“

Simon lächelte nachsichtig. „Ganz und gar nicht. Die Verhältnisse haben sich in den letzten Tagen grundlegend geändert. Die Kirche hat jetzt andere Sorgen. An deiner Person besteht kein Interesse mehr. Ein Professor in Norddeutschland hat ein schmales Heftchen im Druck herausgebracht. Eine einzige, riesengroße Attacke auf unsere heilige Mutter Kirche. Die Leute reißen es sich aus den Händen. Jeder will es haben. Wer nicht lesen kann, der bettelt darum, es vorgelesen zu bekommen." Sein Gesicht war mittlerweile sehr ernst geworden.

„Wo du hinkommst, reden die Leute davon", fuhr er fort, „der Bäcker fragt dich, ob man jetzt alle Heiligenfiguren verbrennen soll. Der Krämer ist erstaunt, weil ich noch immer meine Kutte trage. Er dachte, die Klöster würden nun alle aufgelöst. Und in der Tat: Die Mönche und Nonnen verlassen scharenweise ihre Klöster, so wie dieses hier. Der Bader meint, die Tonsur sei nun überflüssig, weil sie in der Heiligen Schrift nicht erwähnt sei. Der Weber schimpft auf die Pfaffen, weil sie nicht in christlicher Demut leben. Die Marktfrau wundert sich darüber, dass Seelgeräte, Ablässe und Wallfahrten jetzt überflüssig seien. Weil es ja kein Fegefeuer mehr gäbe. Besonders schlimm treiben es die Handwerksgesellen in den großen Städten: Sie hauen den Heiligenfiguren die Köpfe ab. Ja, sie reißen sogar die Orgelpfeifen aus ihren Halterungen und werfen sie auf die Straße. Die Schneider und Schuster meinen, sie hätten das Evangelium richtig verstanden und maßen sich an, auf den Marktplätzen zu predigen." Er seufzte und blickte mit seinen großen graublauen Augen traurig zu Boden. „Es ist fast so schlimm wie weiland in Sodom und Gomorrha."

Simon schaute dem Pfarrer mit grimmiger Miene ins Gesicht. „Aber warum jammere ich! Sind wir nicht alle daran selbst schuld, wir, die wir die Kirche verkörpern? Haben wir nicht jahrhundertelang tausendfach gelogen, geraubt und gemordet, und dabei so getan, als geschehe das alles im Namen des Allmächtigen? Nun ereilt uns die Strafe, die wohlverdiente Strafe!" Er hielt inne, schaute traurig zu Boden und bedeckte sein Gesicht mit den Händen. Dem Tailfinger Pfarrer war es, als sähe er eine Träne zwischen den Fingern herabrinnen.

Nach einer Weile ließ er seine Hände wieder sinken und schaute dem Tailfinger erneut ins Gesicht. Die Augen des Mönchs schienen tatsächlich tränennass. „Wie dem auch sei, mein lieber Ambrosius: Bevor du nach Hause gehst, zu deinem Pfarrhaus in Tailfingen, merk dir noch eins". Seine Augen waren jetzt starr und streng auf den Tailfinger Pfarrer gerichtet. „Du bist hier entlassen worden, weil sich herausgestellt hat, dass du von einer Hexe verführt worden bist. Und jetzt geh!“

41

Die maßgeblichen Männer der Familie von Westerstetten hatten lange gebraucht, bis sie zu einem Entschluss gekommen waren. Herzog Ulrich von Württemberg, so war denn schließlich ihr Dafürhalten, hatte so viel Ärger am Hals, dass er kaum den Nerv besaß, sich um den tot geschlagenen Schultheiß eines abgelegenen Landstädtchens zu kümmern. Friedrich von Westerstetten ritt somit stracks wieder auf die Alb, obwohl das Jahr mittlerweile ziemlich weit vorgerückt war und er mit einem unangenehmen Kälteeinbruch rechnen musste.

Nachdem er sein Ross wieder im Gasthaus zum Bären eingestellt hatte, eilte er zielstrebig zum Haus des Schultheißen und schlug dort so kräftig wie ungeduldig an die Tür. Ein junges, weibliches und ziemlich dürres Menschenkind stand vor ihm. „Gott zum Gruße! Du bist Magdalena?“ „Ja, Herr!“ „Kennst du diese Knöpfe?“ „Ja, Herr! Habt Ihr sie auf dem Markt gekauft, Herr?“ „Das tut hier nichts zur Sache. Und wie bist du zu diesem Knöpfen gekommen?“ „Sind diese Knöpfe so wichtig, Herr?“ „Du sollst nicht fragen, sondern antworten! Also: Wie bist du zu diesen Knöpfen gekommen?“ „Entschuldigt meine Neugierde, Herr. Die Anna hat sie mir gegeben, meine Schwester. Sie ist in Dienst bei Veit Aberlin, dem Kaufmann.“ „Aha.“ Friedrich von Westerstetten war irgendwie enttäuscht: Einen richtigen Schultheiß umzubringen, das hätte er als eine standesgemäße Herausforderung empfunden. Aber einen Kaufmann ...

„Und wie ist deine Schwester zu diesen Knöpfen gekommen?“ „Ihr Herr hat ihr die Knöpfe gegeben. Sie soll den Plunder wegwerfen, hat er gesagt. Aber dazu waren sie ihr viel zu schade. Da hat sie mir die Knöpfe gebracht. Sie waren doch so schön. Da hab ich sie dem Krämer auf dem Markt verkauft.“ Als Mann von Adel hatte er nicht viel übrig für derartigen Erwerbssinn. Trotzdem kam ihm ebendieses Trachten nach Geld und Geldeswert jetzt gerade sehr zupass. „Gut hast du daran getan, Magdalena."

Seltsame Gefühle beschlichen Friedrich von Westerstetten, als er wenig später hoch zu Ross die Stadt Ebingen durch das obere Tor verließ. Trotz seines jugendlichen Alters hatte er schon mehrfach Menschen umgebracht. Aber die Umstände waren jeweils ganz andere gewesen, und wenn er sich richtig besann, dann war es immer ein und derselbe Umstand gewesen: Im Suff zusammen mit anderen jungen Adeligen hatte er sich in seiner Ehre angegriffen gefühlt, hatte seinerseits im Jähzorn eine Kanonade von unflätigen Beleidigungen der übelsten Sorte losgelassen. Daraufhin waren er und sein Widersacher ins Freie gegangen, hatten die Waffen blank gezogen und waren alsdann ohne weitere Umschweife aufeinander losgegangen. Natürlich hatte er sich bei solchen Gelegenheiten immer wieder Schrammen und Kratzer geholt, aber letzten Endes war es doch immer er gewesen, er, Friedrich von Westerstetten, der seinem Opponenten die tödliche Wunde beigebracht hatte.

Noch nie war es deswegen zu einer Gerichtsverhandlung gekommen, denn solches Tun galt in Adelskreisen keineswegs als todeswürdiges Verbrechen: Es herrschte die allgemeine Auffassung, dass Beleidigungen unter Adeligen nur mit Blut abgewaschen werden konnten. Sicher, die Verwandten des Opfers kamen mit regelmäßiger Stetigkeit einige Tage nach dem Zweikampf zu seinem Vater. Der redete zwar nie über die bei solcher Gelegenheit geführten Gespräche, war jedoch danach stets mehrere Tage schlechter Laune. Schlechter Laune als Folge der enormen Summe, die Westerstetten senior als Sühne hatte zahlen müssen.

Nun war es vollkommen anders: Friedrich von Westerstetten schickte sich an, einen Menschen zu töten, den er noch niemals zuvor gesehen hatte. Außerdem befand er, Friedrich, sich in einem durchaus nüchternen Zustand. Was bei einem jungen Adeligen seines Zuschnitts als Ausnahmeerscheinung gelten konnte. Weiterhin handelte es sich bei seinem Opfer um einen Bürgerlichen, um einen Menschen also, der sich im Rang weit unter ihm befand. Unter derart ungewohnten Umständen war er noch nie zum Werk des Tötens geschritten. Deshalb war ihm doch ziemlich sonderbar zumute, als er sein Ross zu jenem Weg hinlenkte, der im Süden der Stadt bergan führte.

Die Sonne lachte und die Vöglein zwitscherten. Friedrich stellte sich vor, wie er nach vollbrachtem Werk wieder den steilen Abhang hinunterreiten wollte, voller Zufriedenheit darüber, seine Schwester gesühnt zu haben. Heut früh hatte er die Klinge seiner Waffe noch einmal auf ihre Schärfe hin überprüft. Es war ein gutes Stück aus altem Familienbesitz, und es hatte ihm schon allerhand gute Dienste geleistet. Er fasste sie am Griff und zog sie einen Finger breit aus der Scheide, nur um sich zu vergewissern, dass es nicht klemmte. Doch dann konnte er der Versuchung nicht widerstehen: Er zog blank und vollführte eine Reihe der gängigsten Hiebe und Stiche, so wie er es seit vielen Jahren gewohnt war. Und stieß dazu wildes Kriegsgeschrei aus. Es war gut, dass ihn niemand hören konnte. Denn sonst hätte man ihn wohl für verrückt gehalten.

Sein stattliches Schlachtross bewegte sich nur widerwillig den Siebenkreuzlesweg hinauf: Allzu eng war der Weg, und das noch immer volle Laub der Bäume ließ nur wenig Licht auf die schmale Schneise fallen. Immer wieder musste er seinem Braunen gut zureden, wenn dieser in zaghaft langsamen Schritt fiel. Als er das obere Ende des Wegs erreicht hatte, verengte sich dieser an der Einmündung zum Steinbruch zu einer hohlen Gasse.

Vorsichtig blickte er nach oben, die beiden Seitenwände hinauf, und brachte sein Pferd zum Stehen. Und in der Tat: Von der oberen Kante lösten sich mehrere große Steinbrocken, die ihn einen Wimpernschlag später zermalmen würden. Instinktiv gab er seinem Braunen die Sporen. Das Pferd tat auf der Stelle einen weiten Satz nach vorn; gerade noch im rechten Augenblick: Mit dumpfen Gedröhn donnerten die Steinbrocken dicht hinter ihm zu Boden.

Alle seine Sinne waren nun aufs Äußerste angespannt: Ich werde erwartet, zuckte es ihm durch den Kopf. Und wie er in das weite Rund des Steinbruchs blickte, da schaute er geradewegs in die Mündung einer großkalibrigen Hakenbüchse. Als Kriegsmann und Ritter hatte er gelernt, Gefahren zu erspüren und rechtzeitig darauf zu reagieren: Ohne nachzudenken drückte er sein Pferd an den rechten Rand des Hohlwegs. Keine Sekunde zu früh: Ein Schuss krachte, er spürte einen scharfen Ruck in der linken Schulter, die Hakenbüchse war in Rauch gehüllt.

Friedrich von Westerstetten gab seinem Braunen erneut die Sporen, zog das Schwert und war keinen Atemzug später bei der Hakenbüchse angelangt, die nun, noch immer rauchend, im Grase lag. Der Schütze, ein großer, wohlbeleibter Mensch, hatte sich der Hütte zugewandt, die sich im hinteren Teil des weiten Steinbruch-Areals befand. Als der Adelige bei der Hütte ankam, war der Schütze eben im Begriff, diese zu betreten. Friedrich sprang vom Pferd und stand in der Türschwelle, bevor die Tür geschlossen werden konnte. Er folgte dem Schützen ins Innere, wo dieser eine weitere Tür öffnete und in einem dahinter liegenden Raum zu verschwinden suchte. Friedrich aber war dicht hinter ihm. Trotzdem schaffte es der Schütze, ihm eine dritte Tür ins Gesicht zu knallen. Friedrich empfand einen Schmerz wie von einem Fausthieb. Sein Kopf dröhnte; kleine, helle Sternchen kreisten vor seinen Augen. Er fühlte, wie ihm das Gleichgewicht abhanden zu kommen drohte. Doch als er die Augen schloss, die Zähne zusammenbiss und den Kopf schüttelte, da war dieses Schwindelgefühl wieder verschwunden. Mit kräftigem Fußtritt zerlegte der Adelige die Tür in einzelne Bretter. Nun stand er wieder im Freien.

Er eilte um die Hütte herum und sah den Schützen in der Ferne: Dieser hatte sich trotz seiner Leibesfülle einen erklecklichen Vorsprung verschafft: Wie der große, dicke Mann auf den Hohlweg zu rannte, musste Friedrich an einen Hasen denken, und konnte sich eines höhnischen Grinsens nicht erwehren. Das Pferd stand noch immer an der Stelle, wo er abgestiegen war. Er zögerte, bevor er seinen Braunen bestieg. Eigentlich ist es gegen die ritterliche Ehre, einen Menschen von hinten zu durchbohren, kam es ihm in den Sinn, aber schließlich handelt es sich um den Mörder meiner Schwester. Ich muss ihn töten. Friedrich steckte sein Schwert in die Scheide, schwang sich entschlossen aufs Pferd und setzte ihm nach.

Der Dicke war schon auf dem Siebenkreuzlesweg, als Friedrich ihn erreichte. Geschickt lenkte der Ritter sein Pferd so, dass sich der Hals des Tieres zwei Ellen vom Kopf des Kaufmanns befand. Der Dicke rannte noch immer, ruderte dabei verzweifelt mit den Armen und schrie in höchster Todesnot aus Leibeskräften. Es half ihm alles nichts: Friedrich zog blank, holte aus und schlug zu. Das Schwert traf den Kaufmann seitlich am Schädel und spaltete ein handtellergroßes Stück ab. Hals und Schulter waren augenblicklich voller Blut. Ein gurgelnder Ton kam aus dem Mund des schwer Getroffenen. Drei Schritt bewegte er sich noch nach vorne, dann torkelte er und fiel seitlich den steilen Abhang hinunter. Sofort war sein Körper im dichten Laub verschwunden. Friedrich von Westerstetten hörte das Poltern von losem Gestein und das wiederholte Knacken von Geäst, ein Geräusch, das sich immer weiter entfernte, bis es schließlich erstarb.

Der Adelige stieg vom Pferd. Als er sich anschickte, sein Schwert vom Blut zu reinigen, da wollte ihm sein linker Arm nicht gehorchen. Der Ärmel klebte auf der Haut: Das war nicht Schweiß, das war Blut. Die Kugel der Hakenbüchse hatte ihn links an Arm oder Schulter getroffen. Mit der Rechten tastete er sich ab: Er fühlte eine tiefe und stark blutende Wunde am linken Oberarm.

Nur mit großer Mühe kam er wieder auf sein Reittier. Ich muss so schnell wie möglich in die Stadt, sagte er zu sich selbst, ich darf nicht viel mehr Blut verlieren. Beim Reiten fühlte er, wie ihm das Blut das linke Bein hinunterrann, in den Stiefel hinein. Als er an das Stadttor kam, war eine bleierne Müdigkeit über ihn gekommen. „Um der heiligen Dreifaltigkeit willen, hoher Herr! Was ist mit Euch? Ihr seid ja ganz bleich!“ Der Torwart trat an das Pferd und griff nach dem Zügel. „Erlaubt, dass ich Euch vom Pferd helfe!“

Friedrich von Westerstetten konnte sich nicht auf den Beinen halten. Während er dem Torwächter in die Arme sank, versuchte er noch zu sprechen. „Veit Aberlin hat meine Schwester umgebracht!“ brachte er noch flüsternd heraus, „Veit Aberlin ist – – – “. Dann schwanden ihm die Sinne.

42

Silbriggraue Nebelschwaden zogen durch das Schmiechatal. Nur noch einige einsame gelbe oder braune Blätter an den kahlen Ästen der Bäume. Die Krähen flogen kreischend über die Dächer. Das Vieh stand längst schon nicht mehr auf der Weide, sondern eng gedrängt im Stall. Die Bauern hatten das Getreide bereits vor Wochen ausgedroschen und waren jetzt dabei, die schweren Säcke zur Mühle zu bringen. Die Frauen waren im Wald und sammelten Brennholz. Ein paar einsame Schneeflocken tanzten in der Luft.

Der Winter war dabei, Einzug zu halten.

Pfarrer Hergenroth saß mit einem Krüglein Most in seiner wohl geheizten Studierstube und blickte nachdenklich sinnierend durch die kleinen Butzenscheiben nach draußen. Die Misthäufen dampften vor den Ställen. Ab und zu schlich eine Katze vorüber. Kein Mensch war im Freien zu sehen. Es war einfach zu kalt.

In der Pfarre Sankt Peter zu Tailfingen hatte sich während seiner Abwesenheit nur wenig verändert. Nach wie vor lümmelten sich die Bauern des Sonntags vor dem Kirchenportal herum und warteten, bis ihre Frauen wieder aus dem Gotteshaus herauskamen. Nach wie vor grummelten sie missmutig vor sich hin, wenn er sie auf die ausstehenden Reste des Kirchenzehnts ansprach, doch sie zahlten ihn letzten Endes, wie eh und je. Und trotz alledem grüßten sie ihren Pfarrer respektvoll, wenn sie ihm auf der Dorfstraße begegneten, und zogen ehrerbietig den Hut. Solange sie das noch taten, war er mit sich und mit der Welt zufrieden.

Das Leben im Pfarrhaus ging seinen ruhigen, gewohnten Gang. Seine Älteste machte ihm den Haushalt und schaute nach ihren jüngeren Geschwistern. Der Lehrbub aus Ebingen versorgte das Vieh. Sein ältester Sohn ging ihm beim Gottesdienst zur Hand. Die Vorratskammern waren voll. Eigentlich konnte er rundum zufrieden sein. Als er in seinem klösterlichen Gefängnis saß, da war im Pfarrhaushalt doch Einiges in Unordnung geraten. Vor allem beim Abliefern des Kirchenzehnts. Die Bauern hatten sich von seinen Kindern nichts sagen lassen. So war böser Schlendrian eingerissen. Mehrfach musste er erst mal sehr energisch auftreten, bis alles wieder seine Ordnung hatte. Zu wirklich ernsten Schwierigkeiten war es darob aber nicht gekommen. Die Unruhen im Kirchenwesen, die dieser Wittenberger Professor mit seinen Thesen verursacht hatte – sie spielten sich in weiter Ferne ab, in den großen Städten. Auf der Alb war nichts davon zu spüren. Jedenfalls jetzt noch nicht.

Behaglich räkelte er sich auf seiner Ofenbank. Wie schön war es doch, nach all diesen schrecklichen Ereignissen wieder zu Hause zu sein, weit, weit weg von den Soldaten des Herzogs wie auch von den Folterknechten der Inquisition, sicher aufgehoben in seinen eigenen vier Wänden. Der Mörder der Äbtissin war nun doch noch gefunden worden, wie er gehört hatte, Veit Aberlin war es, der Kaufmann, und die gerechte Strafe hatte ihn ereilt: Der Bruder der Ermordeten hatte da nicht lange gefackelt, und ein einziger Schwertstreich hatte genügt, ihn in die Hölle zu befördern. Auf der Flucht erschlagen, wie es amtlich hieß. Friedrich von Westerstetten war freilich ebenfalls zu Schaden gekommen und hatte viel Blut verloren. Noch immer lag er im Ebinger Spital, so erzählte man sich, umsorgt von den Klosterfrauen von Margrethausen. Deren aufopfernde Pflege hatte alsbald Wirkung gezeigt: Der Rittersmann erholte sich rasch und die Zeit war abzusehen, bis er wieder würde heimreiten können.

Trotzdem war nicht alles wie vorher. Zwei liebe Menschen hatte er verloren. Die Nonne Genovefa. Ihre strahlend blauen Sternchenaugen. Ihr scharfer Verstand. Und überhaupt. Außerdem war da noch die Alte im Felsenmeer. Augenblicklich stellten sich glückselige Erinnerungen ein. Bilder von goldenen Blitzen, von gelbrosa Funken und von grellbunt leuchtenden Wagenrädern. Vorbei, vergangen, für immer. Scharfer Seelenschmerz kroch ihm ins Gemüt. Hinter diesen kräftigen Farben schimmerte noch ein weiteres Bild: Das Bild von Apollonia, seiner verstorbenen Frau. Die Melodie des Hopsers kam ihm wieder in den Sinn. Die flotte Kathrein. Aber auch das war vorbei. Für immer und ewig vorbei.

In der Ferne kläffte ein Hund. Ein zweiter stimmte mit ein. Ein dritter, vierter und fünfter schloss sich an, bis ganz Tailfingen von lautem Hundegekläff erfüllt war. Pfarrer Hergenroth nahm seinen Winterumhang vom Haken, zog ihn eng um sich und trat vor die Haustür. Er wollte sehen, was los ist.

Eine dick vermummte Frauengestalt kam die Dorfstraße entlang. Geradewegs auf das Pfarrhaus zu. Der leicht wiegende Schritt kam ihm bekannt vor. Erst recht das lächelnde Gesicht: Margret. Aber das konnte nicht sein. Margret wohnte in Ebingen. Sie war die Magd des Dekans Johannes Tierberger. „Ambros!“ rief sie schon von weitem, „habe gehört, dass du wieder zu Hause bist! Wie schön, dich zu sehen!“ Es war also doch Margret! Margret, die sich vorstellen konnte, seine Köchin zu sein! Margret! Er eilte ihr entgegen und drückte sie mit inniglicher Wiedersehensfreude an sich.

Als er sie so im Arm hielt, wurde ihm bewusst, dass er schon sehr lange keine Frau mehr berührt hatte, eine Empfindung, die ihm jetzt als riesengroßer Mangel erschien. Die Melodie des Hopsers kam ihm in den Sinn. „Wie ich mich jetzt aber freu! Sag, willst du hier über Nacht bleiben?“ flüsterte er ihr zärtlich ins Ohr. „Oh Ambros, mein liebster Ambros“, kam die liebevoll gehauchte Antwort, „für immer will ich bei dir bleiben!“

Tam-tam-ta-tam. Da war er wieder, der Hopser mit Namen „die flotte Kathrein“. Die Melodie hörte er ganz deutlich. Und ganz ganz laut.

Krimis aus dem SP-Verlag

Peter Thaddäus Lang: Der Killer von Albstadt. Kriminalroman.
Der Stuttgarter Kommissar Theodor Brösamle ermittelt in einem rätselhaften Fall von Industriespionage auf der Schwäbischen Alb. Als auf dem Stuttgarter Flughafen eine Maschine abstürzt, überschlagen sich die Ereignisse.
200 Seiten, ISBN 3-9809409-7-7 € 9,80

Andreas Donath: Die verlorenen Gene. Kriminalroman.
Der Hamburger Werbekaufmann Erik erfährt in seinem Strandurlaub von einem ungeklärten Todesfall – und im Nu ist er tief in mörderische Machenschaften eingedrungen. Im Hintergrund stehen geheime Forschungsarbeiten an einem gen-manipulierten Menschen.
170 Seiten, ISBN 978-3-9812106-3-7 € 14,-

Reiner Plaumann: Bikespur. Kriminalroman.
Während eines großen Mountainbike-Marathons in Albstadt lernt Konrad die attraktive Journalistin Lena kennen, die sich neben dem berühmten Radrennen auch für ein mysteriöses Goldvermögen aus dem Zweiten Weltkrieg interessiert. Doch die Suche danach ist gefährlich...
202 Seiten, ISBN 3-9811017-9-9 € 12,-

Gabriele v. Ehrenfeldt: Halbstarke – ein Kriminalroman aus Tübingen.
In Tübingen existieren Tradition, Kultur und Lebenslust friedlich nebeneinander. Dazwischen bewegte sich auch die Tübingerin Cornelia Kallert – bis zu ihrem plötzlichen Tod durch ein schreckliches Unglück. Ihr Uni-Dozent vermutet hinter ihrem Tod jedoch etwas anderes...
140 Seiten, ISBN 3-9809409-9-3 € 9,80

Gabriele von Ehrenfeldt: Das andere Gesicht. Kriminalroman.
Der Tübinger Manuel Soares entdeckt im Urlaub in Lissabon mit dem bildhübschen Transvestiten Frederico eine ungeahnte Leidenschaft, gerät aber allmählich in einen gefährlichen Sumpf von Drogen und Prostitution...
140 Seiten, ISBN 978-3-9811017-1-3 € 9,80

Gabriele von Ehrenfeldt: Der kalte Trick. Kriminalroman.
Mit „Der kalte Trick“ erschien die 3. Kriminalgeschichte der erfolgreichen Tübinger Autorin Gabriele v. Ehrenfeldt. Sie beeindruckt durch enormes Gespür für die Psychologie ihrer Figuren und sprachliche Brillanz.
130 Seiten, ISBN 978-3-9811017-8-2 € 9,80

Gabriele von Ehrenfeldt: Es ist eine große Einsamkeit unter den Menschen. Kriminalroman.
Soares und Wolgrath erfahren von einem befreundeten Kripo-Beamten von einem schauderhaften Verbrechen: Müllarbeiter haben ein totes, kleines Mädchen entdeckt: Es lag tot im Müll, mitten in Tübingen!
140 Seiten, ISBN 978-3-9812106-2-0 € 12,-